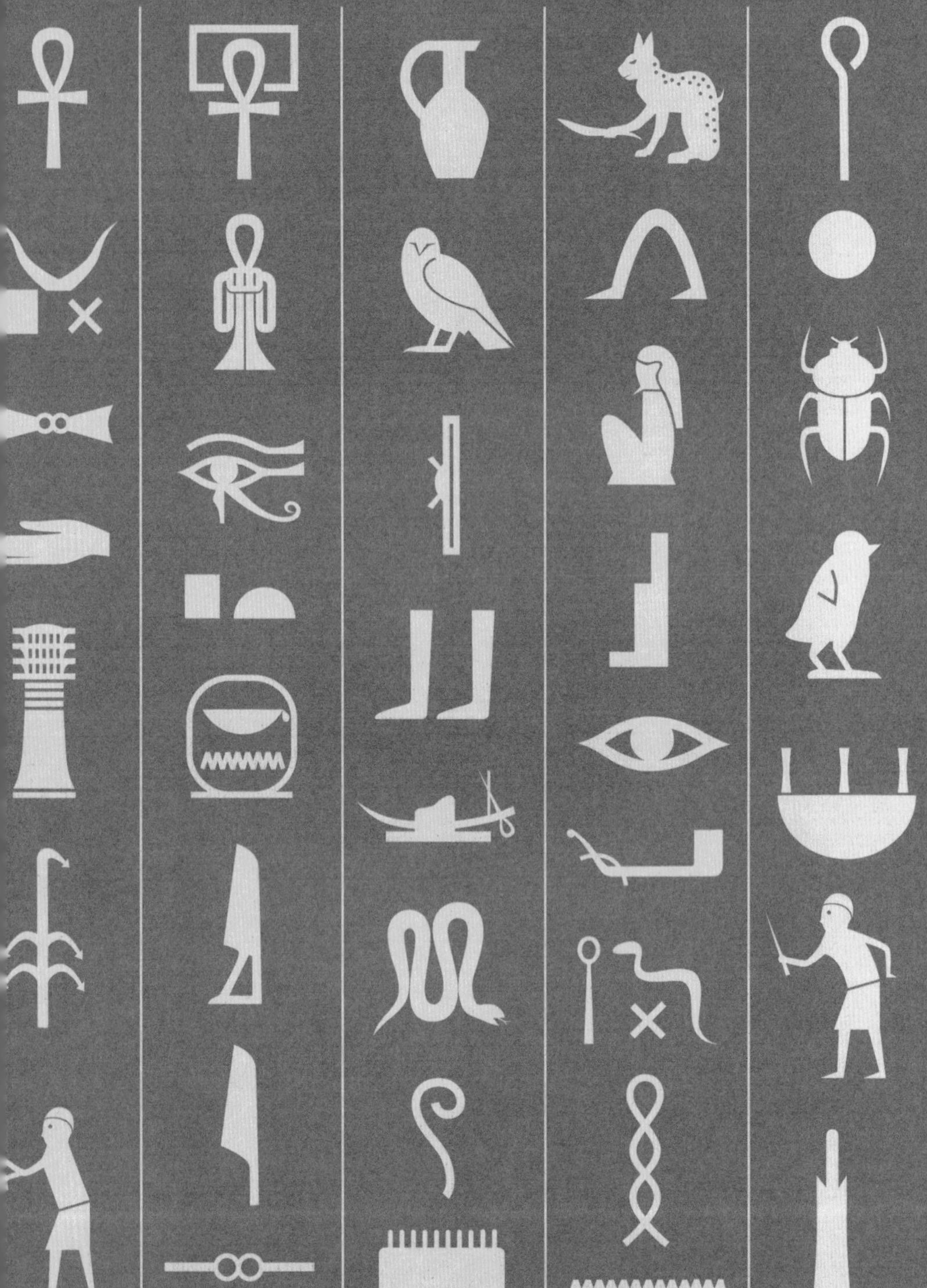

埃及守護神

紅色金字塔

雷克・萊爾頓 Rick Riordan◎著
沈曉鈺◎譯

遠流

【推薦序】新的英雄，新的挑戰

作家・青蛙巫婆　張東君

現在的青少年眞是幸福啊！有這麼多有趣的小說，可以跟著書中主角在各地冒險，在牢記主角經歷的人、事、時、地、物之後，「順便」也記下了古今中外的歷史、地理、人文風俗。不過，最近小說中的青少年主角們也眞是難爲啊！大家總是打從娘胎起就背負著重大的責任，必須剷奸除惡、維護世界和平；而且世界通常不只一個，敵人也愈來愈強大。還好，好人不寂寞，青少年不孤單，總是會有親朋好友陪伴著，一起出門「打天下」。

這次的主角，是見面次數只比牛郎織女多一次的兄妹。妹妹莎蒂在媽媽意外過世後，和外公外婆一起住在英國倫敦；哥哥卡特則是跟著研究埃及的考古學家爸爸在世界各地趴趴走，他的「家」就是一個行李箱。這兩個生活方式完全兩極反比的兄妹，感情自然頗爲疏離，而且互相妒羨在心裡。因爲一邊雖然有安定的生活，卻是隔代教養；另一邊跟爸爸在一起，卻居無定所，到處漂泊。而當他們好不容易湊在一起的時候，原本的日常生活卻被完全顚覆，兩兄妹不但得一切靠自己，還發現自己異於常人！

同樣是超凡脫俗，卡特與莎蒂卻和波西．傑克森大不相同。波西因爲閱讀障礙加上注意力不足，遭到多間學校開除，在現實生活中是個失敗者，等到發現自己的眞實身分之後，雖然有另一種不同層次的挑戰與艱辛，但由於找到認同自己的同儕同類，可以同舟共濟、同甘共苦，所以還算否極泰來。卡特與莎蒂則是硬生生從原本「還過得去、可以接受」的生活中，被丟進波瀾萬丈的埃及魔法世界。

在埃及神話中，努特是天空女神，是大地之神蓋伯的妻子。他們一共生下了俄塞里斯、艾西絲、荷魯斯、賽特、奈弗絲五位神。正如所有故事都得有反派角色，才能彰顯出正派主角的公平正義、偉大無私等等一樣，在這五位天神中，賽特就代表了邪惡、混沌與黑暗。力量強大的賽特也正是卡特與莎蒂兄妹在這一集中所遭遇的最大挑戰。此外，他們兩人的冒險歷程中，還必須克服權力與能力的誘惑，學習團結合作、信任朋友，以及努力掌握住自我的意志。

我想，不管原先喜不喜歡埃及、對他們的神話傳說與文化習俗有多少認識，在看完《紅色金字塔》之後，都會愛上埃及，還有他們的神。

國際媒體讚譽

萊爾頓的老少書迷這次也一定會買帳——《紅色金字塔》在各方面都超越之前的系列，它深刻許多，更能引起感情的共鳴，隱含些許警世及哲學的意味。

——《紐約時報》

一段上古歷史課，無縫接軌地藉由一部熱鬧的冒險故事展開……萊爾頓創造了另一部有趣、頂尖的冒險小說。

——《出版者週刊》

【埃及守護神】第一集的奇幻冒險，擁有所有讀者鍾愛【波西傑克森】的各種原因：擁有神力的年輕主角、奮不顧身的冒險、引人入勝的故事、深植於古老神話的複雜背景，以及二十一世紀的幽默敘述。

——《書單》

雷克・萊爾頓另一場世界跑透透的超自然冒險，讓人讀得血脈賁張……

——《邦諾書店》

即使敘述者不斷在小心規矩的卡特及勇敢無懼的莎蒂之間跳接，小說中那明快熱情的節奏，始終未曾減弱緩滯……萊爾頓就是知道孩子喜歡什麼，技巧精準，不負所望！

——《華盛頓郵報》

主要人物簡介

◆**卡特·凱恩**（Carter Kane）

十四歲男孩，從小在家自學。他在母親過世後，與妹妹莎蒂分開，獨自跟隨身為埃及考古學家的父親朱利斯·凱恩在世界各地遊歷，居無定所。他的個性謹慎小心、乖巧溫順。父親失蹤後，與分開多年的妹妹一同踏上拯救父親的冒險歷程，並漸漸發現自己的魔法力量與戰鬥潛能。

◆**莎蒂·凱恩**（Sadie Kane）

十二歲女孩。母親過世後，由住在英國的外祖父母爭取到撫養權，每半年才能與父親和哥哥見面一天。她性格直率，充滿冒險與嘗試的勇氣，並喜歡追根究柢。與分開多時的哥哥有疏離感，但在聖誕節前夕，父親失蹤，她必須與哥哥一同拯救父親，並找出自己的專長與天賦。

◆**朱利斯·凱恩**（Julius Kane）

卡特與莎蒂的父親，也是著名的埃及考古學家。他熟悉各種古埃及的文化與知識，生活中常發生奇怪且難以解釋的現象，卻在某次探訪大英博物館時，炸掉了重要文物，然後失蹤。

◆**阿摩司·凱恩**（Amos Kane）

卡特與莎蒂的叔叔。在哥哥朱利斯失蹤後，成為兩兄妹的保護者之一。他帶卡特與莎蒂到他位於紐約布魯克林的神祕大豪宅中棲身，並向兩人透露了許多凱恩家的祕密。

◆**巴絲特**（Bast）

古埃及的貓女神，也是婦女與孩子的守護神。她的性格兼具溫柔與狂暴，總是一身豹紋緊身衣的打扮。專長戰鬥魔法，武器是雙刀。她受卡特父母之託，努力保護莎蒂與卡特。

◆**荷魯斯**（Horus）

天空之神，也是杜埃（冥界）之王俄塞里斯的兒子。荷魯斯可以化身爲隼，有著超強的戰鬥力，極具自信。他曾爲了奪回俄塞里斯的王位，與賽特對戰。

◆**艾西絲**（Isis）

母親與愛情的守護女神。她是俄塞里斯的妻子與妹妹，也是荷魯斯的媽媽。在俄塞里斯被弟弟賽特殺害後，她想盡一切辦法幫助俄塞里斯復活。

◆**俄塞里斯**（Osiris）

原爲眾神之王，被弟弟賽特設計殺害後，在妻子艾西絲與智慧之神透特的幫助下重新復活，卻只能統治冥界，成爲死亡之神與杜埃之王，也是人類死後的靈魂審判者。

◆**賽特**（Set）

邪惡、混沌與黑暗之神，具有掌控火與風暴的能力。他因爲嫉妒自己的哥哥俄塞里斯成爲眾神之王，於是設計殺害哥哥篡位。他的代表色是紅色，有時會顯現出狗頭人身的造型。

埃及守護神

紅色金字塔

目錄

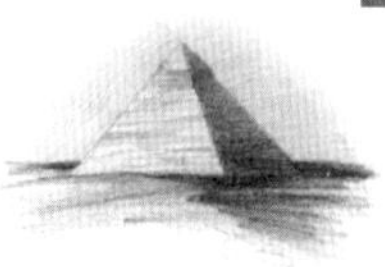

獻給我所有擔任圖書館員的好朋友。你們是書本之王、真正的「生命之屋」魔法師。沒有你們，我這個作家一定會在杜埃中迷失方向。

警告

以下內容是一份錄音聽寫稿。由於錄音品質欠佳，所以聽寫稿中有些字詞是作者盡力猜測的結果。錄音內容所提到的重要象徵插圖也盡可能放入聽寫稿中。兩位敘事者所發出的背景噪音，像是扭打、推撞或咒罵等聲音都沒有記錄下來。作者不保證錄音的眞實性，要這兩位年輕的敘事者完全說實話似乎也不太可能，所以身爲讀者的你，必須自己做判斷。

1 克麗奧佩特拉之針

我們只有幾個鐘頭的時間，所以仔細聽好了。

如果你正在聽這個故事，你已經陷入危險中。我和莎蒂可能是你唯一的機會。

到學校去。找一個置物櫃。我不會告訴你是哪間學校，或哪個置物櫃，因爲如果你就是正確人選，你會找到的。置物櫃的密碼是13─32─33。等你聽完這個故事，你就會了解這些號碼的意義。記住，我們要告訴你的這個故事根本還沒結束；而這個故事的結局會如何，全看你的了。

最重要的是，在你打開包裹、看到裡面是什麼之後，千萬不可以把那個東西留在身邊超過一星期。當然，那個東西絕對會讓你很想留在身邊。我是說，那東西會賦予你幾乎萬能的力量，但如果你擁有它太久，它會毀了你。盡快學會其中奧妙，繼續把它傳遞下去，並且替下一個人藏好那個東西，就像我和莎蒂爲你做的事一樣。接下來，就準備好迎接你那變得非常刺激有趣的新生活吧。

好啦，莎蒂叫我不要再拖拖拉拉了，趕快進入正題。嗯，我想這一切得從那天晚上，我們爸爸在倫敦炸掉大英博物館開始說起。

我叫做卡特．凱恩。今年十四歲，我的家就是一個行李箱。

你以為我在開玩笑？我從八歲開始，就跟我爸兩個人環遊世界。我雖然出生在洛杉磯，但我爸是考古學家，所以他的工作必須走遍各地。我們最常去埃及，因為那是他專門研究的領域。隨便去哪間書店拿起一本有關埃及的書，作者很有可能就是朱利斯．凱恩博士。想知道埃及人是如何把木乃伊的腦袋取出來、如何蓋金字塔，還是想認識會下咒的圖坦卡蒙王❶墳墓的話，找我爸就對了。當然，我爸會這麼頻繁地往來各地還有其他原因，不過我當時還不知道他的祕密。

我沒有去學校上學，我爸是用「在家自學」的方式教我。不過像這樣沒有家的狀況，不知道還算不算是在家自學。他算是有教我一些他覺得重要的事，所以關於埃及、籃球賽統計數字和我爸最喜愛的音樂家等這類知識，我學了很多。我也讀了很多書，從我爸的歷史書到奇幻小說，幾乎所有拿得到的我都看。那是因為我有很多時間坐在國外的旅館、機場、考古挖掘地，而那裡我一個人都不認識。我爸總是要我把書放下，去打打球。你有沒有試過在埃及的亞斯文來一場即興籃球賽？這可不容易呢。

總之，我爸很早就訓練我把所有東西通通塞進一個行李箱，行李箱的大小剛好可以放進飛機座位上的置物櫃。我爸也用同樣方式打包行李，不過他卻可以多帶一個放考古工具的工作袋。但有個首要規定是，我不准看他的工作袋。在那場爆炸發生前，我一直遵守著。

事情發生在平安夜。我們那天到倫敦去看我妹妹莎蒂。

事情是這樣的。爸爸一年只有兩天能和莎蒂在一起，一次是在冬天，另一次是在夏天，這是因爲我們的外公外婆討厭他。媽媽的爸媽（也就是我們的外公外婆）在她過世之後，和爸爸展開了一場法庭大戰。經過六位律師的辯論、兩回拳腳相向和一次用刮刀差點造成的致命攻擊（別問細節了）之後，他們贏得將莎蒂留在英國撫養的權利。莎蒂那時六歲，小我兩歲。他們說沒能力同時撫養我們兩個，至少那是他們沒有收養我的說法。因此莎蒂從小是接受英國教育長大，而我則跟著爸爸到處旅行。我們一年只和莎蒂見兩次面，關於這點我是覺得無所謂啦。

【莎蒂，閉嘴！沒錯，我要說到重點了。】

總之，在經過一些延誤後，我爸和我終於抵達英國倫敦的希斯洛機場。那天下午下著毛毛雨，天氣又冷。我們坐上計程車，在往市區的路上，爸爸似乎有點緊張。

其實爸是個大塊頭，很難想像會有什麼東西能讓他緊張。他和我一樣有著深棕色皮膚，

❶圖坦卡蒙王（King Tutankhamen）約生於西元前十四世紀，為古埃及新王國時期的法老王。他英年早逝，在位時間短暫，身世及死因成謎。他的墓室在一九二二年由英國考古學家霍華・卡特（Howard Carter）所發現，由於保存良好，沒有遭到破壞，成為研究古埃及歷史文化學者的重要資料。由於當時曾與卡特一起進入墓室的許多人後來幾年都死於非命，圖坦卡蒙王墓具有詛咒的傳說也流傳至今。

他還有一雙銳利的褐色眼睛，頂著大光頭，臉上蓄著山羊鬍，看起來像個瘋狂邪惡的科學家。那天下午，他穿著那件羊毛大衣和他最好的一套咖啡色西裝，就是他公開演講時穿的那套。他一向很有自信，不管走進任何地方都能立刻震懾全場，但有時候，就像那天下午，我看到他的另一面，那個我並不了解的他。當時他不斷回頭，好像我們被人跟蹤一樣。

「爸，怎麼了？」我說，在我們離開A－40公路時。

「沒看到他們。」他喃喃自語。接著他一定是發現自己說出聲音了，因為他看著我的樣子像是嚇了一跳。「卡特，沒事。一切都很好。」

他的回答讓我很困惑，因為他很不會說謊。他有事瞞著我時，我總是會知道，但我也明白不論怎麼纏著他問，他都不會說實話。他大概是想保護我，雖然不知道是為什麼。我有時會猜想，說不定他過去有些不可告人的祕密，或許是從前的敵人在跟蹤他。不過這個想法實在太可笑了，他只不過是一個考古學家啊。

還有一件讓我擔心的事：爸爸緊抓著他的工作袋不放。通常他這麼做，就表示我們有危險了。就像有一次，有幾個槍手闖進我們在開羅的旅館，我聽到大廳傳來的槍聲，立刻跑下樓找他。等我到大廳時，他正從容不迫地拉上工作袋拉鍊，而那三名槍手卻失去意識，腳倒掛在吊燈上，身上的長袍垂下蓋過他們的頭，露出了他們的四角內褲。我爸說他沒看到發生什麼事，最後警察認為是這個怪怪的吊燈出了問題。

還有一次，我們被困在巴黎的暴動中。我爸找到一輛停得離我們最近的車子，他把我推進後座，叫我身體壓低。我整個人貼著車底，眼睛緊緊閉上。我聽到我爸坐上駕駛座，邊翻著工作袋邊喃喃自語，而外頭的暴民大吼大叫，砸爛所有東西。幾分鐘後，他告訴我安全了，可以爬起來。我發現那條街區裡所有車子不是被翻過來，就是被放火燒掉。而我們的車子不但被洗刷乾淨，還被擦得亮晶晶，甚至有好幾張二十歐元紙鈔塞在擋風玻璃的雨刷下。

總之，我開始尊敬起這個袋子了，它是我們的幸運符。但是當我爸緊抓著這個袋子不放時，就表示我們非常需要好運。

我們的車穿越市中心，朝東往外公外婆家去，接著經過白金漢宮的金色大門和特拉法加廣場上的大石柱。倫敦是個很酷的地方，但是旅行了這麼久之後，所有的城市印象都開始混淆在一起。我有時會遇到一些小孩說：「哇，你好幸運喔，可以常常旅行。」但這又不像是觀光或是花大錢的優雅行程。我們都待在很克難的地方，而且待不到幾天就走。很多時候，我都覺得我們像逃犯，不像觀光客。

我的意思是，你並不會認爲我爸的工作有危險性。他演講的題目通常是「埃及魔法眞的會致命？」或「埃及冥界最受歡迎的刑罰」，還有其他大多數人根本不在乎的主題。但就像我說過的，他還有另外一面。他非常小心謹慎，總會先在旅館房間檢查一遍後才肯讓我進去。他會衝進博物館裡看幾樣藝術品，做一些筆記，然後又趕快衝出來，像是怕被監視攝影機拍到一樣。

在我還小的時候，有一次我們快速衝過戴高樂機場，想趕上快起飛的班機。在飛機起飛前，爸一直很緊張。我直截了當問他在躲什麼，他看著我的表情，像是我拉開了手榴彈的安全插梢一樣。有那麼一下子，我還眞怕他跟我說實話。然後他說：「卡特，沒事。」他把「沒事」說得像世界上最可怕的事一樣。

自此之後，我決定了，也許不再問問題比較好。

我的外公姓浮士德，他們住在靠近金絲雀碼頭的住宅區，就在泰晤士河畔。計程車讓我們在路邊下車，爸請司機先等一下。

路才走到一半，我爸整個人楞住。他轉頭看著我們身後。

「什麼東西？」我問。

我看到一個穿風衣的男人。他穿過街道，靠在一棵大枯木上。他身材壯碩，皮膚是深咖啡色，身上的大衣和黑條紋西裝看起來很貴。他的長髮編成辮子，頭上的黑色紳士帽壓得很低，蓋到了深色圓邊眼鏡。他讓我想起一個爵士樂手，而那樂手的音樂會，我爸都會拉我去聽。雖然我看不到那個人的眼睛，但總覺得他在監視我們。他一定是爸的老朋友或同事。雖然無論我們走到哪裡，爸總是會遇到熟人，但那個人就等在我外公外婆家的外面，實在很詭異，而且他看起來不太高興。

「卡特，」我爸說：「你先過去。」

「可是……」

「去接你妹。我跟你們在計程車那裡會合。」

他穿過街道朝那名穿風衣的男子走去，留給我兩個選擇：跟蹤他去看看到底怎麼回事，或者照他的吩咐去做。

我決定選一條比較不危險的路。去接我妹。

在我還沒來得及敲門之前，莎蒂就把門打開了。

「每次都遲到。」她說。

她手裡抱的那隻貓叫做瑪芬，是爸爸六年前送給她的臨別禮物。瑪芬似乎從來都沒有變老或變胖。牠黃黑相間的毛蓬鬆柔軟，就像一隻迷你花豹。牠還有一雙機靈警覺的黃眼睛和對牠的頭來說位置太高的尖耳朵。一個埃及銀飾垂掛在牠的項圈上。牠看起來一點都不像瑪芬蛋糕，但是莎蒂替牠取這個名字的時候年紀還很小，所以也不用太跟她計較了。

自從今年夏天見過面之後，她看起來沒什麼改變。

【我在錄這段話的時候，她就站在旁邊瞪我，所以我在形容她的時候最好小心一點。】

你絕對猜不到她是我妹。第一，她住在英國這麼久了，所以講話有英國腔；第二，因爲她遺傳到我媽，我媽是個白人，所以莎蒂的膚色比我白。她那一頭焦糖色的直髮，既不是金色，也不算棕色，通常都挑染成更亮的顏色，像那天她左下方的頭髮就帶點紅色。她有一雙藍色的眼睛。我是說眞的，是藍色，和我們的媽媽眼珠顏色一樣。她今年只有十二歲，但長得和我一樣高，眞是令人討厭。她像平常一樣嚼著口香糖，身上的打扮和每次要跟爸爸見面時一樣，就是破爛的牛仔褲、皮夾克、戰鬥靴，看起來一副要去聽演唱會，並且希望能踩在別人身上似的。她脖子上掛著耳機，以免我們害她太無聊。

【還好她沒有打我，我猜我把她形容得還不賴。】

「我們的飛機誤點。」我告訴她。

她把泡泡吹破，搔搔瑪芬的頭，然後將牠丟進屋裡。「外婆，我出門了！」

外婆從屋子裡某個角落傳來一句話，聽不太出來是什麼，我想她大概是在說：「別讓他們進來！」

莎蒂把門關上，上下打量著我，把我當作是她的貓剛拖回來的死老鼠那樣。「哦，你又來了。」

「沒錯。」

「那就走吧。」她嘆口氣。「我們得快一點了。」

她就是這樣，絕不會說「嗨，過去六個月過得怎麼樣啊？眞高興看到你！」或之類的話，但對我來說也沒差。像我們這樣一年只能見兩次面，感覺上還比較像是遠房表兄妹，而不是親兄妹。我們除了有同樣的父母之外，根本沒有任何共通之處。

我們拖著腳步走下門前台階。她身上有一股像是混合了老人住處和泡泡糖的味道。我正想著這點時，她突然停下腳步，害我一頭撞上。

「那是誰?」她問。

我差點忘了那個穿風衣的傢伙。他和爸站在對街那棵大樹旁，兩人看起來似乎在激烈爭執。爸背對著我們，所以看不到他的臉，但他的手勢就和他每次生氣的時候一樣。另一個人則眉頭深鎖，不斷搖頭。

「不知道，」我說：「我們停車的時候，他就在那裡了。」

「他看起來很眼熟。」莎蒂皺起眉頭像在努力回想他的名字。「走吧。」

「爸要我們在計程車裡等。」我說。雖然我知道這麼說沒用，因為莎蒂已經開始行動了。她沒有直接過馬路，而是先快速在人行道上衝了半條街區，躲在車子後面，再過馬路到對面，蹲在一道矮石牆下。她開始悄悄接近爸爸。我別無選擇之下只好跟著她，雖然我覺得這麼做有點蠢。

「也不過住在英國六年，」我低聲說：「就以為自己是○○七情報員了。」

莎蒂頭也不回打了我一下，然後繼續往前爬行。

又爬了幾步，我們來到那棵大枯木後面。我可以聽到站在另一邊的爸爸說：「……一定要做，阿摩司。你知道這樣做才對。」

「不!」另一個人說，他一定就是阿摩司。他聲音很低沉，甚至……非常有威嚴，說話還帶有美國腔。「朱利斯，如果我不阻止你，他們也會阻止你。帕安卡的人在跟蹤你。」

莎蒂轉過來看我，用嘴形問我說：「帕什麼?」

我搖搖頭，和她一樣毫無頭緒。「我們離開這裡。」我小小聲說。我猜我們隨時會被發現而惹上大麻煩。當然，莎蒂把我的話當耳邊風。

「他們不知道我的計畫，」我爸說：「等到他們發現時……」

「孩子們呢？他們怎麼辦？」阿摩司問。我感到毛骨悚然。

「保護他們的事，我已經安排好了，」我爸說：「更何況，如果我不這麼做，我們全都有危險。好了，快讓開吧。」

「朱利斯，我不能讓開。」

「那你要決鬥嗎？」爸的語氣變得非常嚴肅。「阿摩司，你從來沒贏過我。」

自從那次「大刮刀事件」之後，我就沒看過我爸發火，而且我不太想再看到他耍狠，但這兩個男人似乎快要打起來了。

在我來得及反應前，莎蒂就跳出去大喊：「爸！」

她撲過去抱住爸的時候，爸一臉驚訝，但那個叫做阿摩司的傢伙更是大吃一驚，他急急後退，結果被自己的風衣絆倒。

阿摩司拿下眼鏡。這時我忍不住覺得莎蒂說得對，他看起來眞的很眼熟，我們似乎很久以前曾見過。

「我……我得走了。」他說。他調整好紳士帽，緩緩地走開。

我們的爸爸看著他離去。他一手摟著莎蒂保護她，另一手放進掛在肩上的工作袋中。等阿摩司消失在轉角，爸爸總算鬆了一口氣。他的手從袋子裡縮回來，對莎蒂笑一笑。「嗨，我的甜心。」

莎蒂推開他，交叉起雙臂。「噢，現在就是甜心了嗎？你遲到了！探訪日都快結束了！剛剛那是怎麼一回事？誰是阿摩司？帕安卡又是什麼？」

爸爸呆若木雞。然後他瞄了我一眼，像是在猜我們到底偷聽到多少。

「沒事啦。」他說，試著讓聲音聽起來很有精神。「我晚上有個很棒的計畫。誰要來一趟大英博物館的私人導覽啊？」

莎蒂癱坐在計程車裡，在我跟爸中間。

「真令人不敢相信，」她生氣地說：「只剩一個晚上能一起過，你居然還想做研究。」

爸試著保持微笑。「甜心，會很有趣的。博物館的埃及文物管理人親自邀請……」

「對啦，天大的驚喜。」莎蒂吹開一縷臉上的紅色挑染頭髮。「今天是平安夜，我們卻要去看某個來自埃及的發霉古物。你有沒有想過還有別的事可以做？」

爸沒有生氣。他從不會對莎蒂發脾氣。他只是望向窗外，看著天色漸暗的天空和不斷落下的雨滴。

「有，」他平靜地說：「我有想過。」

每當爸像那樣變得安靜，並且眼神茫然，我就知道他是在想念我們的媽媽。過去幾個月來，他常常這樣。當我走進旅館房間，就會看到他拿著手機，照片裡的媽媽在螢幕上對他微笑，她的頭髮塞在頭巾下，藍色的雙眼襯著沙漠閃耀。

有時是在考古挖掘的場地，我曾看到爸爸凝視著地平線。我知道他正在回憶當初是如何遇見媽媽：這兩個年輕的考古學家當時在帝王谷❷，挖掘並探索一座傾毀的墳墓。爸是一位埃及學家；媽是探尋古代DNA的人類學家。這個故事我已經聽爸說過一千遍了。

我們的計程車沿著泰晤士河岸蜿蜒行進。剛經過滑鐵盧橋，我爸全身緊繃。

「司機，」他說：「先在這裡停一下。」

計程車司機把車停在維多利亞堤道。

「爸，怎麼了？」我問他。

他下了車，好像沒聽到我說什麼。莎蒂和我跟他一起踩上人行道，他注視著克麗奧佩特拉之針❸。

爲了怕你沒看過，我說明一下：這支「針」是一座方尖碑，不是縫衣針，也和克麗奧佩特拉一點關係也沒有。我猜可能是英國人把這座碑帶到倫敦時，覺得這名字聽起來很酷吧。這座碑大約有二十一公尺高，放在古代埃及一定會讓人覺得很了不起，但是立在泰晤士河邊，四周有高樓大廈圍繞，看起來又小又窮酸。當你開車經過它旁邊時，根本就不知道自己剛經過了比倫敦市還老一千年的古物。

「老天。」莎蒂沮喪地繞著圈子踱步。「我們一定要每經過一座紀念碑就停車嗎？」

我爸注視著方尖碑頂端。「我一定要再看一次，」他喃喃說著：「就是在這裡發生的……」

一陣刺骨寒風吹動河水。我想回到計程車裡，但是我爸的舉動眞的讓我開始擔心。我從來沒看過他這麼心不在焉。

「爸，怎麼了？」我問：「這裡發生了什麼事？」

「這是我最後一次看到她的地方。」

莎蒂停止踱步。她不確定地皺著眉頭看我，然後看著爸爸。「等等，你是說媽？」

爸幫莎蒂把頭髮塞進耳後。她因爲太過驚訝，居然沒有推開他。

我覺得雨水快把我凍僵了。媽的死一直都是禁忌話題。我知道她死於一場意外，在倫敦；我也知道外公外婆把媽的死怪罪在爸爸身上，但是從來沒有人告訴我們細節。我已經放棄問我爸了，有一部分是因爲這件事讓他非常悲傷，另一部分則是因爲他不願意告訴我任何細節。他只說：「等你再大一點吧。」眞是個最令人沮喪的回答。

---

❷帝王谷（Valley of the Kings）是古埃及新王國時期的國王墳墓群所在地，位於底比斯附近。圖坦卡蒙王的墳墓即在此地被發現。

❸克麗奧佩特拉之針（Cleopatra's Needle）是十九世紀從埃及分別搬到倫敦、巴黎及紐約的三座方尖碑。方尖碑是古埃及常見的一種紀念碑，外形呈尖頂方柱，頂部呈金字塔形，柱面常刻有象形文字，主要意義在於奉獻給埃及太陽神拉（Ra）或紀念王國勝利，也可說是王國強盛的象徵，常成對矗立於神廟前。位於倫敦和紐約的克麗奧佩特拉之針原為豎立在埃及古城希利俄波利斯的同一組方尖碑，約建於西元前十五世紀。克麗奧佩特拉（Cleopatra）是古埃及托勒密王朝最後一任女法老，即俗稱的「埃及豔后」。

「你剛剛跟我們說，她就是死在這裡，」我說：「就是在克麗奧佩特拉之針嗎？到底發生了什麼事？」

他低下頭。

「爸！」莎蒂抗議。「我每天都會經過這裡，而你現在卻跟我說，在我住這裡這段時間，甚至不知道這件事。」

「你還養著那隻貓嗎？」爸問她，這問題似乎很蠢。

「我當然還養著那隻貓！」她說：「這跟這件事又有什麼關係？」

「你的護身符也還在嗎？」

莎蒂的手摸著脖子。我們小時候，就在莎蒂要去跟外公外婆住之前，爸爸給我們一人一個埃及護身符。我的是「荷魯斯之眼[4]」，這是古埃及很流行的保護象徵。

事實上，我爸說現在藥師的象徵符號℞，就是荷魯斯之眼的簡化版。因爲藥物也有保護健康的意義。

總之，我一直戴著我的護身符，將它放在襯衫裡，但我猜莎蒂的早就搞不見或丟掉了。

讓我吃驚的是，她居然點了頭。「我當然還留著。爸，不要轉移話題。外婆他們總說是你害死媽媽。那不是眞的吧？」

我們等待答案。頭一次，莎蒂和我的期待完全一致，我們要的是眞相。

「你們媽媽過世的那晚，」爸開始說：「就在這方尖碑……」

突然間，一道閃光照亮堤岸。我轉過身，卻看不清楚，只瞥見了兩個人影。一個是高個子、留著山羊鬍、穿著乳白色長袍的蒼白男子；另一個是有著古銅色肌膚、穿深藍長袍、綁著頭巾的女生。這樣的打扮我在埃及看過好幾百次。他們肩並肩站在那裡看著我們，離我們不到五、六公尺。接著，光線消失，人影散化成模糊的殘像，等我眼睛能重新適應黑暗時，他們已經不見了。

「呃……」莎蒂緊張地說：「你剛剛有看到嗎？」

「快上計程車！」爸爸說，並把我們趕往車子的方向。「我們沒時間了。」

爸之後閉上嘴不說話。

「這裡不是談話的地方。」他說，看了一下在後座的我們。他答應司機如果能在不到五分鐘內載我們到博物館，他會多付十英鎊，司機因此全力衝刺。

「爸，」我試著開口：「那些在河邊的人……」

❹荷魯斯之眼（Eye of Horus）是埃及信仰中捍衛健康與幸福的象徵符號。這個符號代表了天空之神荷魯斯（Horus）的眼睛，不僅能保佑活人健康，同時也是死者的重要護身符。

「還有那個叫做阿摩司的傢伙，」莎蒂說：「他們是埃及警方那邊的人嗎？」

「你們兩個聽著，」爸爸說：「我今晚需要你們的幫忙。我知道這不容易，但你們必須有耐心。我保證到了博物館之後，會解釋一切。我要讓每件事再次回歸正途。」

「你說的是什麼意思？」莎蒂執意要問：「讓什麼回歸正途？」

爸的表情不只是哀傷，甚至是有罪惡感。我起了一陣寒顫，想起莎蒂曾說過，外公外婆都將媽媽的死怪罪在爸身上。這不會就是爸剛才說的事吧？

司機轉進大羅素街，然後在博物館大門前緊急煞車。

「跟我來，」爸告訴我們：「等一下見到管理人的時候，表現正常點。」

雖然想到莎蒂從來就沒有表現正常過，但我決定什麼都別說。

下了計程車後，我把行李拿下來，爸爸則付給司機一大把鈔票。接著他做了一件奇怪的事。他將一把看起來像石頭的小東西扔進計程車後座，不過天色太暗，我無法確定那是什麼。「繼續開，」他吩咐司機說：「載我們到切爾西。」

這一點道理也沒有，因為我們人都已經下車啦，但司機還是開走了。我瞄了一下爸，再看看計程車，在車子轉彎消失於黑暗前，我瞥見後座有三名乘客：一個男人和兩個小孩。

我眨眨眼。那司機絕對不可能這麼快又載到乘客。「爸……」

「倫敦的計程車生意很好，很少空車。」他說話的樣子好像這件事很稀鬆平常。「孩子們，來吧。」

他大步向前，穿過鐵門。有那麼一刻，莎蒂和我都猶豫了。

「卡特，到底發生什麼事？」

我搖搖頭。「我不確定我想不想知道答案。」

「好吧，你要的話就待在外面吹風，但我沒有聽到解釋是不會離開的。」她轉身離開，跟在爸爸後面。

現在回頭想想，我當初應該跑掉才對。我應該把莎蒂從那裡拖出來，跑得愈遠愈好。然而，我還是跟著她走進了大門。

2 平安夜大爆炸

我以前來過大英博物館。我實際去過的博物館數量，比我願意承認的還多。這讓我聽起來像一個大怪胎。

【那是莎蒂在後面大叫說我是個大怪胎的聲音。謝了，老妹。】

總之，博物館關著，裡面一片黑漆，但是文物管理人和兩位警衛在前門階梯上等我們。

「凱恩博士！」管理人是個穿著廉價西裝的滑頭小個子。我看過許多木乃伊的頭髮比他還多、牙齒比他完整。他跟我爸握手的樣子，簡直就像見到搖滾巨星。「你上一篇關於印和闐❺的論文……真是傑作！不知道你是怎麼把那些咒語翻譯出來的！」

「印和什麼？」莎蒂小聲對我說。

「印和闐，」我說：「他是個大祭司，也是建築師。有人說他是魔法師。你知道的，他就是設計出第一座階梯金字塔❻的人。」

「我不知道，」莎蒂說：「我也不在乎，但還是謝了。」

對於管理人在放假期間還招待我們，爸爸向他表達了感激之意，然後把手放在我肩上。

「馬丁博士，我想向您介紹卡特和莎蒂。」

「啊！看得出來這位是令郎，而這位……」管理人疑惑地看著莎蒂，「這位小姐呢？」

「是我女兒。」爸說。

馬丁博士的眼神楞了一下。每個自以爲很心胸開放或彬彬有禮的人，一旦聽到莎蒂是我們家人，臉上總會出現片刻的困惑。我討厭這樣，但這些年來我早預期會有這種場面。

管理人重新露出微笑。「是啊，是啊，當然。凱恩博士，這邊請。我們感到非常榮幸！」

警衛把我們身後的門鎖上。他們拿著我們的行李，其中一個人準備幫爸爸拿工作袋。

「啊，不用了，」爸爸勉強笑著說：「這個我自己拿就好了。」

警衛留在大廳，我們隨著管理人進入大中庭。黑夜讓人感覺有點發毛；幽暗微光由圓型玻璃天窗穿透進來，投射在牆上的光影交織出一個大型蜘蛛網。我們的腳步聲在白色大理石地板上喀答作響。

「那麼，」爸說：「石碑。」

「對！」管理人說：「雖然我無法想像你能從那裡蒐集到什麼新資訊，畢竟這塊石碑已經被研究透徹。這當然也是我們最著名的收藏品。」

---

❺印和闐（Imhotep）是埃及第三王朝法老祖塞爾（Zoser）的要臣及建築師。多才多藝的他也是當時重要的醫生、天文學者及發明家，對後世留下深遠影響。到了新王國時期，甚至被當作神祇崇拜。

❻階梯金字塔（step pyramid）建於第三王朝，由六塊長方形石塊層層堆疊，面積愈往上愈小，整體呈現出通天階梯的造型，是埃及最古老的金字塔。

「當然，」爸爸說：「但你可能會很驚訝！」

「他現在要做什麼？」莎蒂小小聲問我。

我沒回答。我暗想著他們說的到底是什麼石碑，但我猜不出爲何爸爸會在平安夜這天拖我們來這裡看。

不知道他在克麗奧佩特拉之針那裡要跟我們說的事，是不是和媽媽過世那晚有關。還有，他爲什麼要一直四處張望？好像我們在克麗奧佩特拉之針看到的怪人會再次出現似的。我們被鎖在一間到處都是警衛和高科技安全設施的博物館裡，沒有人能在這裡干擾我們。希望是這樣啦。

我們左轉進入埃及展覽廳。牆邊排列著法老和神祇的巨大雕像，但我爸略過雕像，直接走到陳列室中央的重要收藏品。

「眞美，」我爸喃喃說著：「這不會是複製品吧？」

「不，不是！」策展人保證。「我們並不是每次都把眞正的石碑拿出來展示，但爲了你，這可是貨眞價實的石碑。」

我們注視著這塊大約有九十公分高、六十公分寬的深灰色石板。它立在一個底座上，有個玻璃箱罩在外面。石頭的平滑表面上刻有三種獨特的文字。最上面的是古埃及的圖畫文字，就是象形文字。中間的部分……我必須絞盡腦汁才想起我爸是怎麼稱呼它的：俗體文❼。這種文字是希臘人統治埃及期間，許多希臘文和埃及文混合在一起的結果。最下面的則是希臘文。

「這是羅塞塔石碑[8]。」我說。

「難道這不是電腦程式？」莎蒂問。

真想跟她說她有多笨，但管理人尷尬的笑聲打斷了我。「小姐，羅塞塔石碑是解讀象形文字的關鍵。這是拿破崙軍隊在一七九九年……」

「喔，對，」莎蒂說：「我想起來了。」

我知道她這麼說是要讓他閉嘴，但是我爸還想繼續這個話題。

「莎蒂，」他說：「在這塊石碑被發現前，一般人……呃，我是說，好幾世紀來沒有人能夠解讀象形文字，埃及文字已經完全被世人遺忘。後來有位叫做湯瑪斯．楊[9]的英國人證明了

---

[7] 俗體文（Demotic）源自埃及象形文字和祭司草書體，為當時平民常用文字，約出現於西元前七世紀。

[8] 羅塞塔石碑（Rosetta Stone）製於西元前一九六年，是一塊刻有埃及國王托勒密五世（Ptolemy V）詔書的石碑。後來在拿破崙率領軍隊及學者遠征埃及時，由一名軍官在羅塞塔當地發現這塊上面刻有三種文字的石碑，因此成為近代考古學家解讀出失傳千年的埃及象形文字關鍵。

[9] 湯瑪斯．楊（Thomas Young）是十八世紀頗具威望的英國醫生，閒暇時以研究埃及象形文字為興趣。他成功辨識出橢圓形的皇室徽章裡包含統治者的名字。雖然最後未能成為破解象形文字的第一人，但他的研究提供其他學者鑽研的方向。

羅塞塔石碑上的三種語言寫的是同樣的內容。一位名叫商博良⑩的法國人之後接手研究，並且破解了象形文字的密碼。」

莎蒂嚼著口香糖，沒什麼反應。「那上面寫了什麼？」

爸爸聳聳肩。「沒什麼重要的。基本上只是一些祭司感謝國王托勒密五世⑪的信而已。最早被刻字時，這塊石碑沒什麼重要性，但經過幾世紀……經過幾世紀以來已經變成一個有力的象徵。或許是古埃及和現代世界的最重要連結點。我眞笨，居然沒能早點了解它的力量。」

他把我搞迷糊了，顯然也讓管理人摸不清頭緒。

「凱恩博士？」他問：「你還好嗎？」

爸爸深呼吸。「抱歉，馬丁博士。我只是……把自己的想法說了出來。是否可以把玻璃移開？之前請你從資料庫中找出來的文件，可以拿給我嗎？」

馬丁博士點點頭。他拿出一個小遙控器，在上面按了密碼，前面的玻璃箱門就喀啦一聲彈了開來。

「我需要幾分鐘的時間去拿筆記。」馬丁博士說：「關於你想在沒有警衛看守下欣賞石碑的要求，換作是別人，我會很猶豫要不要答應。但因爲是你，我相信你會很小心。」

他瞄了我們兩個小孩一眼，彷彿我們就是麻煩的來源。

「我們會小心的。」爸爸向他保證。

馬丁博士一離開，爸爸馬上轉向我們，眼裡閃爍著瘋狂。「孩子們，這非常重要。你們必須離開這邊。」

他將工作袋從肩頭滑下，拉開拉鍊，那縫隙大小剛好夠他拿出腳踏車掛鎖和鍊子。「去跟蹤馬丁博士。你們會在大中庭走廊底的左手邊找到他的辦公室。那裡只有一個入口。等他一走進去，把這個繞在門把上鎖緊。我們需要拖住他的時間。」

「你要我們把他鎖起來？」莎蒂問，突然變得興致高昂。「太棒了！」

「爸，」我說：「到底發生什麼事？」

「我沒時間解釋，」他說：「這是我們唯一的機會。他們快來了。」

「誰要來了？」莎蒂問。

他抓著莎蒂的肩膀。「甜心，我愛你，而且我很抱歉……對很多事都覺得抱歉，但現在沒時間了。如果這個方法管用，我保證會幫我們大家把一切變得更好。卡特，你是我的勇士，你必須信任我。記住，把馬丁博士鎖起來，然後遠離這個房間！」

用鍊子鎖住管理人的門很簡單。我們完成任務後，回看剛走過來的路，卻發現從埃及展

---

❿商博良（Jean-Francois Champollion）是成功破解埃及象形文字的法國學者。他從小即具有非凡的語言天分，精通數種東方語言，致力於研究埃及象形文字，後來積勞成疾，因病過世。他的研究成果替埃及學立下了深厚的基礎。

⓫托勒密五世（Ptolemy V, 205-180B.C.）是古埃及托勒密王朝的第五位君王，五歲即登基為王。

覽廳內發出藍色的光，彷彿我們老爸在裡面裝了一個巨型發光水族箱。

莎蒂盯著我看。「老實說，你知不知道他要做什麼？」

「不知道，」我說：「他最近一直怪怪的，常常在想媽。他把她的照片……」

我不想再說下去，還好莎蒂點點頭，一副完全理解的樣子。

「他的工作袋裡有什麼？」她問。

「我不知道。他叫我絕對不可以看。」

莎蒂挑起一邊的眉毛。「你從來沒看過？天啊，眞是你的標準作風。卡特，你沒救了。」

我很想替自己辯解，但突如其來的地震搖晃著地板。

莎蒂受到驚嚇，抓住我的手臂。「他叫我們要離開。我猜你也想遵照這個命令吧？」

其實，那個命令聽起來眞不錯，但莎蒂早就往大廳方向跑。我遲疑了一會兒，還是跟著她跑過去。

一抵達埃及展覽廳的入口，我們嚇得停住腳步。老爸正背對著我們站在羅塞塔石碑前。他四周的地板上有個發光的藍色圓圈，像是有人把藏在地板裡的霓虹燈管打開似的。

老爸丟開他的大衣，將腳邊的工作袋打開，露出一個大約六十公分高的木箱，上面畫有埃及的圖畫。

「他手裡握的是什麼？」莎蒂悄聲對我說：「那是迴力鏢嗎？」

很明顯的，爸舉起手，揮舞著一根有弧度的白色棒子，看起來很像迴力鏢。但他沒有把棒子丟出去，而是拿來碰觸羅塞塔石碑。莎蒂屏住呼吸。老爸是在石碑上寫字！迴力鏢所碰到的地方，這塊花崗岩石碑上就出現藍色的發光線條。是象形文字。

眞是沒道理，他怎麼會用棍子寫出發光的字？但是這個圖案既明亮又清楚，是一支公羊角在一個方格和叉叉上。

「打開。」莎蒂喃喃自語。我盯著她，聽起來她似乎剛剛翻譯出這個字，但是不可能啊。我這麼多年來都跟著爸爸，就連我也只會幾個象形文字而已。這眞的非常難學。

爸高舉手臂，誦唸著：「巫西爾，伊埃。」又有兩個象形文字射發出藍光，顯現在羅塞塔石碑上。

雖然很驚訝，但我認得第一個圖案。那是埃及死神的名字。

「巫西爾。」我小聲複述著。我從來沒聽過這樣的唸法，卻知道這代表什麼意思。「俄塞里斯⑫。」

「俄塞里斯，來了。」莎蒂說著，如同被附身一樣。接著她睜大眼睛。「不！」她大叫：「爸，不要！」

爸爸驚訝得轉身。他正要開口說：「孩子們……」但是太遲了。地面開始晃動，藍光變成灼熱的白光，羅塞塔石碑爆炸了。

我恢復意識時，最先聽到的是一陣笑聲。是可怕的狂笑聲混雜著博物館的超大警鈴聲。

我覺得自己像被曳引機輾過全身。我坐了起來，覺得頭暈暈的，嘴裡還吐出一塊羅塞塔石碑的碎片。展覽廳成了一片廢墟，一陣陣火焰沿著地板擴散開來。巨大的雕像東倒西歪，石棺被震離底座。羅塞塔石碑猛烈爆炸，力量大到連石碑碎片都嵌進了柱子、牆壁和其他展覽品中。

莎蒂昏倒在我旁邊，看起來毫髮無傷。我搖搖她的肩膀，她發出一聲：「嗯。」

在我們面前，原本擺放羅塞塔石碑的底座正在冒煙，而且還被削掉一大塊。整塊地板都是大爆炸後的黑色痕跡，只有爸的四周有道發亮的藍色光圈。

他面對我們，卻似乎沒看到我們，頭上還有道傷口滲著血。他緊抓著一支迴力鏢。

我不懂他在看什麼，然後那陣可怕的笑聲再次迴盪在展覽廳內。我發現聲音是從我前面傳出來的。

有某個東西站在我爸跟我之間。我起先看不出那是什麼，只感到一股熱氣，但再仔細一看，就漸漸出現了模糊的形體。是一個有著火焰輪廓的人。

他比我爸高，笑聲像鋸子一樣尖銳，彷彿能將我的身體鋸穿。

「做得好，」他對我爸說：「朱利斯，你做得很好。」

「我沒有召喚你。」我爸顫抖地說。他舉起迴力鏢，但是火焰男閃動了一下指頭，那支迴力鏢就從我爸手裡飛出去，撞碎在牆上。

「朱利斯，我從來就不是讓人召喚的，」男人惡狠狠地說：「但你既然把門打開了，就得準備好讓客人通過。」

「回杜埃⑬去！」我爸大吼：「我擁有偉大之王的力量！」

「哦，嚇唬人啊，」火焰男調侃地說：「就算你知道如何使用那股你沒用過的力量，他也不是我的對手。我才是最厲害的。你現在也要接受和他一樣的命運。」

我聽不懂他們說的每件事，我只知道必須幫助爸爸。我試著拿起離我最近的一塊石頭，卻害怕得手指都僵硬了。我的手一點用也沒有。

---

⑫俄塞里斯（Osiris）是埃及神話中統治冥界的神，掌管生死之事，也是農業之神。他是繼太陽神之後的第二代眾神之王，卻被弟弟賽特設計殺害。在妻子艾西絲（Isis）與智慧之神透特（Thoth）協助下復活，成為冥界之王。

⑬杜埃（Duat）是埃及神話中的冥界，也是死亡之神俄塞里斯的管轄地。

爸用眼神警告我快走。我知道他是故意讓火焰男背對我們，這樣我們才能悄悄逃走。

莎蒂仍舊昏迷不醒。我勉強把她拖到柱子後面，隱身在黑影中。她開始反抗掙扎時，我用手摀住她的嘴。這招讓她完全清醒過來。她一看到眼前的情況，就不再反抗。

警鈴聲大作。火焰包圍了展覽室門口。警衛一定正往這裡衝來，不知道那對我們來說算不算好事一件。

爸蹲在地板上注視著敵人，並打開一個外層有彩繪的木盒。他拿出一根像尺的小棍子，口中唸唸有詞，接著棍子變成和他一樣高的長木杖。

莎蒂發出尖叫。我也不敢相信眼前所見，但事情的發展愈來愈詭異。

爸把木杖丟在火焰男腳邊，木杖變成一條三公尺長的超級大蛇，而且跟我一樣壯，身上有銅色的鱗片與一雙發亮的紅眼。牠撲向火焰男，但火焰男輕而易舉抓住蛇的脖子，手中還出現一團白色高溫火焰，立刻將大蛇化爲灰燼。

「朱利斯，這是老把戲了。」火焰男責罵著爸爸。

我爸瞄了我們一眼，再次暗示我們逃跑。一部分的我拒絕相信這一切是眞的，也許我沒醒，正在作惡夢；然而，我旁邊的莎蒂卻撿起了一塊石頭。

「有多少？」我爸很快地問著，並試著吸引火焰男的注意。「我釋放出多少？」

「有什麼好問的，全部五個呀。」火焰男說，就像在跟小孩解釋事情一樣。「朱利斯，你應該知道我們都是做一整批的交易。我很快就會釋放更多出來，他們都會對我感激涕零。我將再次被任命為王。」

「邪靈日，」我爸說：「在事情變得一發不可收拾之前，他們會阻止你。」

火焰男笑一笑。「你以為生命之屋能阻止我？那些老笨蛋連自己的內鬨問題都處理不了。現在故事要改寫了，這一次，你再也無法復活！」

火焰男揮揮手，爸腳邊的藍色光圈開始變暗。爸想要拿他的木箱，但箱子卻滑到地板另一邊。

「俄塞里斯，再見了。」火焰男說。他的手又晃了晃，用魔法變出一具發光的棺木關住爸爸，並開始打轉。棺木起先是透明的，但當我們的爸爸不斷掙扎並敲打棺木時，這具棺木變得愈來愈實在，形成一個外層鑲有寶石的金色埃及石棺。接著，地面彷彿變成了水。在石棺沉入地板前，我爸最後一次與我眼神對望，並用嘴形暗示著說：「快跑！」

「爸！」我大叫。

莎蒂把手中的石頭丟出去。石頭飛掠過火焰男的頭，他毫髮無傷。

火焰男轉過身來，在那一刻，他恐怖的臉出現在火焰裡。我眼前所見的完全不合常理，那彷彿是有人把兩張不同的臉交疊在一起。有一張很像是人臉，肌膚蒼白，兇狠殘暴，五官有稜有角，還有一對發光的紅眼；另一張則像有著深色毛皮和尖利牙齒的動物臉孔。那張臉比起狗、狼、獅子，甚至一些我沒見過的動物更加可怕。此時，他正用那對紅眼瞪著我，我知道我死定了。

在我身後，重重的腳步聲迴盪在大中庭的大理石地板上。還有人發出了命令。是警衛吧，也或許是警察，但都來得太慢了。

火焰男向我們撲來。他距離我幾公分不到，卻有某個東西把他往後推。空中出現閃電火花。我脖子上的護身符燙得令人難受。

火焰男嘶嘶叫著，仔細打量著我。「那麼……是你。」

建築物再次搖晃。在展覽廳另一頭，部分牆面在一陣閃光中爆炸。有兩個人穿過大門而來，就是我們在克麗奧佩特拉之針看到的那個男人和女孩。他們身上的袍子不停飄動，兩個人手裡都握著手杖。

火焰男咆哮著。他最後看了我一眼，說：「孩子，後會有期。」

接著，整個展覽廳起火燃燒。一陣熱氣彷彿抽光了我肺裡的空氣，讓我無法呼吸。我癱倒在地。

我所記得的最後一件事，就是那個鬍子分叉的男人和穿著藍袍的女孩站在旁邊看我。警衛的跑步聲和叫喊聲愈來愈近。那女孩蹲在我身邊，從腰帶抽出一把很長的彎刀。

「我們動作一定要快。」她告訴男人。

「還不行。」他很不情願地說，濃重的口音聽起來像法國人。「我們必須在消滅他們之前先確定才行。」

我閉上雙眼，失去了意識。

3 成爲囚犯

【把那該死的麥克風給我。】

哈囉，我是莎蒂。我哥很不會說故事，眞是抱歉啊。不過現在由我來講這個故事，一切會更精采。

我先想想喔。那場爆炸。羅塞塔石碑炸成億萬碎片。有個邪惡的火焰男。爸被裝在棺材裡。詭異的法國人和帶刀的阿拉伯女孩。我們兩個昏倒。沒錯，就是這樣。

我醒來的時候，警察已經忙進忙出，一切就跟你想到的一樣。他們把我跟我哥分開。關於這點我覺得沒什麼關係，反正他是個討厭鬼。但是他們把我關在管理人的辦公室，時間久到像永遠出不來一樣。而且你猜得沒錯，他們是用我們拿來的腳踏車鎖鍊關我。眞蠢。

我當然覺得很煩。我剛被一個不知從哪裡冒出來的火球打昏，還看到爸爸被裝進一具石棺，並沉入地板。我想把這一切都告訴警察，但他們會在乎嗎？才怪。

最慘的是，我仍然抖個不停，像是有人把冰冷的針插進我脖子裡。從我看到爸在羅塞塔石碑上畫那些發光的藍字，並且知道那些字的意思開始，這種狀況就出現了。這說不定是家族遺傳病。懂得無聊的埃及事物會遺傳嗎？我未免太好運了。

在我把口香糖嚼爛之後又過了很久，終於有位女警把我從管理人辦公室裡帶出來。她沒問我問題，只是推著我坐進警車，送我回家。她甚至不准我跟外公外婆解釋，只把我扔進房間，要我在裡面等，一直等。

我不喜歡等待。

我在地板上踱步。我的房間一點也不時髦，只是一個有窗戶的閣樓，裡面有一張床和書桌。沒什麼事好做。瑪芬嗅了嗅我的腿，尾巴的毛蓬得像支長柄刷子。我猜牠可能不喜歡博物館的味道。牠嘶嘶叫，然後消失在床底下。

「多謝了。」我喃喃自語。

我打開門，可是有個女警守在外面。

「督察長馬上就會過來，」她告訴我：「請留在房內。」

我可以看到樓下的狀況。其實我只瞥到外公一邊踱步，一邊不停搓著手，而卡特和督察長坐在沙發上談話。看不出來他們在說什麼。

「我可以去一下廁所嗎？」我問這位親切的警官。

「不行。」她當著我的面把門關上，露出一副我可能會在廁所裝炸藥的樣子。眞是的。

我挖出我的 iPod，查看播放清單。沒有一首歌能打動我。我厭煩地將 iPod 往床上扔。一旦我對音樂感到心煩，就表示狀況糟透了。眞不知道為何卡特可以先和警方談，不公平。

我撥弄著爸爸給我的項鍊，不知道這個符號代表什麼意思。卡特那個很明顯是一隻眼睛，但我的看起來有點像天使，或是像外星機器殺手。

爸爸爲什麼問我是不是還留著這條項鍊？當然還留著啊，這是他唯一送我的禮物，嗯，除了瑪芬以外。不過這隻貓這麼有個性，我不確定牠算不算是合適的禮物。

畢竟，爸算是在我六歲時拋棄了我。這條項鍊是我和他之間僅有的連結。心情好的時候，我會盯著項鍊看，開心地想著他；心情不好的時候（發生的次數愈來愈多），我會把項鍊丟到房間另一頭，踩在項鍊上，罵他怎麼不在我身邊。我發現這招很有療癒的效果，而且最後我還是會把項鍊戴回身上。

總之，在博物館發生那一切怪事時，項鍊發熱了，這可不是瞎掰的。我差點要把項鍊拿下來，又忍不住猜想它或許眞的在保護我。

當爸爸說他要讓一切回歸正途時，臉上就帶著常在我面前露出的愧疚表情。

嗯，結果眞是大失敗啊，爸。

他到底在想什麼？我很想相信這一切只是個惡夢；那些發光的象形文字、變成蛇的木杖、棺材等等東西，根本沒出現過。但我很清楚自己不可能夢到那麼可怕的臉，就在那個火焰男轉頭面對我們的時候。「孩子，後會有期。」他對卡特這麼說，聽起來像是他準備要捉我們。光用想的就讓我的手抖個不停。我忍不住猜想之前爸爸爲何堅持要去看克麗奧佩特拉之針，很像是在藉此鼓足勇氣。而他在大英博物館的行爲也似乎和媽媽有關。

我環視房間，視線落在書桌上。

不，我心想，我才不要這樣做呢。

但我還是走過去，打開抽屜。我把一堆東西掃到旁邊，有一些舊雜誌、藏起來的糖果、一疊忘記交的數學作業，還有幾張照片，那是我和好友麗茲及艾瑪在康頓市場試戴滑稽帽子時拍的。擺在最底下的是媽媽的照片。

外公外婆也有一大堆照片。他們在客廳的櫃子裡弄了一個紀念我媽露比的祭壇，也就是在裡面擺著她小時候的美術作品、優異成績單、大學畢業照，還有她最喜歡的首飾。他們簡直是腦子有問題。我決定不要像他們那樣活在過去，畢竟我很少想起媽媽，更何況，什麼也改變不了她已經死去的事實。

但我還是留著這張照片，是媽和我一起在我們洛杉磯的房子合拍的，我那時才剛出生。她站在陽台上，身後就是太平洋，懷裡抱著一個五官皺在一起的胖寶寶，後來就變成現在說故事給你聽的我。還是寶寶的我沒什麼好看的，但我媽即使只穿著短褲和舊T恤，依舊亮麗動人。她有雙深藍色的眼睛，一頭金髮夾在腦後，皮膚好得沒話說，我實在比不過她。大家總說我看起來像她，但我連下巴的痘痘都搞不定了，更別說是成熟漂亮的臉蛋。

【卡特，不准偷笑！】

這張照片很吸引我，因爲我幾乎不記得我們一起生活過。我會留下這張照片，最主要的原因是媽那件T恤上的圖案。這是一種象徵生命的符號，稱爲「安卡」。

我死去的母親竟然穿著代表生命的符號，沒有比這更讓人感傷的事了。但她對著鏡頭微笑的樣子，彷彿知道某個祕密，像是爸和她之間有個祕密笑話似的。

有件事我一直掛在心上。那個和爸在對街爭執的壯碩風衣男，曾說過關於帕安卡的事。如果他說的「安卡」指的是生命符號，「帕」又是什麼意思？我想一定不會是手帕。

我心中有種詭異的感覺：要是我看到帕安卡的象形文，就會知道那是什麼意思。

我放下媽媽的照片，拿起一支鉛筆，把一張舊的作業紙翻面。如果我試著把帕安卡畫出來，不知道會怎樣？如果畫對的話，我是否就會想到什麼呢？

我手上的筆才碰到紙，房間的門就開了。「凱恩小姐？」

我轉過身，筆掉在地上。

一位警官站在門口皺著眉頭。「你在做什麼？」

「算數學。」我說。

天花板很低，所以警官必須彎腰才能走進來。他穿著一件跟他的灰髮和死白臉色很相襯的亞麻色西裝。「好了，莎蒂，我是督察長威廉斯。我們來聊聊好嗎？請坐。」

我沒坐，他也沒坐，這一定讓他很不爽。當你必須像鐘樓怪人一樣彎著腰，實在很難表現出掌控一切的架勢。

「請把事情的經過通通告訴我，」他說：「從你父親過來接你開始。」

「我在博物館已經跟警察說過了。」

「如果你不介意的話，請再說一遍。」

於是我把每件事都告訴他。有何不可呢？隨著我告訴他的一件件怪事，例如發光的字和變成蛇的木杖，他左邊眉毛就愈挑愈高。

「嗯，莎蒂，」威廉斯督察長說：「你的想像力很豐富。」

「督察長，我沒有說謊。我想你的眉毛想逃跑了。」

他很想看自己的眉毛，所以皺起了眉頭。「好了，莎蒂，我相信這一切對你來說都很不容易。我了解你想保護你父親的名譽，但現在他死了……」

「你是指在棺木裡的他沉入地板吧，」我很堅持，「他沒死。」

威廉斯督察長打開雙手。「莎蒂，我感到非常抱歉。但我們一定要查出他爲什麼要這麼做……嗯……」

「做什麼？」

他不安地清清喉嚨。「你父親摧毀了許多無價文物，而且顯然在這個過程中讓自己喪命。我們非常想知道原因。」

我瞪著他。「你是說我爸是恐怖份子？你瘋了嗎？」

「我們已經用電話聯絡了幾位你父親的同事。我知道自從你母親過世後，他的行爲就變得有點古怪。他變得退縮，而且執著在自己的研究中，花了非常多的時間在埃及……」

「他本來就是個埃及學家啊！你應該要去把他找回來，而不是在這裡問一堆蠢問題！」

「莎蒂。」他說，從他的聲音中聽得出他努力克制住想勒死我的衝動。很奇怪，大人常常對我有這種反應。「在埃及，有些極端份子組織反對埃及的文物被放在其他國家的博物館裡。這些人或許曾和你父親接觸過。以你父親的狀態，很容易成爲他們的目標。如果你聽他提過任何名字……」

我氣沖沖地從他身邊走到窗戶前。我氣到幾乎無法思考。我拒絕相信我爸已經死了。不可能，不可能，不可能！他是恐怖份子？拜託，爲什麼大人一定要這麼蠢？他們總是說「要說實話」，一旦你說了實話，他們卻不相信你。那幹嘛說實話？

我往下看著漆黑的街道。突然間，那種冰冷刺痛的感覺變得更嚴重。我把注意力放在我先前見到爸的那棵枯木上。站在街燈微光下的，是那個穿著黑色風衣、戴著圓框眼鏡與紳士帽的壯碩男人，就是爸爸叫他「阿摩司」的人。

在暗夜裡被一個樓下的奇怪男人盯著看，我猜我應該會備感威脅才是。但是他的表情充滿了擔心，而且他看起來非常面熟。我想不出爲什麼，這讓我快抓狂了。

督察長在我背後清了清喉嚨。「莎蒂，沒有人把博物館的攻擊事件怪在你頭上。我們了解你並非自願，而是無辜被捲入這起事件中。」

我轉過身。「並非自願？就是我把管理人鎖在他的辦公室裡。」

督察長的眉毛又開始上揚。「即使如此，你也一定不了解你父親想做什麼。你哥哥是否可能牽涉其中？」

我哼了一聲。「卡特？拜託。」

「所以你也決定要保護他。你認爲他眞的是你哥哥嗎？」

眞令人不敢相信，我好想賞他一巴掌。「這是什麼意思？就因爲他長得不像我嗎？」

督察長眨眨眼。「我的意思只是……」

「我知道你是什麼意思。他當然是我哥哥！」

威廉斯督察長舉起手表示道歉，但我還是滿腔怒火。雖然卡特讓我覺得很煩，但是當別人預設我們沒有親戚關係，或是當我爸說我們三個是一家人時，別人狐疑地看著他，好像我們做錯了什麼事，這些都讓我非常厭惡。博物館的馬丁博士就是個笨蛋，威廉斯督察長也是。每一次我和爸及卡特在一起的時候，都會發生這種事。討厭，每一次都是這樣。

「抱歉，莎蒂，」督察長說：「我只想確定分清楚了無辜與有罪的人。如果你合作的話，大家都會好過一點。有任何消息都行，任何你父親說過的話，或他曾經提過的人。」

「阿摩司。」我脫口而出，想看看他有何反應。「他遇到一個叫做阿摩司的男人。」

威廉斯督察長嘆了口氣。「莎蒂，他不可能和他碰面，你當然知道這點。我們不到一小時前才跟阿摩司通過電話，當時他在紐約的家裡。」

「他現在不在紐約！」我很堅持。「他就在……」

我瞄向窗外，阿摩司不見了。該死，又來了。

「不可能。」我說。

「沒錯，完全不可能。」督察長說。

「但是他剛剛還在這裡！」我大聲說：「他到底是誰？是爸的同事嗎？你怎麼會知道要打電話給他？」

「好了，莎蒂，不要再演戲了。」

「演戲？」

督察長打量我一會兒，臉色一沉，似乎做了什麼決定。「我們已經從卡特那裡問出實情。我不想讓你難過，但他把一切都告訴我們。他知道現在沒有保護你們父親的必要。你也可以幫助我們，這樣就不會被任何罪名起訴。」

「你不應該騙小孩！」我大吼著，希望聲音可以傳到樓下。「卡特絕不會說爸的壞話，我也不會！」

督察長甚至連假裝慚愧一下都沒有。

他交叉雙臂。「莎蒂，我很抱歉你有這樣的感受。恐怕我們該到樓下去了……去跟你外祖父母談談接下來的事。」

4 前往紐約

我眞喜歡家庭聚會。非常舒適，壁爐四周掛著聖誕花圈，還有一個美美的茶壺和一位等著逮捕你的蘇格蘭場⑭警探。

卡特癱坐在沙發上，捧著爸爸的工作袋。我很好奇警察爲何讓他一直留著那個包包，這應該會被當作證物之類的東西，但是督察長似乎根本沒注意到它的存在。

卡特看起來糟透了，我的意思是比他平常還要糟。說實在的，這個男生從來沒上過正常的學校，總是穿著卡其褲、一路扣到底的襯衫和一雙平底鞋，打扮得像個年輕教授。我想，他長得不難看。他長得很高，身材適中，髮型還不算沒救。他的眼睛遺傳到爸爸。我朋友麗茲和艾瑪甚至跟我說，照片裡的他看起來帥斃了。我對此半信半疑，因爲第一，他是我哥；第二，我的朋友有點花痴。再說到卡特的服裝，即使在他流浪生涯中曾有人提醒他，他還是不知道怎麼讓自己穿得帥一點。

【噢，不要那樣看我啦，卡特。你也知道我說的是事實啊。】

不管怎麼說，我不該對他太嚴苛。爸的失蹤對他的打擊比我還大。

外公外婆分坐在他兩旁，看起來相當緊張。桌上放著一壺茶和一盤餅乾，但是沒有人吃。威廉斯督察長命令我去坐唯一空著的那個位置，然後他步伐沉重地在壁爐前來回走動。還有兩名警察站在前門，是之前那位女警和一個一直偷瞄餅乾的大塊頭警察。

「浮士德先生、浮士德太太，」威廉斯督察長說：「看來現在有兩個很不合作的小孩。」

外婆不安地撥弄她的裙襬。很難相信她和媽有血緣關係。外婆的意志薄弱又很無趣，就像個木頭人，但照片裡的媽媽總是看起來這麼快樂，這麼神采飛揚。「他們還只是孩子。」她努力擠出話來。「當然不能怪他們。」

「哼！」外公說：「督察長，這太荒謬了。這件事不是他們的責任。」

外公以前是橄欖球選手。他的手臂粗壯結實，肚子大到衣服都蓋不住，眼睛深陷在他臉上，像是被人打凹了一樣（嗯，爸在三年前確實打過外公的眼睛，但那是另一個故事了）。外公的樣子看起來相當嚇人，通常大家會自動閃開，但督察長似乎不受影響。

「浮士德先生，」他說：「您想早報上的標題會怎麼下？『大英博物館遭受攻擊。羅塞塔石碑遭摧毀。』而您的女婿……」

「是『前女婿』。」外公糾正他。

「……很可能在爆炸中身亡，或逃走。如果是那樣的話……」

「他沒有逃走！」我大吼。

⑭蘇格蘭場（Scotland Yard）是英國大倫敦地區警察單位專稱。

「我們必須知道他人在哪裡，」督察長繼續說：「而唯一的證人，也就是您的兩位外孫，卻拒絕告訴我實情。」

「我們告訴你的是事實。」卡特說：「爸沒死，他沉入了地板下。」

威廉斯督察長看了外公一眼，彷彿是在說：「你看，我就跟你說吧？」然後他轉向卡特。

「年輕人，你的父親犯了罪，他卻留下你一個人處理爛攤子……」

「那不是事實！」我憤怒大叫，氣得聲音顫抖。我當然不相信爸會故意留我們在這裡任憑警察處置，但是他拋棄我的這個想法，就像我之前可能說過的，那還是我的痛處。

「好了，親愛的，」外婆告訴我：「督察長只是盡自己份內的工作罷了。」

「爛透了！」我說。

「我們來喝點茶吧。」外婆建議。

「不要！」卡特和我同時大叫，外婆縮回沙發上，這讓我覺得對她很抱歉。

「我們可以起訴你們，」督察長警告著，並且轉向我說：「我們也可以……」

他呆住了，然後眼睛眨幾下，好像忘了自己在做什麼。

外公皺著眉。「呃，督察長？」

「是的……」威廉斯督察長作夢似的喃喃自語。他的手伸進口袋拿出一本藍色小本子，是美國護照。他把護照丟到卡特大腿上。

「你將被遣送出境，」督察長宣布：「你必須在二十四小時內離開本國。如果我們之後需要問你問題，將會透過聯邦調查局跟你聯絡。」

卡特張大了嘴看著我。我知道不只是我覺得這有多麼奇怪。督察長完全改變了態度。他原本打算逮捕我們，我很肯定他會這麼做，結果天外飛來一筆，他居然要遣送卡特出境？就連其他警員看起來都一頭霧水。

「長官？」女警問：「你確定……」

「不用說了，琳麗。你們兩個可以走了。」

兩個警察猶豫了一下，直到威廉斯用手比個開槍的手勢，他們才把門帶上離開。

「等等，」卡特說：「我爸爸消失了，而你卻要把我遣送出境？」

「孩子，你父親如果還沒死，也會是一個逃犯，」督察長說：「遣送已經是最仁慈的作法。手續一切都安排好了。」

「誰安排好了？」外公質問：「是誰授權的？」

「是……」督察長臉上又出現奇怪的恍惚神情。「相關的主管機關。相信我，這個安排比監獄好多了。」

卡特看起來大受打擊，完全說不出話來。我根本還來不及替他難過，威廉斯督察長就對我說：「小姐，你也一樣。」

他乾脆拿把大槌子打我算了。

「你要把我遣送出境？」我問他。「我住在這裡！」

「你是美國公民。在這種情況下，你最好回家。」

我只能瞪著他。除了這間公寓外，我根本不知道有別的家。我在學校裡的朋友、我的房間，所有一切我知道的人事物都在這裡。「我能去哪裡？」

「督察長，」外婆說，她的聲音顫抖著，「這不公平。我不相信……」

「我會給你們時間道別。」督察長打斷她，然後皺著眉頭，彷彿對自己的行為感到困惑。「我……我得走了。」

這一切一點道理也沒有，督察長似乎也發現了，但他還是走到門口。他打開門的時候，我差點從椅子上跳起來，因爲黑衣男子阿摩司正站在那裡。他的風衣和帽子不知道放哪裡去了，但還是穿著同樣的條紋西裝，戴同樣的圓框眼鏡。他的髮辮因爲金色的珠子而發亮著。

我以爲督察長會說些什麼或表示訝異，但他連跟阿摩司點頭致意都沒有。他直接從他身邊經過，走進夜色中。

阿摩司走了進來，把門關上。外公和外婆都從椅子上站起來。

「是你！」外公咆哮著：「我早該知道。如果我再年輕一點，就會把你打成果汁。」

「浮士德先生、浮士德太太，兩位好。」阿摩司說。他看著我跟卡特的樣子，好像我們兩個是待解決的問題一樣。「該是我們必須談談的時候了。」

阿摩司把這裡當作自己家一樣。他往沙發上一靠，替自己倒了茶，還津津有味地啃著餅乾。這樣實在很危險，因爲外婆做的餅乾很可怕。

我覺得外公的頭快爆炸了。他臉紅得不得了。他走到阿摩司背後，舉起手像要揍他，但阿摩司繼續吃餅乾。

「各位請坐。」他對我們說。

我們全都坐下了。就是這一點最奇怪，似乎我們一直在等他一聲令下，就連外公也把手放下，走到沙發旁。他坐到阿摩司旁邊，發出厭惡的嘆息聲。

「時間眞不對，」阿摩司喃喃自語：「但沒別的方法了。他們必須跟我走。」

「抱歉，你說什麼？」我說：「我才不會跟一個臉上有餅乾屑的陌生人走！」

他臉上的確有餅乾屑，卻沒打算拍掉，顯然他不在意。

「莎蒂，我不是陌生人，」他說：「你不記得了嗎？」

聽到他用這麼親暱的態度跟我說話，感覺眞詭異，我想我應該認識他。我看看卡特，但是他似乎一樣疑惑。

「不，阿摩司，」外婆顫抖著說：「你不可以帶走莎蒂。我們說好的。」

「朱利斯今晚破壞了約定，」阿摩司說：「你們明明知道，發生這件事之後，你們再也無法照顧她。他們唯一的機會就是跟我走。」

「爲什麼我們要跟你走？」卡特問。「你差點跟我爸打起來！」

阿摩司看著卡特大腿上的工作袋。「我看到你留著你爸的工作袋。很好，你會用得到。至於打架這件事，朱利斯和我常常打來打去。卡特，或許你沒注意到，我之前是要阻止他做出衝動的事。如果他有聽我的話，我們現在就不會是這種處境。」

我不知道他在說什麼，但是外公顯然聽得懂。

「你跟你那些邪教！」他說：「我跟你說過我們不要這些。」

阿摩司指著後面的陽台。透過玻璃門，可以看到泰晤士河上映著亮光。晚上的風景非常漂亮，你不會注意到有些建築是多麼荒涼破舊。

「邪教是嗎？」阿摩司說：「但你們在河的東岸找了間房子住。」

外公的臉變得更紅。「那是露比的想法，她認為這可以保護我們。但是很多事她也搞錯了，不是嗎？比如說她信任你和朱利斯！」

阿摩司不為所動。他身上有股奇特的味道，像是陳年香料、柯巴樹脂和琥珀融合在一起的味道，就像倫敦花市柯芬園裡薰香鋪的味道。

他喝完茶，眼睛直視外婆。「浮士德太太，你也知道事情開始了。警察不是你們最需要擔心的事。」

外婆吞了吞口水。「你……你操控了督察長的想法，是你要他把莎蒂遣送出境。」

「不那麼做的話，就只能等著看孩子們被逮捕。」阿摩司說。

「等一下，」我說：「你操控了威廉斯督察長的想法？怎麼做的？」

阿摩司聳聳肩。「這只是暫時的。事實上，我們應該在一個鐘頭內趕到紐約，或是在威廉斯督察長開始懷疑自己爲何放了你們之前。」

卡特不相信地大笑起來。「你不可能在一個小時內從倫敦到紐約，就算最快的飛機……」

「不，搭飛機的確不可能，」阿摩司同意，「不是坐飛機。」他面向外婆，彷彿一切都已經說定了。「浮士德太太，卡特和莎蒂只有一個安全的選擇，你很清楚。他們會被帶到布魯克林的大房子。我在那裡可以保護他們。」

「你有一棟大房子，」卡特說：「在布魯克林？」

阿摩司對他咧嘴笑笑。「是家族的大房子，你們在那裡會很安全。」

「但是我爸……」

「你們現在幫不了他，」阿摩司難過地說：「卡特，抱歉，我晚一點會解釋。朱利斯希望你們平安無事，所以我們必須趕快動身。現在你們恐怕只能依靠我了。」

我心想，這實在有點殘酷。卡特瞄了一下外公和外婆，然後他喪氣地點點頭。他知道外公外婆不想留他在身邊，因爲那會讓他們想到我們的爸爸。沒錯，這是一個不願意接受自己孫子的蠢理由，但事情眞的就是這樣。

「嗯，卡特想做什麼都無所謂。」我說：「但是我住在這裡。我才不要跟一個陌生人走，對吧？」

我看著外婆尋求支持，但桌上的蕾絲桌墊似乎突然間變得很有趣，讓外婆的眼睛一動也不動地盯著。

「外公，你當然……」

連外公也不肯看著我的眼睛。他轉向阿摩司。「你可以讓他們離開這個國家？」

「等一下！」我提出抗議。

阿摩司站起來，拍掉夾克上的碎屑。他走到陽台門邊，往外凝視著河流。「警方很快會再回來。你想怎麼跟他們說都行，他們找不到我們。」

「你要綁架我們？」我問他，瞪大了眼睛。我看著卡特說：「你相信這一切嗎？」

卡特把工作袋往肩上一甩，然後站起來準備出發。他可能只是想走出外公外婆家而已。

「你要怎麼在一小時內到紐約？」他問阿摩司。「你說過不是坐飛機去。」

「沒錯。」阿摩司同意。他的手指往窗戶上一攏，從凝結在窗戶上的水霧中描畫些什麼——又是一個討厭的象形文字。

「一艘船。」我說。我發現自己竟能大聲翻譯出來，我不應該有這種能力才對。

阿摩司的雙眼透過圓框眼鏡盯著我。「你是怎麼……？」

「我是說，最後一個圖案看起來像船。」我隨口說說：「但那不可能是你說的工具啊。太荒謬了。」

「你看！」卡特大叫。

我走近陽台，擠到他旁邊。在下面的碼頭區停著一艘船。特別引人注意的是，那可不是普通的船，而是一艘埃及的蘆葦船，船首綁著兩把燃著熊熊火焰的火炬，船尾有個巨大的舵。有一個穿著黑色風衣和帽子的人（那很有可能只是阿摩司的衣物）站在舵柄旁。

我承認，我也有說不出話來的時候。

卡特說：「我們要搭那個去布魯克林？」

「我們最好開始動身了。」阿摩司說。

我很快地轉身面向外婆。「外婆，拜託不要！」

她擦擦臉上的淚水。「親愛的，這樣對你最好。你應該帶瑪芬一起去。」

「啊，是的，」阿摩司說：「不能忘了那隻貓。」

他轉向樓梯。瑪芬彷彿正等著訊號般，以花豹的流線速度衝下樓來，跳進我懷裡。牠從來沒有這樣過。

「你到底是誰？」我問阿摩司。很明顯的，目前沒別的選擇，但是我至少要知道答案。

「我們不能隨便跟陌生人走。」

「我不是陌生人。」阿摩司對我微笑。「我是你們的家人。」

突然間，我記起他以前曾經微笑地對我說：「莎蒂，生日快樂。」這個記憶如此遙遠，我幾乎都忘了。

「你是阿摩司叔叔？」我半信半疑地問。

「沒錯，莎蒂，」他說：「我是朱利斯的弟弟。現在出發吧，我們還有很長的路要走。」

5 狒狒管家

我是卡特，又輪到我了。抱歉，我們剛才必須暫停錄音，因爲我們被跟蹤。嗯，這件事等一下再說。

莎蒂剛才有說我們是怎麼離開倫敦的吧？

總之，我們跟著阿摩司往下走到碼頭區，那裡停著一艘外型奇怪的船。我將爸的工作袋緊緊夾在腋下。我還是不相信他消失了。沒等到他就離開倫敦，讓我感到很愧疚，但有一點我是相信阿摩司的：我們現在幫不了爸。我不信任阿摩司，但是我猜如果想知道爸發生了什麼事，我必須順著他的計畫走。他似乎是唯一知道一切的人。

阿摩司登上蘆葦船。莎蒂跟著跳上去，但我遲疑了。我以前看過像這樣的船在尼羅河上航行，似乎很不牢固。

蘆葦船基本上是用一束束植物纖維製成，就像是塊漂浮的大地毯。我覺得在船首插上火炬不太好，就算我們不會沉到水底，也會被燒死。在船尾，有個穿著阿摩司黑風衣和帽子的小人操控著船舵。他頭上的帽子壓得很低，因此看不到他的臉。他的手和腳則縮藏進風衣的摺邊。

「這東西要怎麼發動？」我問阿摩司。「你沒有船帆。」

「相信我。」阿摩司向我伸出手。

晚上很冷，但我一登上船，突然感到暖和許多，很像是火炬對我們投射出保護的光芒。在船中間有個草編的小屋。在莎蒂懷裡的瑪芬嗅了嗅小屋的味道，發出低聲嘶吼。

「到裡面坐吧，」阿摩司建議，「這趟行程可能會有點不穩。」

「謝了，不過我要站著。」莎蒂對船尾的小矮個兒點點頭。「你的駕駛是誰？」

阿摩司一副沒聽到的樣子。「大家抓好了！」他朝舵手點點頭，船往前傾斜。

這種感覺眞難形容。你知道嗎？坐雲霄飛車急速下降時，通常有種胃快翻過來的感覺，在這艘船上就像那樣，只不過我們沒有往下墜。此外，那種感覺沒有消失過，因爲這艘船的航速很驚人。城市的燈光變得模糊，接著還被一陣大霧吞噬。有些奇怪聲響在黑暗中迴盪，有某種東西滑行發出的嘶嘶聲、遠處的尖叫聲，以及我聽不懂的語言發出的低語聲。

胃裡的攪動變成噁心想吐。那些聲音愈來愈大，大到我都快尖叫了。這時，船突然慢下來，吵雜聲停止，霧也散了。城市的亮光再次出現，甚至更加明亮。

出現在我們上方的是一座橋，比倫敦的任何一座還高。我胃裡的翻攪緩和了一些。在左手邊，我看見熟悉的天際線，是克萊斯勒大樓和帝國大廈的輪廓。

「不可能，」我說：「這裡是紐約。」

莎蒂跟我一樣臉色發青。她還抱著正在睡的瑪芬。這隻貓似乎正發出滿意的呼嚕聲。「不可能，」莎蒂說：「我們才航行了幾分鐘而已。」

但我們的確在紐約，船行駛在東河上，就在威廉博格橋下。我們在靠布魯克林這一頭的一個河岸小碼頭停了下來。在我們面前有一座堆滿廢金屬和老舊建築設備的工業工作廣場。在正中央，就在河邊，聳立著一座巨大的工廠倉庫，上面滿布塗鴉，窗戶也都用木板釘牢。

「這不是大房子。」莎蒂說。她的認知能力還眞驚人。

「再看一次。」阿摩司往工廠上方指著。

「你怎麼……你是怎麼……」我說不出話來。我不確定剛才爲什麼沒看到，但現在卻看得一清二楚。有棟五層樓高的豪宅在倉庫上面，如同蛋糕上的另一層。「你不可能在那上面蓋一棟豪宅！」

「說來話長，」阿摩司說：「但是我們需要一個隱密的地點。」

「這裡是東岸嗎？」莎蒂問。「你之前在倫敦說過關於東岸的事，你說我外公外婆住在河的東岸。」

阿摩司微笑。「是的。莎蒂，這是個很好的問題。在古代，尼羅河東岸一直都是活人居住的地方，是太陽升起的方位。死人則葬在河的西岸。住在河的西岸被認爲不吉利，甚至是危險的。在我們同胞之間……這個傳統仍然存在著。」

「我們同胞？」我問，但是莎蒂又插進來問另一個問題。

「所以你不能住在曼哈頓？」她問。

阿摩司看著對面的帝國大廈，眉頭深鎖。「曼哈頓有別的問題。有其他天神。我們兩邊分開才是上上之策。」

「其他什麼？」莎蒂逼問他。

「沒什麼。」阿摩司從我們旁邊經過，走向舵手。他扯掉那個人的帽子和外套，但底下一個人影都沒有。舵手根本就不在那裡。阿摩司戴上他的紳士帽，把大衣摺好放在手上，然後對著一道鐵製樓梯揮揮手。那道樓梯沿著倉庫邊一路蜿蜒向上，直達屋頂上的豪宅。

「全部上岸，」他說：「歡迎來到第二十一行省⑮。」

我們跟著他上樓時，我問他：「新生？你說的是剛入學那種新生嗎？」

「老天啊，當然不是，」阿摩司說：「我不喜歡新生，他們常搞不清楚狀況。」

「但是你剛說……」

「我是說『行省』，行人的『行』，省錢的『省』。就像一個行政區或地區之類的意思。這個名詞源自古代，當時的埃及劃分爲四十二個省。這個系統到了今天有點不太一樣，我們也走向全球化，將全世界劃分成三百六十個行省。埃及當然是第一行省。整個大紐約地區則是第二十一行省。」

莎蒂瞄了我一下，手指在太陽穴旁畫圈圈。

「不，莎蒂，」阿摩司頭也不回地說：「我沒有發神經。你們還有很多東西要學。」

我們走到樓梯頂端，抬頭看著大房子，實在很難理解眼前所見。這棟房子至少有十五公尺高，用一塊塊巨大石灰岩建成，窗戶欄杆則是用鋼鐵做的。窗戶四周刻著象形文字，牆壁抛光，整體看起來像是介於現代博物館和古代神廟之間的建築物。最奇怪的是，如果我看往別的地方，整棟房子似乎就消失不見。我爲了要確定這點而試了好多次，一旦我用眼角餘光搜尋這棟房子，它就不在那裡，一定要用力讓眼睛重新聚焦才行，即便如此，也需要耗費很強的意志力。

阿摩司停在門口。那扇門差不多像車庫門一樣大，深黑色的方形木門上沒有把手或門鎖。「卡特，你先請。」

「呃，我要怎麼……」

「你覺得呢？」

太好了，又是另一個謎。我正想提議說，我們拿阿摩司的頭去撞看看門會不會打開，但我再次看了這道門，接著有種奇特無比的感覺。我伸出手，沒有碰到門，慢慢地舉起來，而這道門就隨著我的動作而移動。它一路往上捲，消失在天花板上。

莎蒂看來大吃了一驚。「你怎麼……？」

⑮行省（Nome）指的是古埃及在西元前三一〇〇年形成的各個城邦小國。一個行省通常是由一個部落或組織演變而成，各行省間也常發生戰爭。

「我不知道。」我承認，還有點不好意思。「大概是有動作感應器吧？」

「有意思。」阿摩司的語氣聽起來有點困惑。「這不是我會用的方式，但你做得很好。非常好。」

「謝了。」

莎蒂想第一個進去，但她一踩到門邊，瑪芬就發出慘叫，拚命想從莎蒂的懷裡鑽出去。

莎蒂搖搖晃晃地往後退。「貓咪，怎麼回事？」

「喔，當然啦。」阿摩司說：「非常抱歉。」他把手放在貓的頭上，非常正式地說：「你可以進去。」

「貓需要許可才能進去？」我問。

「在特殊的情況下。」阿摩司說，但根本沒解釋到什麼。他沒再開口就往屋裡走。我們跟在後面，而這次瑪芬保持安靜。

「噢，我的天……」莎蒂的下巴都掉了下來。她伸長脖子，仰頭看天花板，而且我覺得她嘴裡的口香糖可能會掉出來。

「是的，」阿摩司說：「這間是大廳房。」

我能理解為何他會給這房間取這種名字。松木橫樑架起的天花板有四層樓高，並且用四根刻有象形文字的石柱支撐著。牆上裝飾著多種奇特樂器和古埃及武器。有三層陽台環繞著這間房間，成排的門全都可向外眺望。這裡的壁爐大到可以在裡面停一輛車，壁爐架上擺著一台電漿電視，兩旁放著超大的皮沙發。地板上鋪著蛇皮地毯，但這地毯有十二公尺長、五公尺寬，比任何一條蛇都大。透過玻璃牆往外看，我還看到有一整片露台環繞在屋外。那裡有游泳池、用餐區和一個燒著烈火的火堆。在大廳房的遠端有一組雙扇門，上面畫著荷魯斯之眼，並且用六個鎖牢牢鎖住。不知道門後有什麼樣的東西。

但眞正讓人屛息的，是大廳房裡一座九公尺高的黑色大理石雕像。我看得出來那是一位埃及神祇，因爲這尊雕像是鳥頭人身，頭是鸛還是鶴之類的動物，有著很長的脖子和喙。

這尊神像穿著古代短裙，綁著腰帶和領結。它一手拿著書吏用的筆，另一手拿著打開的書卷，彷彿他才剛在上面寫好了一個象形文字。那個象形文字是個安卡，一個埃及的環狀十字架，但上面還有一個長方形。

「就是這個！」莎蒂大喊：「帕安卡。」

我不可置信地瞪著她。「好啦，你怎麼會讀這個字？」

「我不知道，」她說：「但這很明顯，不是嗎？上面那一個看起來像是房子的平面圖。」

「你怎麼知道？那只是一個盒子。」問題是，她的說法是對的。我認得這個符號，這應該是一個有門的房子簡圖，但是大多數人應該看不出來，尤其是這個叫莎蒂的人。可是她看起來非常篤定。

「這是一間屋子，」她很堅持，「下面的圖案是安卡，象徵生命。帕安卡，就是『生命之屋[16]』。」

「莎蒂，非常好。」阿摩司看起來很讚賞她。「這是現在唯一被生命之屋允許存在的神像，一般來說是這樣。卡特，你認得他嗎？」

我想起來了，那是朱鷺，一種埃及河岸邊的鳥。「這是透特[17]，」我說：「知識之神。他發明了寫字。」

「的確如此。」阿摩司說。

「爲什麼他有動物的頭？」莎蒂問。「所有那些埃及的神都有動物的頭，看起來很呆。」

「他們通常不以那種形式現身，」阿摩司說：「在現實生活中不會這樣。」

「現實生活？」我問。「拜託，說得好像你親眼見過他們一樣。」

阿摩司的表情並沒有讓我放心，他看起來像是想起了某件不愉快的回憶。「神有很多種現身的形式，通常是以完全的人形或獸形出現，但偶爾也有像這樣混合的形式。你要知道，他們代表原始的力量，是人與自然間溝通的橋樑。他們被描繪成動物頭，是爲了表示他們可以同時存在於兩個不同的世界。了解嗎？」

「一點也不了解。」莎蒂說。

「嗯。」阿摩司聽起來一點也不驚訝。「是啦，我們還有很多訓練要進行。無論如何，你們面前這位神叫做透特，是他建立了生命之屋，而這間房子是生命之屋的地區總部。或至少該說是……曾經是總部。我是第二十一行省唯一留下的成員，或許應該說，在你們兩個來之前，我是唯一的一個。」

「等等。」我有一籮筐的問題，多到不知該從何問起。「什麼是生命之屋？爲什麼透特是唯一可以在這裡的神？還有爲什麼你……」

「卡特，我了解你的感受。」阿摩司同情地笑一笑。「但這些事最好在白天談。你需要睡覺，我不想讓你做惡夢。」

「你覺得我睡得著？」

「喵。」瑪芬在莎蒂的懷裡伸個懶腰，打了個很大的呵欠。

阿摩司拍拍手。「古夫！」

我本來以爲他在打噴嚏，因爲古夫⑱是個很怪的名字，但接著有個身高不到一百公分的小

---

⑯生命之屋（House of Life）是古埃及神廟裡的重要組織，集圖書館、學校、抄寫手稿等多種功能於一身。裡面各有不同的人員學習醫藥、魔法等不同知識，也提供解夢和準備符咒之類的服務。生命之屋的祭司不參與一般的儀式主持，而是專心研習魔法和各種知識。

⑰透特（Thoth）是埃及神話中的智慧及知識之神，也被視為月神。象徵的動物為朱鷺和狒狒。

⑱古夫（Khufu）原是埃及舊王國時期第四王朝的一位法老。目前位於埃及吉薩的古夫金字塔，普遍認為是由他下令建造。這座金字塔規模最大，被視為世界七大奇景之一。

矮子，帶著一身金毛，穿著一件紫色的衣服，從樓梯上費力走下來。我過了一秒才發現，這是一隻穿著洛杉磯湖人隊球衣的狒狒。

狒狒做了一個空翻，在我們面前落地。牠露出牙齒，發出一半怒吼、一半打嗝的聲音，嘴巴還散發出一股多力多滋的味道。

我這時只想得到這句話：「湖人隊是我家鄉的球隊！」

狒狒雙手拍頭，再次發出打嗝聲。

「喔，古夫喜歡你，」阿摩司說：「你們會相處愉快。」

「是啦。」莎蒂看起來還沒回神。「你有一個猴子管家，還有什麼不可能的？」

瑪芬在莎蒂懷裡發出咕嚕聲，牠似乎一點都不在意狒狒的出現。

「啊！」古夫對著我吼叫。

阿摩司咯咯笑著。「卡特，牠想跟你來場一對一球賽。牠想……呃，看看你球技如何。」

我動了動腳，轉換一下身體重心。「呃，是喔。當然好，也許明天吧。但你怎麼懂……」

「卡特，恐怕你還有很多要適應的，」阿摩司說：「但如果你想活命並救出你父親，就必須休息。」

「抱歉，」莎蒂說：「你剛才是說『想活命並救出我們父親』嗎？可不可以解釋清楚？」

「明天，」阿摩司說：「我們明天一早就開始進行入門訓練。古夫，請帶他們到房間去。」

「啊——啊！」狒狒吼叫著。牠轉身搖搖擺擺地走上樓梯。可惜湖人隊球衣無法完全遮住牠那五顏六色的屁股。

我們正要跟著牠走時，阿摩司說：「卡特，請把工作袋交給我。最好是把它鎖在圖書室。」

我猶豫了一下。我差點忘了肩上的袋子，但這是爸爸唯一留給我的東西。我甚至連行李都沒有拿，因爲行李都還鎖在大英博物館裡。老實說，我一直很訝異警察沒有拿走工作袋，但似乎都沒有人注意到。

「你會拿回來的，」阿摩司對我保證，「等到適當的時候。」

他雖然說得很親切，眼神卻表示我其實別無選擇。

我交出工作袋。阿摩司小心翼翼接過去，彷彿裡面裝滿了炸彈。

「明天早上見。」他轉身大步走向被鎖鍊鍊住的房門。門自動解鎖，僅打開一道能讓阿摩司溜進去而我們卻什麼也看不見的縫隙。接著門再次在他背後鎖上。

我看著莎蒂，不確定接下來該怎麼做。要我們單獨和詭異的透特雕像留在大廳房裡似乎不太有趣，所以我們跟著古夫上樓。

莎蒂和我在三樓有間相通的房間。我必須承認，這房間比我住過的任何地方還酷。

我有個自己的小廚房，堆滿了我喜歡的零食，有薑汁汽水【不，莎蒂，這不是老人喝的汽水！安靜點啦！】、巧克力棒和彩虹水果糖。這似乎不太可能，阿摩司怎麼會知道我喜歡吃什麼？這裡還有電視、電腦及音響系統，都是高科技的。浴室裡放著我常用的牙膏、制汗劑等各種東西。加大尺寸的床也很棒，雖然枕頭有點怪怪的。這枕頭不是布製的，而是一個象牙枕，就像我以前在埃及墓室裡看過的一樣，上面裝飾的圖案有獅子，當然還有很多埃及象形文字。

房間裡甚至還有一個小陽台可以眺望紐約港，看得到遠方的曼哈頓和自由女神像，但是玻璃落地門卻被鎖起來。這是我覺得事情不太對勁的第一個徵兆。

我轉頭去看古夫，牠不見蹤影。房裡的門關著，我試著打開，卻發現也被鎖住了。

有個悶悶的聲音從隔壁房間傳來。「卡特？」

「莎蒂。」我試著打開通到她房間的門，卻發現一樣被鎖上。

「我們被關起來了，」她說：「你認爲阿摩司……我是說，我們可以信任他嗎？」

在今天看過這一切之後，我什麼都不相信了，但我聽得出莎蒂聲音中的害怕。這喚起了我心裡一種不太熟悉的感覺，我似乎應該讓她放心。這種想法太可笑了。莎蒂看起來比我勇敢，她總是做自己想做的事，從不在乎後果，而我才是那個會害怕的人。但現在，我覺得我需要扮演一個很久沒演的角色——哥哥。

「一切會沒事的。」我試著說得充滿信心。「聽我說，如果阿摩司想要傷害我們，他早就動手了。試著睡一下吧。」

「卡特？」

「什麼事？」

「這是魔法，對吧？在博物館時發生在爸身上的事、阿摩司的船、這間房子。所有一切都是魔法。」

「我想是這樣沒錯。」

我可以聽見她嘆了口氣。「很好，至少我沒發瘋。」

「小心別被臭蟲咬。」我大聲對她說。我發現很久沒對莎蒂這麼說了，前一次是我們還一起住在洛杉磯而媽還活著的時候。

「我想爸爸，」她說：「我知道我很少看到他，但是……我想他。」

我的眼睛有點溼，但我深呼吸一口氣。我不會表現出軟弱的一面。莎蒂需要我，爸需要我們。

「我們會找到他的，」我告訴她：「做個好夢喔。」

我仔細聽著，但只聽見瑪芬在探索新家的喵喵叫和走動聲。至少牠似乎適應得還不錯。

我準備好要睡覺，鑽進被窩。被子既舒服又溫暖，但枕頭實在太奇怪了，讓我脖子很不舒服。我把枕頭放在地上，然後沒有用它就睡了。

這是我犯的第一個嚴重錯誤。

6 與鱷魚共進早餐

該怎麼形容呢？那不是惡夢。那比惡夢還眞實、可怕好幾百倍。

我睡著後，感覺到自己變得輕飄飄。我整個人往上飄浮，翻轉，看著底下熟睡的自己。

我要死了，我心想，但不是這樣。我不是鬼魂。我有了一個全新的、金光閃閃的形體，一雙翅膀取代了我的手。我是某一種鳥。【不是啦，莎蒂，不是雞。拜託你讓我說完好嗎？】

我知道我不是在作夢，因爲我的夢通常沒有顏色，而且夢中的我當然不會五官都有知覺。但是這房間裡有股淡淡的茉莉花香，而剛打開來的薑汁汽水擺在小桌子上，還可以聽見罐子裡冒著氣泡的聲音。我感覺到有陣冷風吹過我的羽毛，也知道窗戶開著。我不想離開，但有股強大旋風把我拉出房外，我就像一片在暴風雨中飄搖的樹葉。

在我底下，豪宅的燈光已經消失，紐約的天際線變得模糊，然後消失不見。我衝過大霧和黑暗，四周有奇怪的聲音不斷低語。我的胃就像先前在阿摩司的船上一樣翻攪。這陣霧接著消散，我處在另一個地方。

我飄過了一座寸草不生的山丘。遙遠的下方，棋盤式排列的城市燈光延伸過山谷。這裡絕不是紐約，這是惡夢，但我知道自己在沙漠中。空氣非常乾燥，我臉上的皮膚像紙一般乾澀。我知道這一切不合常理，但我的臉感覺像正常的人臉，彷彿這部分的我沒有變成鳥。【好的，莎蒂，就叫我「卡特頭雞」好了。高興了吧？】

在下方山頂上，有兩個影像立在那裡。他們似乎沒注意到我，我也發現自己不再發光了。事實上，我幾乎是隱形飄浮在黑暗中，只看得出那兩個影像不是人類，其他什麼都看不清楚。再看仔細一點，我發現其中一個身材矮矮胖胖、沒有毛髮、滑溜溜的肌膚在星光下發亮，就像是一隻用後腳站立的兩棲類動物。另一個則高高瘦瘦，原本應該有腳的地方卻是雞爪；他的臉看不太清楚，但似乎又紅又溼潤，而且……嗯，姑且說我很高興看不清楚吧。

「他在哪裡？」蟾蜍人抖著喉音緊張地問。

「還沒找到一個固定的宿主，」雞爪人喝叱著：「他能現身的時間只有一下子。」

「你確定是這裡沒錯？」

「對啦，笨蛋！他馬上就來……」

一個火焰輪廓的形體出現在山頂。這兩個動物立刻跪倒在地，而我只能瘋狂祈禱自己真的隱形了。

「主人！」蟾蜍人說。

在黑暗中很難看清這位新來的長怎樣，就只是一個有著火焰輪廓的男人身影。

「這個地方叫什麼？」男子問。他一開口說話，我就確定他是那個在大英博物館攻擊我爸的人。在博物館裡曾有的恐懼立刻湧上心頭，嚇得我四肢無力。我記得當時我本來也想撿個蠢石頭丟他，卻連那種事都做不到。我讓我爸徹底失望。

「主人，」雞爪人說：「這座山稱為駝背山，這座城市叫鳳凰城。」

火焰男大笑著，他轟隆隆的笑聲像打雷般。「鳳凰城。眞是太適合了！沙漠就像我的家。現在最需要的是將沙漠裡的生物消滅掉。你不認為沙漠應該是個不毛之地才對？」

「噢，主人，這是當然的。」蟾蜍人同意。「但另外四個怎麼辦？」

「一個被關在墳墓裡了，」火焰男說：「第二個太弱，很容易操控。這樣就只剩下兩個。很快就會解決掉他們。」

「呃……要怎麼做？」蟾蜍人問。

火焰男變得更亮了。「你眞是一個愛問問題的小蟾蜍啊。」他手指著蟾蜍人，這可憐傢伙的皮膚就開始冒煙。

「不要！」蟾蜍人求情。「不要啊——」

我快看不下去了。我不想描述這個過程，但如果你聽說過有些殘忍的小孩把鹽倒在蝸牛身上這樣的事，你就會非常了解蟾蜍人的遭遇。他很快將什麼也不剩。

雞爪人緊張地後退一步。這不能怪他。

「我們將在這裡蓋我的神廟。」火焰男說，彷彿一切都沒發生過。「這座山將會是我供人膜拜的地方。等建造完成後，我會召喚威力最驚人的暴風。我會淨化一切，一切萬物。」

「是的，主人。」雞爪人馬上附和。「還有，呃，請容我斗膽建議，主人，要增強您的力量……」雞爪人向他鞠躬，快步走向前，彷彿想湊在火焰男耳朵旁說悄悄話。

就在我以爲雞爪人絕對會變成炸雞時，他對火焰男說了些我無法理解的話，而火焰男似乎燒得更旺了。

「很好！如果你辦到的話，我會好好獎賞你。如果失敗的話……」

「我知道，主人。」

「去吧，」火焰男說：「發動我們的兵力。從長脖子開始，那應該會削弱他們的戰力。去把小孩都抓來。我要留他們活口，要在他們有時間學會使用力量之前抓過來。不准失敗。」

「主人，我不會失敗。」

「鳳凰城，」火焰男低吟著：「我非常喜歡。」他的手劃過地平線，彷彿在想像這座城市被火焰吞噬的情景。「我很快就會從你的灰燼中復活。這會是一個很棒的生日禮物。」

我醒來時，心臟怦怦跳著。我回到了自己的身體，而且感覺很熱，好像火焰男正開始放火燒我。接著，我發現有隻貓坐在我胸口上。

瑪芬注視著我。牠的眼睛半閉著。「喵。」

「你怎麼進來的？」我嘟噥著。

我坐了起來，有那麼一刻不知道自己身在何方。這是另一個城市的旅館嗎？我差點要去叫我爸起床……然後我想到了。

昨天。博物館。石棺。

全都垮了下來，壓得我幾乎無法呼吸。

「停止，」我告訴自己：「你沒有時間難過。」這聽起來很怪，但我腦中似乎有另一個人在說話，另一個年紀更大也更強壯的人。如果這不是個好徵兆，那就表示我瘋了。

「記住你所看到的一切，」那個聲音說：「他在追捕你。你一定要準備好。」

我打了個寒顫。我很想相信自己只是作了場惡夢，但我清楚得很。在過去一天中所經歷的這麼多事，讓我無法懷疑自己所看到的一切。不知道爲什麼，我的確在睡覺時離開自己的身體。我去了鳳凰城，但那是在好幾千公里遠的地方。火焰男在那裡，他說的很多事我都不能理解，但他說過要派人追捕小孩。天啊，不曉得那指的是誰？

瑪芬跳下床，嗅一嗅象牙枕。牠抬頭看著我，好像有事要告訴我。

「你拿去用啊，」我告訴牠：「這用起來不舒服。」

牠把頭靠在上面，用責怪的眼神看著我。「喵。」

「隨便你啦，貓咪。」

我起床後去沖個澡。要穿衣服的時候，竟發現舊衣服在一夜之間消失。衣櫃裡的所有衣服都合我的尺寸，但是跟我以前穿的很不一樣。裡面有寬大的抽繩褲和飄逸的襯衫，都是白色亞麻材質，另外還有天冷時穿的袍子，有點像埃及農民穿的衣服。這完全不是我的風格。

莎蒂老是說我沒自己的風格。她總抱怨我穿得像老人一樣，從頭扣到尾的襯衫，還有休閒褲和皮鞋都走老人風。好吧，或許她說得對，但這是因為我爸總是灌輸我一個觀念，就是要穿出最好的一面。

我還記得他第一次向我說明這件事的情景。我當時十歲，和我爸正在前往雅典機場的路上，氣溫感覺上有攝氏四十五度。我抱怨著想換穿短褲和T恤；我抱怨著爲什麼不能穿舒服點，那天又沒有要去什麼重要的地方，我們只是在旅行而已。

爸把手放在我肩上。「卡特，你長大了。你是一個非裔美國人，大家會更嚴苛地評斷你，所以你一定要打扮得讓人無法挑剔。」

「那不公平！」我很堅持。

「『公平』並不代表每個人都得到一樣的東西，」爸說：「『公平』是指每個人都得到他們需要的東西。唯一的方法，就是要靠自己去實現。這樣你懂了嗎？」

我跟他說不懂，但我還是會照他的要求去做，像是關心埃及的事物、籃球和音樂，或是只帶著一個行李箱旅行。我打扮的方式也按照爸希望的去做，因爲他通常是對的。事實上，我從來不知道他也有出錯的時候……直到在大英博物館那一晚。

總之，我穿上衣櫃裡的亞麻衣。便鞋很舒服，雖然我懷疑穿這種鞋到底能不能跑步。

通往莎蒂房間的門開著，但是她不在那裡。

幸好我的房門沒有鎖住。瑪芬和我一起下樓，途中經過好多沒人住的臥室。這間房子睡得下一百個人，但現在的感覺卻空蕩悲涼。

到了樓下的大廳房，狒狒古夫坐在沙發上，兩腿間擺了顆籃球，手裡拿著一塊樣子很怪的肉，上面滿是粉紅色羽毛。牠正在看體育頻道，現在播的是前一晚的球賽精華。

雖然我覺得跟牠說話有點怪，但我還是說：「嗨！湖人隊贏了嗎？」

古夫看著我並拍拍籃球，好像想跟我來一場比賽。「啊，啊！」

有根粉紅色的羽毛黏在牠下巴，牠這樣子讓我有點反胃。

「呃，是喔，」我說：「我們晚點再打，好嗎？」

莎蒂和阿摩司坐在外面露台上的泳池畔吃早餐。外面應該冷得不得了，但火堆卻燒得很旺，阿摩司和莎蒂看起來都不覺得冷。我走向他們，卻在透特的雕像前猶豫了一下。雖然這位鳥頭神在大白天裡看起來沒這麼可怕，但我發誓那對銳利的眼睛真的緊盯著我。

昨晚那個火焰男是怎麼說的？要在我們學會使用力量前抓到我們。聽起來太可笑了，但此刻我感到體內湧起一股力量，就像我昨晚光靠舉手就能開門一樣。我感覺自己可以舉起任何東西，如果我要的話，就連抬起這尊約九公尺高的雕像也沒問題。我在恍惚間向前邁步。

瑪芬不耐煩地喵喵叫，還撞我的腳。那感覺消失了。

「你是對的，」我跟貓咪說：「這感覺眞蠢。」

接著，我聞到了早餐的香氣，有法式土司、培根、熱巧克力……這也難怪瑪芬急著想衝過去。我跟著牠走到露台。

「啊，卡特，」阿摩司說：「聖誕快樂。一起來吃吧。」

「也該是時候了，」莎蒂抱怨著：「我老早就起床了。」

但她的眼神和我對望一下，似乎和我想著同一件事：聖誕節。自從媽過世之後，我們從來沒有一起度過聖誕節。不知道莎蒂是否記得，我們以前還曾經用紗線和冰棒棍做出神眼圖案的聖誕飾品。

阿摩司替自己倒了一杯咖啡。他的衣服跟前一天穿的類似，我必須承認他很有型。他穿著藍色的羊毛製西裝，戴了一頂很搭的紳士帽，剛編好的髮辮裝飾著深藍色的青金石，埃及人常拿這種石頭當作寶石。就連他的藍色圓框眼鏡也很搭配。有一把次中音薩克斯風放在靠近壁爐的架子上，我幾乎能想見他在這裡吹奏薩克斯風，並對著東河吟唱的情景。

至於莎蒂，她穿著像我一樣的白色亞麻睡衣，但腳上還是那雙戰鬥靴。說不定她就是穿這樣睡覺的。紅色挑染的頭髮加上這身打扮，讓她看起來很滑稽。其實我穿的也好不到哪裡去，所以沒資格取笑她。

「呃……阿摩司？」我問：「你有養鳥當寵物嗎？我看到古夫吃的東西有粉紅色羽毛。」

「嗯。」阿摩司喝了一口咖啡。「如果這讓你感到不舒服，還眞抱歉。古夫非常挑食，牠只吃英文結尾字母是O的東西，像是多力多滋、墨西哥捲餅，還有紅鶴[19]。」

[19] 多力多滋的英文名稱是Doritos，單數形為Dorito；墨西哥捲餅的英文為burrito；紅鶴的英文是flamingo。此三者的英文結尾字母都是O。

我眨眨眼。「你是說……」

「卡特！」莎蒂警告我。她臉色不太好，可能剛才也經歷過同樣的對話。「別問了。」

「好吧，」我說：「不問了。」

「卡特，請自己來吧。」阿摩司比著自助餐桌上滿滿的食物。「待會兒我們就可以開始好好解釋許多事。」

我在餐桌上沒看到紅鶴，這樣很好，反正菜色豐富得幾乎什麼都有了。我拿了一些煎餅，淋上奶油和糖漿，還夾一點培根，倒了一杯柳橙汁。

突然，我眼角餘光注意到有東西在動。我看了一下游泳池。有某個長長的白色物體在水面划動。

我手上的盤子差點摔到地上。「那是……」

「鱷魚。」阿摩司證實了我的疑惑。「這是爲了祈求好運。牠有白化症，但請別說出來，牠很敏感。」

「牠的名字是『馬其頓的菲利普』。」莎蒂告訴我。

不知道莎蒂是如何鎭定地了解這一切，我想要是她沒有因此大驚小怪，我也應該跟她一樣鎭定才對。

「牠的名字眞長。」我說。

「牠是隻很長的鱷魚，」莎蒂說：「喔，還有牠喜歡吃培根。」

爲了證明這一點，她往後丟了一片培根。菲利普從水中一躍而起，一口吃掉。牠的皮是純白色，有著一對粉紅色眼珠。牠的嘴巴大到可以一口氣吞下一頭豬。

「牠不會對我的朋友怎樣。」阿摩司向我保證。「從前，神廟裡一定要養一整湖鱷魚才算完整。鱷魚是力量強大的魔法生物。」

「好的，」我說：「狒狒、鱷魚……還有其他我應該要知道的寵物嗎？」

阿摩司想了一下。「你是指看得見的嗎？沒有，我想就這些了。」

我挑了一個離游泳池很遠的位子坐下。瑪芬繞著我的腿打轉，發出咕嚕聲。希望牠夠聰明，知道要遠離那隻叫菲利普的魔法鱷魚。

「那麼，阿摩司，」我邊吃煎餅邊說：「可以解釋了。」

「沒錯，」他同意，「該從哪裡開始……」

「我們的爸爸。」莎蒂建議。「他發生什麼事了？」

阿摩司做了個深呼吸。「朱利斯試著想要召喚一位神。很不幸的，他成功了。」

要嚴肅看待阿摩司有點困難，因爲當他說著召喚神這樣的事情時，卻還一邊把奶油抹在貝果上。

「是某個特別的神嗎？」我隨口一問：「或者只召喚了比較小的神？」

莎蒂在桌子下踢我。她皺著眉，似乎眞的相信阿摩司說的話。

阿摩司咬了一口貝果。「卡特，埃及有很多神，你爸想找的是特別的。」

他意味深長地看著我。

「俄塞里斯。」我想起來了。「爸站在羅塞塔石碑前說：『俄塞里斯，來吧。』但俄塞里斯只是個傳說啊，他是虛構的。」

「我也希望是虛構的。」阿摩司望向東河對岸，凝視著在清晨朝陽中發光的曼哈頓天際。「卡特，古埃及人並不笨，他們建造了金字塔，創造了第一個偉大的政權。他們的文明延續了好幾千年。」

「是啦，」我說：「但現在都沒有了。」

阿摩司搖搖頭。「如此壯大豐沛的文明遺產並沒有消失。和埃及歷史比起來，希臘和羅馬文明只不過是小意思。至於現代國家像英國或美國的歷史呢？根本只是一眨眼的時間而已。至少就西方文明而言，埃及是最古老的文明源頭。看看美鈔上印著的金字塔；看看華盛頓紀念碑，這也是全世界最大的埃及方尖碑。埃及仍舊活躍在世界上，不幸的是，埃及的神也一樣存在著。」

「少來了，」我爭辯著：「我是說……就算眞的有魔法這種東西好了，但是要相信古代的神眞的存在，又是另一回事。你在開玩笑吧？」

當我說這句話時，突然想起在博物館的火焰男，他的臉是如何一下子變人、一下變動物；還有那座透特的雕像，它的眼睛是如何盯著我看。

「卡特，」阿摩司說：「埃及人不會笨到去相信想像出來的神。他們在神話裡描述到神的存在，都是千眞萬確的事。古埃及的祭司會召喚這些神，將神的力量傳輸到自己身上，好去完成偉大的功績。這就是我們現在所說的魔法的起源。魔法就像許多事物一樣，最先都是埃及人發明的。每一座神廟都有一個被稱爲『生命之屋』的分部，由一群魔法師組成。這些魔法師在古代各地名聞遐邇。」

「所以你是一位埃及魔法師。」

阿摩司點點頭。「你爸爸也是。昨晚你也親眼看到了。」

我猶豫了一下。要否認我爸在博物館做的那些怪事眞的很難，有些事看起來就像魔法。

「但他是個考古學家。」我固執地說。

「那是他用來掩飾身分的說詞。你記得他的專長是翻譯古代符咒吧，除非你會施魔法，否則很難搞懂古代符咒。我們凱恩家族幾乎打一開始就是生命之屋的成員。你母親的家族也一樣古老。」

「你說浮士德家族？」我試著想像外公和外婆施魔法的模樣，但除非觀看橄欖球賽的電視轉播和烤焦餅乾也算是一種魔法，否則還眞看不出來。

「他們家族已經好幾代沒有施用魔法了，」阿摩司坦言：「直到你母親出現。但沒錯，他們的確是一支非常古老的家族。」

莎蒂不可置信地搖搖頭。「所以，現在連我媽都跟魔法有關了。你在開玩笑嗎？」

「這不是玩笑！」阿摩司保證。「你們兩個……結合了兩支古老家族的血統，而這兩個家族與埃及的神都有著久遠複雜的淵源。你們是幾個世紀以來，凱恩家族最具有力量的孩子。」

我試圖理解這番話。我現在一點都不覺得自己力量強大，反而感到不安。「你是說，我們的父母祕密信奉有動物頭的神？」我問。

「不是信奉，」阿摩司糾正我說：「在古埃及文明結束前，埃及人都知道他們的神是不能信奉的。這些神代表有力的存在，是原始的力量，但並不像一般人概念裡的神一樣神聖。他們和人類一樣都是被創造出來的實體，只不過比人類更有力量。我們可以尊敬他們、畏懼他們、使用他們的力量，甚至與他們對抗好控制他們……」

「和神對抗？」莎蒂插嘴問。

「常有的事，」阿摩司很肯定地說：「我們不信奉他們。這是透特教我們的。」

我用求助的眼神看著莎蒂，我想這老頭一定瘋了。但莎蒂的表情似乎相信阿摩司說的每一個字。

「那麼……」我說：「爲什麼爸要打破羅塞塔石碑？」

「哦，我確定他是不小心的，」阿摩司說：「那一定嚇到他了。事實上，我猜我在倫敦的同伴現在已經修好石碑了。管理人很快會去檢查他們的寶庫，並發現羅塞塔石碑在爆炸後奇蹟似的毫無損傷。」

「但石碑被炸成幾百萬個碎片！」我說：「他們要怎麼修復？」

阿摩司拿起一個碟子丟到石頭地板上。碟子立刻碎成一地。

「這樣就是『毀壞』，」阿摩司說：「我也可以用魔法毀壞它，只要說咒語『哈—迪』就可以了，但用摔的比較簡單。那現在……」阿摩司伸出手。「合體。『海—奈姆』。」

一個閃著藍光的象形文字出現在他手掌上方。

碟子碎片飛進他手中，像拼圖一樣重新組合起來，就連最細小的沙塵都自己黏回去。阿摩司把完好如初的碟子放回桌上。

「一些小把戲而已。」我很勉強地說，並試著讓聲音聽起來非常冷靜。然而，我想到這些年來所有發生在爸和我身上的怪事，比如說在開羅的旅館那些槍手最後頭朝下掛在吊燈上，有沒有可能是因爲我爸施了某種咒語？

阿摩司在碟子裡倒些牛奶，把碟子放在地上。瑪芬晃了過來。「無論如何，你爸爸根本不想損害古物，他只是不知道羅塞塔石碑所蘊含的力量有多大。你看，隨著埃及的衰退，所有魔法被蒐集濃縮在僅存的古物中。當然，這些古物大多還在埃及，但你也幾乎能在每個重要的博物館裡發現它們。魔法師可以將這些古物當作中心點來施行更強大的咒語。」

「我不懂。」我說。

阿摩司雙手一攤。「抱歉，卡特。了解魔法必須學習很多年，而我正試著花一個早上向你解釋清楚。重點是，過去六年來，你父親一直在尋找召喚俄塞里斯的方法，而昨天晚上，他以爲自己已經找到適合進行這項儀式的文物。」

「等等，他爲什麼要召喚俄塞里斯？」

莎蒂給了我一個不安的眼神。「卡特，俄塞里斯是死人之王。爸之前說要讓一切回歸正途，他指的是媽。」

突然間，早上的氣溫似乎降得更低。從河上吹來的風把火堆吹得劈啪作響。

「他想把媽從冥界帶回來？」我說：「但那太瘋狂了！」

阿摩司遲疑了一下。「這種作法的確很危險、不聰明，而且很傻，但並不瘋狂。你爸爸是很厲害的魔法師。事實上，如果使用俄塞里斯的力量就是他一直在努力的事，他有可能已經成功了。」

我瞪著莎蒂。「你眞的相信這些？」

「你自己也看到在博物館裡的魔法，還有那個全身是火的傢伙。爸一定是從石頭裡召喚出某個東西。」

「沒錯，」我說，一邊想著我的夢，「但那火焰男不是俄塞里斯吧？」

「不是，」阿摩司說：「一切超乎你父親的預料。他的確釋放了俄塞里斯的元神。事實上，我認爲他還成功地釋放了另一位神……」

「是誰？」

阿摩司舉起手來。「那又得解釋很久了。這麼說吧，就是他自己吸取了俄塞里斯的力量，卻沒有機會用上，因爲根據莎蒂告訴我的經過來看，顯然朱利斯從羅塞塔石碑裡釋放出五位神。五位一直被困在一起的神。」

我瞄了一眼莎蒂。「你全都跟他說了？」

「卡特，他想幫我們。」

我還沒準備好要相信這個人，就算他是我們的叔叔也一樣。但我想我沒有太多選擇。

「好吧。沒錯，」我說：「火焰男曾說過爸釋放出全部五個。這是什麼意思？」

阿摩司喝了一口咖啡。他出神的表情讓我想起爸。「我不想嚇你。」

「反正已經嚇到了。」

「埃及的神非常危險。過去兩千年來，只要他們出現，我們魔法師總得花費許多時間束縛或驅逐他們。事實上，我們最重要的一條律令就是禁止釋放神或使用神的力量。這是羅馬時期的大儀式祭司伊斯坎德所頒布的律法；也就是說，你們父親以前就違反過這一條。」

莎蒂臉色發白。「那跟媽的死有關嗎？是在倫敦的克麗奧佩特拉之針？」

「就是和那件事有關。你爸媽……嗯，認爲自己在做對的事。他們冒了可怕的風險，並讓你媽媽喪命，你爸爸因此非常自責。我想或許可以說他是被放逐了，被同伴驅逐。他被逼著經常搬家，因爲生命之屋監控著他的一舉一動。他們擔心他會繼續他的……研究，而他也眞的繼續著。」

我想起以前爸有好幾次在抄寫古代銘文時，會一直回頭張望；或者是在清晨三、四點的時候叫我起床，堅持要換旅館；又或者是警告我不可以偷看他的工作袋；或是從古老神廟牆上謄寫特定的圖案，好像這一切都攸關我們的性命。

「難道這就是你沒來看過我們的原因？」莎蒂問阿摩司：「就因爲爸被放逐了嗎？」

「生命之屋禁止我去看他。我愛朱利斯。對我來說，要遠離他及你們兩個孩子是很難受的事，但是我眞的沒辦法見你們。一直到昨天晚上，我不得不出手幫忙。朱利斯執著於尋找俄塞里斯好幾年了，因爲你們母親發生的事，讓他的心神被悲傷消磨殆盡。當我知道朱利斯準備再次違反律令，試圖把事情導回正途，我必須阻止他。再次違反律令的話，只有死路一條。很不幸我失敗了，我應該要知道他是非常頑固的。」

我低頭看著盤子，食物都涼了。瑪芬跳到桌上磨蹭我的手。看我沒有反對，牠開始吃起我的培根。

「昨天晚上在博物館，」我說：「有個拿刀的女孩和一個鬍子分叉的男人，他們也是魔法師嗎？也是從生命之屋來的？」

「對，」阿摩司說：「他們在監視你們的父親。你們很幸運，他們竟然放了你們一馬。」

「那女孩想殺我們，」我想起來了，「但是留著鬍子的男人說：『還不行。』」

「除非必要，否則他們不會殺人。」阿摩司說：「他們會等著觀察你們是否會成爲威脅。」

「爲什麼我們會是威脅？」莎蒂質問他。「我們是小孩子！又不是我們要召喚神。」

阿摩司推開盤子。「你們兩個被分開撫養是有原因的。」

「是因爲浮士德那家人找爸上法庭，」我實話實說：「爸打輸了官司。」

「不只是這樣。」阿摩司說：「生命之屋堅持你們兩個要被分開。雖然你們父親知道讓你們兩個一起生活有多危險，但他還是想把你們都留在身邊。」

莎蒂看來非常驚訝。「他眞的有這樣想過？」

「當然。莎蒂，這都是因爲生命之屋的干預，他們要確保由你外公和外婆得到你的監護權。如果你和卡特一起長大，你們可能會具有強大的力量。或許你們在這一天之中，已經感受到變化了。」

我想到自己一直覺得體內有股力量這件事，還有莎蒂似乎突然間知道如何看懂古埃及文。然後我想到了更久以前的事。

「你的六歲生日。」我對莎蒂說。

「蛋糕。」她立刻接著說。回憶在我們之間傳遞，像是電光火花一般。

莎蒂六歲的生日派對是我們全家最後一次聚在一起慶祝。在派對上，我跟莎蒂大吵一架。我不記得是在吵什麼了，大概是我想要替她吹熄蠟燭吧。我們開始大吼大叫。她抓住我的襯衫。我推她一把。我記得爸急忙跑過來想拉開我們，但在他來得及阻止之前，莎蒂的生日蛋糕爆開了。糖霜濺到牆上，也噴到我們爸媽和莎蒂那些六歲朋友的臉上。爸媽把我們兩個分開，他們叫我回自己房間。之後，他們說我們一定是打架時不小心打到蛋糕，但我知道我們並沒有。是某種很奇怪的原因讓蛋糕爆開，很像是蛋糕在回應我們的憤怒。我記得嚎啕大哭的莎蒂額頭上有一小塊蛋糕；一根上下顛倒的蠟燭插在天花板上，燭芯還在燒著。當時還有個客人是爸媽的朋友，他的眼鏡上都噴滿了白色糖霜。

我面向阿摩司。「那個人是你。你有參加莎蒂的派對。」

「香草口味的糖霜，」他回憶著，「非常好吃。但那時候就可以明顯看出，要在同一個屋簷下撫養你們，會是很困難的事。」

「那麼……」我結結巴巴不知道要怎麼說，「我們現在怎麼辦？」

我不想承認，但卻無法忍受再次和莎蒂分開的想法。她雖然不怎麼樣，卻是我現在僅有的一切。

「無論生命之屋是否准許，」阿摩司說：「你們一定要接受適當的訓練。」

「他們為什麼會不准？」我問。

「別擔心，我會解釋這一切。如果我們都相信有機會找到你們父親，並且讓事情回歸正途的話，你們一定要開始接受訓練，否則全世界都會有危險。要是我們能知道哪裡……」

「鳳凰城。」我脫口而出。

阿摩司瞪著我看。「什麼？」

「昨晚我……嗯，不算是作夢……」我覺得很蠢，但我還是把睡覺時發生的事告訴他。

從阿摩司的表情來看，這消息比我想像的還糟。

「你確定他有說到生日禮物？」他問。

「對，那是什麼意思？」

「還有固定的宿主，」阿摩司說：「他還沒找到嗎？」

「是那個雞爪人說的……」

「那是惡魔，」阿摩司說：「是混沌的嘍囉。如果惡魔已經進入了人類世界，我們的時間所剩不多了。這非常嚴重，很糟糕。」

「如果你住在鳳凰城，那的確很糟。」我說。

「卡特，我們的敵人不會只待在鳳凰城。如果他這麼快就變得這麼有力量……他到底說了什麼有關暴風的事？」

「他說：『我會召喚威力最驚人的暴風。』」

阿摩司皺起眉頭。「他上次這麼說的時候，弄出了一個撒哈拉沙漠。那場暴風大到可以摧毀北美洲，所製造出的混沌能量足夠讓他幾近無敵。」

「你在說什麼？這個人是誰？」

阿摩司揮揮手不回答。「現在更重要的是，你為什麼不用那個枕頭睡覺？」

我聳聳肩。「因為不舒服。」我看著莎蒂尋求支持。「你也沒有用吧？」

莎蒂轉了轉眼珠。「我當然有用啊。既然擺在那裡一定是有原因的。」

有時我眞討厭我妹。

【噢！那是我的腳耶！】

「卡特，」阿摩司說：「睡覺很危險。那是進入杜埃的大門。」

「好極了，」莎蒂抱怨，「又是一個奇怪的詞。」

「啊……對，抱歉，」阿摩司說：「杜埃是充滿靈魂和魔法的世界。它像是廣闊的大海，就位於活人世界的下方，分成很多層和很多區域。我們昨晚到紐約，就是在杜埃的淺層中潛行。因爲在杜埃交通往來比較快。卡特，在你睡覺的時候，你的意識也流入了其中最淺的一層，所以才能看到在鳳凰城發生的事。幸運的是，你在那場經歷後活了下來。愈深入杜埃，就會遇到愈恐怖的事，要返回人世間就愈困難。其中有個地方滿是惡魔，也有個地方是神以最純淨的形式存在；光是他們的存在，力量就大到可以將人燒成灰燼。有些監獄關著難以形容的邪惡之物；有些縫隙既深且亂，就連神也退避三舍。現在你的力量開始蠢蠢欲動，你絕對不能沒有保護就睡著，否則很容易讓自己受到來自杜埃的攻擊……或是無意間通過杜埃。枕頭有施咒，可以讓你的意識固定在身體內。」

「你是說，我是眞的……」我突然感到滿嘴苦澀。「他有可能會殺了我？」

阿摩司表情凝重。「你的靈魂能夠那樣來去，表示你的發展比我所想的還要快，比應該的發展還快。如果紅帝注意到你……」

「紅帝？」莎蒂說：「就是那個火焰男？」

阿摩司從椅子上站起來。「我必須找出更多消息，不能只是等他來找你們。要是他在自己生日當天釋放風暴，在他的力量達到巔峰之時……」

「你是說你要去鳳凰城？」這幾個字我差點說不出口。「阿摩司，那個火焰男打敗了爸，他把爸的魔法當作笑話！現在他還有不少惡魔當手下，而且力量愈來愈強……你會被殺的！」

阿摩司對著我苦笑，彷彿他已經衡量過其中的危險，不需要別人提醒。他的表情讓我痛苦地想起爸爸。「卡特，別這麼快就看扁你叔叔。我也有自己的魔法，況且我一定要親自看看目前狀況，才能知道是否有機會救回你爸並阻止紅帝。我會快去快回，並盡量小心。好好待在這裡，瑪芬會保護你們。」

我眨眨眼睛。「那隻貓會保護我們？你不能就這樣把我們留在這裡！那我們的訓練怎麼辦？」

「等我回來的時候就開始。」阿摩司保證。「別擔心，這棟豪宅有保護措施。千萬不要離開。不可以受騙替任何人開門。不論發生什麼事，絕不可以進去圖書室，嚴格禁止。我會在黃昏前回來。」

在我們抗議之前，阿摩司已經從容地走到露台邊縱身一跳。

「不！」莎蒂尖叫。我們跑到欄杆旁往下看，底下約三十公尺的地方就是東河。沒有阿摩司的蹤跡。他就這樣消失得無影無蹤。

馬其頓的菲利普在池子裡潑濺出水花。瑪芬跳到欄杆上，堅持要我們拍拍牠。

我們孤伶伶地和狒狒、鱷魚及詭異的貓一起待在這間奇怪的大房子。顯然全世界已經陷入了危機。

我看著莎蒂。「我們現在要做什麼？」

她將雙手交叉在胸前。「嗯，這再清楚也不過了吧？我們去圖書室探險。」

7 圖書室大冒險

說眞的，卡特有時笨到讓我不相信我們有血緣關係。

我是說，當有人說「我不准……」的時候，很明顯就是値得去做做看。我直接往圖書室走去。

「等等！」卡特大喊：「你不能就……」

「親愛的哥哥，」我說：「阿摩司在講話的時候，你的靈魂又離開身體了嗎？你眞的有在聽他說話？埃及的神是眞的存在。紅帝是壞人。紅帝的生日馬上就到了，這一點非常糟糕。生命之屋呢，是一群老糊塗的魔法師，他們只因爲爸有點叛逆就憎恨我們家的人，你可以順便從爸的身上學到一點教訓。結果就只剩下我們兩個，爸失蹤了，一個邪惡的神快要摧毀世界，還有一個跳樓的叔叔，而我眞的沒辦法怪他。」我深呼吸一口氣。【對，卡特，我偶爾也是需要呼吸的。】「我有漏了什麼嗎？噢，對了，我還有一個哥哥身上流著古老家族的血液啊、血統啊等等之類的，他被認爲很有力量，但是害怕去參觀圖書室。你現在到底要不要跟來阿？」

卡特眨著眼，像是我剛揍了他一頓似的，我猜我的確有刺激到他。

「我只是……」他結結巴巴的，「我只是認爲應該小心一點。」

我了解這個可憐的男生很害怕，不應該拿這點來攻擊他，但這其實有點讓我吃驚。畢竟卡特是我的哥哥，他年紀比我大，比我成熟，還曾經跟爸一起環遊世界。哥哥總是被認爲應該謹愼行動，而妹妹呢，嗯，我們應該可以照自己的意思全力出擊是吧？但我發現有可能，只是可能，我對他有點太苛刻了。

「聽著，」我說：「我們需要幫爸，是吧？圖書室裡一定有某種力量強大的東西，否則阿摩司不會把那裡鎖起來。你想要幫爸吧？」

卡特不安地動了動身體。「對……我當然想。」

那麼，算是解決了一個問題，所以我們往圖書室走去。但古夫一看到我們要做什麼，立刻帶著籃球從沙發上爬下來，跳到圖書室的門口。誰會知道狒狒的動作這麼神速？牠對著我們吼叫，我只能說狒狒的牙齒眞是大得不得了，而這些牙齒比起在吃怪怪粉紅鳥時，也好看不到哪裡去。

卡特試著跟牠講道理。「古夫，我們沒有要偷東西。我們只想……」

「啊！」古夫生氣地運球。

「卡特，」我說：「你沒有在幫忙。古夫，你看這裡。我有這個……鏘鏘！」我舉起一盒自助餐桌上拿來的黃色盒裝玉米穀片。「是『圈圈餅（Cheerios）』！英文字尾有O喔。很好吃呢！」

「啊！」古夫咆哮著，現在似乎興奮多過生氣。

「想要嗎？」我哄牠。「把這個拿去沙發那裡，然後假裝你沒看到我們，好嗎？」

我把穀片往沙發那裡丟，狒狒立刻飛撲過去。牠在半空中接住盒子，興奮得不得了。牠直接往牆上跳，然後坐在壁爐架上，開始小心翼翼拿出圈圈餅，一次吃一片。

卡特用一臉佩服卻心有不甘的表情看我。「你是怎麼……」

「我們有些人就是想得遠。好了，來開門吧。」

要開門還真不容易。這兩扇門用厚重的木頭做成，旁邊還纏繞著巨大的鋼鍊和鎖。真的是太超過了。

卡特向前一步，試著抬起手來讓門上升。前一晚，這招的確讓人印象深刻，現在卻一點效果也沒有。

他用最傳統的方法搖晃著鍊子，然後猛拉掛鎖。

「沒用。」他說。

冰冷的針又刺著我的脖子。幾乎像是有人，或某種東西，在我的腦海裡低聲說了一個方法。「剛剛吃早餐時，阿摩司拿來用在碟子上的是哪個詞？」

「你是說『合體』？」卡特說：「好像是『海─奈姆』或類似的音。」

「不是，是另一個，表示『毀壞』那個。」

「嗯，是『哈─迪』。但你需要懂得魔法及象形文字才能用，不是嗎？就算那樣……」

我的手對著門舉起來。我用兩隻手指和大拇指指著門，有點像是用手比槍的動作，但拇指的位置和地面平行。這奇怪的手勢我從來都沒比過。

「哈—迪！」

發光的金色象形文字燃燒著最大的掛鎖。

接著兩扇門炸開了。卡特摔到地上，鎖鍊碎了一地，尖尖的木頭碎片飛散在整間大廳房。等到塵埃落定，卡特站起來，身上沾滿木屑。我似乎沒事。瑪芬繞著我的腳，滿足地喵喵叫，好像這很稀鬆平常。

卡特瞪大眼睛看我。「你是怎麼……」

「不知道，」我承認，「但圖書室開了。」

「你不覺得做得有點過頭了？我們一定會惹上大麻煩……」

「我們只要想辦法把門恢復原狀就好啦，對吧？」

「請不要再搞破壞了，」卡特說：「我們剛才差點被炸死。」

「噢，你覺得如果把那個咒語用在人的身上……」

「不行！」他緊張地往後退。

可以嚇嚇他讓我挺開心的，但我努力不露出笑容。「我們進去圖書室探險一下吧？」

事實上，我根本無法把「哈—迪」用在任何人身上。我一往前走，就覺得頭好昏，差點暈倒在地。

我搖搖晃晃的時候，卡特扶了我一把。「你還好吧？」

「很好。」我勉強地說，雖然一點都不好。「我很累，」我的肚子在叫，「而且很餓。」

「你才剛吃了一頓豐盛的早餐。」

說得沒錯，但我覺得餓得好像好幾個星期沒吃東西了。

「沒關係，」我告訴他：「我撐得下去。」

卡特困惑地看著我。「你的象形文字是金色，而爸和阿摩司的都是藍色，爲什麼？」

「也許每個人都有自己的顏色，」我說出我的想法：「也許你的是粉紅色。」

「很好笑。」

「來吧，粉紅巫師，」我說：「我們進去吧。」

這間圖書室十分驚人，我差點忘了自己還在頭昏。這裡比我想像中還大，一間圓形的房間深鑿在堅硬的岩石裡，就像一個巨大的水井。根本不可能啊，這間房子坐落在一間倉庫上方，但是話說回來，這裡沒有一個地方是正常的。

從我們所站的平台來看，有一道樓梯通往這三層樓的最底層。牆壁、地板和圓頂天花板都以彩繪的人、神、怪物當裝飾。我在爸寫的書裡看過這樣的圖（對啦，有時我在書店會走到埃及區偷看爸寫的書。那只是爲了感覺與他有所聯繫，並不是因爲我想看那種書），但書裡的照片總是褪色又有汙點。但在這圖書室裡的圖看起來像剛畫好的一樣，整間房間就像是一件藝術品。

「好漂亮。」我說。

天花板上的藍色星空閃閃發亮，但這天空不是單純的藍色。更確切地說，這個天空是用一種奇怪的漩渦狀圖案所畫成。我發現這是一個女人的形狀。她的身體彎向一邊，全身上下、手臂和腿都是深藍色，上面綴有星星。底下的地板也用類似的方式畫成，不過綠色、褐色相間的大地則是男人身體的形狀，上面綴有森林、山丘和城市的圖案。一條河蜿蜒流過他的胸膛。

圖書室裡沒有書，連書架也沒有。牆壁反而像蜂窩一樣，一個個圓格內都放了某種塑膠圓筒。

在東南西北方位的四個頂點，都有一尊立在底座上的陶製雕像。雕像的高度大約是一般人類的一半，穿著短裙和涼鞋，剪成楔形的頭髮烏黑發亮，眼睛四周畫有黑色眼線。

【卡特說畫那種眼線的東西叫做「化妝墨」，說得好像有什麼大不了的。】

總之，有座雕像手拿著像筆的東西和紙卷，另一個捧著盒子，還有一個握著一把上頭彎曲的短杖，最後一個則兩手空空。

「莎蒂。」卡特指著房間中央。爸爸的工作袋就在一張長石桌上。

卡特開始走下樓梯，但我抓住他的手。「等一下。會不會是陷阱？」

他皺著眉。「什麼陷阱？」

「埃及的墳墓裡不是都有陷阱嗎？」

「這個嘛……有時候有，但這又不是墳墓。何況墳墓裡通常比較多詛咒，像是被火燒的詛咒、被驢子攻擊的詛咒……」

「噢，好極了。聽起來好多了。」

他慢慢走下樓梯，這讓我覺得很可笑，因爲我通常是快步走在最前面那個人。但我想要是有人必須被燙傷或被魔法驢子攻擊，那個人最好是卡特而不是我。

我們平安走到房間中央。卡特打開工作袋。仍舊沒有出現陷阱或詛咒。他拿出一個爸之前在大英博物館曾用過的奇怪箱子。

箱子是木頭做的，大約可以裝下一條法國麵包的大小。蓋子上的裝飾就像圖書室裡的一樣，有神、怪物和側身走路的人。

「古埃及人這樣是要怎麼走路？」我很好奇。「手和腳都往旁邊擺，看起來有點呆。」

卡特給了我一個「老天，你眞是有夠笨」的表情。「莎蒂，他們在眞實生活裡不是這樣走路的。」

「那爲什麼要把他們畫成這樣？」

「他們認爲繪畫就像魔法一樣。如果你畫你自己，你就必須把所有手臂和腿都畫出來，否則在來世重生之後可能會沒手沒腳。」

「那爲什麼連臉都要側向一邊？他們從來不會直視著人。難道這不表示他們以後會少了另一邊的臉嗎？」

卡特遲疑了一下。「我想他們是怕如果畫直視著你，可能會太像眞的人。這樣畫作有可能會想要變成你。」

「有沒有他們不會怕的東西？」

「妹妹，」卡特說：「如果妹妹太聒噪，古埃及人會把她們拿去餵鱷魚吃。」

他害我楞了一下。眞不習慣他表現的幽默，我揍了他一拳。「快把箱子打開啦。」

他首先拿出一塊白色黏糊狀的東西。

「是蠟。」卡特宣布。

「了不起。」我拿起一支木頭筆和一塊表面有凹槽可放墨水的調色板，然後幾瓶玻璃墨水罐，有黑色、紅色和金色。「還有一套史前時代的繪畫工具組。」

卡特拿出幾捲褐色的線、一尊小型的黑色貓咪雕像和厚厚一大捲的紙。不，這不是紙，而是紙草。我記得爸解釋過埃及人如何用一種河邊的植物製成紙草，因爲他們從來沒發明過紙張。這玩意又厚又粗，不知道可憐的埃及人是不是得用紙草來擦屁股。如果是這樣的話，難怪他們都要側著身體走路。

最後我拿出了一塊蠟做的人像。

「好噁……」我說。

這是一個很小的人像，做得很粗糙，當初做它的人似乎在趕時間。它兩手交叉在胸前，嘴巴張開，膝蓋以下的腿被切掉。有一縷人類的頭髮繞在它的腰上。

瑪芬跳到桌上，聞了這個小人像。牠似乎覺得這個人像很有趣。

「這裡沒別的東西了。」卡特說。

「你要找什麼？」我問。「我們有蠟、紙草衛生紙、醜不拉嘰的蠟像……」

「那東西要能解釋發生在爸身上的事，還有我們要怎麼救他回來？爸召喚的那個火焰男又是誰？」

我舉起蠟像。「你這全身是疣的醜八怪，你聽到他說的了。把你知道的事告訴我們。」

我只是隨手玩玩，但是蠟像竟然變得像真人一樣柔軟有溫度。它說：「我回應你的呼喚。」

我大聲尖叫把它扔掉，結果它小小的頭撞到桌子。哎呀，這能怪我嗎？

「噢！」它說。

瑪芬走過來聞一聞，這個小蠟像開始用另一種語言咒罵，大概是在說古埃及文吧。它發現這麼做沒用，就改用英語尖叫：「走開！我又不是老鼠！」

我抱起瑪芬，把牠放到地上。

卡特的臉變得跟這個小蠟像一樣軟弱蒼白。「你是誰？」他問。

「我是個道道地地的薩布提[20]！」小蠟像摸摸它凹陷的頭。它看起來還是有點呆，只不過它現在會動會講話。「主人都叫我『糰小子』，雖然我覺得這名字很傷人。你可以叫我『摧毀敵人的無敵力量』。」

「好吧，糰小子。」我說。

雖然很難從那張爛巴巴的臉上看出表情，但我認爲它在狠狠瞪我。

「你不該啓動我！只有主人可以！」

「你說的主人是爸爸，」我亂猜的，「呃，就是朱利斯・凱恩？」

「就是他。」糰小子嘟噥著。「我們說完了沒？我已經完成我的服務了嗎？」

卡特茫然地看著我，我想我開始懂了。

「那麼，糰小子啊，」我對這團蠟塊說：「是在我把你拿起來，並且直接對你下指令說：『把你知道的事告訴我們。』那個時候啓動了你，對不對？」

糰小子兩隻粗短的手臂交叉在胸前。「你現在是在耍我喔。當然是這樣啊，不過應該只有主人能啓動我，不知道你是怎麼做到的。等他發現之後，一定會讓你粉身碎骨。」

卡特清了清喉嚨。「糰小子，你的主人是我們的爸爸，他失蹤了。他被人用魔法送到某個地方，我們需要你的幫助……」

「主人失蹤了？」糰小子笑得好大聲，我覺得它的蠟臉都快裂開了。「終於自由了！再見啦，傻瓜！」

它想衝到桌邊，卻忘了自己沒有腳，結果臉朝下摔了一跤。它開始用手拖著身體往桌邊爬。「自由！自由！」

它砰咚一聲掉到桌子底下，這樣似乎也沒能讓它灰心沮喪。「自由！自由！」

它又爬了一、兩公分，然後就被我撿起來扔回爸的魔法箱裡。糰小子試著爬出來，但箱子比它高，它連邊邊都碰不到。不知道它是不是故意被設計成這樣。

「被困住了！」它發出哀嚎。「被困住了！」

「噢，閉嘴！」我告訴它：「我現在是你的女主人，你要回答我的問題。」

卡特挑著眉。「怎麼會是你當家作主？」

「因爲我很聰明，知道如何啓動它。」

「你剛剛只是在鬧著玩！」

我才不理我哥呢，這也是我的眾多才能之一。「好了，糰小子，第一個問題：什麼是『薩布提』？」

「如果我告訴你的話，你會讓我出來嗎？」

「你一定要告訴我，」我清楚表態，「而且，不，我不會讓你出來。」

---

⑳薩布提（shabti）是古埃及文化中的陪葬品，為中王國時期大量出現的一種木乃伊造型小人俑，材質常由石頭、木頭、蠟或彩陶製成。人俑上面通常會刻著死者名字，以及咒語或祭文。它的用意在於代替死者工作，也就是被當成死者的替身。

它嘆口氣。『「薩布提」指的是「回應者」，就連最笨的奴隸都可以回答你。』

卡特彈了彈手指。「我想起來了！埃及人用蠟或陶土做出小人偶，他們想像在死後這些人偶就是代替他們做各種工作的僕人。這些人偶只在主人呼叫他們的時候才能活過來，所以死人就能過得輕輕鬆鬆，讓薩布提永遠代替他做所有工作。」

「首先，」糰小子插嘴說：「眞是典型的人類啊！到處遊手好閒，把所有工作丟給我們做。第二，死後的工作只是薩布提的其中一種功用。魔法師也會在生活中的很多地方用到我們，因爲魔法師沒有我們的話，根本就是廢物。第三，如果你懂這麼多，何必問我？」

我很好奇地問它：「爲什麼爸把你的腿切斷，卻留下嘴巴給你？」

「我……」糰小子用小手拍自己的嘴。「喔，很好笑是吧。威脅蠟像。大壞蛋！他把我的腿切斷，所以我才不會逃跑，或是以完美的形體復活再殺了他。想殺他是很自然的事。魔法師很壞，他們迫害雕像以取得控制權。他們怕我們！」

「如果他把你做得很完美，你會不會復活然後想殺他？」

「大概會吧，」糰小子承認：「我們說完了沒？」

「連一半都還不到，」我說：「我們的爸爸發生了什麼事？」

糰小子聳聳肩。「我怎麼會知道？但我看到他的魔棒和魔杖都不在箱子裡。」

「沒錯，」卡特說：「魔杖，就是那個會變成蛇的東西，被燒掉了。至於魔棒……你說的是那個像迴力鏢的東西嗎？」

「像迴力鏢的東西？」糰小子說：「永恆的埃及之神啊，你眞是蠢斃了。那當然是一根魔棒。」

「被打碎了。」我說。

「告訴我怎麼碎的。」糰小子要求我。

卡特告訴它事情經過。我不確定那是不是一個好主意，但我猜一個十公分高的雕像應該傷不了我們。

「太棒了！」糰小子大叫。

「爲什麼？」我問：「爸還活著嗎？」

「沒有！」糰小子說：「他差不多算死了。五位神在邪靈日被釋放？好極了！任何跟紅帝決鬥的人……」

「等等，」我說：「我命令你告訴我發生了什麼事。」

「哈！」糰小子說：「我只需要告訴你我所知道的事。經過思考然後做出猜測則是不同的任務。我宣布我完成了我的服務！」

它一說完，就變回毫無生命的蠟像。

「等等！」我又把它拿起來搖晃。「把你思考後的猜測告訴我！」

什麼事也沒發生。

「或許它身上有裝定時器或計數器，」卡特說：「像是只能一天使用一次之類的限制，或是你把它弄壞了。」

「卡特，說點有用的建議啦！現在要怎麼辦？」

卡特看著四尊立在底座上的陶像。「或許……」

「別的薩布提？」

「值得一試。」

如果雕像是回應者，那麼它們表現得非常糟。雖然很重，但我們試著把它們拿起來並下達指令。我們還試過指著它們大叫，甚至親切地詢問，它們就是什麼答案也不給。我沮喪地想要大叫「哈—迪」把它們通通炸碎，但我仍舊又餓又累。我感覺唸這個咒語大概會要了我的命。

最後我們決定察看四周牆上的格子。那些塑膠筒很像那種在得來速銀行裡把文件咻的一聲送上送下的輸送管。每一根筒子裡都有一份紙草卷。有些看起來很新，有些看起來有好幾千年的歷史了。每個圓筒上都有標籤，寫著象形文和英文（幸好有）。

「《聖牛書》[21]，」卡特唸出一份紙草卷的標題，「這是什麼標題？你拿的是什麼？是《聖獾書》嗎？」

「不是啦，」我說：「是《消滅阿波非斯之書》[22]。」

瑪芬在房間一角喵喵叫。我看了牠一眼，發現牠的尾巴都蓬起來了。

「牠怎麼了？」我問。

「阿波非斯是一隻巨大的蛇怪，」卡特喃喃說著：「這聽起來很糟。」

瑪芬轉身往樓梯上跑，回到大廳房。貓啊，還真是很難搞懂。

卡特打開另一份。「莎蒂，你看這裡。」

他找到一卷歷史悠久的紙草卷，上面似乎大部分是一行行象形文字。

「你有辦法讀嗎？」卡特問。

我皺著眉頭仔細看，奇怪的是，我看不懂，除了最上面那一行以外。「只看得懂應該是標題的那一行。上面寫著……『大屋血統』。這是什麼意思？」

「大屋，」卡特思索著，「這個字用埃及文說的話，聽起來像什麼？」

「帕—洛。喔，就是『法老㉓』，是吧？但法老指的不就是國王嗎？」

「是國王沒錯，」卡特說：「這個字在字面上指的是『大屋』，例如國王的豪宅，有點像

㉑《聖牛書》（*The Book of Heavenly Cow*）說的是魔咒和聖牛的故事。主要內容描述人類反抗太陽神拉，結果受到拉嚴重致命的懲罰。此外，書中也討論魔法的力量和眾神靈魂的概念。

㉒《消滅阿波非斯之書》（*The Book of Slaying Apophis*）共分九章，其中包含不同的神敘說宇宙天地創造的情形，以及秩序與混沌彼此抗衡的狀態。

㉓法老（pharaoh）指的是古埃及國王。事實上，一直到了新王國時期的圖特穆斯三世，「法老」才開始成為統治者的稱號。現代則以此稱號統稱歷代埃及的統治者。

是用『白宮』來代表總統。這裡的意思大概比較像是說『法老的血統』，所有的法老，還有整個王朝的家族譜系，而不是單指某個王而已。」

「法老的血統關我什麼事？而且爲什麼我看不懂其他的字？」

卡特盯著字看。突然間，他的眼睛睜得好大。「這些是人名。你看，這些字都寫在橢圓形皇室徽章裡。」

「你說什麼？」我問他。因爲「橢圓形皇室徽章」的英文聽起來很粗魯[24]，我對自己擁有這種英文常識而感到自豪。

「這些橢圓形，」卡特解釋：「象徵具有魔法的繩子，能保護名字的所有人不受邪惡魔法傷害。」他看著我。「也可能是要防止其他魔法師把他們的名字唸出來。」

「噢，你腦筋有問題。」我說。但我仔細看了那幾行字，就像他剛才說的，所有的字都有橢圓形皇室徽章保護，我完全看不懂。

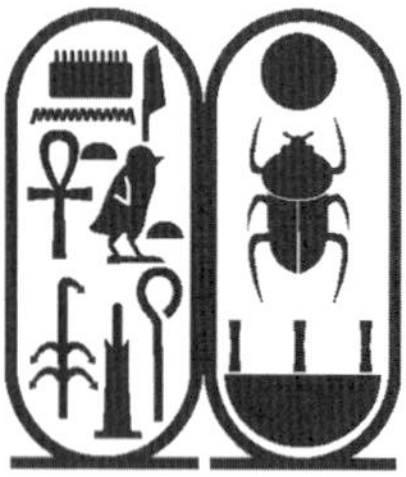

「莎蒂……」卡特說，他的聲音聽起來很急切。他指著單子上最後一枚橢圓形皇室徽章，

是在看起來有幾千個人名的最後一行。

橢圓形裡有兩個簡單的符號，是一個籃子和一道波浪。

「是英文字母K及N，」卡特告訴我：「我知道這個字的意思。這是我們的姓，凱恩（Kane）。」

「不是還少了幾個字母嗎？」

卡特搖搖頭。「古埃及人通常不會把母音寫出來，他們只寫子音。你必須從前後文去推敲出母音。」

「他們眞是瘋了。那麼這個字也很有可能是指孔恩（Kon）、艾康（Ikon）、阿尼（Knee）或是艾克尼（Akne）。」

「是有可能，」卡特同意，「但這個是我們的姓凱恩沒錯。我曾經請爸用象形文寫我們的姓給我看，他就是這麼寫的。爲什麼我們會在這個名單上？『法老的血統』又是什麼意思？」

我脖子後面又開始發涼。我想起阿摩司曾經說過，我們父母兩邊都承襲了非常古老的家

㉔「橢圓形皇室徽章」的英文是cartouche。莎蒂在這裡把這個字誤會成「屁股」（tush）。

族。卡特望著我，從他的表情來看，他也有相同想法。

「不可能。」我抗議著說。

「一定是開玩笑的，」他也同意，「沒有人的家族會記錄到這麼久以前的事。」

我吞了一下口水，喉嚨突然非常乾。過去這一天來，有這麼多怪事發生在我們身上，但我卻是到了看見我們的姓氏出現在紙草卷裡，才終於相信所有這些瘋狂的埃及事物是眞的。神、魔法師、怪物……而我們家跟這一切有關。

自從吃早餐起，我一想到爸試著讓媽死而復生，就有種可怕的情緒想要控制我。不只是可怕，沒錯，這種想法令人毛骨悚然，比外公外婆在大廳櫥櫃替媽弄的小祭壇還要恐怖。沒錯，我是告訴過你我試著不要活在過去，我說過什麼都改變不了我媽已經過世的事實。但是我說謊。事實上，我從六歲開始就一直有這個夢想，我想再見到我媽，我想眞的去認識她、和她說話、陪她逛街、一起做任何事。跟她在一起一次也好，只要讓我能對她有更美好的回憶可以珍藏。我試著想去動搖的，是希望。我知道我替自己設的這個夢幾乎無害，但若眞有可能讓她重返人世，不管要炸掉多少塊羅塞塔石碑我都得去完成。

「我們繼續找。」我說。

幾分鐘後，我找到一張圖，上面畫了一排五個獸首人身的神，還有一個全身滿是星星的女人彎著身，像把打開的傘，保護似的蓋在他們頭頂上。爸釋放了五位神。嗯。

「卡特，」我叫他，「這是什麼？」

他走過來，眼睛亮了起來。

「就是這個！」他大叫。「這五個……還有上面這位是他們的母親努特㉕。」

我笑了出來。「這女神叫做『努特』？聽起來很駑鈍喔。」

「很好笑，」卡特說：「她是天空女神。」

他指著彩繪的天花板。上面的女子全身星光閃爍，就跟紙草卷裡的圖一樣。

「那她有什麼故事？」我問。

卡特眉頭深鎖。「關於邪靈日的事，與這五位神的出生有關，但爸是在很久以前告訴我這個故事。我想，這整份紙草卷都是用象形文字寫的，像是草寫的象形文。你看得懂嗎？」

我搖搖頭。顯然我獨特的瘋狂才能只適用於一般的象形文字。

「真希望可以找到這個故事的英文版。」卡特說。

我們身後接著發出一陣乒乒乓乓的聲響。雙手空空的陶土雕像從基座上跳下，走向我們。卡特和我閃到一旁，它直接走過我們旁邊，從格子裡抓出一根塑膠筒交給卡特。

「這是一個專門拿東西的薩布提，」我說：「陶製圖書館員。」

卡特緊張地吞一口口水，接過塑膠筒。「呃……謝了。」

㉕努特（Nut）是埃及神話中的天空女神。她是大地之神蓋伯（Geb）的妻子，生下了俄塞里斯、艾西絲（Isis）、賽特（Set）和奈弗絲（Nephthys）等重要的埃及神。她也是死亡女神，傳說法老死後會進入她的身體，不久後將會重生。

雕像走向底座，跳了上去，再次變回平常的模樣。

「我想……」我對著薩布提說：「請拿三明治和洋芋片給我！」

可惜沒有任何一個陶土雕像跳下來替我服務。或許是圖書室裡不准吃東西吧。

卡特打開塑膠筒，攤開紙草卷。他鬆了口氣。「這是英文版。」

他很快讀著內容，眉頭卻愈皺愈深。

「你看起來很不高興。」我注意到了。

「因爲我想起這個故事了。這五位神……如果爸眞的釋放了他們，這是壞消息。」

「慢點，」我說：「從頭開始講。」

卡特顫抖地吸了口氣。「好。天空女神努特嫁給大地之神蓋伯㉖。」

「是地板上這個傢伙？」我用腳點一點地板上那全身畫滿河流、山丘和森林的綠巨人。

「答對了，」卡特說：「總之，蓋伯和努特想要生小孩，而身爲眾神之上同時也是太陽神的大神──拉㉗，卻聽到一個不好的預言，說努特的孩子……」

「駑鈍的孩子，」我偷笑著，「抱歉，請繼續。」

「……有個蓋伯和努特所生的孩子將會取代拉成爲眾神之王。所以拉一聽說努特懷孕，就倉皇失措，禁止努特在一年之中的白天或夜晚生產。」

我兩手交叉胸前。「然後呢？難不成她一輩子都得挺著大肚子嗎？這太惡劣了。」

卡特搖搖頭。「努特想出解決方法。她設計了一個擲骰子的遊戲和月神孔蘇㉘玩。每次只要孔蘇輸了，他必須把一些月光送給努特。他輸了很多次，而努特贏得足夠的月光來創造出五天的時間，並把這五天加在一年的最後。」

「噢，拜託，」我說：「首先，要怎麼拿月光來賭？而且就算可以好了，要怎樣用月光創造出五天來？」

「這只是故事而已！」卡特抗議著。「總之，埃及曆法是一年有三百六十天，就像一個圓有三百六十度一樣。努特創造出的五天加在一年的最後，這五天不屬於一般日子。」

「這就是『邪靈日』，」我猜，「所以神話解釋了爲什麼一年有三百六十五天。我猜她生下孩子的時候就在……」

「就在那五天，」卡特附和：「一天生一個小孩。」

「又來了！怎麼能連著生五個孩子，還一天一個？」

「他們是神，」卡特說：「這種事他們做得到。」

「就跟『努特』這個名字一樣很搞怪，但是麻煩繼續說下去。」

㉖ 蓋伯（Geb）是埃及神話中的大地之神，形象為鵝頭人身。他也是與生育相關的神，並看守惡人的靈魂。

㉗ 拉（Ra）是埃及神話中的太陽神，他不但是眾神之王，也創造了一切萬物。是埃及神系中最重要也地位最高的神。

㉘ 孔蘇（Khons）是埃及神話中的第一代月神。以小孩造型出現時代表新月，以鷹首人身的成年男子、頭上帶月亮圓盤的造型出現時，則表示滿月。

「所以拉知道後非常生氣，卻已經來不及，孩子都生下來了。他們分別是俄塞里斯……」

「就是爸要找的那個。」

「荷魯斯[29]、賽特[30]、艾西絲[31]，還有，呃……」卡特察看他的紙草卷，「還有奈弗絲[32]。我總是忘記她的名字。」

「博物館那個火焰男說過爸釋放出全部五個。」

「沒錯。會不會是他們全被關在一起，但爸卻不知道呢？他們一起出生，所以或許也一起被召喚回來。問題是，他們當中那個叫賽特的神是一個很壞的傢伙，就像是埃及神話裡的壞人。他是邪惡、混沌和沙漠風暴之神。」

我打了個寒顫。「他是不是也跟火有關？」

卡特指著畫裡的一個人形。這個神有動物的頭，但看不出來是哪一種動物。是狗？食蟻獸？還是邪惡兔寶寶？無論是哪一種，他的頭髮和衣服都是鮮豔的紅色。

「他是紅帝。」我說。

「莎蒂，還有別的，」卡特說：「那五天，也就是邪靈日，在古埃及被視爲厄運之日。在那幾天內，一舉一動都要小心翼翼，並配戴幸運符，不可以做任何重要或危險的事。在大英博物館裡，爸告訴賽特：『他們會在邪靈日結束前阻止你。』」

「你不會認爲他說的是『我們』吧，」我說：「是我們要去阻止這個叫賽特的傢伙？」

卡特點點頭。「如果以我們現在的曆法來看，最後五天仍然可以當作是埃及人的邪靈日。

那麼就是在後天，也就是從十二月二十七日開始。」

薩布提似乎有所期待地看著我，但我根本不知道要做什麼。邪靈日和邪惡的兔子神……要是我再聽到任何一件不可思議的事，我的頭會爆炸。

最慘的是什麼呢？那個在我腦袋深處小小的、很堅持的聲音說：「這不是不可能。為了救回爸爸，我們一定要打倒賽特。」

說得好像這事一直列在我聖誕假期待辦清單上似的。和爸見面，完成。發展特殊能力，完成。打倒掌管混沌的邪惡之神，完成。這個想法實在有夠瘋狂！

突然間傳出一陣巨響，彷彿大廳房裡有東西破裂。古夫開始咆哮，發出警告聲。

卡特和我彼此對望，然後我們跑上樓梯。

㉙荷魯斯（Horus），埃及神話中的天空之神及隼神，常以隼頭人身的形象出現，是古埃及所信仰的最重要神祇之一，也象徵了古代埃及的神聖王權。

㉚賽特（Set）是埃及神話中的邪惡、混沌及黑暗之神，紅色為他的代表色。古時候的埃及也有一些地區膜拜賽特，而賽特殺害俄塞里斯的傳說，也被用來解釋埃及宗教中「重生」的基礎概念。

㉛艾西絲（Isis）是埃及神話中代表母性及愛情之女神，並彰顯一切所有做為母親及妻子的神聖美德。傳說她擁有強大的魔法，所以能幫助俄塞里斯死而復生。

㉜奈弗絲（Nephthys）是埃及神話中的夜晚之神，也是死者與生育者的守護神。

8 會耍刀的寵物貓

我們的狒狒發瘋了。

牠在柱子間盪來盪去，在陽台上跳來跳去，打翻了盆子和雕像，然後又跑向露台邊的窗戶往外看了一下，又開始抓狂。

瑪芬也在窗戶邊。牠四腳蹲伏，尾巴抽動，動作像在偷偷接近小鳥。

「或許只是有隻紅鶴飛過。」我滿懷希望地說出想法，但我不確定在狒狒高分貝的尖叫聲中，卡特是否有聽到我說的話。

我們跑到玻璃門前。起初沒看出任何問題。然後，水池裡突然激起一陣水花，我的心臟差點嚇得跳出來。有兩隻絕對不是紅鶴的巨大生物正在跟我們的鱷魚，馬其頓的菲利普，激烈廝殺。

看不出來牠們是什麼，只看到牠們兩個打菲利普一個。牠們消失在沸騰水面下之後，古夫又開始在大廳房裡尖叫，用已經空了的圈圈餅盒子敲頭。我得說這根本算不上幫忙。

「長脖子，」卡特懷疑地說：「莎蒂，你有沒有看過牠們？」

我不知道。其中一隻從水池裡被丟出來，直接撞上我們面前的門，我警覺地往後跳開。

在玻璃門的另一邊，是我所見過最可怕的動物。牠的身體像豹一樣精壯結實，金色毛皮上有點狀花紋，但這和牠的脖子非常不搭。牠脖子是綠色的，覆滿鱗片，至少跟身體的其他部位加起來一樣長。牠有貓的頭，卻和一般正常的貓不同。牠發光的紅眼轉過來看著我們，並發出嚎叫，露出分叉的舌頭和滴著綠色毒液的利齒。

我發現我的腿抖個不停，而且很沒形象地發出嗚咽聲。

這隻貓蛇怪跳回池子，和牠的同伴一起攻擊菲利普，而菲利普一直轉身狂咬，卻似乎傷不了對手一根寒毛。

「我們一定要去幫菲利普！」我大叫：「牠會沒命的！」

我正要轉開門把，瑪芬開始對我嚎叫。

卡特說：「莎蒂，不行開門！你聽到阿摩司說的了。無論如何，我們都不能把門打開。這間房子有魔法保護，菲利普必須靠自己打敗牠們。」

「但要是牠做不到呢？菲利普！」

老鱷魚轉了身。有那麼一秒鐘，牠粉紅色的爬蟲眼注視著我，彷彿感覺到我的憂心。接著兩隻貓蛇怪咬了菲利普的腹部，牠一躍而起，只剩尾尖碰得到水。牠的身體開始發光。空氣裡響起一陣低鳴，像飛機起飛前的引擎聲。菲利普掉下來的時候，重重地摔在露台上。

整間房子開始搖晃。水泥鋪成的露台開始出現裂縫，游泳池從中間一分爲二，離我們較遠的那一邊整個碎裂成空蕩蕩的一片。

「不！」我大叫。

但是露台邊緣已經裂開，菲利普和怪物一起掉進了東河。

我全身開始顫抖。「牠犧牲了自己。牠殺了怪物。」

「莎蒂……」卡特的聲音有氣無力。「要是牠失敗了呢？如果怪物又回來了呢？」

「不要這樣說！」

「莎蒂，我……我認出牠們了。我認出怪物了。來吧。」

「去哪裡？」我問他，但他直接跑回圖書室去。

卡特走到那個之前幫過我們的薩布堤面前。「幫我拿那個……啊，那叫做什麼？」

「你說什麼？」我問。

「是爸以前給我看過的一塊很大的石盤之類的東西。上面畫有第一位法老人像，他當年將上埃及和下埃及㉝統一成一個國家。他的名字是……」他的眼睛發亮。「納爾邁㉞！把納爾邁石盤拿給我！」

毫無動靜。

「錯了，」卡特斷然地說：「不是石盤，是那個……就是拿來裝顏料的東西。調色板。把納爾邁石板㉟拿給我！」

兩手空空的薩布堤沒有行動，但在圖書室另一頭，有個拿著小鉤子的陶像動了起來。它從基座上跳下，消失在一陣灰塵中。一轉眼的時間，它重新出現在桌子上。有一塊楔形的灰色石板在它腳邊，形狀有點像盾牌，大概和我的前臂一樣長。

「不是這個！」卡特抗議。「我指的是『納爾邁石板的圖案』！這下好了，我想這應該是真品。薩布堤一定是從開羅博物館偷來的，我們一定要拿去還……」

「等等，」我說：「我們還是可以先拿來看看。」

石頭的表面刻了一個人，他拿著像是湯匙的東西在打另一個人的臉。

㉝上埃及（Upper Egypt）泛指尼羅河三角洲以南的尼羅河谷區域，而下埃及（Lower Egypt）指的是埃及尼羅河三角洲。

㉞納爾邁（Narmer）約在西元前三一〇〇年統一了上埃及與下埃及，建立第一王朝，他也是埃及歷史上第一位國王。

㉟納爾邁石板（Narmer Palette）描繪了納爾邁國王統一上下埃及的情景，是最早一份關於上下埃及統一的歷史記錄。是由英國考古學家詹姆斯・奎貝爾（James E. Quibell）所發現。

「那是拿著湯匙的納爾邁，」我猜，「他是在氣另一個傢伙偷了他的早餐穀片？」

卡特搖搖頭。「這裡畫的是他征服敵人並統一了埃及。看到他的帽子沒？在上下埃及兩個國家統一前，那代表了下埃及的王冠。」

「你說那個看起來像保齡球瓶的東西？」

「眞是受不了你。」卡特嘟噥著。

「他看起來像爸，對不對？」

「莎蒂，認眞一點！」

「我很認眞啊。你看他的輪廓。」

卡特決定不理我。他檢視石頭的樣子像是很怕去碰到它。「我需要看背面的圖案，但我不想翻過來。我們可能會弄壞……」

我一把抓起石板翻了過來。

「莎蒂！你可能會把石板打破！」

「所以才會需要有修補的咒語啊，是吧？」

我們檢視石頭的背面。我得承認我很佩服卡特的記憶力。有兩隻貓蛇怪站在石板中央，牠們的脖子纏繞在一起，兩邊各站著拿繩子想抓住牠們的埃及人。

「牠們被稱爲『賽波帕[36]』，」卡特說：「也就是蛇豹。」

「真有趣，」我說：「但蛇豹是什麼東西？」

「沒有人知道。爸認爲牠們是混沌的生物，聽起來不妙，而且牠們永遠不會消失。這塊石板是埃及所流傳下來最古老的文物之一，那些圖案是在五千年前刻的。」

「爲什麼這些五千歲的老怪物要攻擊我們的房子？」

「昨天晚上，在鳳凰城，火焰男命令他的手下來捉我們。他說過要先派出長脖子。」

我嘴巴有股苦澀味，真希望沒有把最後一片口香糖嚼掉。「那麼……還好牠們現在都在東河底了。」

就在這時候，古夫衝進圖書室，一邊尖叫，一邊拍頭。

「我想我不應該這麼說的。」我喃喃說著。

---

[36] 賽波帕（Serpopard）是埃及神話中長得像蛇和豹的混種生物，特色是有豹的頭與特別長的脖子。

卡特吩咐薩布堤歸還納爾邁石板。陶像和石頭一起消失，於是我們跟著狒狒上樓。

蛇豹又回來了。牠們的毛碰到了河水變得溼滑，看起來很生氣。牠們在露台崩裂的邊緣徘徊，蛇一般的脖子嗅著大門還不時甩動，找尋著可以進來的地方。牠們吐在玻璃上的毒液不但冒煙還起泡泡，分叉的舌頭一伸一縮。

「啊，啊！」古夫抱起坐在沙發上的瑪芬，把牠交給我。

「我眞的不覺得這會有用。」我告訴牠。

「啊！」古夫很堅持。

不論是瑪芬（Muffin）或是貓（Cat），都不是以字母O做結尾，所以我猜古夫應該不是要拿點心給我吃，但我眞的不知道牠想做什麼。我會把貓接過來，只是爲了讓牠閉嘴。

「喵？」瑪芬抬頭看我。

「沒事的。」我向牠保證，盡量不讓人發現我其實嚇得半死。「這間房子有魔法保護。」

「莎蒂，」卡特說：「牠們好像找到了什麼。」

兩隻蛇豹聚集在左邊的門，專注地嗅著門把。

「那裡不是有上鎖嗎？」我問。

兩隻怪獸用醜陋的臉撞擊玻璃。門開始震動，藍色的象形文字在門框上發光，但光芒非常微弱。

「我不喜歡這樣。」卡特低聲說。

我祈禱怪獸最後會放棄，或者是馬其頓的菲利普會爬回露台（鱷魚會往上爬嗎？），並且再次戰鬥。

相反地，怪物又再次用頭撞擊玻璃。這次玻璃開始出現網狀裂痕，藍色象形文字的光芒閃爍一下，最後完全熄滅。

「啊！」古夫尖叫。牠茫然地揮手指著貓。

「也許我可以試試那個『哈—迪』的咒語。」我說。

卡特搖頭。「你剛把門炸開後差點昏倒，我不希望再來一次，或是更糟。」

卡特又再一次讓我吃了一驚。他從阿摩司的牆上擺飾中，拿起一把奇怪的劍緊緊握住。這把劍的劍身是半月形，看起來很不實用。

「你不會是認眞的吧。」我說。

「除非……除非你有更好的點子。」他結結巴巴地說著，臉上還出現斗大的汗珠，「現在只有你、我和狒狒一起對抗那兩隻怪物。」

我相信很沒膽的卡特已經盡力表現出他最勇敢的一面，但是他抖得比我還厲害。如果有人會嚇昏，那個人恐怕是他。眞不敢想像他拿著這麼鋒利的東西昏倒會怎樣。

蛇豹接著第三度發動攻擊，門碎了。怪物進入大廳房時，我們退到透特雕像腳邊。古夫扔出牠的籃球，球從第一隻怪物頭上彈跳開，但怪物毫髮無傷。接著牠自己撲向蛇豹。

「古夫，不要！」卡特大喊。

但是狒狒將尖牙深深咬進怪物的脖子。蛇豹的脖子甩來甩去想咬牠，古夫跳開，但怪物的動作很快。牠的頭像蝙蝠一樣從半空中撞擊可憐的古夫，讓牠直接撞上破碎的門，飛過斷掉的露台，掉進虛無中。

我想哭，但沒時間了。蛇豹朝我們而來，我們跑不過牠們。卡特舉起劍。我用手指著第一隻怪物，試著說那個「哈─迪」的咒語，但聲音卻卡在喉嚨。

「喵！」瑪芬更用力地叫著。爲什麼這隻貓咪還窩在我懷裡，沒有驚恐地跑開？

我想起了阿摩司曾經說過：「瑪芬會保護你。」難不成那就是古夫一直想提醒我的事？雖然不太可能，但我還是結結巴巴地說：「瑪……瑪芬，我命令你保護我們。」

我把牠丟到地上。才一會兒工夫，牠項圈上的銀墜子開始發亮。牠輕鬆地將背弓起，坐下來，開始舔著前腳。唉，眞是的，我到底在期待什麼？會有英雄出現嗎？

兩隻紅眼怪物露出尖牙，牠們伸長了脖子準備攻擊。接著有一股乾燥的空氣突然爆開，氣流四散，力量之大，把我和卡特都震倒在地上。蛇豹則被震得跌跌撞撞，直往後退。

我勉強站了起來，發現剛才的氣爆發生在瑪芬坐的地方。我的貓已經不在那裡了。那個地方現在站著一個女人，她的身材像體操選手般嬌小輕盈。她烏黑的頭髮紮成馬尾，穿著豹紋的緊身連身衣，脖子上掛著瑪芬的墜子。

她轉頭向我微笑。她還是有瑪芬的那對眼睛，黃色眼睛中是貓科動物特有的黑眼珠。「差不多是時候了。」她說。

蛇豹從驚嚇中恢復過來，衝向貓女。牠們的頭以光速出擊，應該會把她撕成兩半。但貓女一躍而上，空翻三圈，從牠們上方降落，蹲在壁爐架上。

她伸展手腕，兩把巨大的刀從袖子裡飛進手中。「啊哈，眞過癮！」

怪物再次攻擊。她以無比優雅的動作在怪物中間閃跳，讓牠們對她發動無效攻擊，並趁此機會將怪物的脖子繞在一起。等她跳開，蛇豹已經纏繞成死結。牠們愈掙扎，結就愈緊。牠們來回踩踏，撞翻家具，發出沮喪的怒吼。

「眞是可憐蟲，」貓女以喉聲說：「讓我來幫忙你們。」

她拿刀晃幾下，兩隻怪物的頭就應聲掉在她腳邊。牠們的身體倒下，化爲巨大的沙堆。

「我的玩具也不過如此，」貓女哀傷地說：「牠們從沙而來，又化爲沙子歸返。」

她面向我們，兩把刀飛回袖子裡。「卡特、莎蒂，我們該走了。還有更糟的會來。」

卡特發出清喉嚨的聲音。「更糟？誰……要怎麼……是什麼……」

「快了，別急。」這女人非常滿足地將雙臂高舉過頭，用力伸展。「再次變回人形的感覺眞好！好了，莎蒂，麻煩你幫我們打開通往杜埃的門吧？」

我眨眨眼。「呃……不行吧。我是說……我不知道要怎麼做。」

那女人瞇起眼睛，顯然很失望。「可惜。那麼我們會需要更多力量。方尖碑。」

「但那在倫敦，」我爭辯著，「我們不能……」

「有一個更近的在中央公園。我本來想避開曼哈頓，但現在是緊急情況。我們只要過去一下，打開通道就好。」

「去哪裡的通道？」我質問著：「你是誰？爲什麼你是我的貓？」

這女人微笑著。「現在呢，我們只需要一個能遠離危險的通道。至於我的名字嘛，多謝你了，但我不叫瑪芬，我是……」

「巴絲特[37]，」卡特插進來說：「你的墜子……是貓女神巴絲特的符號。我以爲這只是個裝飾品，但是……你就是巴絲特，對不對？」

「非常好，卡特，」巴絲特說：「趁我們還能活著離開這裡之前，趕快走吧。」

[37] 巴絲特（Bast）是埃及神話中的貓女神，象徵著家庭溫暖與喜樂的意象，所以廣受埃及人歡迎。她也被視為已逝者的靈魂守護神，在古埃及的墓室壁畫上常可見其身影。

9 追兵在後

沒錯，我們的貓是位女神。

還有什麼新鮮事嗎？

她沒有給我們太多時間聊這件事。她叫我去圖書室拿爸的魔法工具箱，等我回來的時候，她跟莎蒂正為了古夫和菲利普的事爭執不下。

「我們必須去找牠們！」莎蒂很堅持。

「牠們會沒事的，」巴絲特說：「但是我們可就不行了，除非我們現在馬上就走。」

我舉手發言。「呃，抱歉，女神殿下？阿摩司跟我們說這間房子很……」

「安全嗎？」巴絲特不屑地哼了一聲。「卡特，要破壞這裡的防護措施太簡單了。是有人故意破壞的。」

「這是什麼意思？是誰……」

「只有生命之屋的魔法師會這麼做。」

「另一個魔法師？」我問：「為什麼有別的魔法師想故意破壞阿摩司的房子？」

「喔，卡特，」巴絲特嘆口氣，「你太小又太單純了。魔法師非常狡猾。要暗箭傷人可以有好幾百萬個理由，但我們現在沒時間討論。快走吧！」

她抓住我的手臂，帶著我們走出前門。她把刀收了起來，但她當成指甲的爪子還是非常利，戳進我皮膚時眞的很痛。我們一走到外面，冷風刺痛我的眼睛。我們從一道長長的金屬樓梯往下走，到了工廠外圍的工業作業場上。

爸的工作袋在我肩上感覺很重。因爲只穿著單薄的亞麻衣，我綁在背上的彎劍讓我覺得好冰。剛才蛇豹攻擊我們的時候，我開始流汗，現在汗珠感覺上快結冰了。

我四處張望，看還有沒有怪物，但這裡似乎是個廢棄的作業場。老舊的建築設備生鏽，堆成一堆，有推土機、帶鐵球的起重機和兩台混凝土攪拌機。一疊疊金屬薄板和一堆堆箱子在房子和百公尺外的街道間，建構出一個充滿障礙物的迷宮。

我們大約走了半個作業場，有隻老灰貓擋在我們面前。牠一隻耳朵有撕裂傷，左邊的眼睛腫起來。從牠的疤痕看來，牠此生大部分時間都在打架。

巴絲特蹲下去注視這隻貓。牠冷靜地抬起頭看她。

「謝謝你。」巴絲特說。

老貓慢慢往河邊走去。

「剛才那是怎麼回事？」莎蒂問。

「我的一個子民給我們一些協助。牠會將我們陷入危險的消息發布出去。很快地，紐約所有的貓都會有所警戒。」

「牠全身是傷，」莎蒂說：「如果牠是你的子民，爲什麼不治療牠？」

「難道你要我取走牠的榮譽標記？一隻貓戰鬥所留下的傷疤是牠身分象徵的一部分，我不能……」巴絲特突然神經緊繃。她把我們拉到一堆箱子後面躲起來。

「怎麼了？」我低聲說。

她彎起手腕，刀子滑進手中。她從箱子上方往外窺看，身上每條肌肉都緊繃顫抖。我試著想看她到底看見了什麼，但是除了那台老舊的鐵球起重機之外，什麼也沒有。

巴絲特的嘴巴因爲興奮而微微抽動。她凝視著那顆大鐵球。我看過小貓在悄悄接近添加貓薄荷的玩具老鼠、繩子或橡膠球的時候出現這種表情……球？不會吧。巴絲特是位古老的女神，她當然不會……

「可能就是這個。」她轉移一下身體重心。「千萬不要動。」

「那裡沒有人。」莎蒂輕聲說。

我開口想說：「呃……」

巴絲特騰空跳過箱子。她在空中飛躍了十公尺遠，揮舞著雙刀，然後落在鐵球上，力量大到鐵鍊都斷了。貓女神和大鐵球一起撞進泥土裡，滾到作業場另一邊。

「啊！」巴絲特哀叫一聲，鐵球直接滾過她身上，但她看起來沒受傷。她跳開並再次猛撲，雙刀就像切著溼軟的陶土一樣，輕鬆把鐵切開。不到幾秒，鐵球就變成一堆碎鐵片。

巴絲特把刀收起來。「現在安全了！」

莎蒂和我面面相覷。

「你剛剛是在保護我們不被鐵球傷害？」莎蒂說。

「你永遠不會知道什麼東西有害，」巴絲特說：「它很有可能是敵人安排的。」

這時從地底深層的一陣轟隆聲，撼動著地面。我回頭看著豪宅，有幾縷藍火從上面窗戶竄了出來。

「走吧，」巴絲特說：「我們的時間到了！」

我以爲也許她會用魔法把我們一溜煙變走，或至少叫部計程車，但這些都沒有。巴絲特借來了一輛銀色的凌志敞篷車。

「噢，沒錯，」她發出喉音說：「我喜歡這部車！孩子們，走吧。」

「但這不是你的車。」我提出這點。

「親愛的，我是貓，所有我看得到的東西都是我的。」她摸了點火裝置，插鑰匙的地方就開始發光。引擎開始發出轟隆隆的聲音。【不，莎蒂。不是貓的聲音，是引擎的聲音。】

「巴絲特，」我說：「你不能就這樣……」

莎蒂用手肘推我。「卡特，我們等一下再來想要怎麼把車還回去。現在非常緊急。」

她往回指著豪宅。藍色的火焰和煙從每個窗戶不斷冒出來，但那並不是最可怕的部分。有四個男人抬著一個大箱子從樓梯上下來，那箱子就像一具超大棺材，兩端還伸出了長長的把手。盒子上蓋了一件黑色壽衣，看起來少說可以裝下兩具屍體。這四個男人只穿著短裙和涼鞋。他們銅褐色的肌膚在陽光下閃閃發亮，像鐵一般。

「噢，慘了，」巴絲特說：「拜託趕快上車。」

我決定不要問問題。莎蒂領先我一步，搶到駕駛座旁的位置，所以我爬到後座坐下。四個抬著箱子的金屬人跑過作業場，以不可思議的速度直接朝我們而來。我還來不及繫上安全帶，巴絲特就踩下油門。

我們飛馳過布魯克林區的街道，在車陣中瘋狂穿梭，還開上人行道，差點撞到路人。巴絲特是用反射動作在開車，像貓的反射動作。任何一個人類想開這麼快，一定會讓車子有多處損傷，但是她讓我們安全抵達威廉博格橋。

我確信一定可以甩開那些金屬人，但我回頭一看，這四個抬著箱子的銅人在車陣中穿梭前進。它們看起來像是以正常的速度在慢跑，但卻超越過了時速八十公里的汽車。它們的身體像老電影裡的破碎影像一樣模糊，彷彿不屬於正常的時空。

「它們是什麼東西？薩布堤嗎？」

「不，它們是運送者，」巴絲特從後照鏡瞄了一眼，「直接從杜埃被召喚出來。它們要找到受害人才會停下來，把人丟進轎子……」

「丟進什麼？」莎蒂插嘴問。

「大箱子，」巴絲特說：「有點像馬車。運送者抓住你，把你打到失去知覺，再把你丟進箱子裡，然後帶回去給它們的主人。它們從來不會追丟獵物，永遠不會放棄。」

「但是它們抓我們做什麼？」

「相信我，」巴絲特吼著：「你不會想知道的。」

我想到昨晚在鳳凰城的火焰男，想到他是如何將自己的僕人炸成一灘油漬。我非常確定自己不會想再和他面對面。

「巴絲特，」我說：「如果你是女神，難道你不能手指一彈就消滅那些人？或是揮一揮手就把我們送到別的地方？」

「說得好。但是在這個宿主身體裡，我能施展的能力有限。」

「你是說瑪芬嗎？」莎蒂問：「但你現在不是貓了。」

「莎蒂，牠還是我的宿主，算是我在杜埃這一邊的錨，一個非常不完美的固定連結。你呼叫我，請我幫忙，讓我可以重新以人形出現，但光是那樣就需要極大的力量。而且，就算我在一個力量強大的宿主裡，賽特的魔法還是勝過我許多。」

「可以請你說些我真正能聽懂的話嗎？」我拜託她。

「卡特，我們沒時間去討論神啊、宿主啊，或魔法的限制這些問題！我必須趕快帶你們到安全的地方。」

巴絲特油門踩到底，加速衝上橋中間。四個抬著轎子的運送者在後面狂追，它們行動的時候讓空氣混濁，但沒有一輛車轉向避開，也沒有人嚇得半死或甚至看著它們。

「爲什麼一般人看不到?」我說:「他們難道沒看見四個穿裙子的銅人抬著奇怪的箱子跑到橋上?」

巴絲特聳聳肩。「貓聽得見許多你聽不到的聲音。有些動物看得到紫外線,但是人類看不見。魔法的道理也差不多。你之前有注意到那座豪宅嗎?」

「嗯……沒有。」

「你們生來具有魔法,」巴絲特說:「想像一下,這對一般人類來說會有多困難。」

「生來就具有魔法?」我記得阿摩司說過我們家族在生命之屋存在很久了。「如果魔法是像遺傳一樣被傳了下來,爲什麼我以前不會施展?」

我看見鏡子裡巴絲特的笑臉。「你妹妹知道。」

莎蒂的耳朵漲得好紅。「不,我不知道!我還是無法相信你是女神。這些年來,你一直都在吃鬆脆點心,還睡在我的頭上……」

「我和你們父親有過約定,」巴絲特說:「只要我以較小的形體出現,像是一隻普通的家貓,這樣我就能保護並看顧你。這至少是我能做的,在……」她突然不說了。

我有了一個可怕的想法。我的胃開始翻攪,這與我們的車開得多快無關。「你是說在我們的母親死後?」我猜。

巴絲特直視擋風玻璃前方。

「是吧!是不是這樣?」我說:「爸媽一起在克麗奧佩特拉之針進行一項魔法儀式,然後出了意外。我們的母親死了……他們將你釋放出來？」

「這一點現在並不重要，」巴絲特說：「重要的是，我同意照顧莎蒂，而我也會這麼做。」

我非常確定她有事瞞著我們，但是她的語氣清楚表示這個話題到此爲止。

「如果你們這些神這麼有力量又樂於助人，」我說：「爲什麼生命之屋會禁止魔法師召喚你們？」

巴絲特轉進快車道。「魔法師都疑神疑鬼。緊跟著我是你們最好的選擇。我們會盡量離紐約愈遠愈好，然後我們會得到幫助，並挑戰賽特。」

「什麼幫助？」莎蒂問。

巴絲特揚起一邊眉毛。「還用問嗎？我們當然要召喚更多神出來。」

10 貓蠍大戰

【莎蒂，住手！對，我快講到那裡了。】抱歉，都是她害我分心。她一直在那裡放火燒我的……算了。我剛說到哪裡？

我們在威廉博格橋上高速飆進曼哈頓，然後在柯林頓街往北開。

「它們還跟在後面。」莎蒂提醒我們。

可以確定的是，運送者和我們只差一個街區。它們穿梭在車陣中，踐踏撞壞那些擺在人行道上賣給觀光客的爛東西。

「我們要爭取更多時間。」巴絲特用深沉的喉音吼著。她的聲音低沉有力到連我的牙齒都震顫著。她方向盤用力一轉，直接轉進東豪斯頓街。

我回頭看。運送者剛通過轉角，一大群貓出現將它們團團包圍。有些貓從窗戶往外跳，加入混戰中；有些從人行道和巷子跑過來；有些從水溝爬出來。所有的貓在運送者身上匯集成滿是毛皮和爪子的大浪。牠們爬上運送者的銅腿，猛抓它們的背部和臉不放。牠們的重量壓得箱子都沉了下去。運送者一個不穩，把箱子弄掉在地上。它們開始盲目揮擊貓群。有兩輛車爲了閃避貓群而相撞，整條街都被塞住了。在憤怒貓群的威脅中，運送者速度慢了下來。

我們轉進小羅斯福快速道路，看不見後續如何。

「打得漂亮。」我承認。

「這擋不了它們太久，」巴絲特說：「現在，去中央公園！」

巴絲特把車停在大都會博物館前。

「我們從這裡跑過去，」她說：「公園就在博物館後面。」

她說「跑」的時候，是眞心想用跑的，但莎蒂和我必須盡全力才跟得上她，而巴絲特卻一副輕鬆模樣。她沒有爲了熱狗攤或停在一旁的汽車停下腳步。任何高度低於三公尺的東西，她都輕輕鬆鬆躍過，留下我們在後面慌亂閃躲，盡可能不要撞到那些障礙物。

我們從東大道跑進公園。當我們朝北方跑去，方尖碑就聳立在我們眼前。這個方尖碑大概超過二十公尺高，看起來就像倫敦方尖碑的複製品。它隱沒在一座滿是青草的小山丘上，所以感覺像是單獨孤立在這裡。要在紐約市中心達到這種境界可不簡單。附近沒有別人，除了步道上那兩個漸漸跑遠的慢跑者。即便我聽得見身後第五大道上車水馬龍的聲音，但似乎還是離這裡很遙遠。

我們停在方尖碑的底座前。巴絲特嗅著空氣，像是要聞出附近有沒有危險。我一停下來靜靜站著，就覺得好冷。太陽在我們正上方，但刺骨寒風穿透我身上那套借來的亞麻衣。

「眞希望我有帶比較溫暖的衣服，」我喃喃說著：「有件羊毛外套也不錯。」

「不，才不好。」巴絲特說，一邊掃視水平線。「這樣穿是爲了讓你能施展魔法。」

莎蒂發抖。「我們爲了魔法要被凍得半死？」

「魔法師會避開動物製品，」巴絲特心不在焉地說：「毛、皮、羊毛等等都要避開。生命的殘餘氣息會干擾咒語的施展。」

「我的靴子似乎還好嘛。」莎蒂注意到。

「用皮做的，」巴絲特不屑地說：「可能你的容忍力比較高，所以一點皮質的東西不至於影響你的魔法。其實我也不確定是這樣，但是亞麻衣最好，或棉質也不錯，都是植物做的。不論如何，莎蒂，我想我們目前算是安全了。現在，通道入口將在吉時開啓，就是十一點半的時候，但時間不會維持太久。開始動手吧。」

莎蒂眨眨眼。「我？爲什麼是我？你是女神耶！」

「我對通道不在行，」巴絲特說：「貓只是保護者。你必須控制好情緒。恐慌或害怕會破壞咒語。我們必須在賽特號召其他神來幫他之前，離開這裡。」

我皺起了眉頭。「你是說，賽特已經召喚其他神了嗎？他是把其他邪神的電話號碼設在快速鍵喔？」

巴絲特緊張地瞄了一眼樹林。「卡特，邪惡或善良可能都不是合適的思考角度。你身爲魔法師，必須考量的是混沌和秩序，這兩種才是控制宇宙的力量。而賽特所代表的，就是混沌的力量。」

「其他被我爸釋放的神呢？」我繼續追問：「難道他們不好嗎？艾西絲、俄塞里斯、荷魯斯和奈弗絲，他們在哪裡？」

巴絲特注視著我。「卡特，這是個好問題。」

一隻暹羅貓衝出草叢，跑到巴絲特面前。他們互望了一會兒，暹羅貓又一溜煙跑走。

「運送者接近了，」巴絲特宣布：「還有別的東西……一種力量更強大的東西正從東邊過來。我認爲運送者的主人開始不耐煩了。」

我的心沉了一下。「賽特會過來嗎？」

「沒有，」巴絲特說：「可能是他的嘍囉或同夥。我的貓無法形容牠們所看到的，我也不想知道。莎蒂，是時候了。你只要專心打開通往杜埃的大門，我會擋住敵人。戰鬥魔法是我的專長。」

「就像你在豪宅做的那些？」我問。

巴絲特露出她的利齒。「不算，那只是一般戰鬥，沒用到魔法。」

樹林一陣騷動，運送者再次出現。轎子上的壽衣已經被貓爪撕碎，運送者身上也到處是抓痕和凹痕。其中一個走路有點跛，一條腿的膝蓋處整個往後凹，還有一個的脖子上掛著汽車擋泥板。

四個金屬人小心翼翼放下轎子。它們看著我們，從腰帶中抽出金屬棍來。

「莎蒂，開始吧，」巴絲特下令：「卡特，歡迎來幫我。」

貓女神雙刀出鞘。她的身體開始發出綠光。一道光環包圍著她，開始變大，像個能量氣泡一樣將她抬離地面。這道光環變形成巴絲特的立體投影影像，並一直變大到她原本體型的四倍，將她完全包起來。這位女神以她的古代造型現身，是一個六公尺高的貓頭女神；而實際上的巴絲特站在全像投影的中央，飄浮在半空中。她向前走一步，巨大貓神就跟著她走。一個透明的景象似乎不可能是個實在的物體，但貓神的腳步卻能撼動地面。巴絲特舉起手，發光的綠戰士也做了同樣動作，並伸出像劍一樣又長又利的爪子。巴絲特揮擊面前的人行道，把路面切成一條條水泥緞帶。她轉過來對我微笑，巨大的貓頭也一樣，並露出可能將我咬成兩半的可怕利齒。

「這個，」巴絲特說：「就是戰鬥魔法。」

起先我震驚到什麼事也做不了，只能眼睜睜看著巴絲特是如何將她的綠色戰鬥機器擋在運送者前面。

她只要揮一刀就可以讓一名運送者變成碎片，然後還踩在另一個上面，將它壓扁成金屬蛋糕。另外兩名運送者攻擊她的投影腿，它們的金屬棍完好無缺地被那股靈光彈開，只激起了一陣火花。

在此同時，莎蒂站在方尖碑前舉起雙手說：「打開！你這塊笨石頭！」

最後我終於抽出劍來。我的雙手在發抖。我不想衝進戰場，但又覺得自己應該幫忙，而且如果我必須戰鬥的話，或許有一位六公尺高的發光貓戰士在我身邊就不會有問題了。「莎蒂，我……我要去幫巴絲特。你繼續努力！」

「我有在努力啊！」

就在巴絲特把另外兩個運送者當麵包切兩半時，我鬆了口氣，心想：「嗯，解決了。」

接下來，所有運送者開始重新組合。扁掉的那個把黏在人行道上的自己剝下來。被切開的一片片金屬像磁鐵一樣喀答一聲重新接合。這些運送者就跟新的一樣好好站在那裡。

「卡特，幫我把它們都切碎！」巴絲特大喊：「切得愈小愈好！」

當巴絲特又切又踩時，我試著不要擋住她的路。她一解決掉一個運送者，我就直接去把剩下的切成更小的碎片。它們的材質其實比較像黏土，不太像金屬，我的劍很輕易就可以切碎它們。

幾分鐘後，我被一大堆碎銅片包圍。巴絲特揮出一個發光拳頭，將轎子摔碎成火柴。

「還不算難，」我說：「我們到底在躲什麼？」

在光圈之中，巴絲特臉上滿是汗水。我沒有想過神和女神也有累的時候，但是要操控她的魔法化身一定需要許多力氣。

「我們還沒有脫離危險。」她警告著。「莎蒂，怎麼樣了？」

「沒效。」莎蒂抱怨著。「沒有別的方法嗎？」

在巴絲特來得及回答前，樹叢中又出現新的沙沙聲，像是雨聲，但更滑溜。

我的背脊發涼。「那是……是什麼？」

「不，」巴絲特喃喃說著：「不可能。不可能是她。」

樹叢接著爆了開來。大約有一千隻褐色蟲子排山倒海地從樹叢裡鑽出，通通帶有大螯和有螫刺的尾巴。

我很想大喊：「蠍子！」卻說不出話來，只有腿開始顫抖。我討厭蠍子，但埃及到處都有蠍子。我好幾次在旅館的床上或浴室看到蠍子，有一次甚至在襪子裡發現一隻。

「莎蒂！」巴絲特急切地呼叫。

「還是沒動靜！」莎蒂哀嘆著。

成千上萬的蠍子不斷湧現，樹林外出現一個女人，她毫無畏懼地從一大群蠍子中走過。她身穿褐色袍子，脖子和手臂上都戴了閃閃發亮的黃金珠寶。她一頭烏黑長髮剪成古埃及的髮型，此外，頭上還戴著一頂奇怪的皇冠。接著我發現那其實不是皇冠，而是一隻超大的活蠍子，就坐在她頭上。數以百萬的噁心小東西繞著她轉，彷彿她就是風暴的中心。

「瑟克特[38]。」巴絲特怒吼著。

「是蠍子女神。」我猜。這應該讓我嚇得半死，但我早已經被嚇到極點了。「你可以打敗

[38] 瑟克特（Serqet）為埃及神話中的蠍子女神，通常被描繪成頭頂上有一隻巨蠍的女子，或是有女人臉的蠍子。她有正反兩面的評價，一方面能用毒致人於死，另一方面則被認為能夠治療蛇蠍之毒。

她嗎？」

巴絲特的表情並沒有安慰到我。

「卡特、莎蒂，」她說：「接下來的場面會很難看。你們快去博物館，找到那座神廟。神廟會保護你們。」

「什麼神廟？」我問。

「那你怎麼辦？」莎蒂接著問。

「我不會有事的。我隨後會跟上你們。」巴絲特看著我，我知道其實她自己也不太確定，她只是在替我們爭取時間而已。

「快去！」她命令我們。她讓巨大的綠貓戰士轉向面對一大群蠍子。

有個事實讓我感到很慚愧，就是當我面對那些蠍子時，連假裝勇敢都辦不到。我抓起莎蒂的手，開始逃跑。

11 玩火的人

現在換我拿麥克風了。卡特絕對沒辦法好好講完這段故事，因爲這一段和姬亞有關。【卡特，閉嘴！你也知道這就是事實啊。】

哦，你在問姬亞是誰？抱歉抱歉，是我講太快了。

我們拚命跑到博物館入口，完全不知道爲什麼要來這裡，只因爲有個發光的巨大貓女叫我們這麼做。現在，你一定要明白這所有發生的一切都讓我備受打擊。一開始，我失去了父親；接著，愛我的外公外婆把我趕出門；後來我發現自己「身上流著法老的血」，出生在一個魔法世家，還有各種聽起來令人震撼，卻只會帶給我一堆麻煩的鳥事。我當時以爲找到了一個新家。對了，那是一棟豪宅，裡面有不錯的早餐、友善的寵物和一間我專屬的超棒房間。結果阿摩司叔叔消失了，我可愛的新朋友鱷魚和狒狒被扔進河裡，連房子也被放火燒掉。如果這樣不夠慘，還有我忠心耿耿的貓咪瑪芬，決定與一群蠍子來場毫無勝算的決鬥。

你會用「一群」來形容蠍子的數量嗎？還是要說「一批」？或「一堆」？噢，隨便啦。

重點是，我無法相信我竟然被要求去打開魔法通道，我明明就沒有這種能力，而我哥現在還拖著我跑掉。我覺得自己超級失敗。【卡特，你不要在那裡批評。我記得你當時也沒幫上

什麼忙。】

「我們不能拋下巴絲特！」我大吼：「聽我說！」

卡特還是拖著我繼續跑，但我可以很清楚地看見後面方尖碑的戰況。一大群蠍子爬上巴絲特發光的綠腿，拚命蠕動，把她的投影化身當果凍一樣鑽了進去。巴絲特用拳腳把數百隻蠍子打落，但蠍子實在太多了。牠們很快地爬上她的腰，她的外層防護光環開始閃爍。同時，穿著褐色袍子的女神慢慢逼近，我感覺再多的蠍子都沒有她可怕。

卡特拉著我穿過一排草叢，我看不見巴絲特了。我們衝上第五大道，在經過一場魔法戰鬥之後，這舉動似乎平凡得很可笑。我們沿著人行道跑下去，推開一大群行人，爬上通往大都會博物館的階梯。

掛在入口上方的布條宣告著某項聖誕節特別活動，我猜這或許就是博物館在放假期間還開門的原因。我懶得細看內容，我們直接推開門跑進去。

大都會博物館看起來怎麼樣？嗯，就是一間博物館，有超大的入口大廳和很多柱子等等，總不能說我花了很多時間欣賞它的裝潢吧。我記得售票口有長長的買票隊伍，因為我們就是沿著隊伍跑進去。那裡也有警衛，因為我們衝進展覽室的時候，他們對著我們大喊。我們憑著好運來到埃及區，站在一個有狹窄走廊、仿照原樣重建的墓室前面。卡特大概會告訴你這是何種建築結構，但說眞的，我一點都不在乎。

「走吧。」我說。

我們溜進展覽室，結果證明我們擺脫了警衛。或許比起追逐兩個頑皮小鬼，他們還有別件重要的事該做。

我們再次跑出來的時候，偷偷摸摸看著四周，直到確定我們沒有被跟蹤。埃及區沒有很多人，只有一群老人和一個外國旅行團。他們導遊正在用法文介紹一具石棺。他說：「*Et voici la momie!*（木乃伊在這裡！）」

奇怪的是，似乎沒有人注意到卡特身上背了一把巨大的劍，這把劍一定會引發展館的安全問題（而且會比展覽還有趣）。有幾個老人看我們的樣子很怪，但或許是因爲我們穿著亞麻睡衣，而且滿身是汗，還黏著青草和樹葉。我的頭髮八成也是惡夢一場。

我找到一間沒有人的展覽室，把卡特拉進去。玻璃櫃裡擺的都是薩布堤。幾天前的我根本不會注意到這種東西，可是現在我一直瞄著雕像，相信它們隨時可能動起來想打我的頭。

「現在呢？」我問卡特：「你有沒有看到任何神廟？」

「沒有。」他皺著眉頭，像是在努力回想些什麼。「我想，從那個大廳再過去一點會有一間重建的神廟……還是那是在紐約的布碌崙博物館？也許是在慕尼黑？對不起，我跟爸去過那麼多的博物館，我全都搞混在一起了。」

我生氣地嘆口氣。「眞可憐喔。被逼著去環遊世界，不用上學，還每天跟爸在一起，而我一年跟他在一起的時間只有兩天！」

「喂！」卡特出乎意料地對我發飆。「你有個『家』耶！你有朋友，過著正常的生活，不用每天醒來都在想自己到底在哪個國家！你沒有……」

我們旁邊的玻璃櫃突然震動，碎玻璃散落在我們腳邊。

卡特看著我，一臉困惑。「我們剛才是不是……」

「就像我那個炸開的生日蛋糕。」我咕噥著，試著不讓卡特知道我被嚇到了。「你需要控制你的脾氣。」

「是我嗎？」

警鈴聲大作，紅色燈光在走廊那裡一閃一閃。擴音器裡傳來的聲音很模糊，似乎是叫大家安靜前往出口之類的廣播。法國旅行團從我們身旁跑過，慌張地驚聲尖叫，後面還跟著一群拿著手杖和助步器的敏捷老人。

「我們晚一點再吵，好吧？」我告訴卡特。「快跑！」

我們跑到盡頭，走到另一條走廊上，警鈴聲停了，就跟剛才響的時候一樣突然。血紅色的燈仍舊在毛骨悚然的寂靜中繼續閃著。然後我聽見了，是蠍子滑動爬行的聲音。

「巴絲特呢？」我激動得說不出話。「難道她……」

「別這麼想。」卡特說。不過從他的表情看來，他也是這麼想。「繼續跑！」

我們很快就迷路了。依我看來，博物館的埃及展區就是盡可能設計得讓人搞亂，走來走去總是碰到死路和展覽間，然後又回到原處。我們經過象形文字紙草卷、黃金珠寶、石棺、法老雕像和巨大的石灰岩石塊。爲什麼有人要展覽一塊石頭？世界上的石頭還不夠多嗎？

我們什麼都沒看見，但不論往哪邊跑，滑行的聲音都愈來愈大。最後我彎過轉角，直接撞上某個人。

我放聲大叫，急忙往後退，竟然又撞到卡特。我們兩個以最醜的方式砰的一聲屁股著地。卡特沒有被他的劍刺到還眞是奇蹟。

起先我看不出站在我們面前的女生是誰，現在回想起來，我沒看出來有點奇怪。或許她用了某種魔法的光環，或者我只是不想相信那個人是她。

她看起來比我高一點，年紀可能也比較大，但沒有大很多。她的黑色頭髮沿著下巴的輪廓修剪整齊；瀏海比較長，所以會蓋到眼睛。她有著焦糖色的膚色，和近似阿拉伯人的漂亮五官。她的眼睛有用化妝墨畫出眼線，就是那種埃及畫法，眼珠則是一種奇怪的琥珀色，很漂亮但也有點嚇人，說不準到底是哪種感覺。她肩上有個背包，穿的涼鞋和寬鬆亞麻衣和我們類似。她的裝扮看起來像是要去上武術課。老天啊，現在我想到這裡，才發現我們當時大概看起來和她一樣。眞丟臉。

我漸漸發現我曾看過她。她就是那個在大英博物館裡帶刀的女生。我還來不及開口，卡特馬上站起來。他走到我面前，揮舞著劍，彷彿試著保護我。你能相信他有這種膽量嗎？

「退……退後！」他結結巴巴地說。

這個女生從袖子裡找了找，拿出一個白色象牙的彎狀物，是一支埃及魔棒。她往旁邊一揮，卡特的劍就從手裡飛出去，掉到地上。

「別丟臉了，」這個女生嚴肅地說：「阿摩司在哪裡？」

卡特看起來震驚到說不出話。這個女生轉向我。我現在很確定她的金色眼珠既漂亮又可怕，而且我一點都不喜歡她。

「換你說吧！」

我不知道我何必要告訴她，但一股不舒服的壓力開始在我胸口堆積，像是要打嗝卻打不出來。我聽見自己說：「阿摩司已經走了。他早上離開的。」

「那隻惡魔貓呢？」

「那是我的貓，」我說：「而且她是位女神，才不是什麼惡魔。我們剛剛被蠍子攻擊，是她救了我們！」

卡特開始行動。他一把抓起劍，並再次用劍指著那個女生。我想，應該要好好獎勵他不屈不撓的精神。

「你是誰？」他質問：「你要什麼？」

「我是姬亞．拉席德。」她歪著頭像聽到了什麼。

一時之間，整棟博物館開始晃動。灰塵從天花板上抖落，蠍子的滑動聲在我們後面愈來愈大。

「現在，」姬亞接著說，聲音聽起來有點失望，「我得先救你們可憐的小命。我們走。」

我想我們大可拒絕，但選擇似乎只有姬亞和蠍子，所以我們跟著她跑。她經過一個放滿雕像的展示櫃，很小心地用魔棒輕點了一下玻璃櫃。小小的花崗岩法老像和用石灰岩雕刻的神像在她的命令下都動了起來。它們從底座上跳下，衝出玻璃。有的揮動武器，有的只是扳著石頭做的指關節。它們讓我們通過，卻緊盯我們身後的走廊，像在等待敵人一樣。

「快點，」姬亞告訴我們：「這些只能……」

「替我們爭取時間，」我猜測著，「對，這句話我們早就聽過了。」

「你話太多了。」姬亞邊跑邊說。

我正打算小小抗議一下。說真的，我一定會好好教訓她，但就在我們進入一間超級巨大的房間時，我一個字都說不出來。

「哇。」卡特說。

我忍不住要贊同他的意見。這個地方根本只能用「哇」來形容。

這房間和一座足球場一樣大。有一面牆完全用玻璃做成，可以清楚看見外面的公園。在房間中央架高的平台上，有一棟在此重建的古老建築。它有一扇約八公尺高的石頭落地大門，在那後面是一個開放式庭院，而方形的結構用大小一致的砂岩塊組合而成，岩塊上有神和法老的圖形及象形文字。在建築物入口兩側，立著兩根柱子，映照在詭異的燈光下。

「這是一座埃及神廟。」我猜。

「是登杜神廟[39]，」姬亞說：「事實上這是羅馬人所建……」

「在他們佔領埃及時，」卡特像是在說一個令人開心的消息，「由奧古斯都委任建造。」

「沒錯。」姬亞說。

「眞有趣，」我喃喃說著：「你們兩個要不要帶歷史課本去獨處一下？」

姬亞對我皺眉。「不管怎樣，這座神廟是獻給艾西絲女神的，所以這裡會有足夠的能量打開大門。」

「去召喚更多的神嗎？」我問。

姬亞的眼中閃著怒光。「你再這樣指控我的話，我會把你的舌頭割掉。我說的是可以讓你們離開這裡的大門。」

我還是完全搞不清楚狀況，卻已經開始習慣這樣。我們跟著姬亞走上階梯，穿過神廟的石門。

空蕩蕩的庭園被急忙逃離的博物館訪客完全忽視，使這裡有種詭異的感覺。巨大的石刻神像往下瞪著我。到處都刻著象形文字，我怕我要是太專心，可能會看懂這些字。

到了神廟前的階梯，姬亞停下腳步。她舉起魔棒，在空中寫字。一個熟悉的象形文字在柱子之間燃燒發光。

這個字是「打開」，跟爸當時用在羅塞塔石碑上的符號一樣。我等著有東西爆炸，但這個象形文字就消失了。

姬亞打開背包。「我們要在這裡等通道打開。」

「爲什麼不現在打開？」卡特問。

「通道只會在吉時出現，」姬亞說：「在清晨、黃昏、午夜、日蝕、星象排成一列、神的出生時刻……」

「噢，少來了，」我說：「你怎麼可能知道所有這些？」

「需要很多年才能將完整的月曆背下來，」姬亞說：「但要知道下一個吉時很簡單，就是日正當中。從現在算起的十分半鐘。」

她並沒有看手錶，怎麼會知道確切的時間？但我想這不是最重要的問題。

「我們爲什麼要相信你？」我問。「我記得在大英博物館的時候，你還想拿刀殺我們。」

㊴登杜神廟（The Temple of Dendur）當年由羅馬皇帝奧古斯都委任興建。一九六三年，埃及政府為了興建亞斯文水壩而將神廟遷移。後來埃及政府感謝美國協助維護其他因水壩而岌岌可危的建築，在一九六五年將登杜神廟贈與美國。歷經多方競爭和考慮之下，這座神廟最後被安置在大都會博物館裡。

「那麼做的確更簡單。」姬亞嘆口氣。「可惜我的高層認為你們可能是無辜的，所以我目前暫時不能殺你們，但也不能讓你們落入紅帝手中。所以……你們可以相信我。」

「好吧，我相信，」我說：「還眞是讓人感到既熱心又立場模糊啊。」

姬亞把手伸進她的袋子裡，拿出四個有動物頭的小雕像，每個大約五公分高。她把小雕像交給我。「把荷魯斯之子㊵放在我們外圈的基本方位點上。」

「什麼？」

「東、南、西、北。」她慢慢說，好像我是個呆子。

「我知道指南針方位！但是……」

「那是北。」姬亞指著玻璃牆說：「自己想想剩下的方位在哪裡。」

我照她說的做，雖然不知道這些小人像會怎麼幫我們。同時，姬亞給了卡特一支粉筆，叫他在地上畫一個圓圈圍住我們，並把這些小人像連在一起。

「這是魔法防護，」卡特說：「就像爸之前在大英博物館做的一樣。」

「對，」我咕噥著：「而且我們看到了那個方法有多管用。」

卡特不理我。還有什麼新聞嗎？有啊，那就是他急著想討好姬亞，立刻動手畫他的人行道畫作。

接著，姬亞又從她的袋子裡拿了一件東西出來，是一支普通的棍子，就跟爸在倫敦用的那支一樣。她輕聲說了一個字，棍子就伸展成兩公尺長的黑色魔杖，上面還刻著獅頭。她像在耍指揮棒一樣用單手旋轉這支魔杖。我確定她做這個動作只是愛現。她的另一隻手裡則握著魔棒。

卡特剛用粉筆畫完圓圈，第一批蠍子就出現在展覽室的門口。

「到通道開啓還有多久時間？」我問她。希望我的聲音聽不出來我在害怕。

「不管發生什麼事，都要待在圓圈裡，」姬亞說：「等通道門打開時，就跳進去。而且要緊緊跟在我後面！」

她用魔棒碰了一下粉筆畫的圈，又說了另一個字，這個圓圈開始變成深紅色。

上百隻蠍子湧向神廟，整塊地板變成一張滿是螯爪和螯針的地毯。穿著褐色衣服的瑟克特也跟著走進展覽室。她對著我們冷冷地微笑。

「姬亞，」我說：「那是一位女神。她打敗了巴絲特。你有什麼勝算？」

姬亞舉起她的魔杖，上面的獅頭迸出一團火焰，變成一顆非常明亮的紅色小火球，照亮了整個展間。「莎蒂．凱恩，你聽好了，我是生命之屋的書吏[41]。我所受的訓練就是要與神戰鬥。」

---

[40] 傳說荷魯斯有四個兒子，他們在埃及喪葬信仰中，分別管理與守護木乃伊裝器官的四個罐子。由艾姆謝特（Imset）負責保護肝，罐子須放在南方；哈碧（Hapi）保護肺，罐子放北方；多姆泰夫（Duamutef）保護胃，罐子放東方；凱山納夫（Qubshenuf）保護腸子，罐子放西方。

[41] 書吏（scribe）是指在古埃及的神廟裡從事文書工作的抄寫人員，專門負責抄寫經文、聖書內容，同時也要協助執行各種儀式。

12 跳進時空沙漏

嗯，我想剛才那一幕的確非常震撼。你應該要看看卡特的臉，他看起來就像隻興奮的小狗。【噢，不要推我。你眞的就是這樣啊！】

當蠍子大軍朝我們急急奔來，我不是很確定那位「我的魔法很厲害」的姬亞・拉席德小姐是否眞的這麼行。我根本沒想過世界上會有這麼多蠍子，更何況是在曼哈頓。繞著我們的發光圓圈似乎無力抵抗上百萬隻蠍子進攻，牠們一隻又一隻爬過彼此身上，堆疊成好幾層。還有，那個穿褐色衣服的女人甚至更可怕。

遠遠看還不覺得怎樣，當她愈來愈靠近，我看見瑟克特的蒼白肌膚有和甲蟲外殼一樣的光澤。她的眼珠是黑黑的一小點，長長的深黑色頭髮粗得很不自然，像是用上百萬隻昆蟲觸角做成。當她張開嘴時，上顎的兩側先啪的一聲打開，又縮回到她正常的人類牙齒外。

女神大概停在二十公尺外的地方打量我們。她盯著姬亞的眼神充滿憎惡。「把那兩個小的交給我。」

她的聲音又粗又破，好像幾百年沒說過話了。

姬亞交叉她的魔杖和魔棒。「我是元素的主宰、第一行省的書吏。要不離開，要不留下你的命。」

瑟克特的上顎滿是泡沫地喀答喀答蠢動，還露出噁心的微笑。有幾隻蠍子繼續前進，但第一隻一碰到我們防護圈的發光線，立刻被燒成灰燼。有一點請注意，沒有什麼東西比燒焦的蠍子還要臭。

剩下的那些可怕東西開始撤退，圍繞在女神旁邊並爬到她腿上。女神的袍子看起來在抖動，我才發現原來蠍子們正往裡頭鑽。幾秒鐘後，所有蠍子都消失在她褐色衣服的皺褶裡。

瑟克特身後似乎整個變黑，像是她投下一片巨大的陰影。那一大片黑影接著往上升起，形狀變得像根巨大的蠍子尾巴，劃過瑟克特的頭上。大蠍尾以驚人速度猛然向下揮打我們。姬亞舉起魔棒，那根螫刺擦過魔杖的象牙尖頂，發出嘶嘶聲。姬亞的魔棒冒出一股硫磺味的蒸氣。

姬亞將木杖指著女神，射出火焰包圍她。瑟克特尖叫，踉蹌倒退。火幾乎立刻熄滅，卻讓瑟克特的袍子燒焦了，還冒著煙。看起來這位女神的憤怒似乎大於疼痛。

「魔法師，屬於你的日子已經過去了。生命之屋現在力量薄弱。賽特大帝會把這片土地夷為平地。」

姬亞把魔棒當迴力鏢丟出去。它撞上影子般的蠍尾，在一陣令人目眩的閃光中爆炸。瑟克特身體歪向一邊，眼睛轉向，這時，姬亞的手伸進袖子拿出一樣小東西，緊緊抓在手心。

我心想，丟那根魔棒是聲東擊西。這是魔法師的障眼法。

然後姬亞做了一件很粗心的事，她跳出魔法圈外。她還警告我們千萬不可以這樣做。

「姬亞！」卡特大喊：「大門！」

我往身後一看，心跳差點停止。在神廟入口那兩根柱子的中間，現在成了一個直立型的沙子隧道，我像是在看著一個超級大沙漏的漏斗。我感覺得到它緊拖著我，一股魔法引力想將我拉過去。

「我不要進去那裡。」我很堅持，但另一道閃光讓我的注意力轉回姬亞身上。

她和女神正在進行一場危險的對峙。姬亞旋轉身體，揮動她的火杖，所到之處，都在空中留下一道燃燒的火焰。我必須承認，姬亞幾乎就和巴絲特一樣動作優雅，令人印象深刻。

我有一種想去幫忙的奇怪渴望。我想要（事實上是非常想要）走出這個圈圈加入戰局。這當然是完全瘋狂的衝動之舉。我有可能做什麼嗎？但我還是覺得自己不該或是不能就這樣不幫姬亞而跳進通道。

「莎蒂！」卡特抓住我，將我拉回來。我甚至沒發覺自己的腳差點就踩過粉筆線。「你在想什麼啊？」

我也不知道，但我凝視著姬亞，恍惚中喃喃自語說：「要使用絲帶。她這招不會有用。」

「什麼？」卡特大聲問我。「走吧，我們一定要通過大門！」

就在這時，姬亞打開她的手掌，一小束紅色的布條在空中飄盪。是絲帶。我是怎麼知道的？它們如同有生命的生物一樣快速飄動，也像水裡的鰻魚一樣，並且開始愈變愈大。

瑟克特仍將注意力放在火上，試著不讓姬亞困住。她似乎一開始沒注意到這些絲帶，而這些絲帶就一直變長到好幾公尺才停止。我數了一下，一共有七條。絲帶在空中飄盪，環繞著瑟克特，並穿過那個影子巨蠍，彷彿那是沒有威脅性的影像。最後，絲帶纏繞住瑟克特的身體，綁住她的手和腿。她跪倒在地，影子巨蠍在一團黑霧中消散。

姬亞停止旋轉絲帶，將木杖指著女神的臉。絲帶開始發光，女神發出痛苦的嘶嘶叫聲，用一種我不知道的語言咒罵著。

「我以哈托爾七絲帶[42]約束你，」姬亞說：「快釋放你的宿主，否則你的元神將會永遠燃燒。」

「你的死刑沒有期限！」瑟克特咆哮說：「你把自己變成賽特的敵人了！」

姬亞轉動木杖，瑟克特倒在一旁，身體邊扭動邊冒煙。

「我將……不……」女神發出嘶嘶聲。她的黑眼睛接著變回乳白色，靜靜躺在那裡。

「大門！」卡特警告我們。「姬亞，快點！我想門快關上了！」

他說得對。隧道的沙子似乎動得比較慢，感覺上魔法拉力沒那麼強了。

姬亞靠近倒地的女神。她摸了瑟克特的額頭，一陣黑煙從女神的嘴裡冒出。瑟克特開始

[42] 哈托爾七絲帶（Seven Ribbons of Hathor）是古埃及傳說中七位哈托爾女神的紅色髮帶，具有正面的魔法力量，可以用來束縛危險的惡靈。

變小，在我們眼前變成一個長相完全不同、被紅絲帶包起來的女人。她肌膚蒼白，一頭黑髮，除此之外，一點也不像瑟克特。她看起來，嗯，就是個人類。

「這是誰？」我問。

「是宿主，」姬亞說：「某個可憐的人類……」

這個女人動了一下，眼睛往上看著。黑霧不再消散，再次變厚變黑，旋轉成一個更實在的形體。

「不可能，」姬亞說：「絲帶的力量非常強大，瑟克特不可能重新復活，除非……」

「嗯，她是在復活沒錯，」卡特大喊：「我們的通道快關閉了！快走！」

眞不敢相信他願意跳進那道劇烈攪動的沙堆裡，但當我看著黑雲正在形成一隻兩層樓高的蠍子，而且是非常憤怒的蠍子時，我做好了決定。

「來了！」我大喊。

「姬亞！」卡特大叫：「趁現在！」

「或許你是對的。」魔法師也決定了。她轉身和我們一起跑過去，直接縱身跳入那股轉動的漩渦中。

13 祕密古城

輪到我了。

首先，莎蒂說我是「興奮的小狗」，根本就太超過了。我並沒有一臉崇拜地看著姬亞，我只是沒什麼機會遇到能夠丟火球和神戰鬥的人。【莎蒂，不要再對我做鬼臉了。你看起來好像古夫。】

總之，我們跳進沙子隧道。

一切都變黑了。隨著我往前飛馳，我的胃也出現了在雲霄飛車頂端的不適感。熾熱的風在我四周呼嘯，使我的皮膚發燙。

然後我跌落在一片冰冷的磁磚地板上，莎蒂和姬亞接著掉在我身上。

「噢！」我痛苦地叫著。

我最先注意到的是，覆蓋在我身上薄薄的那層沙子很像細砂糖。我的眼睛逐漸適應刺眼的光線。我們三人正在一棟像是購物中心的大型建築裡，四周的人群熙來攘往。

不……這裡不是購物中心。這是一棟有兩層樓的機場大廳，裡面有商店、很多窗戶，還有擦得發亮的鋼柱。外面很黑，所以我知道我們現在位於不同的時區。擴音器裡傳出的廣播聲聽起來很像阿拉伯話。

莎蒂從嘴裡吐出沙子。「好噁！」

「來吧，」姬亞說：「我們不能留在這裡。」

我掙扎著站起來。四周人潮來來往往，有些穿著西式服裝，有些穿著袍子並綁著頭巾。有一家人用德語爭執不休，從我們旁邊衝過去，我差點被他們的行李箱輾過去。

然後我轉過身，看到我認得的東西。在機場大廳中央立著一艘仿照古代埃及船的原寸複製品，並且是用發光的展示櫃製成。這裡現在是香水和珠寶銷售區。

「這裡是開羅機場。」我說。

「對，」姬亞說：「我們現在走吧！」

「為什麼要這麼急著走？難道瑟克特……會從那道門跟著我們來嗎？」

姬亞搖搖頭。「以一件文物來當作通道大門時，會發生過熱的情形。要再拿同一件文物來當大門，需要先冷卻十二小時才能用。另外，我們還是得小心機場安全人員。除非你想認識埃及警察，否則最好現在就跟我走。」

她抓住我們手臂，帶我們通過人群。

我們穿著過時的衣服，全身上下都是沙子，看起來一定很像乞丐。大家遠遠避開我們，但也沒人試圖阻止我們。

「為什麼我們要來這裡？」莎蒂質問著。

「來看看希利俄波利斯[43]的廢墟。」姬亞說。

「在機場裡面？」莎蒂問。

我記起爸幾年前告訴我的一件事，我的頭皮開始發麻。

「莎蒂，廢墟就在我們腳下。」我看著姬亞。「是這樣沒錯吧？」

她點點頭。「這座古城在幾世紀前遭到掠奪，一些紀念碑都被運走，就跟那兩座克麗奧佩特拉之針一樣。大部分的神廟都被摧毀來蓋新的房子，剩下的都消失在開羅的郊區裡，最大的一塊區域就在這機場底下。」

「那要怎樣幫我們？」莎蒂問。

姬亞踢開工具間的門。工具間另一頭是放掃把的櫃子。姬亞喃喃說了一個指令：「沙哈德。」櫃子的影像就開始發光並消失，露出一道可以通往地下的石階。

「因爲並不是所有希利俄波利斯都成了廢墟，」姬亞說：「跟緊點。什麼都別碰。」

那道樓梯大概往下走了一千多萬公里，因爲感覺上似乎永遠走不完。這條路大概也是建給迷你人走的。整段路，我們幾乎是蹲下來用爬的，我的頭甚至還撞到天花板好幾次。黑暗裡唯一的光線來自姬亞手心裡的火球，映照出的影子在牆上舞動。

[43] 希利俄波利斯（Heliopolis）為希臘語，意指太陽城，是古埃及三大重要城市之一，古時位於今日開羅的西北方。當地崇拜太陽神拉，是重要的宗教中心。今日埃及的希利俄波利斯則位於開羅郊區。

我以前來過這樣的地方，那是在金字塔裡的隧道或我爸挖掘的墳墓，但我從來沒喜歡過這種地方。我頭頂上好幾百噸重的岩石似乎都快把我肺裡的空氣給擠出來。

好不容易終於到底，隧道出口出現了，姬亞卻突然停下來。等我的眼睛適應後，才知道原因。我們正站在深淵的邊緣。

一塊木板橫跨在這道深淵之上。對面另一頭，有兩座豺狼頭的花崗岩雕像分別位在入口的兩側，它們手上的矛交叉擋住入口。

莎蒂嘆口氣。「拜託，不要再有神經兮兮的雕像了。」

「不可以開玩笑。」姬亞警告。「這是通往第一行省的入口，是生命之屋最古老的分部，也是所有魔法師的總部。我的工作是將你們安全帶來這裡，但我無法幫助你們過去對面。每一位魔法師必須自己開啟這條路，每一位請求通過的人所遇到的挑戰也不同。」

她有所期待地看著莎蒂，這實在讓我很感冒。先是巴絲特，現在又是姬亞，她們對待莎蒂的方式，都像是她一定有某種超能力一樣。我是說，好吧，她之前是炸開了圖書室的門，但怎麼都沒有人注意到我很酷的招數？

此外，我還是很氣莎蒂在紐約的博物館裡對我說的話，就是我可以跟爸一起環遊世界有多好之類的。她不知道我常常想抱怨這種一直在旅行的生活，好幾次我多希望自己不必去搭飛機，而是像正常小孩一樣去上學、交朋友。但我不能抱怨。爸曾經對我說：「你一定要讓人無可挑剔。」他指的不只是衣服而已，還包括我的態度。媽過世以後，我是他僅有的人。爸需要我當個堅強的人。大部分時候，我不介意。我愛我爸，但要時時堅強很難。

莎蒂不懂。她過得很輕鬆，現在似乎又得到所有人注意，彷彿她很特別一樣。不公平。

然後，我聽見爸的聲音在我腦中響起：「公平是指每個人都得到他們需要的東西。唯一的方法，就是要靠自己去實現。」

不知道怎麼搞的，我抽出劍來，大步走過木板，好像我的腿是自己在走路，而不是等我的腦下指令。有一部分的我心想：「這真是個很糟的主意。」但另一部分的我卻回應：「不，我們不必害怕。」而且這個聲音聽起來不像我的聲音。

「卡特！」莎蒂高喊。

我繼續往前走，試著不要低頭看腳下那無底深淵，但光是這段距離就讓我頭暈。當我走在狹窄的木板上，很像陀螺一樣東搖西晃。

等我更接近另一邊時，兩座雕像之前的門口開始發亮，像有一道紅光門簾。

我做了個深呼吸。或許紅光就是通道，就像沙門一樣。如果我能快速衝過去……

第一把飛刀從隧道裡射出。

我還沒回過神，我的劍就在動了。飛刀原本應該會刺進我的胸口，但不知怎麼的，我用劍擋掉這把刀，刀子掉入了無底洞中。又有兩把刀從隧道裡射出。我的反射動作從來沒這麼好過，但現在反應更快了。我躲過一把刀的攻擊，然後用我劍上的彎鉤勾一下另一把刀，讓刀轉個方向，朝隧道裡射回去。我到底是怎麼做到的？

我往前走到木板底端，一邊揮劍通過紅光，而紅光閃一閃就滅了。我等著雕像復活，但什麼事都沒發生。唯一的聲音是刀子在深淵裡敲擊碰撞著岩石。

門口又開始發光。紅光聚集起來，形成一個很奇怪的形狀。是一隻約一百五十公分高、有著人臉的鳥。我舉起劍來，但姬亞大喊：「卡特，不行！」

這隻像鳥的生物將翅膀收起。他瞇起眼睛細細打量我，眼睛四周也用化妝墨畫上眼線。他頭上那頂裝飾用的黑色假髮閃閃發亮，臉上布滿皺紋。他的下巴插著那種編織的假法老鬍子，如同一個掛反的馬尾。他看起來沒有敵意，只是紅光在他四周閃爍不停，而且他的脖子以下簡直就是世界上最大的殺人火雞。

我突然有個可怕的念頭。這是隻有人臉的鳥，就是我之前在阿摩司家睡到一半靈魂出竅飛到鳳凰城時，我所變成的模樣。

這隻像鳥的生物用腳爪刮擦著石頭地板。然後，完全出乎意料，他露出了微笑。

「巴黎，泥是哇納飛爾。」他對我說，這至少是我聽起來的意思。

姬亞倒抽一口氣。她和莎蒂現在都站在我後面，兩個人臉色發白。她們顯然在我沒注意的時候設法通過了深淵。

最後姬亞似乎鎮定下來，她對這隻鳥鞠躬。莎蒂跟著她做。

這隻鳥對我眨眨眼，像是我們一起分享了某個笑話似的，然後就不見了。紅光也跟著消失。兩座雕像將手臂收回，不再用矛擋住入口。

「就這樣？」我問：「那隻火雞說什麼？」

姬亞一臉恐懼地看著我。「卡特，那不是火雞，是一個『巴』。」

我以前聽我爸說過這個字，卻想不起來是什麼意思。「又是一種怪物嗎？」

「是人的靈魂，」姬亞說：「剛剛那個則是死人的靈魂。是古代的魔法師回來這裡當守門人，他們看守通往生命之屋的入口。」

她仔細端詳我的臉，彷彿我剛長出了某種可怕的疹子。

「怎樣啦？」我大聲問：「幹嘛那樣看我？」

「沒什麼，」她說：「我們動作要加快了。」

她從我旁邊擠過去，害我撞到突出的岩石，然後她就消失在隧道裡。

莎蒂也盯著我看。

「好吧，」我說：「那個鳥人說了什麼？你有聽懂嗎？」

她不安地點點頭。「他把你看成別人了。他視力一定很差。」

「怎麼說？」

「因爲他說：『好國王，往前走吧。』」

在那之後我還有點昏沉沉的。我們通過隧道，進入一個巨大且滿是走道和廳室的地下城市，但我其實只記得一點點。

天花板從六到九公尺高都有，所以感覺不像在地底。每一個房間都有我在埃及廢墟看過的那種巨大石柱環繞著，但這些石柱的狀況都十分良好，塗上了明亮的顏色，仿照棕櫚樹的樣子在上頭刻著綠葉，所以感覺像是走過一座石頭森林。銅盆裡的火焰正旺，似乎沒有冒煙，但空氣中仍瀰漫一股很香的味道，像是香料市場，有肉桂、丁香、肉荳蔻和其他不知名的香料。這個城市有姬亞的味道。我也才發現這裡就是她家。

我們還看見一些人，大多是老人和婦女。他們有些穿著亞麻袍子，有些則穿著現代衣服。有個穿著西裝的男人牽著一隻黑豹走過，一副很稀鬆平常的模樣。另一個人對著一群忙得團團轉的掃帚、拖把和水桶發號施令，命令它們清理城市。

「就像那部卡通一樣，」莎蒂說：「米老鼠嘗試施魔法，掃把居然不斷分裂再生，而且還會提水。」

「是《魔法師的學徒》[44]，」姬亞說：「你知道這部卡通是根據埃及故事改編的吧？」

莎蒂瞪了姬亞一眼。

我知道她的感受，新資訊多得無法消化。

我們走過一個擺滿豺狼頭雕像的大廳。我敢發誓我們經過的時候，它們眞的在看我們。

幾分鐘後，姬亞帶著我們走過一座露天市場（如果在地底也可以算是「露天」的話）。這裡有幾十個販賣怪東西的攤位，有長得像迴力鏢的魔棒、會動的陶土娃娃、鸚鵡、眼鏡蛇、紙草卷和上百種奇形怪狀的亮晶晶護身符。

接著我們走過一座石頭橋。石橋橫跨在一條水色很深且魚很多的河上。我起先以爲那些是鱸魚，後來才看到牠們有著一嘴尖利的牙齒。

「那些是食人魚嗎？」我問。

「是尼羅河裡的猛魚，」姬亞說：「是像食人魚沒錯，但這些魚可以重達七公斤。」

她一說完，我所踏出的每一步就更加小心。

我們彎過一個轉角，並且從一棟用黑岩雕刻出來的華麗建築旁走過。牆上鑿刻了好幾尊呈坐姿的法老，門口的形狀像是一條身體盤起來的蛇。

「那裡面有什麼？」莎蒂問。

我們往裡面瞄了一眼，看到一排排小孩盤著腿坐在墊子上，總共有二十幾個，年紀大約在六歲到十歲之間。他們彎著身，手裡捧著銅碗，全神貫注看著某種液體，並用氣音說話。我本來以爲這是間教室，卻沒看到老師，而且房間裡只點著幾根蠟燭。從空椅子的數量來看，這間教室原本的人數應該比現在多個兩倍。

「這些是我們的生徒，」姬亞說：「正在學習占卜。第一行省必須和我們散布在全世界的同伴保持聯繫。我們安排最小的生徒來做……接線生，我想這是你們會用的詞。」

㊹《魔法師的學徒》（*The Sorcerer's Apprentice*）是法國作曲家保羅・杜卡（Paul Dukas）的交響樂曲，也是一九四〇年發行的迪士尼動畫《幻想曲》中的一段，劇情根據德國詩人歌德的同名詩作改編而成。據說歌德創作此一詩作的靈感來源便是埃及民間故事。

「所以你們在全世界到處都有這樣的基地？」

「大部分比這裡小，不過的確如此。」

我想起阿摩司告訴過我們有關行省的事。「埃及是第一行省，紐約是第二十一行省。那最後一個行省排第幾？排第三百六十的行省是哪裡？」

「那是在南極，」姬亞說：「被分派到那裡是種懲罰。那裡什麼都沒有，只有幾位冷得要命的魔法師和幾隻魔法企鵝。」

「魔法企鵝？」

「別問了。」

莎蒂指著裡面的小孩。「他們要怎麼占卜？看水裡的影像嗎？」

「碗裡裝的是油，」姬亞說：「不過你說得沒錯。」

「人這麼少。」莎蒂說：「他們是整座城裡唯一的生徒嗎？」

「是全世界唯一的生徒。」姬亞糾正她。「以前還更多，在……」她閉口不說。

「在什麼？」我問。

「沒事，」姬亞陰鬱地說：「由生徒來占卜是因爲年輕的心靈最容易接收訊息。魔法師不會在十歲以後才開始接受訓練……除了幾個比較危險的人之外。」

「你是說我們。」我說。

她不安地看了我一眼。我知道她還在想剛剛那隻鳥形靈魂叫我「好國王」這件事。這似乎很不眞實，就像我們家的姓出現在講法老血統的紙草卷裡一樣虛幻。我怎麼會跟這些古代的國王有親戚關係？就算有好了，我也當然不是國王。我又沒有領土，甚至連唯一的行李箱都沒了。

「他們正在等你們，」姬亞說：「快來吧。」

最後我們走到一個十字路口。右邊是兩側皆有熊熊火焰的厚重銅門；左邊牆上則刻有一尊約六公尺高的斯芬克斯㊺雕像，入口就緊靠在它的腳掌中間，是用磚塊建造而成，而且布滿蜘蛛網。

「看起來像吉薩的斯芬克斯雕像。」我說。

「那是因爲我們正位在吉薩的斯芬克斯雕像底下。」姬亞說：「那條隧道往上直接通到那裡。或者該說在被封閉之前，是可以通上去的。」

「但是……」我很快心算了一下。「斯芬克斯雕像距開羅機場有三十幾公里遠。」

「差不多。」

「我們不可能走那麼遠啊。」

㊺斯芬克斯（Sphinx）是埃及神話中的獅身人面獸，通常是雄性，象徵高貴與仁慈。古埃及人在神廟和陵寢前常立有斯芬克斯雕像，作為鎮守之用。其中具代表性的一座位於吉薩金字塔旁，據說其人臉是照長眠於此的法老古夫雕刻而成。在希臘神話中也有同名的獅身人面獸，只不過希臘的斯芬克斯是雌性的邪惡怪物，會盤踞路口逼路過者猜謎，和埃及的獅身人面獸有著不同的象徵意義。

姬亞眞的笑了，我忍不住注意到她的眼睛好漂亮。「卡特，距離在魔法區域是會改變的。你現在知道了吧。」

莎蒂清了清喉嚨。「那爲什麼要封閉隧道呢？」

「獅身人面像太受考古學家歡迎，」姬亞說：「他們不斷在附近挖掘。終於在一九八〇年代，他們發現了獅身人面像底下隧道的一部分。」

「爸有跟我說過！」我說：「但他說隧道是死路。」

「我們就是在那時候封閉。我們不能讓考古學家們知道他們錯過多少東西。埃及頂尖的考古學家最近推測他們只發現了埃及所有古代廢墟的百分之三十。事實上，他們只發現了十分之一，而且還不是最精采的部分。」

「那個圖坦卡蒙王墳墓不就很精采嗎？」

「那個男孩國王的墓？」姬亞的眼珠輕蔑地轉了轉。「很無趣啊。你應該看看一些眞正精采的墓。」

我心裡有點刺痛。爸以霍華・卡特㊻的姓替我命名，因爲他發現了圖坦卡蒙王的墓，所以我對這位法老有著特殊情感。如果那還不是一個精采的墳墓，眞不知道怎樣的才算。

姬亞轉身面對銅門。

「這裡是時代廳。」她將手掌放在有生命之屋圖案的封印上。

象形文開始發光，門砰的一聲打開了。

姬亞轉向我們，表情非常嚴肅。「你們即將會見大儀式祭司。除非你們想要變成昆蟲，否則請特別小心你的言行舉止。」

㊻霍華・卡特（Howard Carter, 1874-1939）是英國知名考古學家及埃及學家，最重要的考古成就為發現位於帝王谷的圖坦卡蒙王之墓。

14 生死一線間

過去這幾天我已經看過許多瘋狂的事物，但眞正的第一名要算是時代廳。

廳中有兩排石柱將天花板高高撐起，想在底下停一架飛行船都沒問題。大廳中央有一條閃閃發亮的藍色地毯像流水一般流至大廳中央，即使光線非常明亮，我還是看不見地毯的尾端。許多火球像充了氦氣的籃球在四周飄盪，一相撞就會改變顏色。數百萬個小小的象形文字也在空中飄浮，偶爾組合在一起變成新的字，然後又再度分開。

我抓了一雙發光的紅腿。

它走過我的手掌心，往下一跳就無影無蹤。

最奇怪的是展示品。我不知道還有沒有別的說法能夠稱呼這些東西。在我們兩旁的柱子中間，影像不停地轉換，先聚焦成形，隨後又模糊淡出，像是沙漠風暴的立體投影。

「來吧，」姬亞告訴我們：「不要看太久。」

要不去看那些景象根本不可能。起先，五、六公尺寬的魔法螢幕在大廳投射出一道金色光芒。炙熱的太陽從海面上升起。山從水裡浮出。我感覺自己正看著這個世界的創始景象。幾個巨人大步橫越尼羅河谷，其中一個男人有著黝黑的皮膚和豺狼頭，另外有一隻牙齒滿是鮮血的母獅和一位有著發光翅膀的美麗女子。

莎蒂的腳踏出地毯。她靈魂出竅般地往前想觸摸那些景象。

「留在地毯上！」姬亞抓住莎蒂的手，把她拉回大廳中央。「你現在看到的是『神的時代』。任何凡人都不該凝視這些景象。」

「但是……」莎蒂眨眨眼。「這些不都只是圖片嗎？」

「是回憶，」姬亞說：「力量大到足以毀滅你的心靈。」

「噢。」莎蒂小小聲說。

我們繼續往前走。現在景象變成銀色。我看見大軍交戰。一群埃及人身上穿著短裙和皮製盔甲，腳上穿著涼鞋，手裡拿著矛在打仗。有一名高大、皮膚黝黑的男人，身穿紅白相間的盔甲，將一頂雙層皇冠戴在頭上。這位就是統一上埃及與下埃及的納爾邁國王。莎蒂說的沒錯，這個人的確長得有點像爸。

「這是舊王國[47]，」我猜，「是埃及的第一個盛世。」

---

[47] 舊王國（Old Kingdom）是古埃及歷史上第一次統一的時期（西元前二六八六至二一八一年），在這段期間因為中央政府具有力量，加上國王擁有絕對的權力，因此是一段擁有眾多成就的盛世。

姬亞點點頭。我們繼續走下去，看見工人正用石頭建造第一座階梯金字塔。又走了幾步，看到最大的金字塔聳立在吉薩的沙漠裡。金字塔外層光滑白色的防護石在太陽下閃閃發亮。一萬名工人聚集在金字塔底部，跪在法老面前，而法老則對著太陽舉起雙手，將自己的墳墓獻給太陽。

「這是古夫。」我說。

「那隻狒狒？」莎蒂問，突然間很感興趣。

「不，我說的是那位建造大金字塔的法老，」我說：「這座全世界最高的建築物已經存在了四千年。」

再走幾步，景象從銀色變爲銅色。

「這是中王國㊽，」姬亞解釋著：「一段血腥又混亂的時期。但生命之屋卻是在這時期趨於成熟茁壯。」

景象轉換得更快了。我們看著軍隊打仗，蓋起了神廟，船隻在尼羅河上航行，以及魔法師丟擲火焰。每跨一步都經歷了百年，但這座大廳似乎永遠走不完。我這才第一次了解到埃及這國家有多麼古老。

我們過了另一個門檻，光線轉爲青銅色。

「這是新王國㊾。」我猜測著。「是最後一個由埃及人自己統治埃及的時期。」

姬亞沒說話，但我看著那些爸曾經說給我聽的故事在眼前飛過。埃及歷史上最偉大的女法老哈姬蘇女王[50]戴上假鬍子，以一個男人的身分來統治埃及，還有拉美西斯大帝[51]駕著戰車衝入戰場。

我看見魔法師在王宮裡決鬥。一個男人穿著破舊袍子，留著一把黑色大鬍子，眼神發狂，將木杖往地上一扔，結果木杖變成了一條蛇，並且吃掉旁邊的十幾條蛇。

我喉嚨像被什麼卡住似的說不出話。「難道那是……」

「他是穆薩，」姬亞說：「或者以他自己族人的話來說叫做摩須。你們都叫他摩西[52]。這是在魔法決鬥史上，唯一一個打敗生命之屋的外國人。」

---

[48] 中王國（Middle Kingdom）是古埃及繼舊王國時期後第二次統一的階段（西元前二〇五五年至一六五〇年）。此階段初期因地方勢力不斷擴張，法老與地方統治者間進行了長期的鬥爭。

[49] 新王國（New Kingdom）是古埃及第三次統一的階段（西元前一五五〇年至一〇六九年），被稱為埃及的黃金時期，在各方面的發展都達到巔峰。

[50] 哈姬蘇女王（Hatshepsut）是埃及新王國時期的著名女王。她原本以皇后的身分治理埃及，在丈夫死後，她和繼位的姪子圖特穆斯三世共同執政，但沒過多久，哈姬蘇就自立加冕為王。她替埃及帶來了繁榮，統治期間也避免戰爭的發生。

[51] 拉美西斯大帝（Ramesses the Great）即拉美西斯二世。他在位六十七年，埃及在他的統治下國力達到極盛。他同時也是史上第一位簽署和平協定的國王。

[52] 摩西（Moses）是西元前十三世紀的猶太先知，聖經中記載了許多有關他的故事。其中最知名的一則為摩西率領一群猶太人逃離埃及的奴役生活，在紅海岸邊遭遇埃及法老的追兵，這時上帝神蹟降臨，讓紅海一分為二，幫助摩西一行人安全渡過紅海。

我瞪著她看。「你在開玩笑吧？」

「我們不會拿這種事開玩笑。」

景象再次轉換。我看見一個人站在桌子旁，俯視桌上的戰爭模型，有木製玩具船、士兵和戰車。這個人的打扮像位法老，但他的臉看來卻出奇地熟悉。他抬起頭來，似乎在對我微笑。我打了一個寒顫，發現他的臉和那個在橋上向我挑戰的鳥臉靈魂「巴」一樣。

「這是誰？」我問。

「涅克塔涅波二世[53]，」姬亞說：「他是最後一位本地埃及國王，也是最後一位身兼魔法師的法老。他可以移動整支軍隊，或是靠著在板子上移動模型就能創造或毀滅海軍，但最後，這種能力還是不足以挽救埃及。」

我們跨過另一條線，景象發出藍色光芒。「這是托勒密[54]時期，」姬亞說：「亞歷山大大帝征服了當時已知的世界區域，包含埃及在內。他將自己的將軍托勒密任命爲法老，並且成立了另一支系的希臘王族統治埃及。」

托勒密的這段時間在大廳裡顯得較爲短暫，而且和其他幾個時期相比，看起來似乎很悲傷。這時期的神廟規模比較小，國王和皇后看起來都很急躁、懶散或是冷漠。這時也沒有大規模的戰爭……除了到末期的時候。我看見羅馬人行軍進入亞歷山卓城[55]，還看到一位頭髮烏黑、穿著白色裙裝的女人將一條蛇放在自己的衣服裡。

「這是克麗奧佩特拉[56]，」姬亞說：「是史上第七位叫這個名字的皇后。她試圖抵抗強大的羅馬，卻還是失敗了。當她結束自己的生命時，最後一支法老血脈也隨之終結。埃及，這個偉大的國家漸漸消失；我們的語言遭到遺忘；古代的儀式被禁止。生命之屋雖然苦撐過來，卻被迫躲藏。」

我們進入了亮著紅光的區域，這裡的歷史開始看起來比較熟悉。我看見阿拉伯軍隊入侵埃及，接著是土耳其人進攻。然後在金字塔的陰影下，拿破崙指揮軍隊前進。後來英國人來了，建造蘇伊士運河。開羅逐漸成爲一座現代城市。古老廢墟消失在沙漠一層又一層的沙塵底下。

「每一年，」姬亞說：「時代廳會變長，以便容納我們的歷史。它收錄到現在發生的事。」

---

53 涅克塔涅波二世（Nectanebo II）不但是埃及第三十王朝最後一位國王，同時也是最後一位統治埃及、土生土長的埃及國王。他在位十七年，被波斯人打敗之後便開始逃亡，之後失去了蹤跡。

54 托勒密（Ptolemy）為馬其頓貴族，隨亞歷山大大帝東征西討。在亞歷山大大帝死後，成為埃及總督，於西元前三〇五年自命為埃及法老，成立托勒密王朝，成為一希臘化的王國。

55 亞歷山卓城（Alexandria）是西元前四世紀由亞歷山大大帝下令建造而成，該城擁有當時全世界最大的圖書館，也是當時托勒密王朝時期的埃及首都。現今為埃及第二大城。

56 克麗奧佩特拉（Cleopatra）是古埃及最後一位法老，即俗稱的「埃及豔后」。她曾先後與父親及弟弟統治埃及，後來成為獨立的領袖。曾經為了政治利益而成為凱撒大帝的情人，後來又嫁給凱撒死後統治羅馬的安東尼。最後當屋大維揮兵進入埃及時，克麗奧佩特拉服下蛇毒自盡。她的傳奇故事數度被改編成各種藝術表演作品。

我頭很昏，甚至沒發現我們已經走到大廳底，直到莎蒂抓住我的手臂。

在我們面前立著一座高台，上面有一個空的王座。鍍金的木椅背後刻著兩個代表法老的古代符號。一種是古時候打穀用的農具——連枷，另一個是牧羊人用的彎柄手杖。

在王座底下的階梯上，坐著一位我曾見過的老人。他的皮膚就跟裝午餐的牛皮紙袋一樣又黃又薄又皺，白色亞麻袍子寬鬆地掛在他矮小的身軀上。他的肩膀上繞著豹皮，發抖的手中握著一根很粗大的木杖，看起來隨時都有可能倒下。但最詭異的是，在空中發亮的象形文字似乎都來自他的身上。五彩繽紛的符號從他四周出現，並逐漸飄走，他彷彿是個眞人魔法吹泡泡機。

起初我甚至不確定他是不是活著，他混濁的眼睛不知望向何方。然後他開始盯著我，一道電流竄過我全身。

他不只是在看我。他是在打量我，把我整個人從裡到外都仔細端詳一遍。

「躲起來。」我腦袋裡出現一個聲音。

不知道這聲音是從哪裡來的，但我的胃糾結在一起。我全身緊繃，彷彿隨時準備戰鬥，接著那種電流通過全身的感覺逐漸消退。

老人揚起眉毛，彷彿我讓他吃了一驚。他往身後看一眼，用一種我聽不出來的語言說了些話。

第二個男子從陰影中走出來。我眞想大叫，他就是跟姬亞一起出現在大英博物館的那個男人。他當時穿著乳白色長袍，下巴的鬍子尾端分叉。

鬍鬚男狠狠瞪著我和莎蒂。

「我是狄賈登。」他說話時法國腔很重。「我們的大師，也就是大儀式祭司伊斯坎德，歡迎你們來到生命之屋。」

我想不到該說什麼才好，所以當然就問了個蠢問題。「他眞的很老了。爲什麼他不坐在王座上呢？」

狄賈登氣得鼻孔撐大，但那位老先生伊斯坎德笑了出來，又用剛才那種語言說了些話。

狄賈登生硬地翻譯著：「大師說謝謝你注意到了，他的確很老，但王座是給法老坐的。自從羅馬統治了埃及，這個王座就一直空到現在。這是……用英文要怎麼說？象徵性的。大儀式祭司就是要替法老服務、保護法老，因此他坐在王座底下。」

我有點緊張地看著伊斯坎德。不知道他坐在那階梯上多少年了。「如果你……如果他懂英語……那他剛說的是哪一種語言？」

狄賈登哼了一下。「大儀式祭司通曉許多事，但他比較喜歡說亞歷山大時期的希臘語，那是他的母語。」

莎蒂清了清喉嚨。「抱歉，你剛說那是他的『母語』？亞歷山大大帝不是在剛才那塊藍色區域嗎？那是好幾千年前的事了。你說得好像這位叫做一什麼砍什麼的殿下是……」

「是伊斯坎德殿下！」狄賈登氣急敗壞地說：「放尊重點！」

我突然想起了一件事。在布魯克林的時候，阿摩司說過魔法師的律令是禁止召喚神，而這條律令是在羅馬時期由大儀式祭司……伊斯坎德所頒布。那個伊斯坎德和這個一定是不同人。或許現在跟我們說話的這位是伊斯坎德二十七世之類的。

老人直視我的眼睛。他微笑著，彷彿完全知道我在想什麼。他又用希臘語說了些話，狄賈登替他翻譯。

「大師說不用擔心。你不需要替你家人過去所犯的錯負責。至少，在我們更進一步調查你之前，你是清白的。」

「老天……謝了。」我說。

「孩子，不可嘲笑我們的寬容，」狄賈登警告著：「你們的父親兩次違反我們最重要的一條律令。一次是在克麗奧佩特拉之針，那次他嘗試召喚神，而你們的母親在幫忙他的時候喪失生命。然後是在大英博物館，你們的父親竟笨到去使用羅塞塔石碑。現在連你們的叔叔也失蹤……」

「你知道阿摩司發生了什麼事嗎？」莎蒂脫口而出。

狄賈登皺著眉。「還不知道。」他坦承。

「你必須找到他！」莎蒂大喊。「難道你們沒有衛星定位系統之類的魔法或是……」

「我們正在找，」狄賈登說：「但你們可以不用擔心阿摩司。你們一定要留在這裡，你們一定要……接受訓練。」

我覺得他似乎想說的是另一個詞，並沒有「訓練」那麼好聽。

伊斯坎德直接對著我說話，他的語氣聽起來很和藹。

「大師警告說，邪靈日從明天黃昏開始，」狄賈登翻譯：「你們一定要受到安全保護。」

「但是我們要去找我們爸爸！」我說：「有很危險的神在外面竄逃。我們看到了瑟克特，還有賽特！」

聽到這些名字，伊斯坎德的神色緊繃。他轉向狄賈登，說了些聽起來像命令的話。狄賈登抗議著。伊斯坎德又說了一次。

狄賈登顯然很不喜歡這項命令，但他還是向大師鞠躬，然後轉過來看我。「大儀式祭司希望能聽聽你的故事。」

所以我把事情告訴他，我停下來喘口氣的時候，莎蒂插進來補充。有趣的是，我們兩個沒有先講好，卻都漏了一些事沒說。我們都沒有提到莎蒂的魔法能力，或是遇見稱我爲王的那位「巴」，很像是我沒辦法提到那些事一樣。每當我試著想說出來，我腦海裡的聲音就會輕輕地對我說：「不要講那段。不要說。」

等我說完的時候，我瞄了一下姬亞。她什麼話都沒說，但一臉愁容地打量我。

伊斯坎德用他的魔杖底部在階梯上畫了一個圈。更多的象形文字出現在空中慢慢飄走。過了幾秒鐘，狄賈登似乎開始不耐煩。他往前走一步，怒氣沖沖看著我們。「你們在說謊，那不可能是賽特。他需要一個強壯的宿主才能存留在這世界上。非常有力的宿主才行。」

「你，聽著，」莎蒂說：「我不知道這些關於宿主的廢話，但我親眼看過賽特。你那天也在大英博物館裡，一定也看到了。如果卡特在亞利桑納州的鳳凰城看到他，那麼……」她不是很確定地看著我。「那麼他大概就沒有發瘋。」

「妹，謝了。」我嘟噥著，但莎蒂才剛開始而已。

「至於瑟克特，她也是眞的！我們的朋友巴絲特，也是我們的貓，爲了保護我們而死！」

「那麼，」狄賈登冷冷地說：「你承認跟神有往來，這就讓我們的調查簡單多了。巴絲特不是你的朋友。就是神造成埃及的滅亡。召喚他們的力量是被禁止的。魔法師宣誓不讓神干涉凡人的事務，我們一定會盡全力與神對抗。」

「巴絲特說你有妄想症。」莎蒂補充說。

這位魔法師緊握拳頭，空氣中出現一股奇怪的臭氧味，就像暴風雨時落下閃電的味道。我脖子上的毛髮都緊張到豎立起來。在發生慘事之前，姬亞走到我們前面。

「狄賈登殿下，」她懇求著，「的確有很奇怪的事。當我誘捕蠍子女神，她幾乎立刻就重新復原。我無法把她送回杜埃，就連用七絲帶也不行，只能暫時阻斷她與宿主的連結。或許關於其他神逃跑的謠言……」

「什麼其他神逃跑？」我問。

她不情願地瞄了我一眼。「有很多神從昨天晚上開始在全球各地透過不同文物被釋放出來。就像是連鎖反應……」

「姬亞！」狄賈登喝叱她。「這些消息不用拿來與其他人分享。」

「聽著，」我說：「你這位殿下、先生，還是什麼的……巴絲特警告過我們會發生這種事。她說賽特會釋放更多的神。」

「大師，」姬亞請求著，「如果瑪特[57]的力量眞的削弱，那表示賽特增加了混沌的力量，或許這就是我不能趕走瑟克特的原因。」

「胡說，」狄賈登說：「姬亞，你雖然有高超的魔法技巧，但或許你的能力還不足以應付這次的對戰。至於這兩個汙染源，則需要嚴加控管一下。」

姬亞紅著臉。她將眼神轉向伊斯坎德。

「大師，拜託。給我和他們一個機會。」

「你忘了你的身分，」狄賈登斥責她說：「這兩個人有罪，一定要處決才行。」

我的喉嚨開始緊縮。我看著莎蒂。如果必須跑過那道長廊，恐怕我們成功的機率……

老人最後抬起頭來，眞誠地對姬亞微笑。有那麼一刻，我猜想姬亞會不會是老人的曾曾曾曾孫女。他說了些希臘語，姬亞深深地一鞠躬。

狄賈登看起來準備要爆炸了。他甩開腳邊的袍子，大步走到王座後面。

[57] 瑪特（Ma'at）意指秩序與和諧，與混沌相反。另有一說瑪特是太陽神的女兒，是正義、真理與法律的化身，所以古埃及神廟中常出現法老手捧瑪特女神的雕像，用來表示繼位的身分正統性。其主要象徵物是代表真理的羽毛。

「大儀式祭司會讓姬亞考驗你們，」他怒吼著：「同時，我也會在你們的說詞裡找尋眞相，或是謊言。你們將會因爲謊言而遭受懲罰。」

我轉向伊斯坎德，模仿姬亞的動作向他鞠躬。莎蒂也照做。

「謝謝您，大師。」我說。

老人仔細端詳我很久。我再次感受到他試圖想燃起我的靈魂，但不是憤怒的燃燒，更像是出於關懷的溫暖。他喃喃說了些話，我聽懂了兩個字：「涅克塔涅波」和「巴」。

他攤開掌心，一串發光的象形文字流洩出來，聚集環繞在高台四周。接著出現了一道令人目眩的閃光，等我再次看見時，高台上已經空無一人。那兩個男人都不見了。

姬亞轉身面對我們，表情凝重。「我會先帶你們到宿舍。你們的測驗從明天早上開始。我們會測試看看你們知道什麼魔法，還有是怎麼知道的。」

我不確定她說這句話的意思，但我和莎蒂彼此交換了不安的眼神。

「聽起來很好玩，」莎蒂小心翼翼地說：「如果我們沒通過考試呢？」

姬亞冷冷地打量著她。「莎蒂．凱恩，這不是那種不及格也無所謂的考試。要通過考試才能活下來，否則就是死路一條。」

15 變調的慶生會

他們把卡特帶到另一間宿舍，所以不知道他睡得好不好，我則是眼睛都沒辦法闔上。聽到姬亞說考試不通過就得死已經夠糟了，偏偏女生宿舍又沒有阿摩司的豪宅那樣時髦。這裡的石牆滲出水來，天花板上恐怖的埃及怪物圖案在火炬光影中跳動。他們給我一張睡覺的吊床，而其他接受訓練的女生，也就是姬亞說的生徒，年紀都比我小很多，所以當老舍監一叫她們去睡，她們眞的乖乖照做。舍監揮揮手，火炬就熄滅了。她走出去時從身後把門帶上，我聽見門被鎖上的聲音。

太好了，被關在幼稚園監牢裡。

我瞪視著黑暗許久，直到聽見其他女孩打呼的聲音。有個念頭一直困擾著我，是一種揮之不去的衝動。最後我爬下床，穿上靴子。

我摸索著走到門邊，拉了拉門把，果然有上鎖，就跟我猜的一樣。我很想把門踢開，但是我想起姬亞在開羅機場的掃把工具櫃裡做的事。

我把手掌壓在門上，輕聲說：「沙哈德。」

門鎖發出喀啦聲。門打開了。這招眞好用。

屋外的走廊黑漆漆又空蕩蕩的，顯然第一行省沒有太多夜生活。我偷偷循著我們從城裡來的方向往回走，什麼東西都沒看到，只偶然看見一條眼鏡蛇在地板上滑動。經歷了過去幾天，這已經嚇不到我了。我想試著找到卡特，但不確定他們把他帶去哪裡，而且老實說，我想自己去做這件事。

自從我們上次在紐約吵過之後，我不確定對自己哥哥有什麼想法。想到跟著爸環遊世界的他竟然會嫉妒我的生活，拜託！而且他竟敢有膽說我的生活很正常？好吧，我在學校裡是有幾個像麗茲和艾瑪這樣的朋友，但我的生活可一點也不輕鬆。如果卡特在大家面前做了什麼丟臉的事，或是遇到他不喜歡的人，他可以換個地方繼續過活啊！我卻必須留在原地。當我回答一些像是「你的父母在哪裡？」、「你們家是做什麼的？」或甚至「你從哪兒來？」之類的簡單問題時，不可能不解釋我的奇怪處境。我總是那個與眾不同的女生。我是混血的女生、不是美國人的美國人、死了母親的女生、父親不在家的女生、在課堂上搗亂的女生、無法專心上課的女生。過了一陣子之後，我知道單純想融入他人根本沒有用。既然別人要孤立我，我就盡可能讓他們睜大眼睛看。你說我的頭髮爲什麼挑染成紅色？有何不可？戰鬥靴配學校制服呢？沒問題！校長說：「小姐，我得打電話給你父母談談。」我說：「祝你好運。」關於我生活的一切，卡特都不知道。

不過我已經說夠了，重點是，我決定要自己來進行這趟特別的冒險，而且轉錯幾個彎之後，我自己找到回時代廳的路了。

你可能會問，我到底要做什麼？當然不是想再碰到那個邪惡的法國佬，或是令人害怕的老伊斯坎德殿下。

但我的確想要看看那些圖像。回憶，姬亞是這麼說的。

我推開青銅門。大廳裡面似乎空無一人。沒有火球在天花板上飄盪，沒有發光的象形文字，但是景象仍在柱子間發光閃動，讓整座大廳沐浴在奇異且五顏六色的光線下。

我緊張地走了幾步。

眞想再看一眼眾神時代。我們第一次經過大廳時，那些景象中的某種東西撼動著我。我知道卡特以爲我進入某種危險的靈魂出竅狀態，而姬亞警告我那些景象會融化我的腦袋，但我認爲她只不過是想嚇唬我而已。我感覺跟那些圖像有某種連結，彷彿那裡面有答案，有我需要的資訊。

我走出地毯，接近金色光線的螢幕。我看見沙丘在風裡變動，風暴雲層正在醞釀，鱷魚在尼羅河裡往下游划動。我看見一個大廳裡擠滿了狂歡慶祝的人。我摸了這幅影像。

接著，我就來到神的宮殿。

巨大的形體在我四周轉動，從人、動物到純粹的能量不停變換。房間中央的王座上，坐著一名肌肉結實、穿著高貴黑袍的非裔男子。他長得很英俊，有一雙溫暖的棕色眼睛。他的手看起來強而有力，能一舉將石頭擊碎。

其他神在他的四周慶祝。音樂揚起，是一種有力到連空氣都要燒起來的聲音。在男子的旁邊站著一名穿白衣的美麗女子，她的肚子大得像是懷了幾個月的身孕。她的形體閃爍，有時看來似乎有對色彩繽紛的翅膀。她轉頭面向我，我倒抽一口氣。她長得和我媽一樣。

但她似乎沒注意到我。事實上，沒有任何神注意到，直到我身後有個聲音說：「你是鬼嗎？」

我轉過頭，看見一個長得很帥、年約十六的男生。他身上穿著一件黑袍，臉色蒼白，但那雙棕眼和坐在王座上的男子一樣可愛。他的黑髮既長又亂，雖然披頭散髮，但我很吃這一套。他歪著頭，我終於想起他在問我問題。

我試著想說些什麼。抱歉？哈囉？娶我好嗎？什麼話都可以。但我只能搖搖頭，一句話也說不出來。

「不是鬼嗎？」他覺得很有意思。「那麼是個『巴』囉？」他指向王座的方向。「可以看，但不能打擾。」

不知爲何，我對看王座不那麼感興趣了，但穿黑袍的男生變成一道黑影消失不見，讓我無法再分心。

「艾西絲。」坐在王座上的男子說。

懷孕的女子轉向他，面帶笑容。「俄塞里斯陛下，祝您生日快樂。」

「我的愛，謝謝你。很快的，我們將要慶祝我們兒子的生日。荷魯斯，偉大的王！這次新轉世將會是他最偉大的一次。他將替世界帶來和平與繁榮。」

艾西絲握著她先生的手。音樂繼續在他們身邊演奏，眾神慶祝，整個空氣旋動跳著創造之舞。

突然間，宮殿大門被吹開。一股熱風將火焰吹得晃動飛散。

一個男人大步走進大廳。他很高壯，幾乎像是俄塞里斯的雙胞胎兄弟，但他的皮膚是深紅色，穿著血紅色袍子，留著尖尾的鬍鬚。他看起來像人，但微笑時就完全變了樣。他的牙齒變成動物的尖牙，臉不斷晃動，有時是人，有時像怪怪的狼臉。我必須克制自己不要尖叫，因爲我看過這張狼臉。

舞停了，音樂也沒了。

俄塞里斯從王座上站起來。「賽特，」他用不安的語氣說：「你爲什麼要來？」

賽特大笑，打破了原先的緊繃氣氛。雖然他的眼神兇惡，但笑聲聽起來很愉悅，跟他在大英博物館裡那種尖銳笑聲完全不同。他現在的笑聲毫無顧忌又很友善，感覺上不會有任何惡意。

「我當然是來這裡慶祝大哥的生日！」他大聲宣布：「而且我還帶來了餘興節目！」

他指著他的背後。四個有著狼頭的高大男子邁著大步進來，還抬著一具鑲有珠寶的金色棺木。

我開始心跳加速。那和賽特在大英博物館裡監禁我爸的是同一具棺材。

「不！」我很想大喊：「不要相信他！」

但是所有的神都紛紛發出讚嘆，欣賞棺木上用金色和紅色寫上的象形文字，還鑲了玉和蛋白石。狼人將箱子放下，我看到上面沒有蓋子。箱子裡面全鋪上黑色亞麻布。

「這是一個睡覺用的箱子，」賽特宣布：「由我手下技術一流的工匠精心打造，使用最昂貴的材料做成。這個箱子無價。躺在裡面的神，就算只睡一個晚上，都會發現自己的力量增強了十倍，而且智慧不會停滯，力量也不會衰退。這是一件禮物，」他對俄塞里斯露出狡詐的笑容，「獻給剛好能躺進去的那位獨一無二的神！」

我才不想第一個去排隊，但這些神卻個個往前衝。他們彼此爭先恐後，推開對方擠到金色棺材旁。有的躺進去，但發現自己不夠高；有的太壯躺不下。就連他們試著改變形體，這些神也不夠好運，彷彿這個箱子的魔法阻止他們順利躺進去。沒有一個神能夠剛好躺入。這些神嘀咕著，彼此抱怨，而一旁還有神想去試試，把其他神推倒在地。

賽特帶著溫和的笑容轉向俄塞里斯。「嗯，大哥，我們還沒找出優勝者。你要不要試試看？只有最好的神才能成功。」

俄塞里斯眼睛發亮。顯然他是個沒腦袋的神，他似乎完全被箱子的美給迷住了，所有神都有所期待地看著他。我看得出來他在想什麼，他心想如果自己能剛好躺進這個箱子，這會是一個多麼棒的生日禮物。就連他邪惡的弟弟賽特都必須承認他是真正的眾神之王。

只有艾西絲一臉憂愁。她將手放在丈夫的肩膀上。「陛下，千萬別這麼做。賽特並沒有帶來禮物。」

「這太侮辱我了！」賽特聽起來真的心裡很受傷。「難道我不能慶祝哥哥的生日嗎？我們已經疏遠到我甚至無法向我們的王道歉了嗎？」

俄塞里斯對艾西絲微笑。「親愛的，這只是個遊戲，別害怕。」

他從王座上站起來。他走近箱子時，其他神紛紛鼓掌叫好。

「俄塞里斯萬歲！」賽特大喊。

眾神之王將身體放低進入箱子，當他瞥向我這邊時，有那麼一瞬間，他的臉就和我爸的一樣。

「不！」我在心裡再次大喊：「不要這麼做！」

但俄塞里斯躺下去。棺木完全適合他。

眾神發出一陣歡呼，然而，就在俄塞里斯能起身前，賽特拍拍手，一個金色蓋子突然出現在箱子上空，並立刻往下蓋住箱子。

俄塞里斯憤怒大叫，但是他的叫喊聲模糊不清。

金色的插梢將蓋子四周鎖緊。其他的神衝過來想插手幫忙，就連我剛才看到的黑衣男生都再次出現，但是賽特動作更快。他重重跺腳，力氣大到連石頭地板也隨之震動。其他的神被震得壓在彼此身上，就像翻倒的骨牌。狼人拔出他們的矛，眾神嚇得四處逃散。

賽特說了個魔法的詞，一個沸騰的大鍋從空中出現。鍋子自動將裡面的東西倒在棺材上，熔化的鉛布滿整個棺材，將棺材封緊，裡面大概被加熱到了一千度。

「兇手！」艾西絲哭喊著。她逼近賽特，開始唸咒語，但賽特一舉起手，艾西絲就從地上升起，被抓著嘴巴。她的嘴唇被緊緊壓住，像是有種看不見的力量正掐住她。

「今天可不行，親愛的艾西絲，」賽特用喉音說：「今天我是國王，你的兒子將永遠無法出世！」

突然間，另一位女神從人群裡竄出，是個穿著藍色衣裙的纖瘦女子。「賽特，不可以！」她攻擊賽特，而賽特短暫失去注意力。艾西絲倒在地板上大口喘息。另一位女神大喊：「快逃！」

艾西絲轉身就跑。

賽特站起來。我以爲他會打那個穿藍衣的女神，但他只是大聲咆哮。「愚蠢的妻子！你到底站在哪邊？」

他又重重跺腳，金色棺木沉入地底。

賽特在艾西絲身後狂奔。到了宮殿邊，艾西絲化爲一隻嬌弱的小鳥，立刻飛進空中。賽特背上伸出惡魔翅膀，立刻往空中飛去，緊追在後。

突然間，我變成了那隻鳥。我是艾西絲，焦急慌亂地飛在尼羅河上空。我可以感覺得到賽特就在我後面，他逐漸接近，接近。

「你一定要逃走，」在我腦海裡出現艾西絲的聲音說：「替俄塞里斯報仇。替荷魯斯加冕為王！」

就在我以爲自己的心臟要爆掉之前，感覺有隻手壓在我肩膀上。景象消散了。

年邁的大師伊斯坎德站在我旁邊，他的臉上滿是擔憂。發光的象形文字在他四周飛舞。

「原諒我打斷你，」他說著一口流利的英語，「但是你剛才差一點就死了。」

這時我的膝蓋變得像水一樣無力，然後失去了意識。

等我醒來時，我蜷縮在伊斯坎德腳邊，就在空蕩蕩王座下的階梯上。整個大廳裡只有我們兩個人，四周都很暗，除了伊斯坎德身邊似乎總有發光的象形文字。

「歡迎回來，」他說：「你還活著算很幸運了。」

我可不這麼肯定。我的頭痛得像剛剛在油裡滾過一樣。

「對不起，」我說：「我不是有意要……」

「去看那些圖像？但你還是看了。你的『巴』離開你的身體，進入過去。之前沒有人警告過你嗎？」

「有，」我承認，「但是……我被那些影像吸引住了。」

「嗯。」伊斯坎德凝視著前方，彷彿想起一件很久以前的事。「很難抗拒這些影像。」

「你的英語說得很好。」我有注意到這點。

伊斯坎德微笑。「你怎麼知道我現在說的是英語？或許你現在說的是希臘語。」

希望他是在開玩笑，但看起來沒有。他似乎非常虛弱，人又溫和，但是……坐在他旁邊就像坐在一個核子反應爐旁。我感覺他的危險程度比我想像的還高很多。

「你不是眞的那麼老吧，對不對？」我問：「我是說，老到還記得托勒密時代的事？」

「親愛的，我的確就是這麼老。我生於克麗奧佩特拉七世統治埃及的時候。」

「噢，拜託。」

「我可以向你保證句句屬實。見證埃及的末日是我的哀痛，在魯莽的女王將埃及輸在羅馬人手上之前，在生命之屋轉入地下活動前，我是最後一位接受訓練的魔法師。我們大多數最強大的祕訣已經失傳，其中包含我師父用來延長我壽命的咒語。現在的魔法師還是可以活很久，有時長達幾世紀，但我已經活了兩千年。」

「所以你是長生不死嗎？」

他的笑聲變成一陣劇烈的咳嗽。他彎下身，用手摀住嘴。我想幫忙，但不知從何幫起。發光的象形文字閃爍晃動，在他的附近發出微光。

最後，他的咳嗽總算停了。

他顫抖地吸了口氣。「親愛的，說不上是長生不死。事實上……」他的聲音愈來愈虛弱。

「但別管這些。你在你的影像裡看到什麼？」

我可能應該閉嘴不說。我不想因爲打破什麼規定而被變成一隻蟲，而且我所看到的影像嚇到了我，尤其是我變成一隻遭到獵捕的小鳥。可是伊斯坎德和藹的表情讓我很難不說。我最後把看到的一切都告訴他。嗯，差不多是全部經過都說了。我省略那段關於帥哥的部分。沒錯，我知道這很呆，但我覺得不好意思。我認爲這部分可能是因爲我自己胡思亂想的關係，畢竟古埃及的神不可能那麼帥。

伊斯坎德坐了一會兒，他用木杖敲一敲階梯。「莎蒂，你所看到的景象是一件非常古老的事。賽特強行佔領埃及王座，他將俄塞里斯的棺材藏起來，艾西絲在各地上天下海想找到這具棺材。」

「那麼她最後有將他找回來嗎？」

「不完全是。俄塞里斯是重新復活了沒錯，但只有在冥界而已。他成爲統治死人的國王。當他們兩人的兒子荷魯斯長大之後，荷魯斯向賽特挑戰想取回王位，在經過多次艱困的戰爭後才獲得勝利。這也是爲什麼荷魯斯會被稱爲『復仇者』的原因。就像我剛說的，這是個很古老的故事，是神在我們的歷史裡多次重複上演的故事。」

「重複？」

「神總是根據一定的模式，很容易預測他們要做什麼，像是演出同樣的吵架戲碼，或是幾千年來同樣的嫉妒。變換的只有場景和宿主而已。」

又出現那個字了，宿主。我想起那個在紐約博物館的女人，她變成了女神瑟克特。

「在我所看到的影像裡，」我說：「艾西絲和俄塞里斯結婚，而荷魯斯是他們的兒子。但是在卡特告訴我的另一個故事裡，他們三個人是兄弟姊妹，都是天空女神的孩子。」

「你說得沒錯。」伊斯坎德同意。「對於那些不知道天神本性的人來說，可能會對此感到混淆。神無法用他們純粹的形體在地上行走，至少不能超過幾分鐘，因此他們需要宿主。」

「你是說人類。」

「或是其他力量強大的物品，像是雕像、護身符、紀念碑、某些特定車款，但是他們比較喜歡人形。你可以看到神擁有極大的力量，但只有人類才具有創造力，也就是這種能力才得以改變歷史而不是重複歷史。人類可以……你們現代人是怎麼說的……跳脫杯子思考。」

「是跳脫框架思考。」我稍微糾正一下。

「沒錯，結合人類的創造力和神的力量，可以變得無敵強大。無論如何，俄塞里斯和艾西絲第一次在地上行走時，他們當時的宿主是一對兄妹。然而凡人宿主不能長久固定，他們終有死去、耗盡力氣的一天。後來，俄塞里斯和艾西絲找到新的形體，這次的人類是一對夫妻。荷魯斯曾經在某一世是他們的弟弟，但在新的一世重生時成了他們的兒子。」

「亂糟糟，」我說：「而且有點噁心。」

伊斯坎德聳聳肩。「神對彼此關係的看法跟我們人類不一樣，他們換宿主就像換衣服一樣。這似乎也是古代故事如此混淆的原因。有時神被描述為夫妻、手足或父子，全看他們的宿主為何而定。你知道，法老本身也被稱為活神。埃及學家相信這不過是宣傳的成分居多，但事實上大多時候的確是真的。最偉大的法老會成為神的宿主，通常是荷魯斯的宿主。他給予法老力量和智慧，讓他們將埃及打造為一個偉大帝國。」

「但這是好事，不是嗎？爲什麼成爲神的宿主是違反律令呢？」

伊斯坎德臉色一沉。「莎蒂，神要做的事和人不同。他們會征服宿主，讓宿主累垮。這也是爲什麼有這麼多宿主年紀輕輕就過世了。圖坦卡蒙，可憐的孩子，死的時候才十九歲。克麗奧佩特拉七世更慘。她試著想當艾西絲的宿主卻不知道自己在做什麼，結果讓自己發瘋。從前生命之屋教導神聖魔法的使用法，生徒可以學習如何引導像荷魯斯、艾西絲、薛克梅特[58]或任何其他神的力量。比起現在，我們當年有更多的生徒。」

伊斯坎德環視空蕩蕩的大廳，似乎在想像這裡充滿魔法師的樣子。「有些能力高強的只能偶爾召喚神明，其他的試圖成爲神的宿主……最後成功的程度不一。他們的最終目標是要成爲神之『眼』，這是凡人與神兩種靈魂的完美結合。極少人能到達這種境界，就連生來即須承擔這項工作的法老也是這樣。大多數人都是在這個過程中自我摧毀。」他翻開手掌，他的生命線紋是我所看過最深的。「當埃及最後落入羅馬人手裡，這一切對我們或對我來說變得很清楚。人類、我們的統治者，就連最厲害的魔法師，不再具有足夠意志力可以主掌神的力量。唯一做得到的人……」他的聲音顫抖而結巴。

「什麼？」

「親愛的，沒事。我說太多了，這是老人的弱點。」

---

[58] 薛克梅特（Sekhmet）是埃及神話中的獅頭女神，代表戰爭和毀滅。

「你是說法老的血統，對不對？」

他注視著我，雙眼不再混濁，反倒是炯炯有神。「你是個很聰明的小女孩。你讓我想起你的母親。」

我張開嘴巴。「你認識她？」

「當然。她在這裡接受訓練，就跟你父親一樣。你的母親……除了是位優秀的科學家，也擁有占卜的天賦。這是最困難的魔法之一，而她是幾世紀以來第一個具備這項能力的人。」

「占卜？」

「看見未來發生的事。占卜很微妙，永遠都不完美，但她看見了一些事情，使她……從不同的地方去尋求建議，這些事，即便連我這個老人都要質疑長久以來的信仰……」

他又再次飄進了回憶裡，我的外公外婆每次這樣的時候就已經讓人夠討厭了，而當一位法力高深、知道珍貴資訊的魔法師這麼做的時候，眞是會令人抓狂。

「伊斯坎德？」

他有點驚訝地看著我，彷彿忘了我人在那裡。「抱歉，莎蒂，我應該要說重點。在你前方的這條路不好走，但我現在堅信，爲了我們所有人，這是你必須走的路，而你的哥哥需要你的指引。」

我眞想大笑。「卡特需要我的指引？指引什麼？你說的路是什麼意思？」

「快了，別急。事情必須順其自然。」

這是大人會說的標準答案。我試著想掩飾我的沮喪。「如果是我需要引導怎麼辦？」

「姬亞，」他毫不遲疑地說：「她是我最棒的學生，而且她十分睿智。等時機到來，她會知道如何幫助你。」

「是喔。」我說，覺得有點失望。「姬亞。」

「親愛的，你應該要休息了。看來我也終於可以休息了。」他的聲音聽起來雖然悲傷，但也有如釋重負的感覺。我不知道他在說什麼，但他沒有給我問下去的機會。

「很抱歉我們在一起的時間這麼短暫，」他說：「好好睡吧，莎蒂．凱恩。」

「但是……」

伊斯坎德摸了我的額頭，我就沉沉地睡去，而且沒有作夢。

16 魔法速成班

一桶冰水潑在我臉上，把我嚇醒。

「莎蒂！起床了。」姬亞說。

「天啊！」我大叫：「有必要這樣嗎？」

「沒有。」姬亞承認。

眞想勒死她，只不過我全身溼答答還冷得發抖，而且頭有點昏。我睡了多久？感覺好像只有幾分鐘，但整間宿舍都沒人，其他小床也已經鋪好。那些女生一定去上早上的課了。

姬亞丟給我一條毛巾和一些乾淨的亞麻衣。「我們會在淨身室跟卡特會合。」

「我才剛洗過澡，眞是多謝了。我現在需要的是好好吃頓早餐。」

「淨身指的是讓你做好施用魔法的準備。」姬亞把裝著各種道具的包包背到肩上，並展開她之前在紐約用的那根黑色魔杖。「如果你活下來，我們再來談食物的事。」

我已經受夠了不斷被提醒可能會死這件事，但我還是穿好衣服跟著她走出去。

在過了一連串無止盡的隧道後，我們來到一個廳室，裡面有個水聲嘩啦啦的大瀑布。這裡並沒有天花板，頭上感覺是一個無盡往上延伸的天井。豐沛的水量從黑暗之中傾洩進入一個噴水池，拍濺在五公尺高的鳥頭神像上。這個神叫什麼名字……是圖特嗎？不對，是透特。小瀑布般的水從他頭上流下，集中在他的掌心，又濺入水池裡。

卡特站在噴水池旁。他穿著亞麻衣，肩上掛著爸爸的工作袋，背上綁著他的劍。他頭髮亂七八糟，看起來沒睡好，不過至少沒有被人用冷水潑得一身溼。看到他讓我覺得有種奇怪的安心感。我想到昨天晚上伊斯坎德說的話：「你的哥哥需要你的指引。」

「怎麼了？」卡特問。「你看我的樣子好奇怪。」

「沒事，」我很快回說：「你睡得怎麼樣？」

「很糟，我……我晚一點再跟你說。」

這是我的想像，還是他真的對著姬亞皺眉頭？嗯，魔法小姐和我哥哥之間有沒有可能發生感情問題？先記下來，等下次我們兩個獨處時，再來好好拷問他。

姬亞走到附近櫃子拿出兩個陶杯。她把杯子放進水池，裝滿水拿給我們。「喝下去。」

我瞄了卡特一眼。「你先喝。」

「這只是水而已，」姬亞向我保證：「因爲經過透特的淨化，可以幫助你專心一致。」

我看不出來一座雕像要如何淨化水。然後我想起伊斯坎德曾經說過，神可以存在於任何東西之內。

我喝了一口，馬上覺得自己像是喝了一大杯外婆泡的茶。我的腦袋嗡嗡作響，視力變得銳利，感覺精力旺盛，差點就忘了我的口香糖，只差一點點而已。

卡特喝了一口。「哇塞。」

「接下來是刺青。」姬亞宣布。

「太棒了！」我說。

「在你的舌頭上。」她補充。

「什麼？」

姬亞吐出舌頭。在她舌頭中間有個藍色的象形文字。

「者是拿特。」她試著邊伸出舌頭邊說話，然後她發現自己犯的錯誤後，趕緊把舌頭縮回去。「我是要說，這是瑪特，代表秩序與和諧的符號，可以幫助你清楚說出魔法咒語。唸咒語時只要犯了一個錯誤……」

「讓我來猜猜看，」我說：「我們都會沒命。」

姬亞從她的恐怖櫃子拿出一支細頭水彩筆和一碗藍色顏料。「不會痛，而且是暫時的。」

「吃起來是什麼味道？」卡特很好奇。

姬亞微笑著。「把舌頭伸出來。」

我來回答卡特的問題，刺青吃起來像是燃燒的汽車輪胎。

「噁心。」我吐了一口藍色的「秩序與和諧」進噴水池裡。「別管早餐，我沒胃口了。」

姬亞從櫃子裡拿出一個皮袋。「卡特獲准可以保有你們父親的魔法工具，再加上一支新的魔杖和魔棒。一般而言，魔棒是用來防禦，而魔杖是用來攻擊，不過，卡特，你可能比較想用你的卡佩許劍[59]。」

「卡佩許劍？」

「就是這把彎劍，」姬亞說：「這是法老侍衛很喜歡用的武器，可以用在戰鬥魔法上。至於莎蒂，你會需要一套完整工具組。」

「爲什麼他可以有爸的工具組？」我抱怨著。

「他年紀大。」她說，好像這麼說就能解釋一切。每次都這樣。

姬亞丟給我一個皮袋。裡面有一支象牙魔棒、一根我猜會變成魔杖的棍子、幾張紙、一套墨水組、一點繩子和一塊可愛的蠟。我一點也高興不起來。

「那小蠟人怎麼辦？」我問。「我想要一個欄小子。」

「如果你指的是小塑像，你必須自己做一個。如果你有這種能力，就會學到如何製作。我們之後會判定你的專長。」

「專長？」卡特問：「你是指像涅克塔涅波王擅長做雕像之類的嗎？」

姬亞點點頭。「涅克塔涅波特別專精於雕像魔法。他能做出逼眞的薩布提，僞裝成人而不被發現。沒有人比他更善於使用雕像魔法……除了伊斯坎德以外。另外還有許多其他的學

[59] 卡佩許劍（Khopesh）是古埃及的一種銅劍，長約五、六十公分，有著鐮刀狀的彎曲劍刃，鋒利處在弧形劍刃的外緣。

門，像治療、製造護身符、馴獸、操控元素、戰鬥魔法、降靈招魂等等。」

「占卜呢？」我問。

姬亞好奇地看著我。「也是，不過這相當稀罕。你怎麼……」

我清了清喉嚨。「所以我們要怎麼知道自己有什麼專長？」

「很快就看得出來了。」姬亞保證。「但一位好的魔法師對所有事都知道一點，這也是爲什麼我們要從簡單的測驗開始。我們去圖書館吧。」

第一行省的圖書館就像阿摩司家的圖書室一樣，但大了一百倍。圓形的房間繞著似乎綿延不絕的蜂巢架子排列，就像世界最大的蜂窩。陶土做的薩布提不斷迅速地進進出出，收回裝著紙草卷的筒子然後消失，卻沒看到其他人。

姬亞帶我們到一張木桌旁，攤開一張長長的空白紙草卷。她拿起一支筆，沾了沾墨水。

「埃及人把書吏或作者稱爲『shesh』，但這個字也有魔法師的意思，因爲魔法就最基本的層面來看，是將字轉化爲眞實。你們也要創造出紙草卷。使用你自己的魔法，你可以將力量傳達到寫在紙上的字。把字說出來的時候，這些字將會釋放出魔法能量。」

她把筆拿給卡特。

「我不懂。」他抗議著。

「寫個簡單的字，」她建議，「什麼都可以。」

「用英語寫嗎？」

姬亞抿了一下嘴。「如果一定要的話也是可以。用任何語言都可以，但只有用象形文字的效果最好。象形文字是創造與魔法的語言，也是瑪特的語言，不過必須很小心。」

她還來不及解釋，卡特就用簡單的象形文畫了一隻鳥。

這張圖動了動，將自己從紙草卷上分離，並且飛走。飛出去時還在卡特頭上拉了一些象形文大便。卡特的表情讓我忍不住大笑。

「這是初學者的錯誤。」姬亞說，然後對我皺個眉叫我安靜。「如果你用了代表有生命的符號，只寫一半才是聰明的作法。可以不要畫翅膀或腿，否則你所傳達出去的魔法可能會讓這張圖活過來。」

「還有在創造者身上大便。」卡特嘆氣，一邊用撕下來的紙把頭髮擦乾淨。「所以我們父親所做的蠟像糰小子才會沒有雙腿，對吧？」

「這是同樣的原則。」姬亞同意。「你現在再試試看。」

卡特凝視著姬亞的魔杖，那上面布滿象形文字。他挑了一個最明顯的字，並且照著寫在紙草卷上，是表示火的符號。

喔，慘了，我心想。但這個字沒有活起來，否則一定會很刺激。它就這樣消失了。

「繼續試試看。」姬亞催促他。

「為什麼我覺得好累？」卡特很好奇。

他看起來絕對累斃了。他的臉上出現一顆顆汗珠。

「你是由內往外傳送出魔法，」姬亞說：「火對我來說很簡單，但也許對你來說不是最自然的一種魔法。試試別的東西。召喚……一把劍看看。」

姬亞示範了如何用象形文寫「劍」，卡特把這個字寫在紙草紙上。什麼事都沒發生。

「把這個字唸出來。」姬亞說。

「劍。」卡特說。這個字開始發光，然後消失，紙草卷上躺著一把抹奶油的刀。

我大笑。「眞是嚇死我了！」

卡特看來像是快昏倒了，但他勉強擠出一絲笑容。他拿起奶油刀，威脅說要戳我。

「第一次有這樣的表現非常好，」姬亞說：「記住，你不是自己創造這把刀，你是從瑪特，也就是宇宙的創造能力，將刀召喚出來。象形文字是我們魔法師使用的符碼，所以才被稱爲神聖文字⑥⓪。魔法師力量愈大，要控制語言就愈簡單。」

我吸了一口氣。「那些在時代廳裡飄浮的象形文字，似乎都集結在伊斯坎德身邊。他是在召喚那些字嗎？」

「不完全是，」姬亞說：「他的存在就具備了強大的力量，光是站在房間裡就足以讓宇宙的語言通通現身。無論我們的專長爲何，每個魔法師最大的希望都是變成神聖文字的講者，也就是能夠徹底了解創造的語言，達到只用口說而不必靠紙草卷，就創造出眞實。」

「就像說『毀壞』，」我小心地說：「就能把門炸開。」

姬亞皺眉。「沒錯，但這種能力需要練習很多年才學得會。」
「眞的嗎？嗯……」
我從眼角餘光看到卡特在搖頭，他默默警告我閉嘴。
「呃……」我結結巴巴說不出話。「我將來要學會這招。」
姬亞揚起一邊眉毛。「首先，你得先學會用紙草卷。」
我已經受夠她的態度，所以我拿了筆，用英語在紙草卷上寫下「火」。
姬亞傾身向前看，皺起眉頭。「你不該……」
在她說完之前，一道火焰竄上她的臉。我大聲尖叫，確定自己做了可怕的事，但是當火熄滅，姬亞還好端端站在那裡，帶著一臉震驚。她的眉毛燒焦，瀏海還冒著煙。
「噢，老天，」我說：「眞是非常抱歉。我現在要死了嗎？」
大概有三秒的時間，姬亞瞪著我看。
「現在，」她宣布：「我想你們已經準備好決鬥了。」
我們使用另一個姬亞從圖書館牆上開啓的魔法通道。我們進入沙塵飛揚的通道，從另一

❻⓪在古代的埃及只有祭司等神職人員或高官才會讀寫象形文字，因此希臘人將埃及的象形文字稱為神聖文字（Divine words）。

邊跳出去，然後全身是沙站在某個廢墟前。熾烈的陽光害我差點眼睛瞎掉。

「我討厭通道。」卡特喃喃自語，一邊拍掉頭髮上的沙。

接著他環顧四周，眼睛瞪得好大。「這裡是路克索！是在開羅南方幾百公里外的地方。」

我嘆口氣。「我們都能從紐約過來了，這還能讓你這麼驚訝？」

他太忙著察看四周環境，所以沒空回我。

我想這些廢墟都還算好，不過我會跟你說，如果你看過一堆崩垮的埃及建築，你就等於全都看過了。我們站在一條很寬的路上，兩旁有人面獸身雕像，但大部分都崩壞了。在我們後面，這條路一直延伸到無盡遠，但在我們前方，這條路就終止在一間神廟前，比紐約博物館裡的神廟還大。

神廟的牆壁就有六層樓高，巨大的法老石像在入口兩旁守衛。有一座方尖碑聳立在左手邊。看來以前右邊也有一座，但現在卻不見了。

「路克索是現代的地名，」姬亞說：「這裡以前是底比斯城。這間是埃及最重要的神廟之一，也是我們練習的最佳場所。」

「是因爲這裡已經毀壞了嗎？」我問。

姬亞給了我一個招牌的皺眉表情。「不，莎蒂……是因爲這裡充滿魔法，而且這裡對你們家族是很神聖的地方。」

「我們家族？」卡特問。

姬亞沒有解釋，就像平常一樣。她只是用手比著叫我們跟著她走。

「我不喜歡那些醜醜的斯芬克斯。」走在路上時，我嘀咕著。

「那些醜醜的斯芬克斯象徵著律法和秩序，」姬亞說：「也是埃及的保護者。它們站在我們這邊。」

「你說了算。」

我們經過方尖碑的時候，卡特推了我一下。「你知道那座失蹤的方尖碑現在在巴黎吧。」

我轉了轉眼珠。「謝謝喔，維基百科先生。我以為方尖碑是在紐約跟倫敦。」

「那是不同的一對。」卡特說得好像我應該關心這件事似的。「另外一座路克索的方尖碑現在是在巴黎。」

「真希望我在巴黎，」我說：「比這裡好太多了。」

我們走近滿是灰塵的庭院，四周盡是坍塌的柱子及許多少了某些身體部位的雕像。儘管如此，我還是看得出來這裡曾經相當氣派輝煌。

「人到哪兒去了？」我問：「現在是白天，而且還在放假。不是應該有很多遊客嗎？」

姬亞做了一個不屑的表情。「對，通常是這樣。我鼓勵他們暫時遠離這裡幾小時。」

「怎麼做？」

「一般人的心靈很容易操控。」她直盯著我看，我想起她如何在紐約博物館裡逼我講話。喔，對，她還想讓自己燒掉更多眉毛。

「現在，開始決鬥。」她召喚出她的魔杖，在沙地上畫了兩個大約相隔十公尺的圓圈。她指揮我站在其中一個圈圈，要卡特站進另一個。

「我一定要跟他打嗎？」我問。

我覺得這個主意實在太荒謬了。卡特到現在唯一秀出的天分就是召喚奶油刀和拉大便的鳥。好吧，還有那次在橫跨深淵的橋上閃避飛刀，不過……萬一我傷了他怎麼辦？雖然卡特很討厭，但是我不想意外弄出一個之前在阿摩司家叫出的象形文，然後把他炸得粉身碎骨。

或許卡特也在想同一件事，因爲他開始冒汗。「要是我們做錯了怎麼辦？」他問。

「我會監督決鬥過程。」姬亞答應我們。「我們先慢慢開始。第一個把對方擊出圈圈的人就獲勝。」

「但我們還沒接受訓練啊！」我抗議著。

「人要從做中學，」姬亞說：「莎蒂，這裡不是學校。你不能靠坐在書桌前抄筆記就學會魔法。你只能從實際操作中學會。」

「可是……」

「召喚任何你可以召喚的力量，」姬亞說：「使用任何你有的工具。決鬥開始！」

我疑惑地看著卡特。使用任何我有的工具？我打開皮袋，往裡面看。一塊蠟？大概沒用。我拿出魔棒和棍子。棍子立刻變長，直到變成我手上這支兩公尺長的魔杖。

卡特抽出劍來，雖然我很難想像他會怎麼用。要從十公尺外打到我很難吧。

我想要速戰速決，所以照著之前姬亞的做法舉起魔杖。我在腦中想著「火」。一道小小的火焰在魔棒另一端劈啪作響。我在心裡要求它變大一點，火焰立刻亮了起來，但我的視線變得模糊。火焰熄滅了。我雙膝一彎，跪在地上，覺得自己像跑完一場馬拉松一樣累。

「你還好嗎？」卡特大喊。

「不好。」我抱怨。

「如果她弄昏自己，我就贏了嗎？」他問姬亞。

「閉嘴啦！」我說。

「莎蒂，你一定要小心，」姬亞喊著：「你提取的力量來自你體內的儲存，而不是從魔杖。你這樣很快就會耗盡自己的魔法。」

我顫抖地慢慢站起來。「解釋一下好嗎？」

「魔法師開始進行一場充滿魔法的決鬥時，就像你在吃了很好的一餐之後會覺得飽……」

「我還沒吃飯。」我提醒她。

「每次你在施法時，」姬亞繼續說：「你就是在擴展能量。你可以從自己身上汲取能量，但一定要知道自己的極限，否則會耗盡力氣，或者發生更糟的事。」

我吞了吞口水，看著我冒煙的魔杖。「有多糟？」

「有可能眞的會著火燒起來。」

我遲疑了一下，思考著如何問下一個問題而不要說太多話。「但是我之前使用過魔法，有時並不會讓我筋疲力盡。爲什麼？」

姬亞從脖子的項鍊上，解下一個護身符。她把護身符拋向空中，一陣閃光後就變成一隻巨大的禿鷹。這隻巨大的黑鳥直往廢墟上空飛去。等牠飛到看不見的地方，姬亞伸出手掌，護身符出現在她手裡。

「魔法可以從許多地方提取，」她說：「魔法可以存放在紙草卷、魔棒或是魔杖裡。護身符的力量特別強。魔法也可以利用神聖文字而直接取自瑪特，但這很困難。或者……」她盯著我說：「也可以從神的身上取得。」

「幹嘛這樣看我？」我質問她。「我沒有召喚神。看來是他們自己來找我的！」

她戴上項鍊，沒說半句話。

「等等，」卡特說：「你剛說這裡對我們家族來說很神聖。」

「從前是如此沒錯。」姬亞同意。

「但這裡不是……」卡特皺眉。「法老不是每年都在這裡舉辦什麼節慶活動嗎？」

「的確，」她說：「法老會選擇列隊行進的方式，一路從卡納克走到路克索。他們會進入神廟，變成神的隨從。有時，這純粹是種儀式，但有時對於像拉美西斯這樣偉大的法老來說，這裡……」姬亞指著一座巨大且坍落的雕像說。

「他們眞的是神的宿主。」我插個嘴，因爲想到伊斯坎德之前說過的話。

姬亞瞇起眼睛。「但你說你不知道你們家族的過去。」

「等一下，」卡特說：「你是說我們和拉美西斯法老有關……」

「神會小心選擇自己的宿主，」姬亞說：「他們總是偏愛具有法老血統的人。當一個魔法師身上流著兩個皇室家族的血……」

我和卡特交換個眼神。我想起巴絲特說過的話：「你們家生來具有魔法。」而阿摩司也曾說過我們家兩邊的人都跟神有段複雜糾葛的歷史，所以卡特和我是幾世紀以來最有力量的小孩。我有種不好的感覺，就像令人發癢的毯子刺著我的皮膚一樣。

「我們父母來自不同的皇室家族，」我說：「爸爸……他一定是第一位法老納爾邁的後代。我跟你說過他看起來和影像裡的人長得很像！」

「這不可能，」卡特說：「那是五千年前的事了。」但我看得出來他現在思緒飛快。「還有浮士德家族……」他轉向姬亞。「拉美西斯大帝建造這個庭院。你現在是在說我們母親的家族是他的後代？」

姬亞嘆口氣。「別跟我說你們父母沒有告訴你們這件事。要不然你以為你們為什麼對我們這麼危險？」

「你認為現在有神寄宿在我們體內。」我說，整個人震驚不已。「這就是你擔心的事。就因為某件我們遙遠的祖先做過的事？眞是太蠢了。」

「那就證明給我看！」姬亞說：「決鬥，讓我看看你們的魔法有多弱！」

她轉身背向我們，好像我們兩個一點都不具威脅。

我心裡有某種東西啪嗒斷掉了。我度過人生中最慘的兩天。我失去了父親、我的家、我的貓、被怪物攻擊，還被人在頭上倒了一桶冷水。現在這個巫婆竟背對我。她不想訓練我們，只想要看看我們有多危險。

哼，很好。

「呃，莎蒂？」卡特叫我。他一定是從我的表情看出我已經失去了理智。

我將注意力放在魔杖上。也許不要用火。貓總是都喜歡我，或許……

我把魔杖朝姬亞丟過去。魔杖掉在姬亞腳邊，立刻變成一隻張口咆哮的母獅子。姬亞嚇了一大跳，立刻轉過身來，但事情卻急轉直下。

獅子轉而衝向卡特，牠似乎知道我應該要跟卡特決鬥。

我腦中閃過一個念頭：我到底做了什麼？

然後獅子撲過去……卡特的形體開始晃動。他從地上升起，被一個像巴絲特用過的那種金色立體投影外殼所包覆著，只不過他的巨大影像是一個有著隼頭的戰士。卡特揮劍，隼頭戰士也做了同樣動作，用發光的能量劍將獅子切成一半。獅子在半空中消散，而我的魔杖咚的一聲掉在地上，整齊地切成兩半。

卡特的化身發光，然後漸漸消失。他回到地上，露出笑臉。「眞好玩。」

他看起來甚至一點也不疲倦。好險我沒有殺了他，我也發現自己並不覺得累。如果要說有什麼不同，就是我有了更多能量。

我驕傲地轉向姬亞。「怎麼樣？比較好了吧？」

她一臉慘白。「隼。他……他召喚了……」

在她把話說完前，傳來重重敲擊在石頭上的腳步聲。一名年輕的生徒急忙跑進庭院，看來非常驚慌。眼淚從他沾滿灰塵的臉上流下。他匆匆用阿拉伯語跟姬亞說了些話。姬亞聽到他的口信時，重重跌坐在沙地上。她摀住臉，身體開始顫抖。

卡特和我離開決鬥圈，跑到她旁邊。

「姬亞？」卡特說：「怎麼了？」

她深吸了一口氣，試著恢復鎮靜。當她抬起頭時，眼睛紅紅的。她對那名生徒說幾句話，生徒點點頭，然後跑回去。

「是來自第一行省的消息，」她顫抖著說：「伊斯坎德……」她哽咽得說不出話來。

我感覺自己的肚子被大手用力揍了一拳。我想到伊斯坎德昨晚說的一些奇怪的話：「看來我也終於可以休息了。」我說：「他死了，對不對？那就是他的意思。」

姬亞瞪大眼睛看著我。「你為什麼說『那就是他的意思』？」

「我……」我正打算說出昨晚和伊斯坎德談過話，卻發現現在可能不是說這件事的好時機。「沒事。怎麼發生的？」

「是在睡夢中走的，」姬亞說：「他……他已經病了好幾年沒錯，可是……」

「沒關係，」卡特說：「我知道他對你來說很重要。」

她擦乾眼淚，然後搖搖晃晃地站起來。「你不懂。狄賈登會是下一個繼位人選。一旦他被任命為大儀式祭司，他會下令處決你們。」

「但我們什麼都沒做！」我說。

姬亞的眼中閃著憤怒。「你還不了解你們有多危險嗎？有神寄宿在你們體內。」

「太可笑了。」我很堅持，但我內心也開始有種不安的感覺。如果是真的……不，不可能！而且就算是狄賈登那種死板的瘋老頭，怎麼可能會為了小孩子自己根本不知道的事而要殺他們？

「他會命令我把你們帶去，」姬亞警告著：「而我必須服從他。」

「你不能聽他的！」卡特大喊。「你也親眼看到在博物館發生的事。我們不是問題所在，賽特才是大麻煩。如果狄賈登不認眞看待這件事……或許他自己也是問題之一。」

姬亞握緊魔杖。我很確定她正要發射火球油煎我們，但她卻猶豫了。

「姬亞。」我決定冒個險。「伊斯坎德昨晚跟我談了些事。他抓到我在時代廳裡亂晃。」

她震驚地看著我。我知道在她的震驚轉為憤怒之前，我只有幾秒鐘的時間。

「他說你是他最優秀的學生，」我回想著，「他說你具有智慧。他也說卡特和我的前方還有困難在等著我們，而等到時機來臨，你會知道如何幫助我們。」

她的魔杖冒出煙來。她的眼睛讓我想起玻璃快要破裂的樣子。

「狄賈登會殺了我們，」我繼續說下去：「你認爲那就是伊斯坎德的想法嗎？」

我開始數五、六、七。就在我確定她要把我們炸碎之前，她放下魔杖。「用方尖碑。」

「什麼？」我問。

「入口的方尖碑，傻瓜！在狄賈登下令處決你們之前，你們只有五分鐘，或許還這麼久。快逃，並且消滅賽特。邪靈日在今天黃昏開始，所有的通道將無法作用，你們需要盡可能在那之前接近賽特。」

「等一下，」我說：「我是說你應該跟我們一起走，幫助我們！我們甚至不會用方尖碑，更別說要消滅賽特了！」

「我不能背叛生命之屋，」她說：「你們現在只剩四分鐘了。如果你們不會操作方尖碑，你們會死。」

這句話値得讓我去試試看。我開始把卡特拉走，但姬亞大喊：「莎蒂？」

當我回頭，姬亞的眼裡充滿痛苦。

「狄賈登會下令要我捉拿你們，」她警告我：「你懂嗎？」

很不幸的，我懂。下次我們見面時，會是敵人。

我抓起卡特的手，開始往前跑。

17 巴黎之旅

好的，在我說到邪惡狐蝠之前，應該先倒帶一下。

我們逃離路克索的前一晚，我根本沒什麼睡。起先是因爲靈魂出竅，後來又跟姬亞發生爭執。【莎蒂，不要再偷笑了。那又不是什麼好事。】

等到燈光熄滅，我試著想睡。眞的。他們沒給我枕頭，而是一個愚蠢的魔法頭靠，我甚至連那個都拿來睡了，但沒有多大幫助。一閉上眼睛，我的「巴」就決定來趟小旅行。

跟之前一樣，我感覺飄浮在自己身體上方，變成一個有翅膀的形體。杜埃的水流快速將我沖走。等我看清楚的時候，發現自己在一個黑暗的洞穴裡。阿摩司叔叔藉著他魔杖上閃動的微弱藍光，在洞穴裡找到前進的路。我想叫住他，卻出不了聲。我不確定他爲什麼沒看到我這樣一個距離他幾公尺的飄浮發光小雞，顯然我對他來說是隱形人。

他往前走了幾步，腳邊的地面突然出現一個紅色象形文字。阿摩司大叫，但他的嘴卻張開一半而僵住。一束束的光線如同藤蔓捆住他的腿。很快的，紅色的捲鬚完全將阿摩司纏繞起來，他整個人站著動彈不得，眼睛一眨也不眨地直視前方。

我試著想飛到他旁邊，但也無法動彈，所以只能無助地飄著，遠遠觀察他。

一陣笑聲在洞裡迴盪。一群東西從黑暗中出現，有像蟾蜍的生物、動物頭惡魔，甚至還有更怪的怪物半掩藏在暗影之中。我發現他們一直埋伏在那裡等著阿摩司前來。一個燃燒著火焰的影子出現在他們前面，是賽特，但他的形體現在更加清楚，而且這次不是以人類外形現身。他身形削瘦，全身又黑又溼黏，還有個野獸的頭。

「*Bonsoir*（晚安），阿摩司，」賽特說：「你能來眞好。我們一定會玩得很愉快！」

我立刻在床上坐直，重新回到自己的身體。我的心噗通噗通跳得很快。

阿摩司被抓了。我很確定，而且更糟的是……賽特是怎麼知道阿摩司會去那裡？我想起巴絲特說過蛇豹入侵豪宅的事。她說屋子的防禦機制被蓄意破壞，而且只有生命之屋的魔法師才做得到。我心裡開始出現可怕的懷疑。

我凝視了黑暗好久，傾聽我旁邊的小孩在睡夢中喃喃唸著咒語。等到終於受不了時，我舉起手，用念力一推就打開門，和之前在阿摩司家用的方法一樣，然後我偷溜出去。

我在空無一人的市場裡遊蕩，想著爸和阿摩司，反覆回想那些發生的事，試著想出我當初可以有什麼不同的作法拯救他們，這時我看到了姬亞。

她像被人追趕似的匆匆穿過庭院，但眞正引起我注意的是那團籠罩她的發光烏雲，彷彿有人用發亮的黑影將她包圍起來。她來到一堵牆的前方，揮揮手，牆上突然出現一道門。姬亞緊張地往後看一下，然後鑽進去。

我當然要跟過去。

我靜悄悄地走到門口，可以聽見姬亞在裡面的聲音，但聽不出來她在說什麼。接著這扇門開始石化，漸漸變回牆，而我迅速做了決定。我跳進去。

在那裡面，姬亞一個人背對著我。她跪在一個石頭祭壇前輕聲誦念。四周牆上裝飾著古埃及的畫和現代的照片。

發亮的黑影不再圍繞姬亞，卻發生某種更奇怪的事。我一直打算把我做的惡夢告訴姬亞，但我看到她所做的事情後，卻完全忘記自己原本的計畫。她將雙手朝上合起來，像捧著一隻鳥的動作，這時出現一個藍色光球，大約有高爾夫球那麼大。這顆球往上飛，直接穿過天花板，消失不見。

我的直覺告訴我這不是我該看到的事。

我想轉身退出房間，問題是，門不見了，沒有其他出口。被發現只是早晚的問題……噢，慘了。

也許是我發出聲音，也許是她的魔法感應開始作用。姬亞的動作比我反應更快，她抽出魔棒對準我，那支迴力鏢的邊緣閃動著火焰。

「嗨。」我緊張地說。

她的表情先從憤怒轉爲驚訝，然後又回到憤怒。「卡特，你在這裡做什麼？」

「只是隨便晃晃。我在庭院看到你，所以……」

「你說你看到我是什麼意思？」

「嗯……你那時候在跑，而且有種發光的黑色東西繞著你，然後……」

「你看見了？不可能。」

「爲什麼？那是什麼東西？」

她丟下魔棒，火焰跟著熄滅。「卡特，我不喜歡被跟蹤。」

「抱歉。我以爲你可能遇上麻煩。」

她開始想說些什麼，但顯然改變了主意。「有麻煩……那倒是眞的。」

她重重地坐下並嘆著氣。在燭光下，她琥珀色的眼睛看起來絕望又哀傷。

她注視著祭壇後方的照片，我發現她也在照片中。照片上的她是個小女孩，光腳站在一棟泥巴磚屋外，臭臉瞇著眼睛看鏡頭，一副不想拍照的樣子。旁邊的另一張照片，是以廣角鏡頭拍攝位在尼羅河旁的村子全景。以前我爸有時會帶我去那樣的地方，是個兩千年來沒什麼變化的村落。有一群村民露齒而笑，對鏡頭揮手，彷彿在慶祝什麼。在他們上方，小姬亞坐在一個男人肩上，那一定是她父親。另一張照片則是全家福，照片裡的姬亞牽著她父母的手。他們有可能是埃及任何一個地方的農民家庭，而且她爸爸有著一對特別慈祥閃亮的眼睛，我感覺他一定是個很幽默的人。她母親臉上沒有遮蓋布巾，她大笑的模樣像是才剛聽完先生講的笑話。

「你們家人看起來很酷，」我說：「那是你家嗎？」

姬亞似乎想發脾氣，但她克制住情緒，也或許只是沒有力氣發火。「那裡曾經是我家。村子已經不在了。」

我等著，不知道該不該大膽問下去。我們互看著彼此，我看得出來她正在思考要告訴我多少細節。

「我的父親是農夫，」她說：「但他也替考古學家工作。空閒的時候，他會在沙漠搜尋文物，探勘他們可能有興趣挖掘的新地點。」

我點點頭。姬亞所描述的情況很平常。埃及人幾世紀來一直都靠這種方式賺外快。

「在我八歲時的某天晚上，我父親找到一尊雕像，」她說：「很小但很稀奇，是一尊怪物雕像，用紅色石頭雕刻而成。它和其他許多全都碎掉的雕像一起長期被埋在一個坑裡。這尊雕像不知爲何能毫髮無傷地保存下來。他把雕像帶回家。他當時不知道……不知道魔法師會把怪物和靈體監禁在像這樣的雕像裡，並且把雕像打破好完全消滅他們。我父親把沒破的雕像帶進了我們村子，並且……意外釋放了……」

她結結巴巴說不出話。她凝視著那張父親微笑牽著她的照片。

「姬亞，很遺憾聽到你的遭遇。」

她眉頭深鎖。「伊斯坎德發現了我。他和其他魔法師一起消滅這隻怪物……但已經來不及了。他們發現我蜷縮在一個上面鋪著蘆葦的火坑裡，是我母親把我藏在那裡的。我是唯一的生還者。」

我試著想像當伊斯坎德找到姬亞時，她會是什麼樣子。一個失去一切的小女孩，一個人獨自在成了廢墟的村落。很難想像她當時的情況。

「所以這個房間是你祭拜家人的祭壇，」我猜測著，「你來這裡是要悼念他們。」

姬亞茫然地看著我。「卡特，問題就在於我什麼都不記得。伊斯坎德把我的過去告訴我，他給我這些照片，向我解釋發生什麼事情。但是……我一點記憶也沒有。」

我本來要說：「你當時只有八歲。」然後我發現我媽過世時，我也是同樣的年紀，當時莎蒂和我被迫分開，所有事情我都記得清清楚楚。我還是可以看見我們位在洛杉磯的家，還有晚上在我們家那個能眺望海洋的後陽台上看星星的樣子。我爸會天馬行空告訴我們那些星座的故事。每天晚上睡覺前，莎蒂和我會跟媽媽一起擠在沙發上，爭著要得到她的注意，她則會告訴我們，爸爸說的故事一個字都不要相信。她向我們解釋關於星星的科學，談論物理化學，把我們當她的大學學生一樣。現在回頭去看，不知道她是不是在試著警告我們：不要相信那些神和神話，他們太危險了。

我記得我們全家人最後一次一起去倫敦旅行，爸媽兩人在飛機上看來有多麼緊張。我記得在媽死後，爸回到外公外婆家，告訴我們出了意外。就在他解釋之前，我知道一定是發生了不好的事，因爲我從來沒看過我爸哭。

而那些消逝的小細節也的確讓我抓狂，像是我媽用的香水味道，或是她的聲音。我愈長大，就愈難記住這些事情。我無法想像什麼都不記得會是怎樣。姬亞怎麼承受得了？

「或許……」我努力想找出合適的用詞。「或許你只是……」

她舉起手來。「卡特，相信我。我一直努力想記起來，但沒有用。伊斯坎德是我現在唯一的家人。」

「那朋友呢？」

姬亞看著我的樣子好像我剛剛說的是外國話。我發現在第一行省沒看到任何人和我們年紀差不多，每個人不是比我們更小就是更大。

「我沒時間交朋友，」她說：「而且，生徒滿十三歲時，就會被分派到其他位於世界各地的行省。我是唯一留在這裡的人。我喜歡一個人。這樣很好。」

她的話讓我起了雞皮疙瘩。每當別人問我在家教育是什麼感覺，我幾乎說過一模一樣的話，而且非常多次。難道我不想有朋友嗎？難道我不想過正常的生活嗎？「我喜歡一個人。這樣很好。」

我試著去想像姬亞上一般公立中學是什麼樣子，像是學會用置物櫃的密碼或在自助餐廳閒晃。我想像不出來。我猜她會跟我一樣不知所措。

「告訴你吧，」我說：「等測驗結束，等邪靈日過去，等一切事情都穩定下來……」

「事情不會穩定下來。」

「……我想帶你去購物中心。」

她眨眨眼。「購物中心？爲什麼？」

「去逛逛，」我說：「我們可以去吃漢堡、看電影。」

姬亞遲疑了一下。「這是你們所謂的『約會』嗎？」

我的表情一定非常有趣，因爲姬亞眞的露出了微笑。「你看起來就像牛撞到圓鍬一樣。」

「我的意思不是……我只是想……」

她大笑了起來。突然間，要想像她是個平凡的中學生也沒這麼難了。

「卡特，我會非常期待去購物中心，」她說：「如果你不是一個很有趣的人……就是一個很危險的人。」

「我們選擇有趣的人吧。」

她揮揮手，門重新出現。「走吧。小心點。你下次再跟蹤我，可能就不會這麼幸運了。」

我走到門口，轉身面向姬亞。「姬亞，剛才那個黑色會發光的東西是什麼？」

她的笑容消失了。「這是隱身咒語。只有力量非常強大的魔法師才有能力看穿。你不應該有這種力量。」

她直盯著我想要答案，但我無法回答。

「也許是咒語……減弱了吧。」我勉強擠出一句話。「還有，我可以問那個藍色的球體是什麼嗎？」

她皺眉。「什麼東西？」

「那個你釋放出來穿過天花板的東西。」

她看起來神祕兮兮。「我……我不知道你說的是什麼。或許燭光讓你眼花了吧。」

一陣尷尬的沉默。不是她在騙我，就是我快瘋了，也或許……我什麼都不知道。我發現還沒告訴她我看到阿摩司和賽特的事，但又覺得我已經在一個晚上把她逼到了極限。

「好吧，」我說：「晚安。」

我走回宿舍，但很久都沒睡著。

現在快轉到路克索。也許你開始了解爲什麼我不想拋下姬亞，以及我不相信姬亞會眞的傷害我們的原因。

另一方面，我知道狄賈登的事她沒有說謊。那個人會毫不猶豫就把我們變成可以吃的蝸牛。而且在我夢裡，賽特說的是法語，他說：「*Bonsoir*（晚安），阿摩司。」難道那只是巧合……還是發生了更糟的事？

總之，當莎蒂緊抓我的手臂，我跟著她跑。

我們出了神廟，跑向方尖碑。當然啦，事情沒這麼簡單。因爲我們是凱恩家族，事情從來都不簡單。

就在我們接近方尖碑時，我聽到魔法通道有沙沙聲。那條路大約八、九十公尺，一個光頭穿白袍的魔法師從旋轉的沙塵漩渦中走出來。

「快點。」我跟莎蒂說。我從袋子裡抓了會變成木杖的棍子，丟給莎蒂。「因爲我把你的砍成一半了。我用劍就夠了。」

「但我不知道現在要做什麼！」她抗議著，一邊摸索方尖碑的底部，像是希望找到一個祕密開關。

魔法師重新取得身體平衡，吐出口中的沙子。然後他看見我們。「站住！」

「對，」我喃喃說著：「我們會站住才有鬼。」

「巴黎，」莎蒂轉頭對我說：「你說過另一座方尖碑在巴黎，對吧？」

「對。呃，我不是要催你，但是……」

魔法師舉起魔杖，開始唸唸有詞。

我摸索著想找到劍柄。我的腿變得像奶油一樣軟趴趴。不知道我是不是可以再來一次那個老鷹戰士的絕招。那樣很酷，但也只出現在剛剛那場決鬥。還有在通過深淵橋上的測驗時，我擋掉了那些飛刀……這些都很不像我。每次我抽出這把劍，都有人在旁邊幫我，像是姬亞或巴絲特，我從不覺得孤單，而這次，只有我自己一個人。我自認爲可以抵擋一個訓練有素的魔法師，眞是瘋了。我對劍的了解，完全來自講亞歷山大大帝的歷史書和《三劍客》等等，希望那派得上用場！莎蒂忙著專心在方尖碑上，我現在得靠自己。

「不，你不是孤軍奮戰。」我體內的聲音說。

太好了，我心想，我現在不但得靠自己作戰，而且快要瘋了。

在路的遠處，魔法師高喊：「爲生命之屋效命！」

我覺得他不是在跟我說話。

我們之間的空氣開始閃爍。熱浪從兩排斯芬克斯像襲來，使這些雕像看起來像是在動。然後我發現它們眞的在動，每一尊雕像都從中間開始往下碎裂，石頭上出現的鬼影就像蝗蟲破殼而出一樣。這些破裂雕像的靈體並非都完好如初，其中有的斷頭，有的斷腳，有些只靠三條腿一跛一跛地走，但至少有十二隻準備攻擊的斯芬克斯狀況極佳，全部都朝我們跑過來，每一隻都有杜賓狗那麼大，由乳白色煙霧和蒸氣集合而成。在我們這一側的斯芬克斯也是如此。

「快點！」我警告莎蒂。

「巴黎！」她大叫，舉起她的魔杖和魔棒。「我想要現在就去那裡。兩張票。有頭等艙的話會更棒！」

斯芬克斯向前邁進。最靠近的那隻朝我撲來，我憑著運氣將它切一半。怪物消散成煙，但它吐出一股熱氣，溫度高到我的臉都快要融掉了。

又有兩隻斯芬克斯接近我，更後面那十二隻只離我幾步而已。我可以感覺得到脖子裡的脈搏跳動。

突然，地面晃動，天空變暗。莎蒂大喊：「好耶！」方尖碑發出紫色的光，以及巨大轟隆聲。莎蒂摸著石頭尖叫。她被吸了進去消失不見。

「莎蒂！」我大喊。

就在我分心一下的時候，兩隻斯芬克斯衝過來，把我撞倒在地。我的劍滑走，肋骨發出喀啦一聲，胸口突然痛得不得了。兩隻怪物冒出的熱氣更令人難受，像是被壓在一個熱烘烘的烤箱底下。

我朝著方尖碑的方向用力伸出手指。還差好幾公分，距離實在太遠。我可以聽見其他斯芬克斯跑過來的聲音，還有魔法師高喊：「抓住他！抓住他！」

我用盡最後一點力氣，蹣跚走向方尖碑。我身體的每條神經都痛得尖叫。我的指尖摸到了底部，世界成了一片黑暗。

突然間，我躺在又冷又溼的石頭上，是一個很大的公共廣場中央。大雨傾盆而下，冷颼颼的空氣告訴我現在已經不在埃及了。莎蒂就在附近，用尖叫警告我。

有個壞消息是，我帶了兩隻斯芬克斯過來。其中一隻從我身上跳開，轉而跳向莎蒂。另一隻還壓在我胸口上，兇狠地低頭看我。它的背脊在雨中冒出蒸氣，煙霧的白色眼睛離我的臉只有幾公分。

我試著想起埃及文的「火」要怎麼寫，或許我能讓這怪物爆炸……但我心裡充滿了驚慌恐懼。我聽見右邊傳來爆炸聲，是莎蒂逃跑的方向。希望她有逃走，但我無法確定。

斯芬克斯張開大嘴，露出和古埃及法老無關的煙霧尖牙。它正準備咬我的臉時，有個黑影站在它後面並且用法文大喊：「*Mange des muffins*（吃瑪芬糕吧）！」

揮刀！

斯芬克斯化爲一陣煙。

我試著想站起來卻沒辦法。莎蒂蹣跚走過來。「卡特！老天，你還好嗎？」

我眨眼看著另一個人，就是那個救了我的人。她長得高高瘦瘦，穿著黑色連帽雨衣。她剛才大喊的那句是「吃瑪芬糕」嗎？那是什麼奇怪的戰吼？

她丟開身上穿的雨衣，一個穿著豹皮有氧運動衣的女子低頭對我笑，露出了她的尖牙和燈光般的黃色眼睛。

「想我嗎？」巴絲特問。

18 尋找透特書

我們一起擠在一棟白色的政府大樓屋簷下，並看著傾盆大雨落在協和廣場上。這是在巴黎憂鬱的一天。冬日的天空很低很沉，再加上刺骨的溼冷空氣。沒有遊客，也沒有行人。任何一個頭腦清楚的人都會待在屋裡，坐在壁爐邊享受一杯熱飲。

在我們右邊，塞納河蜿蜒流過這座城市。在巨大的廣場對面，杜樂麗宮的花園籠罩在濃霧之中。

埃及方尖碑立在廣場中央，顯得孤單且陰暗。我們等著有更多敵人從中跳出來，好險一個也沒有。我想起姬亞說過被當作通道使用的文物必須經過十二小時的冷卻，才能再度使用。希望她是對的。

「別動。」巴絲特對我說。

她把手壓在我胸口上，我痛得皺起眉頭。她用埃及語低聲說了幾句，疼痛竟慢慢減弱。

「肋骨斷了。」她說：「不過現在好多了，但至少還需要休息幾分鐘。」

「那些魔法師怎麼辦？」

「我現在還不擔心他們。生命之屋會認爲你們被送到別的地方去了。」

「爲什麼？」

「巴黎是第十四行省，也是狄賈登的總部。除非你們瘋了，才會想躲在他的地盤。」

「那就好。」我嘆氣說。

「而且你們的護身符的確保護了你，」巴絲特補充：「不論莎蒂到哪裡，我都可以找到她，因爲我發誓過要保護她。但是護身符會掩護你們不被賽特之眼或其他魔法師發現。」

我想到在第一行省那間昏暗的小房間，裡面所有的小孩都專心看著裝滿油的碗。他們現在是不是用這種方式在找我們？這個想法讓我頭皮發麻。

我試著坐起來，但又痛到不行。

「躺著別動，」巴絲特囑咐我：「說眞的，卡特，你應該學學貓是怎麼掉下來的。」

「我會努力加強。」我回應她。「你怎麼活下來的？是因爲貓有九條命嗎？」

「喔，那只是個愚蠢的傳說罷了。我可是永生不死。」

「但是那些蠍子！」莎蒂又往裡面縮了過來，全身發抖，並且把巴絲特的雨衣拉過去蓋在肩膀上。「我們看見那些蠍子把你蓋掉了！」

巴絲特發出咕嚕聲。「親愛的莎蒂，你眞的在關心我呢！我得說，我替這麼多法老的孩子工作過，卻只有你們兩個……」她看起來眞的深受感動。「很抱歉我讓你們擔心了。蠍子的確快耗盡了我的力量。我盡可能抵擋住牠們，然後我以僅存的能量回復爲瑪芬的形體，溜進了杜埃。」

「我以爲你不擅長使用通道。」我說。

「嗯，首先，進出杜埃有很多方法，卡特。而且杜埃有許多不同的區域和層級，像是無底深淵、夜之河、死人之境、惡靈之境……」

「聽起來眞不錯。」莎蒂咕噥著。

「總之，通道就像門一樣。通道穿越杜埃，將凡人世界兩個不同的地點連結在一起。沒錯，我是不善於使用通道，但我來自杜埃。只有我自己一個的話，要溜進最近的一層逃跑是很簡單的。」

「如果牠們殺了你怎麼辦？」我問：「我是指，把瑪芬殺掉的話？」

「那就會把我趕進杜埃的深處了。就像是把我的腳放進水泥，或把我丟進大海裡。會需要很多年，或許是幾世紀的時間，我才能恢復足夠的力量返回凡人世界。不過幸好沒有發生這樣的事，我立刻就回來了，但是等我一到博物館，你們已經被魔法師抓走。」

「我們不完全是被抓走的。」我說。

「卡特，眞的嗎？在他們決定殺了你們之前，你們在第一行省待多久？」

「呃，大概二十四小時。」

巴絲特吹了口哨。「他們變得友善多了！他們以前在頭幾分鐘就把小神炸得粉身碎骨。」

「我們並不是……等一下，你剛說我們是什麼？」

莎蒂說著，聽起來像是出神在想什麼。「『小神』，我們就是小神，對吧？所以姬亞才會這麼怕我們，所以狄賈登才想殺掉我們。」

巴絲特拍拍莎蒂的膝蓋。「親愛的，你總是那麼聰明。」

「等等，」我說：「你是說神的宿主？這不可能。我想我會知道，如果……」

我接著想到腦海裡出現的那個聲音，在我見到伊斯坎德時發出的警告。我想起那些我突然間做到的事情，像是用劍作戰，並召喚魔法護身。那些都不是我在家自學時學得到的。

「卡特，」莎蒂說：「羅塞塔石碑碎掉的時候，釋放出了五位神，對吧？阿摩司說過，爸是俄塞里斯的宿主。至於賽特……不知道，他大概就逃走了。但是你和我……」

「有護身符保護我們。」我緊抓著脖子上的荷魯斯之眼。「爸說過護身符會保護我們。」

「要是我們當時有避開那間展覽室，照爸的吩咐去做，」莎蒂回憶著，「但我們只是在那裡看著一切發生。我們想要幫他。我們其實有請求力量，卡特。」

巴絲特點點頭。「那就有所不同了。這是一種邀請。」

「從那時開始……」莎蒂試探地看著我，幾乎在挑釁我去取笑她。「我一直都有這種感覺。像是身體裡有個聲音……」

冷冷的雨讓我的衣服完全溼透。如果莎蒂沒說的話，或許我還能繼續拒絕相信之前所發生的事。但我想到阿摩司說過我們家族與眾神之間有著久遠的歷史，也想起姬亞說過關於我們血統的事。她當時說：「神會小心選擇自己的宿主。他們總是偏愛具有法老血統的人。」

「好吧。」我承認。「我也是一直有聽到一個聲音，所以我們沒有發瘋……」

「護身符。」莎蒂把她衣領下的護身符掏出來，拿給巴絲特看。「這是一位女神的符號，對不對？」

我已經好久沒看到她的護身符了。她的跟我的不一樣。它讓我想起安卡，或是某種花俏的領帶。

「那是『切特[61]』，」巴絲特說：「是一種魔法結。而且你說得對，這通常被稱為……」

「艾西絲結。」莎蒂說。我不懂她是怎麼知道的，但她看起來非常確定。「在時代廳裡，我看過艾西絲的影像，而我當時變成了艾西絲，努力逃離賽特，而且……噢，老天，就是這樣吧？我就是她。」

她抓著衣服，像是要直接把女神從身體裡拉出來。我只能呆呆地看著她。我妹妹，這個把一頭亂髮挑染成紅色，還穿著亞麻睡衣和戰鬥靴的女生，怎麼可能擔心被女神附身？除了嚼口香糖女神之外，會有哪個女神想要她？

但話說回來……我也一直聽到身體裡的聲音。絕對不是我自己的聲音。我看著我的護身

61 切特（tyet），即艾西絲結。這個結據說為艾西絲的血，象徵著健康和生命。埃及的《亡靈書》中記載，死者配戴這種結，可以得到艾西絲及荷魯斯的保護，並受到歡迎進入來生。

符，荷魯斯之眼。我想著我所知道的神話，想到俄塞里斯之子荷魯斯如何擊敗賽特替自己的父親報仇；還想到在路克索的時候，我曾召喚出一個隼頭的戰士化身。

我不敢試，但心中想著：「是荷魯斯嗎？」

「嗯，也該是時候了，」另一個聲音說：「你好，卡特。」

「噢，不會吧。」我說，心裡開始恐慌。「不，不，不。誰去拿開罐器給我。有個神困在我的頭裡。」

巴絲特眼睛一亮。「你直接跟荷魯斯溝通？眞是大有長進！」

「長進？」我用手不停拍頭。「把他弄出來！」

「冷靜點。」荷魯斯說。

「別叫我冷靜！」

巴絲特皺眉。「我沒說啊。」

「我是在跟他講話！」我指著我的額頭。

「這太慘了，」莎蒂嗚咽著說：「我要怎麼把她弄出來？」

巴絲特嗅了一下。「莎蒂，首先，她沒有全部在你身體裡。神的力量非常強大。我們可以同時存在許多地方。不過沒錯，有一部分艾西絲的元神現在住在你體內，就像卡特帶著荷魯斯的一樣。說實在的，你們兩個應該感到光榮才對。」

「是啦，非常光榮，」我說：「一直都很想被神附身！」

巴絲特轉了轉眼珠。「拜託，卡特，這不是附身。而且，你和荷魯斯有一樣的目標，就是打敗賽特，像在幾千年前賽特第一次殺了俄塞里斯時，荷魯斯所做的那樣。要是不這麼做，你父親就完蛋了，而賽特會成爲世界的主宰。」

我瞄向莎蒂，她沒有幫腔。她一把扯下脖子上的護身符丟在地上。「艾西絲是通過護身符進去的，對吧？那麼我只要……」

「要是我就不會這麼做。」巴絲特警告。

但莎蒂拿出魔棒，用力打在護身符上。象牙迴力鏢射出藍色火花。莎蒂大叫，丟掉冒煙的魔棒。她的手滿是黑漆漆的燙傷傷痕，而護身符還是好端端的沒事。「噢！」她叫著。

巴絲特嘆口氣。她將手放在莎蒂手上，傷口消失了。「我的確這樣說過。沒錯，艾西絲是透過護身符傳遞力量，但她現在不在那裡。她在你的體內。即使如此，魔法的護身符是無法這樣摧毀的。」

「那我們該怎麼辦？」莎蒂說。

「這個嘛，就剛開始的人來說，」巴絲特說：「卡特一定要使用荷魯斯的力量擊敗賽特。」

「喔，就這樣？」我說：「全靠我自己一個人？」

「不，不是。莎蒂可以幫忙。」

「噢，還眞是太好了。」

「我會盡可能引導你們，」巴絲特保證，「但最後，你們兩個一定要合力作戰。只有荷魯斯和艾西絲才能打敗賽特，替俄塞里斯的死復仇。以前是這樣，現在也必須這麼做。」

「然後我們就可以把爸爸救回來？」我問。

巴絲特的笑容消失了。「如果一切順利的話。」

她沒有把全部的事告訴我們，但這沒什麼好驚訝的。我的腦袋現在迷迷糊糊，搞不懂到底錯過什麼沒聽出來。

我低頭看著我的手，似乎沒什麼不同。沒有更強壯，看起來也不像神的手。「如果我有神的力量，爲什麼我還是一樣……」

「遜！」莎蒂建議著。

「閉嘴啦，」我說：「爲什麼我無法好好使用我的力量？」

「這需要練習，」巴絲特說：「除非你希望把控制權交給荷魯斯，那麼他就會使用你的形體，而你什麼都不必擔心。」

「我做得到，」我體內的聲音說：「讓我對付賽特。你可以信任我。」

「對，是啊，」我告訴他：「我怎麼能確定你不會害我被殺死，然後換到另一個新的宿主身上？我怎麼能確定你現在不會影響我的想法？」

「我不會那麼做，」這個聲音說：「卡特，我選擇你，是因為你有潛力，而且我們都有同樣的目標。我以我的名譽發誓，如果你讓我控制……」

「不要。」我說。

我發現自己大聲說了出來，因爲莎蒂和巴絲特一起看著我。

「我是說我不會放棄自己的控制權，」我說：「這是我們的戰爭。我們的爸爸被關在棺材裡，而我們的叔叔被抓走了。」

「被抓走？」莎蒂問。我驚訝地發現我還沒把上次變成「巴」的小旅行告訴她。之前一直沒時間說。

等我把細節告訴她，她看起來很難過。「老天，不會吧。」

「是眞的，」我說：「而且賽特還用法語說了『晚安』。莎蒂，你剛說賽特逃走了，也許他並沒有逃走。如果他在找一個強而有力的宿主……」

「狄賈登。」莎蒂幫我把話說完。

巴絲特發出低沉的喉音。「你們父親打破羅塞塔石碑那晚，狄賈登也在倫敦吧？狄賈登一直充滿憤怒和野心。從許多方面看來，他都是賽特完美的宿主。如果賽特能夠附在狄賈登身體上，那就表示紅帝現在控制了生命之屋的大儀式祭司……以拉的王位爲名，卡特，希望你的猜測是錯的。你們兩個必須快點學會使用神的力量。無論賽特有什麼計畫，他會在生日那天，也就是他力量最強大的時刻進行。那將是邪靈日的第三天，從現在算起的三天後。」

「但我已經用了艾西絲的力量，對吧？」莎蒂問：「我已經召喚過象形文字。我在路克索啓動方尖碑。那是她還是我做的？」

「親愛的，都是，」巴絲特說：「你和卡特本身都有傑出的能力，但神的力量加速你們的發展，並且給予你們多餘的魔法儲備能量可以使用。原本你們需要好幾年才學會的東西，在幾天內就做到了。你們愈常傳送神的力量，你們的力量就會變得愈強大。」

「也會愈來愈危險，」我猜，「魔法師告訴過我們，成為神的宿主會害我們耗盡精力，或是發瘋，甚至被殺。」

巴絲特注視著我。有那麼一刻，那雙眼睛就像是狩獵的野獸眼睛，古老、有力、危險。「不是每個人都能成為神的宿主，卡特。這點是真的。但你們兩個都有法老的血統，你們結合了兩個非常古老的血系。這非常罕見、非常有力量。此外，如果你認為能夠不靠神的力量而存活的話，請再多想想，不要重蹈你們母親的……」她停住不說了。

「什麼？」莎蒂質問：「關於我們母親的什麼事？」

「我不應該說的。」

「告訴我們！」莎蒂說。

我很怕巴絲特會抽出她的刀，但相反的，她靠在牆上，凝視著雨。「你們的父母把我從克麗奧佩特拉之針釋放出來時……出現了比他們預期還多的能量。你們父親說出真正的召喚咒語，那場爆炸會立刻致他於死，但是你們母親做出一個防護罩。就在那一瞬間，我提供她協助，我建議讓我們的靈魂融合，好幫忙保護他們，但是她不肯接受我的幫助。她選擇打開自己所儲存的能量……」

「她自己的魔法。」莎蒂喃喃自語。

巴絲特哀傷地點點頭。「當魔法師投入自己的咒語，就沒有回頭的機會。如果她過度使用自己的力量……你們的母親用盡自己最後的能量來保護你們父親。爲了救他，她犧牲自己。她眞的是……」

「完全耗盡精力，」我說：「那就是姬亞警告我們的事。」

大雨繼續下著。我發現我在發抖。

莎蒂擦掉臉頰上的淚珠。她撿起護身符，憎恨地看著它。「我們一定要救爸。如果他眞的有俄塞里斯的元神……」

她沒有把話說完，我知道她在想什麼。我想到小時候，我們站在洛杉磯家中後院陽台，媽的手臂繞在我肩膀上。她指著天上的星星，告訴我北極星、獵戶三星、天狼星在哪裡。她對著我微笑，我感覺自己比天空上任何一顆星星還重要。我媽犧牲自己來挽救爸的性命。她用了這麼多魔法，讓自己完全耗盡。我怎麼可能會那麼勇敢？但是我必須試著救爸，否則媽的犧牲都白費了。也許我們能救出爸，他眞的就可以把事情做對，甚至把媽帶回來。

「這有可能嗎？」我問荷魯斯，但是他沉默不語。

「好吧。」我下了決定。「我們要怎麼阻止賽特？」

巴絲特想了一下，然後微笑著。我覺得無論她要給什麼建議，我都不會喜歡。「可能有種方法不必讓你完全把自己交給神。透特有一本書，是這位智慧之神自己寫的一本很稀有的咒語書。這本書中詳細記錄擊敗賽特的方法。這是某位魔法師的寶貝收藏。我們只要溜進他的堡壘，把書偷走，然後在黃昏之前離開，趁我們還來得及開一個到美國的通道時。」

「太好了。」莎蒂說。

「等一下，」我說：「哪個魔法師？這個堡壘又在哪裡？」

巴絲特瞪著我，一副我反應遲鈍的樣子。「爲什麼問我呢？我以爲我們已經談過他了。就是狄賈登啊，他家就在巴黎。」

我一看到狄賈登的家，就更討厭他了。那是一棟位於杜樂麗宮另一邊的巨大豪宅，就在金字塔路上。

「金字塔路？」莎蒂說：「這麼明顯啊？」

「也許他在『愚蠢邪惡魔法師街』找不到地方住。」我說。

這間房子很壯觀。外圍鐵欄杆上的尖頂都是鍍金的。即使在冬雨中，屋前的花園裡依然鮮花盛開。五層樓高的白色大理石牆和黑色緊閉的窗戶赫然出現在我們面前，最上面還有個屋頂花園。我甚至看過比這裡更小的王宮。

我指著刷上鮮紅油漆的前門。「紅色在埃及不是不好的顏色嗎？不就是賽特的顏色？」

巴絲特抓抓下巴。「既然你現在提起，沒錯，這是混沌和毀滅的顏色。」

「我以爲黑色才是邪惡的顏色。」莎蒂說。

「不，親愛的，如同以往，現代人都弄反了。黑色是肥沃泥土的顏色，就像尼羅河的泥土。你可以在黑土種植食物，食物是好的，因此黑色是好的顏色。紅色是沙漠的顏色。在沙漠無法種植任何東西，因此紅色是邪惡的。」她皺著眉。「狄賈登有扇紅門，實在很奇怪。」

「啊，我很興奮呢，」莎蒂抱怨說：「我們去敲門吧。」

「他家有守衛，」巴絲特說：「還有陷阱和警報器。我敢說這間屋子布滿咒語防護，不讓神靠近。」

「魔法師做得到這些？」我問。我聯想到一大罐貼著「神走開」標籤的殺蟲劑。

「唉，沒錯，」巴絲特說：「我無法在沒被邀請的情況下穿過門檻，但是你們……」

「我還以為我們也是神。」莎蒂說。

「這就是其中的美妙之處，」巴絲特說：「身爲宿主，你們還是人類。我完全擁有瑪芬，所以我還是我，是個女神。但你們還是……嗯，你們。這樣清楚嗎？」

「不清楚。」我說。

「我建議你們變成鳥，」巴絲特說：「你們可以飛到屋頂花園，然後從那裡進去。而且，我喜歡鳥。」

「第一個問題是，」我說：「我們不知道要怎麼變成鳥。」

「這很容易解決！這也是一個測試傳送神力的好機會。艾西絲和荷魯斯都有鳥的形體。只要把你們自己想像成鳥，你們就會變成鳥。」

「就那樣？」莎蒂說：「你不會朝我們撲過來？」

巴絲特看起來被冒犯了。「死也不要這麼想！」

我希望她沒有說「死」這個字。

「好吧，」我說：「來了。」

我心想：「荷魯斯，你在嗎？」

「幹嘛？」他不耐煩地說。

「拜託，變成鳥。」

「喔，我懂了。你不信任我，現在卻要我幫忙。」

「老兄，好啦。秀一次變成隼的技巧。」

「變成一隻鴯鶓你可以接受嗎？」

我看這樣談下去不會有幫助，於是我閉上眼睛想像自己是一隻隼。我的皮膚立刻開始產生灼熱感。我無法呼吸。當我睜開眼睛，嚇了一大跳。

我真的變得很矮，視線落在巴絲特的小腿。我全身都是羽毛，腳變成利爪，有點像是變成「巴」的樣子，但現在這可是真實、有血有肉的身體。我的衣服和背袋都不見了，彷彿全都融成羽毛的一部分。我的視力也完全改變，擁有一百八十度環視的能力，任何細節都看得一清二楚，樹上每片葉子都看得超清晰。我看得到大約八、九十公尺外的蟑螂，正快速爬進下水道。我看得到巴絲特臉上每一個毛孔，而她現在站在我面前露出微笑。

「永遠不嫌久，」她說：「差不多花了你十分鐘。」

什麼？我以爲改變是瞬間發生的事。在我旁邊有一隻美麗的灰色小鳥獵物，比我小一點，翅膀尖端是黑色，眼睛是金色。我不確定是怎麼知道的，但我知道這是一隻鳶，一隻眞的鳶，而不是鳶型的風箏。

這隻鳶吱喳叫著。「哈，哈，哈。」莎蒂在笑我。

我張開鳥喙，但發不出聲音。

「噢，你們兩個看起來眞可口。」巴絲特說，一邊舔嘴唇。「不……呃，我是說太好了。你們現在去吧！」

我張開壯觀的翅膀。我眞的做到了！我是一隻高貴的隼，是天空的主宰。我從人行道上起飛，直往欄杆飛去。

「哈，哈，哈！」莎蒂在我後面叫著。

巴絲特匍匐身體，開始發出奇怪的吱吱聲。慘了。她在模仿鳥。我看過貓在偷襲的時候會這麼做。突然間，我的腦中閃過我自己的訃聞：「卡特・凱恩，十四歲，被自己妹妹養的貓咪瑪芬吃掉，慘死於巴黎。」

我展開翅膀，用腳起飛，翅膀用力拍動三下，往上衝入雨中。莎蒂緊跟在後。我們一起飛上天去。

我必須承認，這種感覺實在太酷了。我還很小的時候，就一直夢到我在飛翔，而且很討厭醒過來。現在這不是夢，也不是變成「巴」的小旅行，這是百分之百眞實的飛行。我翺翔在巴黎屋頂上方的冷空氣氣流中。我看見河流、羅浮宮博物館、花園和王宮。還有一隻老鼠，一頓美食！

「等等，卡特。」我心想：「不可以抓老鼠。」我對準狄賈登的豪宅飛去，收起翅膀，往下俯衝。

我看見屋頂花園，有個通往屋裡的雙層玻璃門，我體內的聲音說：「不要停下來。這是一種幻象。你一定要擊破他們的魔法屏障。」

這想法很瘋狂。我俯衝的速度快到有可能狠狠撞在玻璃上，變成一塊羽毛煎餅，但我沒有放慢速度。

我直接撞上門，然後如同門不存在似的飛了進去。我伸展一下翅膀，降落在桌子上。莎蒂跟在我後面飛進來。

只有我們兩個在圖書室裡。到目前為止一切都還好。

我閉上眼睛，想要回復我正常的形體。等我再次睜開雙眼，已經變回那個平常的卡特，穿著平常的衣服坐在桌子上，工作袋也在肩上。

莎蒂還是一隻鳶。

「你現在可以變回來了。」我告訴她。

她歪著頭，質疑似的打量我。她沮喪地發出粗啞叫聲。

我笑笑地說：「你變不回來嗎？你被困住了？」

她用十分尖利的喙啄我的手。

「噢！」我抱怨著說：「又不是我的錯。繼續試試看。」

她閉上眼睛，甩動羽毛，直到看起來像快爆炸了，卻還是一隻鳶。

「別擔心，」我板起臉說：「我們一離開這裡，巴絲特會幫你變回來。」

「哈——哈——哈！」

「幫忙把風。我在四周找找看。」

這間房間超大。與其說是魔法師的窩，不如說更像一般傳統的圖書館。家具是深色的桃花心木，每面牆從天花板到地上都被書櫃蓋住。書多到擺在地上，有些堆在桌上，有些塞在比較小的架子上。一張舒服的大椅子擺在窗戶旁，看起來像是福爾摩斯會坐在那裡抽煙斗的地方。

我每走一步，地板就會發出嘎吱聲，讓我皺起眉頭。我聽不見屋裡其他人的聲音，但我可不想冒險。

除了通往屋頂的玻璃門，另一個唯一的出口是一道實心木門，它只能從裡面上鎖。我轉動這個門鎖，然後拿了一張椅子用力頂在門把下。我懷疑那樣可以把魔法師擋在外面多久，但如果情況變糟，這樣至少可以替我爭取幾秒的時間。

我搜尋書架好久，好像找了一輩子。所有不同的書都塞在一起，沒有照字母順序排列，也沒有編號。大部分的標題都不是英文，也沒有象形文。我希望可以找到那種用大大金色字體寫著《透特書》[62]的東西，但毫無斬獲。

「《透特書》會長什麼樣子？」我猜想著。莎蒂轉頭對我怒目而視。我很確定她是在叫我動作快一點。

眞希望有個薩布堤可以幫我把東西拿來，就像在阿摩司的圖書室裡一樣，但這裡沒看到有薩布堤。或者可以……

我把爸的工作袋從肩上拿下來，將魔法箱放在桌上，推開蓋子。小蠟像還在裡面，就是我上次丟在那裡的位置。我把它拿起來，對著它說：「糰小子，幫我在這間圖書室裡找到《透特書》。」

它用蠟做的眼睛立刻睜開。「我爲什麼要幫你？」

「因爲你別無選擇。」

「我討厭這個說法！好啦，把我舉起來。我看不見架子。」

我帶著它繞圖書室走，讓它看到這些書。替蠟像導覽實在很蠢，但是大概沒有莎蒂感覺來得蠢。她還是那個鳥的形體，在桌上來回急促奔跑，沮喪地張開鳥喙試著變回來。

「停！」糰小子宣布：「這本很古老……在這裡。」

我拿出一本用亞麻布裱裝得很薄的書。書非常小，難怪我找不到，很明顯的，封面上寫的是象形文。我把書拿到桌邊，小心翼翼地打開。與其說這是書，不如說是地圖。我把它攤開，有四個部分。我看著這份又寬又長的紙草卷，上面有著我幾乎認不出來的古老文字。

我瞄向莎蒂。「我猜如果你不是鳥的話，應該看得懂。」
她又想啄我，但我把手移開。
「糰小子，」我說：「這紙草卷是什麼？」
「失落已久的咒語！」它宣布：「強大力量的古代文字！」
「然後呢？」我問它：「上面有說如何打敗賽特嗎？」
「這本更好！這本是《召喚狐蝠之書》！」
我瞪著它看。「你是說眞的嗎？」
「我會拿這種事開玩笑嗎？」
「有誰會想要召喚狐蝠？」
「哈——哈——哈！」莎蒂叫著。
我推開紙草卷，又回去繼續找。
大概過了十分鐘後，糰小子興奮地尖叫。
「噢，你看！我記得這幅畫。」
這是一幅邊框鍍金的小油畫，掛在書架底端。這幅畫一定很重要，因爲還有絲質小小布

62《透特書》（*The Book of Thoth*）是傳說中由知識之神透特所撰寫的書，書中包含許多咒語、魔法與知識，讀完的人甚至可以通曉動物的話，或與神溝通。更有一說此書為塔羅牌的起源之一。

幔圍住四周，光線照在畫中人的臉上，他看起來像是正要說一個鬼故事。

「這是不是演『金剛狼』那個人？」我問著，因爲他的臉上也有很多鬍子。

「你眞討人厭！」糰小子說：「這個人是商博良。」

我花了一秒鐘，想起這個名字。「就是從羅塞塔石碑破解象形文字的人。」

「正確。他是狄賈登的舅公。」

我再次看著商博良的畫像，可以看出兩人的相似處。他們都有雙狂熱的黑眼睛。「舅公？但那樣狄賈登不就……」

「大約兩百歲，」糰小子肯定地說：「還是個年輕人。你知道商博良第一次解出象形文時，他昏迷了整整五天？他成爲生命之屋以外第一個成功釋放魔法的人，這差點要了他的命，當然也引起第一行省的注意。商博良在加入生命之屋前就死了，但大儀式祭司准許他的後代參加訓練。狄賈登非常以他的家族爲榮……但他也有點敏感，因爲他是個菜鳥新人。」

「所以他才會跟我們家處不好，」我猜測著說：「我們像是……老鳥。」

糰小子咯咯笑。「而且你父親不是還打破了羅塞塔石碑嗎？狄賈登會把這點看做是侮辱他的家族名譽！喔，你眞該看看朱利斯主人跟狄賈登在這間房裡吵架的場面。」

「你以前來過這裡？」

「很多次！我去過任何地方。我無所不知。」

我試著想像爸跟狄賈登在這裡爭執的畫面。這並不難。如果狄賈登討厭我們家，如果神想找到可以分享他們目標的宿主，賽特會試著跟他結合，這就能說得通了。他們兩個都想要力量，都充滿怨恨和憤怒，都想把我和莎蒂打成果醬。要是賽特現在祕密控制了大儀式祭司……一滴汗從我臉上流下。我想要離開這間屋子。

突然間我們底下傳來碰碰聲響，好像有人接近樓下的門。

「告訴我《透特書》在哪裡？」我命令糰小子：「快點！」

我們走到架子盡頭，糰小子在我手上變得愈來愈暖和，眞怕它會融化。它不斷發表對書的評論。

「啊，《五行書》！」

「這是我們要找的書嗎？」我問。

「不是，但這本不錯。如何馴服宇宙裡的基本元素：土、空氣、水、火和起司！」

「起司？」

它搔搔用蠟做的頭。「我很確定那是第五種元素沒錯，不過你繼續往下走！」

我們轉到下一排書架。「不是，」它說著：「不是。無聊。無聊。噢，克里夫・柯斯勒[63]！不是。不是。」

---

[63] 克里夫・柯斯勒（Clive Cussler）是知名的美國海洋考古學家，同時也撰有多本暢銷冒險小說。電影《撒哈拉》（*Sahara*）即是根據他的同名作品改編而成。

就在我正要放棄希望的時候，它說：「在那裡。」

我楞住了。「哪裡……這裡？」

「有金邊的藍色書，」它說：「就是那本……」

我拿出來，整個房間開始搖晃。

「……是個陷阱。」糰小子繼續說。

莎蒂急切地尖叫。我轉過身去，看見她起飛。某種小小黑黑的東西從天花板上往下衝。莎蒂和那個東西在半空中互撞，黑色東西就消失在她喉嚨裡。

我還來不及想說那有多噁心，樓下的警報響了起來。有更多黑色的東西從天花板上掉落，似乎在空中還繼續倍數增加，盤旋成一個滿是毛和翅膀的旋風。

「那就是你要的答案，」糰小子告訴我：「狄賈登會想召喚狐蝠。你弄錯了書，啓動大群狐蝠攻擊。那是陷阱！」

我身上的東西把我當成一顆熟透的芒果。牠們俯衝到我臉上、抓我的手臂。我緊抓著書不放，跑到桌邊，但幾乎什麼都看不見。「莎蒂，離開這裡！」我大喊。

「嗖！」她高聲喊叫，希望那表示「是」的意思。

我找到爸的工作袋，把書和糰小子丟進去。圖書室的門晃動。門外傳來法語叫喊聲。

「荷魯斯，變成鳥的時候到了！」我焦急地想：「拜託，不要變成鴯鶓！」

我跑向玻璃門。在最後一秒，我發現自己在飛。我再一次變成隼，衝入冷颼颼的雨中。

憑著狩獵者的感官，我知道身後大約有四千隻憤怒的狐蝠在追我。

但是隼快多了。一到了外面，我往北加速飛去，希望把一些蝙蝠從莎蒂和巴絲特身邊引開。我輕易地把蝙蝠拋在後面，卻讓牠們保持夠近的距離好讓牠們不會放棄。接著，我做個高速急轉彎，以時速一百六十公里往下俯衝，朝莎蒂和巴絲特飛去。

當我衝到人行道上搖晃著變回人形時，巴絲特抬起頭來滿臉驚訝。莎蒂抓住我的手臂，我這才發現她已經恢復了正常。

「剛剛眞是太慘了！」她說。

「逃命吧，快點！」我指指天空，一大片憤怒的狐蝠黑雲已經愈來愈近。

「羅浮宮，」巴絲特抓起我們的手說：「那裡有最近的通道。」

就在三條街外。我們彷彿永遠到不了。

狄賈登家的紅門碰的一聲打開，但我們沒打算等著看是誰走出來。我們逃命似的往金字塔路跑去。

19 空中危機

【好了，卡特。把麥克風給我。】

我來過羅浮宮一次，是在度假的時候，但那時沒被兇猛的狐蝠追趕。其實我很害怕，不過我忙著生卡特的氣。真不敢相信他面對我的鳥問題時，是這樣的處理態度。老實說，我真的以爲會永遠變成一隻鳶，在那個小小的羽毛牢籠裡窒息而死，而他竟然敢開我玩笑！

我保證一定要報仇，只不過眼前光是要活命就夠讓我們心煩了。

我們在冷颼颼的雨中狂奔，唯一能做的就是不要在滑滑的人行道上跌倒。我回頭瞄了一眼，看見有兩個人在追我們，是兩個剃成光頭、留著山羊鬍、穿黑色雨衣的男人。他們可能會被認爲是普通人，雖然他們手上都拿著一支發光的魔杖。這不是好兆頭。

狐蝠眞的是緊跟在後。有一隻咬我的腿，另一隻在我頭髮裡噗吱作響。我必須逼自己繼續跑。我剛剛還是鳶的時候吞了一隻狐蝠，我的胃到現在還是覺得很噁心，何況我並不是眞的想吃牠。那完全是出於防衛本能！

「莎蒂！」我們在跑的時候，巴絲特叫著：「你只有幾秒鐘的時間打開通道。」

「在哪裡？」我大喊。

我們飛奔過里沃利街，進入一個十分寬敞的廣場，四周就是羅浮宮。巴絲特直接跑到羅浮宮入口那座在夕陽中發光的玻璃金字塔。

「你不是認眞的吧，」我說：「這又不是眞正的金字塔。」

「這當然是眞的，」巴絲特說：「是形狀給了金字塔力量。這是通往天堂的斜坡。」

狐蝠現在已經包圍了我們。牠們狂咬我們的手臂，還在我們腳邊飛來飛去。牠們的數量一直增加，讓我們愈來愈難睜開眼睛或跑到別的地方。

卡特想伸手拿劍，但顯然想起劍已經不在那裡。他的劍掉在路克索。他一邊咒罵，一邊在他的工作袋裡東翻西找。

「動作不要慢下來！」巴絲特警告。

卡特拿出他的魔棒。在全然沮喪無望的情況下，他將魔棒丟向蝙蝠。我認爲這是無意義的舉動，但魔棒卻發出白熾的光，重擊在蝙蝠頭上，把蝙蝠打得老遠。魔棒在一大群蝙蝠間彈跳，又重重擊倒六、七、八，共八隻蝙蝠，之後才回到卡特手裡。

「還不錯，」我說：「繼續加油！」

我們抵達金字塔底部。還好廣場空無一人，免得我遭狐蝠攻擊的丟臉死法被人上傳到YouTube網站。

「還有一分鐘太陽就下山了，」巴絲特警告：「現在就是我們最後一次召喚的機會。」

她亮出刀子，開始把狐蝠一一從空中砍落，不讓牠們接近我。卡特的魔棒狂亂飛舞，將狐蝠打得落花流水。我面對金字塔，努力想著通道，就像之前在路克索做的那樣，但幾乎沒辦法專心。

「你希望去哪裡？」艾西絲在我腦袋裡說。

「天啊，我不在乎去哪裡！去美國吧！」

我發現我在哭。真討厭這樣，但震驚和恐懼開始湧上心頭。我想去哪裡？當然是回家啊！回到我在倫敦的公寓，回到我自己的房間，有我的外公外婆、我學校的朋友和我以前的生活。但我不能回去，我必須想到爸爸和我們的任務。我們要去找賽特。

「美國，」我在心裡默想：「現在就去！」

我迸發的情緒一定產生了某種效果。金字塔開始震動，玻璃牆面發亮，結構的頂端開始發光。

一個沙塵漩渦出現了。唯一的問題是，漩渦盤旋在金字塔上方。

「爬上去！」巴絲特說。對她來說很容易，她可是隻貓呢。

「邊坡太陡了！」卡特抱怨。

他對付狐蝠的表現很不錯。一堆堆被打暈的狐蝠散落在人行道上，但還有更多飛在我們旁邊。我們暴露在外的每寸肌膚都被咬傷，而魔法師正漸漸逼近中。

「我會把你丟過去。」巴絲特說。

「抱歉，你說什麼？」卡特正想抗議，但巴絲特抓住他的衣領和褲子，把他從金字塔旁邊往上拋。他以一種很難看的方式抵達尖頂，直接溜進通道裡。

「莎蒂，輪到你了，」巴絲特說：「來吧！」

在我要動作前，有個男人大喊：「站住！」

我竟然蠢到楞在那裡。不過那聲音強而有力，很難不照著他的話去做。

兩個魔法師漸漸靠近。個子比較高的那個說著一口流利的英語。「凱恩小姐，投降吧，交回我們大師的財產。」

「莎蒂，別聽他的，」巴絲特警告我：「過來這裡。」

「貓女神欺騙了你，」魔法師說：「她怠忽職守，她害我們大家陷入危險，她會帶你走向滅亡。」

看得出來這是他的心裡話。他完全相信自己所說的一切。

我轉向巴絲特。她的表情變了，看起來很受傷，甚至非常悲傷。

「他是什麼意思？」我說：「你做錯了什麼事？」

「我們必須離開這裡，」她警告著：「否則他們會殺了我們。」

我看著通道。卡特已經過去了。那就這麼決定了，我不要跟他分開。雖然他很討人厭，但卡特是我現在唯一的親人。（這點很讓人憂鬱吧？）

「把我丟過去。」我說。

巴絲特抓住我。「美國見。」然後她把我從金字塔旁邊往上拋。

我聽到魔法師怒吼：「快投降！」然後一陣爆炸震動著我腦袋旁的玻璃，我墜入了熾熱的沙塵漩渦中。

我醒來時發現自己在一個小房間裡，地上鋪著工業用地墊，四周有灰色牆壁，窗戶則是金屬窗框，感覺上好像處在一台高科技的冰箱裡。我迷迷糊糊坐起來，發現身上覆蓋著一層又冰又溼的沙子。

「呃，」我說：「我們在哪裡？」

卡特和巴絲特站在窗戶旁邊。顯然他們已經清醒了好一會兒，因爲他們身上的沙子都拍乾淨了。

「你一定要來看看這個景象。」卡特說。

我搖搖晃晃地站起來，等看到我們所在位置有多高時，差點要昏倒。

整座城市開展在我們底下，我是說非常底下，超過一百公尺。我本來以爲我們還是在巴黎，因爲有條河在我們左邊蜿蜒流過，而土地非常平坦。白色政府大樓聚集在公園和圓形道路構成的網絡中，這整片網絡在冬日的天空下向外延伸。但是光線不大對，看起來這裡現在是下午，表示我們一定被傳送到西方。我的視線望向另一端的長方形綠地，發現自己注視著一棟看起來很眼熟的豪宅。

「那是……白宮嗎？」

卡特點點頭。「你眞的帶我們到了美國。這裡是華盛頓特區。」

「但我們在半空中！」

巴絲特笑了。「你沒有特別說是哪一個美國城市吧？」

「嗯……沒有。」

「所以你就到了美國的預設通道。這裡是北美洲最大且唯一的埃及力量來源。」

我一頭霧水地看著她。

「這裡是世界最大的方尖碑，」她說：「華盛頓紀念碑。」

我又開始覺得暈眩。我走離窗戶，卡特扶住我的肩膀，讓我坐下。

「你應該要休息，」他說：「你昏倒了……巴絲特，她昏睡多久？」

「兩小時又三十二分，」她說：「抱歉，莎蒂。在一天之內要開啓一個以上的通道，就算有艾西絲幫忙，仍是一件非常耗費體力的工作。」

卡特皺著眉。「但我們需要她再做一次，對吧？這裡現在還不到黃昏，我們還是可以使用通道。我們再來開啓另一個通道去亞利桑納州。賽特就在那裡。」

巴絲特咬著唇。「莎蒂無法再召喚另一個通道，那會過度使用她的力量，而我沒有這種天分。至於你嘛，卡特……你的能力在別的地方。我這麼說沒有惡意。」

「喔，沒關係。」卡特咕噥著。「我相信下次你需要用迴力鏢對付狐蝠的時候，就會找我幫忙。」

「此外，」巴絲特說：「通道使用之後，需要時間冷卻。如果要再次使用華盛頓紀念碑，必須……」

「等十二個小時之後。」卡特咒罵著：「我忘了這一點。」

巴絲特點點頭。「到那時候，邪靈日也開始了。」

「所以我們需要用別的方法去亞利桑納州。」卡特說。

我想他無意讓我有罪惡感，但我卻覺得很愧疚。我因爲沒有想清楚，結果害大家現在被困在華盛頓。

我用眼角餘光瞄了一眼巴絲特。我想問她，在羅浮宮時，那幾個魔法師說她會把我們帶向滅亡是什麼意思，但我不敢問。我很想相信她是站在我們這邊。或許我給她機會，她就會主動說明。

「至少那些魔法師不能跟著我們。」我說。

巴絲特猶豫了一下。「不，他們不會穿過通道，但是美國還有其他魔法師。而且更糟的是……賽特的手下也在。」

我嚇得心臟都快跳上喉嚨。生命之屋已經夠恐怖了，但我一想起賽特，還有他手下對阿摩司的房子做的那些事……

「透特的咒語書呢？」我說：「我們是不是至少找到一個可以對抗賽特的方法？」

卡特指著房間一角。在巴絲特雨衣上，攤開放著爸爸的魔法工具箱和一本從狄賈登那裡偷來的藍色封面的書。

「也許你能讀出個所以然，」卡特說：「巴絲特和我都看不懂，就連糰小子也被難倒了。」

我把書拿起來，其實這是一個折成好幾段的紙草卷。紙草很容易破，我很怕碰它。上面滿是象形文字和插圖，但我看不懂。我閱讀象形文字的能力似乎被關閉了。

「艾西絲？」我問：「可以幫個小忙嗎？」

她沒有聲音。也許我讓她筋疲力竭了。也許她氣我沒有讓她掌控身體，就像荷魯斯要求卡特的一樣。我知道，我很自私。

我沮喪地把書闔上。「忙了半天全都白費力氣。」

「好了，好了，」巴絲特說：「事情沒這麼糟。」

「對啊，」我說：「我們被困在華盛頓特區。我們要在兩天內到亞利桑納州，並且阻止一個我們不知道如何對付的神。如果我們做不到，就再也見不到爸爸或阿摩司，甚至會變成世界末日。」

「打起精神吧！」巴絲特振奮地說：「好了，我們現在來點野餐吧。」

她手指一彈。空氣閃爍了一下，地毯上出現一堆貓罐頭和兩大壺牛奶。

「呃……」卡特說：「你能不能變出人吃的食物？」

巴絲特眨眨眼。「好吧，但不能保證味道好不好。」

空氣又再次發亮。這次出現一盤烤起司三明治和洋芋片，還有六罐可樂。

「好吃。」我說。

卡特低聲喃喃自語。我猜他不喜歡吃烤起司三明治，不過他仍然拿了一塊來吃。

「我們應該趕快離開，」他邊吃邊說：「我是說……這裡會有遊客或其他人。」

巴絲特搖搖頭。「華盛頓紀念碑六點就關門，遊客都已經走光了。我們可以在這裡過夜。如果我們一定要在邪靈日期間旅行，最好在白天行動。」

我們一定全都累壞了，因為在我們吃完東西前都沒人說話。我吃了三塊三明治和兩罐可樂。巴絲特把這裡弄得有股貓食的味道，她開始舔她的手，像準備要來個貓浴一樣。

「可不可以不要那麼做？」我問。「讓人很不舒服。」

「噢。」她微笑。「抱歉。」

我閉上眼睛，靠在牆上。可以休息的感覺很好，但我發現這個房間並不安靜。整座大樓似乎發出微微的轟隆聲，把震動傳送到我的頭裡，連牙齒也跟著打顫。我張開眼睛坐直身體，還是感覺得到震動。

「是怎麼回事？」我問：「是風嗎？」

「是魔法能量，」巴絲特說：「我告訴過你，這是一個力量強大的紀念碑。」

「但這是很現代的東西，就跟羅浮宮的金字塔一樣。為什麼這裡會具有魔法？」

「莎蒂，古埃及人是非常優秀的建築師。他們選擇的形狀，像是方尖碑、金字塔，都充滿了象徵性的魔法。方尖碑代表被鎖在石碑裡的陽光，這造就生命的光線來自於原始的眾神之王——拉。建築物是怎麼完成的不重要，這些仍舊代表埃及。所以任何一座方尖碑都能用來開啓通往杜埃的通道，或是釋放出具有強大力量的靈體……」

「或者是困住他們，」我說：「就像你被困在克麗奥佩特拉之針一樣。」

她的表情沉了下來。「我並不是眞的被困在方尖碑裡。我的監牢是用魔法做成的無底洞，位在杜埃深處；方尖碑是你的父母用來釋放我的大門。但你說得對，所有埃及的象徵都是魔法力量的聚集點，所以方尖碑的確也可以用來囚禁眾神。」

有個想法一直困擾著我，但說不上來到底是什麼。是關於我媽、克麗奥佩特拉之針和我爸在大英博物館所做的最後承諾：「我要讓每件事再次回歸正途。」

我回想起在羅浮宮時，那個魔法師說的話。巴絲特現在看起來很兇，我差點嚇得不敢再問，但這是我唯一知道答案的機會。「那個魔法師說你怠忽職守，他是什麼意思？」

卡特皺起眉頭。「是什麼時候發生的事？」

我告訴他，是在巴絲特把他丟進通道後發生的事。

巴絲特將空的貓罐頭疊成一堆。她看起來不想回答。

「我被關起來的時候，」她終於還是開口了：「嗯……不是只有我一個被關。我跟一個……混沌的生物關在一起。」

「那很糟嗎？」我問。

從巴絲特的表情來看，答案是肯定的。「魔法師常常這麼做。他們把一位神和一隻怪物關在一起，讓我們沒時間去想該如何逃出監牢。千萬年來，我一直跟這隻怪物對抗。當你的父母釋放了我……」

「怪物也跑出來了嗎？」

對我來說，巴絲特猶豫得有點久。

「沒有。我的敵人逃不出來。」她深呼吸一口氣。「你母親最後施魔法將大門封印起來，我的敵人還在裡面。但那就是那位魔法師所說的，對他來說，我的『職責』就是要永遠跟那隻怪物作戰。」

這聽起來是實話，她像在告訴我們一段痛苦的回憶，但還是沒有解釋魔法師所說的：「她害大家陷入危險。」我正要鼓起勇氣問那到底是什麼怪物，巴絲特站了起來。

「我應該去外面巡邏，」她突然說：「我馬上回來。」

我們聽著她的腳步聲迴盪在樓梯下。

「她有事瞞著我們。」卡特說。

「這是你自己想出來的吧？」我問。

他轉開頭，我覺得自己很糟。

「對不起，」我說：「只是……我們現在要怎麼辦？」

「救爸出來。要不然我們還能做什麼？」他拿起魔棒，在手指間轉動。「你認爲他眞的是要……你知道的，把媽帶回來？」

我想回答「是」，我更想相信那是辦得到的，但我發現自己搖搖頭。這其中有些不對勁的地方。「伊斯坎德告訴我一些有關媽的事，」我說：「她是位占卜師。她可以看見未來。伊斯坎德說，媽讓他重新思考了某些老舊的觀念。」

這是我第一次有機會把我和老魔法師的對話告訴卡特。我一五一十全都告訴他。

卡特深鎖眉頭。「你認爲那跟媽的死有關？她看見未來發生了某件事？」

「我不知道。」我試著回想六歲那時，記憶卻模糊得令人氣餒。「他們最後一次帶我們到英國時，她和爸是不是看起來像要趕去做什麼……像是他們在進行某件很重要的事？」

「絕對是。」

「你認爲釋放巴絲特眞那麼重要嗎？我是說，我當然愛她，但値得這樣犧牲生命嗎？」

卡特遲疑了一下。「大概沒有。」

「嗯，那就對了。我認爲爸和媽要做的事更重要，而且他們還沒有完成。這有可能就是爸在大英博物館裡要找的東西，並且不管那是什麼，他都要完成這件任務，讓事情回歸正途。這整件事和我們家族息息相關，回溯到億萬年前，還有某些法老是神的宿主。爲什麼都沒有人告訴我們這些？爲什麼爸都沒說？」

卡特好一陣子沒有回話。

「也許爸在保護我們，」他說：「生命之屋不信任我們家，尤其是在爸跟媽做了那件事之後。阿摩司說我們被分開撫養是有原因的，這樣我們才不會啓動彼此的魔法能力。」

「真是把我們分開的爛理由。」我嘟噥著。

卡特看著我的樣子很怪，我知道我剛剛說的話，可能被他解釋成是一種讚美。

「我只是想說，他們應該要對我們誠實才對，」我趕緊說：「當然不是想要和我討厭的哥哥有更多的相處時間。」

他嚴肅地點點頭。「那當然。」

我們坐在那裡聽著方尖碑的魔法聲。我試著回想上一次卡特和我像這樣單純一起聊天的情景。

「你的那個，呃……」我輕拍一邊的頭，「你腦袋裡的朋友有沒有幫忙？」

「幫的不多。」他承認。「你朋友呢？」

我搖搖頭。「卡特，你怕嗎？」

「有一點。」他拿著魔棒在地墊上鑽著。「不，是非常害怕。」

我看著偷來那本藍色的書，裡面充滿我看不懂的神奇祕密。「要是我們做不到怎麼辦？」

「我不知道，」他說：「那本有關精通起司元素的書大概更有用。」

「或是那本召喚狐蝠的書。」

「拜託，不要再有狐蝠了。」

我們有氣無力地笑著，感覺很好，但還是什麼都沒改變。我們一樣陷在嚴重的麻煩中，而且沒有什麼計畫。

「爲什麼不先睡一覺再說？」他提議：「你今天消耗了很多精力。我會先看守著，直到巴絲特回來。」

他的口氣聽起來眞的很關心我。很可愛呢。

我不想睡覺，我不想錯過任何事情，但是我發現眼皮沉重得不得了。

「好吧，」我說：「別讓臭蟲咬我。」

我躺下來睡覺，但我的靈魂，也就是我的「巴」，有別的想法。

20 會見星星女神

我一直不知道變成那樣會有多麼不安。卡特解釋過他的「巴」如何在他睡覺時離開身體，但發生在我身上又是另一回事。那比我在時代廳裡看到過去的景象還要不舒服。

我變成像隻鳥的發光體飄在空中。我的身體在底下很快地睡著了。光試著要描述就讓我很頭痛。

當我看著底下睡著的自己，我的第一個想法是：「老天，我看起來糟透了。」平常我照鏡子或看見自己在朋友網頁上的照片，就已經夠糟了；親眼看見自己的樣子才更離譜。我的頭髮像老鼠窩，身上的亞麻睡衣一點都不討喜，下巴上的痘痘又那麼大顆。

當我檢視自己變成「巴」的奇怪發光體，我的第二個想法是：「這根本不對。」我才不管一般人能不能看到我，在我有過變成鳶的悲慘經驗後，我就是拒絕變成發光的莎蒂頭小雞。對卡特來說是無所謂啦，但我可是很有水準的。

我可以感覺到杜埃的水流使勁地拉我，想把我的「巴」拖進所有靈魂都會去看的地方，但我還沒準備好。我非常專心，想像我平常的外型（嗯，好吧，或許是說我希望自己變成的外型，比平常要好一點點）。然後，哇哈哈，我的「巴」變回人形，要特別說明的是，我變回了人形，但仍舊是透明而且發光，只不過更像個正常的鬼。

嗯，至少這件事算解決了，我想。我任水流帶我漂走，世界變成一片黑暗。

起先，我不知道我在哪裡，就只看到黑壓壓的洞。有個年輕人從陰影中走出來。

「又是你。」他說。

我開始結巴。「呃……」

老實說，你現在應該很了解我了，這樣根本不像我。但他就是那個我在時代廳影像中見過的男生，那個穿黑袍、有一頭亂髮的帥哥。他深褐色的眼睛總是讓我極度緊張，很高興我從發光小雞變回人形。

我又試著說話，勉強擠出三個完整的字。「你在這……」

「做什麼？」他具有紳士風範地說完我的句子。「靈魂旅行和死亡非常相似。」

「我不確定那是什麼意思，」我說：「我應該要擔心嗎？」

他歪著頭彷彿在思考問題。「這趟不必。她只是想跟你談談。去吧。」

他揮揮手，一扇門在黑暗中打開。我被拉了進去。

「還會再看到你嗎？」我問。

但這個男生消失了。

我發現自己站在半空中的一個豪華房間裡。沒有牆，沒有天花板，而且是從飛機的高度直接往透明地板底下看到城裡的燈光。雲朵在我腳下飄來飄去。空氣應該冷得要命，而且稀薄得令人無法呼吸，但我卻覺得溫暖又舒適。

在血紅色的地毯上，黑色的皮沙發繞著咖啡桌排成馬蹄形。板岩做成的壁爐裡，火正熊熊燃燒著。在原本應該是牆壁的地方，書架和畫都掛在半空中。角落裡有個用黑色花崗岩做成的吧檯，在吧檯後的陰影裡，有名女子正在泡茶。

「嗨，孩子。」她說。

她走到光線下，我倒抽一口氣。她腰部以下穿著埃及式短裙，腰部以上只穿了一件比基尼上衣，而她的皮膚……她的皮膚是深藍色，布滿了星星；我不是說那些星星是畫上去的，而是她的皮膚上有一整個活生生的宇宙。上面有發光的星辰、亮到無法直視的銀河系、有粉紅及藍色星塵的發光星雲。她的五官似乎都化爲在臉上移動變換的星星。她的頭髮很長，如同午夜一般烏黑。

「你是努特。」我說，然後我發覺也許直接稱呼她可能不禮貌。「我是說……天空女神。」

女神微笑著。她明亮的牙齒就像剛爆炸生成的銀河系一樣閃亮。「叫我努特沒關係。相信我，我聽過所有關於我名字的諧音。」

她從茶壺裡倒了第二杯茶。「我們坐下來談談吧。想不想喝點沙赫拉布[64]？」

「呃，這不是茶？」

「不是，這是一種埃及飲料。你聽說過熱巧克力吧？這比較像是熱的香草飲料。」

我比較想喝茶，況且我很久沒有好好喝杯茶了。但我想不可以拒絕女神的好意。「嗯……

好啊。謝謝。」

我們一起坐在沙發上。讓我大為驚奇的是，我發光的靈魂之手可以毫無困難拿起茶杯，也可以輕鬆喝下飲料。沙赫拉布很甜很好喝，裡面放了一點肉桂和椰子。這杯飲料讓我全身暖和起來，而且空氣中瀰漫著香草的味道。這是幾天以來我第一次感覺安全的時刻，然後我想起我在這裡只是一個靈魂而已。

努特放下杯子。「我想，你大概在猜我為什麼要把你帶來這裡。」

「這裡到底是哪裡？還有，嗯，你的門房是誰？」

我希望她能透露一些那個黑衣男生的資料給我，但她只是微微笑。「親愛的，我必須保密，不能冒著讓生命之屋找到我的風險。就當我是蓋了這間有美麗城市風景的家吧。」

「那麼……」我指著她滿是星星的藍色皮膚。「呃……你現在是寄宿在某個人類體內嗎？」

「不是，親愛的。天空就是我的身體，這只不過是一種表現形式罷了。」

「但我以為……」

「你以為神在杜埃以外的地方都需要一個實體宿主嗎？對我來說，變成空中的靈魂還比較容易。我是少數幾個從未被監禁的神，因為生命之屋永遠抓不到我。我一直都習慣是……自

64 沙赫拉布（sahlab）是一種飲品。以某種蘭花根部磨成的粉末與牛奶和糖混合加熱，煮好後加入切碎的肉桂和開心果。它的顏色濃郁乳白，在埃及是冬天十分受歡迎的熱飲。

由的形體。」突然間，努特和整間公寓開始晃動。我覺得我可能會從地板掉下去，但是沙發又再度平穩下來。

「請不要再這麼做了。」我請求她。

「抱歉，」努特說：「重點是，每個神都不一樣。但我所有的同伴現在都自由了，所有的神都在你的現代世界找到落腳處。他們不會再被關起來。」

「魔法師可不喜歡這個樣子。」

「的確不喜歡，」努特同意，「這就是你會在這裡的第一個原因。神和生命之屋之間的戰爭只對混沌有利，你一定要讓魔法師們了解這一點。」

「他們不會聽我說。他們認爲我是一個小神。」

「親愛的，你的確是一個小神啊。」她溫柔地撫摸著我的頭髮，我感覺體內的艾西絲騷動不已，掙扎著想用我的聲音說話。

「我是莎蒂・凱恩，」我說：「我並沒有要求讓艾西絲來搭便車。」

「莎蒂，眾神已經認識你們家族好幾代了。古時候，我們爲了埃及的利益而一起合作。」

「魔法師說，是神造成埃及帝國的毀滅。」

「這是冗長且沒有意義的爭辯。」努特說，而我聽得出來她聲音裡的怒氣。「所有的帝國都會衰亡，但埃及的概念是不朽的，像是文明的成就，還有瑪特的力量勝過混沌。這場戰爭已經打了好幾個世代，現在輪到你們了。」

「我知道，我知道，」我說：「我們必須打敗賽特。」

「但是莎蒂，就只有打敗賽特這麼簡單嗎？賽特也是我的兒子，他從前是太陽神最強的左右手。他保護太陽神的船不被阿波非斯攻擊。阿波非斯是邪惡的，他就是混沌的具體實現。自從第一座山由海中浮現之後，他就憎恨天地間所創造出的萬物。他憎恨所有的神、人類，以及所有他們建造的一切。但是賽特與他戰鬥。賽特是我們的一份子。」

「然後他變得邪惡？」

努特聳聳肩。「不管是好是壞，賽特一直都是賽特，他仍舊是我們家人。失去任何一個家人都很痛苦，不是嗎？」

我的喉嚨好緊。「那根本不公平。」

「別跟我說公平，」努特說：「五千年來，我一直被迫與我的先生蓋伯分離。」

我隱約記得卡特說過這個故事，但從她嘴裡說出，親耳聽到她聲音裡的痛苦，似乎很不一樣。

「發生了什麼事？」我問。

「為了要懲罰我生下孩子。」她痛苦地說：「我違抗了拉的旨意，於是拉就命令我的父親蘇[65]……」

[65] 蘇（Shu），埃及神話中的風神，是太陽神拉的兒子。他掌控空氣，也是聽覺與思考的支配者。

「等等，」我說：「他叫做『書』？」

「是『蘇』，」她說：「他是風神。」

「喔。」我眞希望這些神的名字跟一般家裡的物品不一樣。「請繼續說下去。」

「拉命令我父親蘇把我們永遠分開。我被流放到天空上，而我的先生無法離開地面。」

「如果你試著離開天空會發生什麼事？」

努特閉上雙眼，將手伸出來。她所坐的地方變成一個洞，而她穿過空中往下墜落。我們底下的雲層立刻發出閃電。強風吹了進來，將書架上的書吹落，扯下畫作並拋進虛無之中。我的茶杯從手裡跳出去。我抓住沙發免得自己也被吹走。

在我地下，閃電攻擊努特的形體。大風狂暴地把她往上推，向上衝過我旁邊。然後風消失了，努特回到沙發上坐好。她手一揮，整間房間自動修復。一切都恢復正常。

「就像那樣。」她悲傷地說。

「喔。」

她凝視著底下遠遠的城市燈光。「這讓我珍惜我的子女，就連賽特也是。沒錯，他是做了可怕的事，這是他的天性，但他還是我的兒子，而且仍舊是一位神。他扮演自己的角色。或許擊敗他的方法不是你所想像的那樣。」

「可以請你給點暗示嗎？」

「去找透特。他在曼菲斯找到一個新家。」

「曼菲斯……你是說在埃及嗎？」

努特微笑著。「我說的是美國田納西州的曼菲斯，雖然這隻老鳥大概以為他是在埃及。他幾乎沒把他的鳥嘴從書本上移開過，我懷疑他是不是知道這兩者的差別。你會在那裡找到他。他可以建議你怎麼做。不過，你要小心透特常常會要求對方幫忙。有時很難猜得到他要什麼。」

「我已經漸漸習慣了，」我說：「我們要怎麼去那裡？」

「我是天空女神。我可以保證你們順利抵達曼菲斯。」她手一揮，我的大腿上出現一個文件夾。裡面有三張機票，從華盛頓飛往曼菲斯，而且是頭等艙。

我揚起眉毛。「我猜你累積了很多飛行里程數吧？」

「差不多是那樣的東西，」努特說：「但你們愈接近賽特，就愈超出我能幫忙的範圍。我無法保護你們在地面上的安危。這也提醒了我，你必須趕快醒來，賽特的手下已經接近你們的藏身處了。」

我立刻坐直。「他們有多快？」

「幾分鐘內就到了。」

「趕快把我的靈魂送回去！」我掐著自己鬼魂般的手，就跟掐我正常的手臂一樣痛，但什麼事都沒發生。

「快點，莎蒂，」努特保證著，「但還有兩件事情你必須知道。我在邪靈日生下五個孩子。如果你的父親將他們全部釋放，你應該想一想第五個在哪裡？」

我猛抓腦袋試著記起努特那五個孩子的名字。沒有我那個「人體維基百科」的哥哥在旁邊替我記著這種小事，要想起那些神的名字還眞有點困難。我記得有國王俄塞里斯、王后艾西絲、邪惡的神賽特、復仇者荷魯斯。但是努特的第五個孩子，那個卡特說他永遠記不得名字的神……然後我回想起在時代廳看到的影像：在俄塞里斯生日時，有個穿著藍衣的那個女子，就是她幫助艾西絲從賽特身邊逃走。「你是說賽特的妻子奈弗絲？」

「你好好想一想。」努特又說了一次。「最後……要請你幫個忙。」

她攤開手掌，出現一個用紅蠟封著的信封。「如果你看到蓋伯的話……可以請你把這個交給他嗎？」

我以前曾被別人要求幫忙傳紙條，但是從來沒幫神遞送過。老實說，努特痛苦的表情，跟那些我在學校裡陷入熱戀的同學沒什麼兩樣。我很想知道她是不是也在筆記本裡寫著「蓋伯＋努特＝眞愛」或是「蓋伯太太」這樣的字。

「這點至少我做得到。」我向她保證。「關於送我回去的事……」

「莎蒂，路上小心，」女神說：「還有，艾西絲，好好控制你自己。」

艾西絲的靈魂在我體內大聲嚷嚷，好像我剛吃了一盤很難吃的咖哩一樣。

「等一下，」我說：「你說控制是什麼意思……」

我話還沒說完，眼前就陷入一片黑暗。

我一下就醒了過來，回到我在華盛頓紀念碑裡的身體。「馬上離開！」

卡特和巴絲特驚訝得跳起來。他們已經醒了，正在打包他們的東西。

「怎麼了？」卡特問。

我把我看到的景象告訴他們，一邊焦急地在口袋裡找東西。什麼都沒有。我又檢查了我的魔法師袋子，裡面除了我的魔棒和棍子，還有三張機票和一個彌封好的信封。

巴絲特檢查這些機票。「太好了！頭等艙有鮪魚可以吃。」

「但是賽特的手下怎麼辦？」我問。

卡特瞄向窗外。他的眼睛睜得好大。「是啊，呃……已經到了。」

21 賽特之獸

我以前看過這個怪物的圖畫，但這些畫根本沒捕捉到眞實的牠有多恐怖。

「這是賽特之獸。」巴絲特說，她證實了我的恐懼。

離我們很遠的地上，怪物在紀念碑旁徘徊走動，在剛下雪的地面留下腳印。我說不準牠的大小，但至少有馬那樣大，牠的腿就跟馬腿一樣長。牠精瘦得很不自然，身上還有肌肉和閃著光的灰紅獸毛。要不是因爲牠的尾巴和頭，第一眼看到牠的時候，幾乎會錯認成一隻大灰狗。牠的尾巴像條蛇，尾端不但分叉，頂端還呈三角形，有點像烏賊的觸角，而且還會有意識般地四處揮動。

這隻怪物最奇怪的部位是頭。超大的耳朵像兔子一樣直立在頭上，上寬下窄的形狀像冰淇淋甜筒，而且幾乎能三百六十度旋轉，所以不會錯過任何聲響。這怪物的口鼻部位很長，和食蟻獸差不多，只不過食蟻獸沒有那種刮刀般的鋒利牙齒。

「牠的眼睛在發光，」我說：「一定不是好事。」

「你怎麼能看到那麼遠？」莎蒂問我。

她站在我旁邊，瞇起眼睛看著雪地裡那小小的怪物身影，我發現她說得有道理。這怪物至少離我們有一百六十公尺左右，我怎麼能看到牠的眼睛？

「你仍然擁有隼的視力，」巴絲特推測，「而且，卡特，你說得對，怪物的眼睛在發光，就表示牠聞到了我們的氣味。」

我看著她，差點嚇到心臟都跳出來。她的頭髮全部往上豎起，像觸電一樣。

「呃，巴絲特？」我問。

「什麼事？」

莎蒂和我互看一眼。她用嘴形說著：「她害怕。」我想起了瑪芬每次被嚇到的時候，尾巴總是豎立起一大把毛。

「沒事。」我說。看來賽特之獸眞的很危險，甚至讓我們的女神換了一個觸電髮型，這個徵兆眞不妙。「我們要怎麼離開這裡？」

「你不了解，」巴絲特說：「賽特之獸的狩獵技術非常高超，一旦牠聞到我們的氣味，就阻止不了。」

「爲什麼牠被稱爲賽特之獸？難道牠沒有名字嗎？」莎蒂很緊張地問。

「就算牠有名字，」巴絲特說：「你也不會想把牠的名字說出來。大家只知道牠叫賽特之獸，是紅帝的代表動物。牠和紅帝一樣有著強大的力量，也一樣狡猾……還有著同樣邪惡的天性。」

「眞是太好了。」莎蒂說。

怪物嗅了嗅紀念碑，開始後退，不斷咆哮。

「牠看起來好像不喜歡方尖碑。」我注意到牠的樣子。

「沒錯，」巴絲特說：「這裡有太多瑪特的能量，但抵擋不了太久。」

彷彿接到訊號般，賽特之獸跳上方尖碑另一邊，開始像獅子爬樹般往上爬。牠的爪子深深戳進石碑裡。

「那邊完蛋了，」我說：「要搭電梯還是走樓梯？」

「兩種方法都太慢了，」巴絲特說：「離開窗邊。」

她抽出她的刀，劃破玻璃，並敲破窗戶啟動警報。冷冽的空氣灌進觀景室。

「你們必須飛走，」巴絲特在呼嘯的風聲中大喊：「這是唯一的方法。」

「不要！」莎蒂臉色發白。「我不要再變成鳶了。」

「莎蒂，不會有問題的。」我說。

她搖搖頭，非常害怕。

我抓住她的手。「我會陪著你。我會確保你變得回來。」

「賽特之獸已經爬到一半了，」巴絲特警告我們：「沒時間了。」

莎蒂瞄向巴絲特。「那你怎麼辦？你又不會飛。」

「我用跳的，」她說：「貓總是能四腳著地。」

「這裡超過一百公尺耶！」莎蒂大叫。

「是一百七十公尺。」巴絲特說：「我來引開賽特之獸，替你們爭取一些時間。」

「你會沒命的。」莎蒂聽起來快哭了。「拜託，我不能連你也失去。」

巴絲特看起來有點驚訝，然後她露出微笑，將手放在莎蒂肩上。「親愛的，我不會有事。在雷根機場A航廈跟我碰面。準備好了。」

我還來不及和她爭執，巴絲特就從窗戶跳出去，害我心跳差點停止。她直接朝人行道墜落。我確定她會死掉，但她下墜的時候將手腳張開，如同伸展筋骨般放鬆全身。她快速衝過賽特之獸旁邊。怪物發出淒厲的叫聲，宛如在戰場上受傷者發出的慘叫，然後轉身跟在她背後跳回地面。

巴絲特兩腳著地，開始往前跑。她的時速一定有一百公里，跑步對她來說輕而易舉。賽特之獸不像她這麼敏捷。牠重重跌在地面，人行道出現了裂縫。牠踉蹌走了幾步，但看來沒有受傷。接著牠大步跑在巴絲特後頭，很快就追上她。

「她跑不過牠的。」莎蒂焦急地說。

「千萬別小看貓的能耐，」我說：「我們得做該做的事。準備好了嗎？」

她深吸一口氣。「好吧，在我改變心意之前。」

一隻黑翅鳶立刻出現在我面前，在強風中拍打翅膀以保持平衡。我用意志力讓自己變成一隻隼。這次變身比之前來得更簡單。

一分鐘後，我們飛進華盛頓特區上方冷颼颼的天空。

要找機場很簡單，雷根機場很近，我看得到飛機在波多馬克河的對岸降落，但困難在要記得我自己在做什麼。每一次我看到老鼠或松鼠，就會本能地朝獵物飛去。有兩次我發現自己正要俯衝，卻必須抵擋住這種渴望。還有一次，我望向離我一公里遠的莎蒂，發現她也正在打獵。我強迫自己飛到她的附近，好轉移她的注意力。

「要靠意志力才能保留人性。」我的腦袋裡響起荷魯斯的警告。「你當一隻狩獵鳥的時間愈長，就更會像鳥一樣思考。」

「你現在才告訴我。」我心想。

「我可以幫忙，」他催促著：「讓我控制你。」

「鳥頭兄，今天不行。」

我終於帶著莎蒂朝機場飛去，並開始找尋能變回人形的地方。我們降落在停車場頂樓。

我用意志力讓自己變回人形，但一點動靜也沒有。

我開始感到驚慌。我閉上眼睛，想像著爸爸的臉。我去感覺我有多麼想他，有多麼想找到他。

等我再次張開雙眼，已經恢復了正常，但很不幸地，莎蒂還是一隻鳶。她在我四周拍打著翅膀，並焦急地呱呱叫個不停。「哈——哈——哈！」她的眼神狂亂，這次我眞的體會到她有多麼害怕。她第一次想要從鳥形恢復人形已經夠困難了，如果第二次需要花更多精力，那麼她的麻煩可大了。

「沒關係。」我蹲下來，小心地慢慢移動。「莎蒂，你不要硬逼自己變形。你要放鬆。」

「哈！」她收起翅膀，胸口上下起伏著。

「聽我說，我剛剛專心想著爸，就讓我順利變回來。記住什麼對你是最重要的。閉上眼睛，想一想你的人類生活。」

她閉上眼睛，但幾乎立刻就喪氣大叫，翅膀拍個不停。

「不要這樣，」我說：「不要飛走！」

她的頭歪向一邊，發出請求般的咯咯聲。我開始用一種安撫受驚動物的方式跟她說話。我並沒有注意到自己說了些什麼，只是想試著讓我的聲調保持冷靜。一分鐘後，我發現自己在跟她說我和爸爸一起旅行的經過，以及幫助我變回來的那些回憶。我告訴她，有一次爸跟我被困在威尼斯機場，結果我吃了太多義大利捲餅而生病。我告訴她有一次我們在埃及，我發現襪子裡有蠍子，爸用電視遙控器把牠打死。我告訴她，有一次我們在倫敦地下鐵走散了，在爸找到我之前，我有多麼害怕。我告訴她一些非常丟臉的故事，這些事我從來都沒有告訴過別人，因爲我能夠跟誰分享呢？莎蒂看起來好像有在聽，至少不再拍打翅膀了。她的呼吸減緩，變得很平靜，眼神看起來也沒這麼慌張。

「好吧，莎蒂，」我最後說：「我有個點子。我們要這樣做。」

我從皮袋裡拿出爸的魔法箱。我把袋子纏繞在我的手臂上，並且用背帶盡可能綁牢。「跳上來。」

莎蒂飛到我手腕上。雖然我做了臨時防護，但她銳利的鳥爪還是戳進我的皮膚。

「我一定會讓你變回人形，」我說：「繼續試試看。放輕鬆，把注意力放在你的人類生活。你會想出來的，莎蒂，我知道你會。在那之前，我會一直帶著你。」

「哈。」

「來吧，」我說：「我們去找巴絲特。」

我帶著停在手臂上的妹妹走到了電梯前。一個帶著附輪子行李箱的商人在電梯旁等待。他看到我的時候眼睛瞪得好大。我一定看起來很奇怪，一個高高的黑人小孩，穿著骯髒破爛的埃及衣服，一手緊夾著一個奇怪的盒子，另一隻手上停著一隻鳶。

「你好嗎？」我說。

「我走樓梯好了。」他匆匆離去。

電梯把我送到一樓。莎蒂和我穿越大廳到出境走道。我焦急地四處張望，希望能看到巴絲特，結果卻引起一位機場警察的注意。那個警察皺起眉頭，開始朝我慢慢走過來。

「保持冷靜。」我告訴莎蒂。我克制住逃跑的衝動，轉身走進旋轉門。

事情是這樣的，我每次碰到警察總是有點焦躁不安。我記得大概在七、八歲的時候，我還是一個可愛的小孩，這一點就不成問題；但等到我十一歲時，開始遇到別人對我露出「那個小孩在這裡做什麼？他要偷東西嗎？」這樣的目光。我覺得很荒謬，但這是事實。我不是說每個警察都這樣想，但這種情況發生時，我只能說這不是個令人開心的驚喜。

現在就是那個讓人不開心的時刻。我知道這個警察一定會跟蹤我，我也知道必須表現冷靜，要擺出一副很有自信的樣子……但當手臂上站著一隻鳶的時候，這不太容易做到。

現在是聖誕假期，機場裡人山人海。大多是一家人在票務櫃台前站著排隊，小孩子吵吵鬧鬧，而父母正在貼行李標籤。真想知道這是什麼感覺，有一趟正常的家庭旅行，沒有魔法問題，也沒有怪物在追你。

「別想了，」我告訴自己：「你有事要做。」

我不知道要往哪裡走。巴絲特已經通過安全檢查關口了嗎？或者她還在外面？我穿過機場大廳時，人群自動分開，大家瞪著莎蒂。我知道不能這樣走來走去，看起來一副迷路的樣子，否則警察一定會找上我。

「年輕人。」

我轉個身，是那個警察。莎蒂發出宏亮的粗啞叫聲，警察退後幾步，手放在警棍上。

「不能把寵物帶到這裡。」他告訴我。

「我有機票……」我試著要去摸口袋，然後想起票都在巴絲特那裡。

警察很嚴肅地說：「你最好跟我來一趟。」

突然間有個女人大叫：「卡特，原來你在這裡啊！」

巴絲特推開人群快步走來。我這輩子從來沒有這麼高興看到一位埃及的神。

她不知道怎麼有辦法換衣服。她穿著一件玫瑰色褲裝，戴了很多黃金珠寶，套著一件喀什米爾毛外套，看起來很像有錢的商人。她不理會警察，把我全身上下打量一番，還皺一皺鼻子。「卡特，我告訴過你不要穿那些嚇死人的馴鷹工作服。說真的，你看起來像一直睡在野外一樣！」

她拿出一條手帕，誇張地擦拭我的臉，而警察在一旁看得目瞪口呆。

「呃，這位女士，」他終於擠出幾個字來，「這位是您的……」

「姪子，」巴絲特騙他說：「警官，我很抱歉。我們正要前往曼菲斯參加一場獵鷹比賽，希望他沒有引起任何麻煩。我們快要錯過班機了！」

「呃，老鷹不能飛……」

巴絲特咯咯笑了出來。「唉，警官，老鷹當然會飛啦。牠是鳥耶！」

他的臉漲紅著。「我是說不能搭飛機。」

「喔！我們有相關文件。」讓我很訝異的是，她竟然拿出一個大信封，連同我們的機票一起交給警察。

「我了解，」警察說著，看了看我們的機票，「你們……替老鷹買了頭等艙的機票。」

「事實上，這是一隻黑鳶才對，」巴絲特說：「不過，這種鳥情緒容易激動。你知道嘛，牠是隻冠軍鳥，買一個客艙裡的座位給牠，再餵牠吃點餅乾，我就不必替輸贏結果負責啦。而且，我們每次都坐頭等艙，對吧，卡特？」

「呃，對……咪咪阿姨。」

她立刻給我一個「晚一點再跟你算帳」的眼神，然後又繼續對警察堆滿笑臉，而警察將機票和莎蒂的「文件」一起還給我們。

「警官，抱歉，我們得走了。對了，你這制服眞帥氣。你有沒有在健身啊？」在他還來不及回答前，巴絲特抓了我的手，帶我快步走向安全檢查站。「別往回看。」她低聲說。

我們一走過轉角，巴絲特把我拉到販賣機旁邊。

「賽特之獸快來了，」她說：「我們最多只有幾分鐘。莎蒂怎麼了？」

「她沒辦法……」我結結巴巴地說：「我不知道到底是怎麼一回事。」

「好吧，等上了飛機一定得弄清楚。」

「你怎麼換衣服的？」我問：「還有那些鳥的文件……」

她輕蔑地揮揮手。「噢，凡人的心靈很脆弱。那份『文件』只是拿來裝機票的空信封，我也沒有眞的換過衣服。這只是魔法罷了。」

我更仔細地看著她，發現她說得沒錯。她的新衣服閃動著，像是在她平常穿的豹皮連身衣上多了一層幻影。

「我們要試著在賽特之獸來之前通過登機門，」她說：「如果你把東西放在杜埃的話，會更輕鬆。」

「什麼？」

「你不會真想一天到晚把那個箱子夾在手臂下帶來帶去吧？你可以把杜埃拿來當作一個儲藏櫃。」

「怎麼做？」

巴絲特轉了轉眼珠。「說真的，他們現在到底教了魔法師什麼啊？」

「我們大概只接受了二十秒的訓練而已！」

「你想像在空中有一個地方，例如一個架子或藏寶箱……」

「置物櫃可以嗎？」我問。「我從來沒有擁有過學校的置物櫃。」

「任何櫃子都行。給這個東西一組密碼，隨便你要什麼號碼都行。想像用你的密碼打開了這個置物櫃，然後把箱子推到裡面去。等你又需要用到它的時候，只要在心裡呼喚它，這東西就會再次出現。」

我很懷疑，但還是想像了一個置物櫃，並且給了這個置物櫃一組密碼：13—32—33。這是湖人隊幾位退休球員的球衣號碼，很明顯吧，就是張伯倫、魔術強森和賈霸。我拿出爸爸的魔法箱，放手一丟。我想它一定會摔到地上整個破掉，結果箱子消失了。

「老天啊，」我說：「你確定我拿得回來嗎？」

「不曉得，」巴絲特說：「現在快走吧！」

22 機場大戰

我從來沒有帶著一隻活生生的鳥通過安檢門，本來以為這會害後面塞住，結果警衛把我們移到特別隊伍中。他們檢查我們的文件。巴絲特一直面帶微笑，和警衛們打情罵俏，還一直稱讚警衛一定有在健身，所以身材這麼好。警衛揮揮手讓我們輕鬆通過。巴絲特的雙刀沒有引起警鈴大作，或許她也把刀子藏在杜埃。警衛甚至沒有讓莎蒂通過X光機。

我正要拿回鞋子的時候，聽到安檢區另一邊傳來尖叫聲。

巴絲特用埃及語咒罵。「我們太慢了。」

我回頭一看，賽特之獸正衝過航廈大廳，撞倒沿途的旅客。牠那奇怪的兔子耳朵來回轉動，露出滿嘴又彎又尖的牙齒，還淌著口水，分叉的舌頭東甩西晃，找尋攻擊目標。

「麋鹿！」一位女士尖叫著：「是一隻發瘋的麋鹿！」

每個人都開始尖叫，往不同方向逃跑，也擋住了賽特之獸。

「麋鹿？」我很疑惑。

巴絲特聳聳肩。「不知道凡人看見的是什麼東西，而這種想法會因為有人開始提議而傳播擴散。」

可想而知，有愈來愈多旅客開始大喊「麋鹿」並四處逃散，而賽特之獸則奮力穿過人群，還在柱子附近亂竄。運輸安全管理局的人員往前衝，但賽特之獸把他們當成布娃娃一樣甩到一旁。

「快來！」巴絲特跟我說。

「不能讓牠傷害其他人！」

「我們阻止不了牠！」

我沒有逃跑。我很想相信這是因爲荷魯斯賜給我勇氣，或是因爲過去幾天的經歷終於喚醒我遺傳自父母的勇敢基因，然而事實更加恐怖。這一次，沒有人叫我挺身而出，是我自己想要這麼做。

這些人因爲我們而陷入麻煩，我必須解決這個問題。我感覺自己出現了一種本能反應，就跟之前莎蒂需要我幫忙時一樣，該我挺身而出的時候到了。沒錯，出現這種反應眞是快把我嚇死，但我也同時覺得這感覺眞棒。

「快去登機門，」我告訴巴絲特：「你先帶莎蒂過去，我會在那裡跟你們會合。」

「什麼？卡特……」

「快去！」我想像自己正在打開看不見的置物櫃，密碼是13－32－33。我伸出手，但不是要找我爸的魔法箱，而是專心找尋我掉在路克索的東西，那東西一定在那裡。一開始我什麼都沒摸到，接著，我碰到一個堅硬的皮製握把，不知道從什麼地方把我的劍拉了出來。

巴絲特的眼睛瞪得好大。「了不起。」

「你們快走，」我說：「現在輪到我來引開牠的注意。」

「你知道牠會殺了你。」

「謝謝你對我這麼有信心。趁現在，快！」

巴絲特飛快地離開，而莎蒂拍打翅膀，好在她手臂上保持平衡。

此時傳出一聲槍響。我轉頭看見賽特之獸猛撞一名警察，他剛才對著牠的頭開槍卻毫無效果。這位可憐的警察整個人往後飛，壓倒金屬探測器大門。

「喂，麋鹿！」我大叫。

賽特之獸發亮的眼睛直盯著我。

「做得好！」荷魯斯說：「我們可以光榮戰死！」

「閉嘴。」我心想。

我往後瞥了一眼，確定巴絲特和莎蒂已經不在這裡，然後我接近這隻怪物。

「你沒有名字是嗎？」我問牠：「難道是因為他們想不到有哪個名字能醜到適合你嗎？」

怪物咆哮著，踩在已經失去意識的警察身上。

「『賽特之獸』太難唸了，」我做個決定，「我要叫你『勒洛伊』。」

顯然，勒洛伊不喜歡這個名字。牠向我撲來。

我躲過牠的爪子，並且用劍刃用力拍打牠的口鼻部位，但那幾乎對牠沒有影響。勒洛伊往後退，又再次向前撲，口水滴個不停，並且露出尖牙。我揮砍牠的脖子，但勒洛伊太聰明了，牠衝到左邊，牙齒深深咬進我另一隻沒拿劍的手。要不是我在手臂上綁了臨時用的防護皮套，這隻手臂鐵定會斷掉。不過即使有做防護，勒洛伊的尖牙還是多少穿透了皮套，我的手臂燃起一陣灼熱的疼痛。

我大喊著，全身湧起一股原始的力量。我感到自己從地底升起，老鷹戰士的金色化身成形，將我包圍起來。賽特之獸的下巴快速打開，牠大聲嚎叫，放開我的手臂。我重新站穩，並且被大我兩倍的魔法屏障包圍著。我一腳將勒洛伊踢到牆上。

「很好！」荷魯斯說：「現在把這隻野獸送回地底世界吧！」

「老兄，你安靜點。事情都是我在做。」

我有點意識到警察正試著重新整隊，他們對著對講機大喊請求支援。旅客們仍舊大聲尖叫，並且到處跑來跑去。我聽到有個小女孩說：「公雞人，快去抓麋鹿！」

你知道嗎？當你認為自己是個很特別的老鷹頭作戰機器，卻被別人叫成「公雞人」，那種感覺有多麼痛苦？

我舉起劍，它現在位在一把約三公尺長的能量劍中央。勒洛伊把牠那甜筒餅乾耳朵上的灰塵抖掉。我的盔甲形體一定很大，但同時也很笨拙緩慢；拖著這身盔甲移動的感覺，像走在果凍裡面一樣。我出劍攻擊，勒洛伊閃開，並且跳上我胸口，把我壓倒。牠實際上比看起來更重。牠的尾巴和爪子劃過我的盔甲。我用發光的大拳頭抓住牠的脖子，並試圖把牠的牙齒扳離我的臉，但是只要牠口水碰過的地方，我的魔法盔甲就會發出嘶嘶聲，並且散出蒸氣。我覺得我受傷的手臂快麻痺了。

這時警鈴大作，有更多旅客往檢查站擠過去看到底發生了什麼事。在我因爲疼痛而昏倒或是害更多人受傷之前，我必須趕快把這件事做個了結。

我感覺自己的力量正在消失，防護罩也開始閃爍。勒洛伊的尖牙離我的臉只有幾公分，而荷魯斯也沒有替我加油打氣。

接著我想到我在杜埃的隱形置物櫃。不知道可不可以把別的東西也一起放進去……例如又大又邪惡的東西。

我的手緊緊掐住勒洛伊的喉嚨，並且把自己的膝蓋抵住牠的肋骨。然後我想像在杜埃出現一個開口，就在我頭頂上方，置物櫃密碼是13—32—33。我想像置物櫃的門完全打開。

我用盡最後一點力氣把勒洛伊直接往上推。牠朝天花板飛去，因爲驚訝萬分而睜大了眼睛，最後穿過一個看不見的縫隙消失不見。

「牠跑去哪裡了？」有人大喊著。

「喂，小子，」另一個人叫著：「你還好嗎？」

我的能量防護罩已經消失。我快昏倒了，但是警察正從震驚中恢復，並且會因爲我和麋鹿打鬥而逮捕我，在那之前，我必須盡快離開。我站起來，把劍往天花板一扔。劍消失在杜埃裡。我盡可能將破裂的皮套綁住正在流血的手臂，朝登機門跑去。

我抵達的時候，登機門正要關上。

顯然公雞人大戰麋鹿的消息尚未大肆宣揚。登機門的服務員接過我的機票時，指一指我後面的檢查站說：「剛剛那邊的騷動是怎麼回事？」

「有一隻麋鹿跑過安檢門，」我說：「現在情況已經獲得控制了。」在她要問我問題之前，我狂奔跑過登機通道。

我整個人癱在巴絲特隔壁走道的座位上，仍舊是鳶的莎蒂在我旁邊靠窗的座位上踱步。

巴絲特鬆了口氣。「卡特，你辦到了！但你受傷了。發生什麼事？」

我告訴她事情經過。

巴絲特張大眼睛。「你把賽特之獸放進置物櫃？你知道那需要多大的力量才辦得到？」

「我知道，」我說：「我剛才做過。」

空服員開始廣播。看來剛才的安檢意外沒有影響我們的班機，飛機及時從登機門離開並向前滑行。

我痛得身體向前彎，巴絲特這時才注意到我的手臂傷得很重。她的表情凝重。

「不要動。」她用埃及語低聲說了些話，我的眼皮開始覺得好沉。

「你需要用睡眠來治療傷口。」她說。

「要是勒洛伊回來的話……」

「誰？」

「沒事。」

巴絲特像是初次見面般仔細看我。「卡特，你剛才的表現十分英勇。面對賽特之獸時，你體內所擁有的力量比我了解的還多。」

「呃……謝了？」

她露出微笑，摸摸我的額頭。「我們很快就飛到空中了，我的小貓。好好睡吧。」

我真的反抗不了。我全身疲憊不堪，於是閉上眼睛。

我的靈魂當然決定來趟旅行。

現在的我變成了「巴」，在鳳凰城上空盤旋。這是一個舒適宜人的冬日清晨。涼爽的沙漠空氣從我羽翼下吹來，感覺非常舒適。這座城市在白天有不同的風貌。一大片米色、綠色交織而成的方格棋盤上點綴著棕櫚樹和游泳池。光禿禿的山像月球表面一樣四處聳立，其中最突出的一座就位在我正下方，長長的山脊有兩座明顯的山峰。在我第一次靈魂旅行時，賽特的手下是怎麼稱呼這裡的？他說這裡叫「駝背山」。

這裡的山麓布滿奢華的房屋家園，但山頂寸草不生。有個東西引起我的注意，在兩塊巨大岩石間有道細縫，一股熱氣從山的深處冒出來。一般人的眼睛不會注意到這些。

我收起翅膀，朝細縫俯衝而去。

陣陣熱氣強力竄出，我必須奮力向前才能通過。大約在十五公尺底下，原本的細縫頓時變得開闊，我發現自己在一個不可能存在的地方。

整座山都被挖空。在洞穴中央，有座巨大的金字塔正在建造。空中充滿丁字鎬挖掘敲打的聲音。一群群惡魔將血紅色石灰岩切成大方塊，並拖到洞穴中央，那裡有更多惡魔用繩子和滑軌將石塊吊上去擺好，就和我爸曾經告訴過我吉薩金字塔的蓋法一模一樣。但是每一座位於吉薩的金字塔大概都花了二十年才完成，而現在這座金字塔已經蓋好了一半。

這座金字塔還有個奇怪的地方，除了它的顏色是血紅色之外。我看著金字塔時覺得有種熟悉感，好像整個建築正在哼著某個調子……不，我幾乎認得這個聲音。

我發現有個比較小的東西飄浮在金字塔上方，是一艘類似阿摩司叔叔在河裡開的蘆葦平底船。船上站著兩個身影，一個是穿著皮製盔甲的高大惡魔，另一個高大魁梧的男人穿著紅色軍裝。

我繞圈飛近他們，試著躲在陰影下，因爲我不確定自己到底有沒有隱形。我降落在船桅上。這是一招險棋，但是船上的人沒有抬頭看。

「還要多久？」紅衣男子問。

這個人的聲音跟賽特一樣，但他現在的樣子和我上次所看見的完全不同。他不再是黑色黏滑的形體，而且沒有全身著火，不過他那混雜著憎恨和有趣的神情，仍然像之前一樣在眼裡燃燒著。他身材粗壯，很像打美式橄欖球的後衛，並有著厚實的雙手和粗獷的臉部線條。他那一頭短粗的頭髮和修剪過的山羊鬍，都和他的軍裝一樣鮮紅。我從來沒見過這種顏色的迷彩裝，或許他正計畫要躲在火山裡。

在他旁邊，有個惡魔對他鞠躬哈腰。是我之前看過的那個奇怪雞爪人。他至少有兩百公分高，而且瘦得像竹竿，他的腳是鳥爪。很不幸的，我這次看到了他的臉，幾乎醜得無法形容。你知道有一種展覽會展出沒有皮膚的死人屍體吧？想像一下其中一具屍體是活的，再加上眼睛和利牙，那就是雞爪人的模樣。

「主人，我們的進度非常順利！」惡魔向他保證。「我們今天又再召喚了一百多個惡魔。運氣好的話，我們會在您生日當天傍晚完工！」

「恐怖臉，這種進度我無法接受。」賽特平靜地說。

這個僕人畏縮了一下。我猜他就是恐怖臉，不知道他媽媽花多久時間想出這個名字。他媽媽可能會說：「包柏？不。叫山姆呢？不好。叫做恐怖臉如何？」

「但……但是，主人。」恐怖臉支支吾吾地說：「我以為……」

「不要說你以為。我們的敵人比我想像得還足智多謀，他們讓我心愛的寵物暫時動彈不得，並且加快速度朝我們而來。我們一定要在他們到達前完成。恐怖臉，這座金字塔要在我生日當天清晨完工，絕對不能再拖延。這將是我新王國的黎明，我會把這片大陸上的所有生命殺個精光，這座金字塔將成為我力量的紀念碑，也是俄塞里斯最後且永恆的墳墓！」

我的心臟差點停止跳動。我又往下看著金字塔，這次終於了解為什麼感覺這麼熟悉。這座金字塔有種能量，是我爸爸的能量。我無法解釋，但我就是知道他的石棺正埋藏在這座金字塔的某個地方。

賽特露出殘酷的微笑，彷彿他很高興看到恐怖臉遵照他的指示，或是很高興有機會把恐怖臉碎屍萬段。「你了解我的指令嗎？」

「是的，主人！」恐怖臉動一動鳥爪，彷彿在鼓起勇氣提出問題。「但是我能請問一下嗎，主人？……爲何要停在那裡？」

賽特氣得撐大了鼻孔。「恐怖臉，你再說錯一句話，就準備受死吧。下次說話小心點。」

惡魔的黑舌頭滑過他的牙齒。「嗯，主人，您的偉大力量只用來消滅一位神是否値得？或許我們能創造更多混沌能量來供給您的金字塔，並且讓您成爲永恆統領世界之王。」

賽特的眼中跳動著飢渴的光芒。「世界之王……聽起來不錯。小惡魔，你打算要怎麼達成這個目標？」

「噢，不，主人，我只是微不足道的惡魔，但如果我們去抓其他神，像是奈弗絲……」

賽特朝恐怖臉胸口踢了一腳，惡魔倒在地上不斷喘息。「我說過不要再提到她的名字。」

「是的，主人，」恐怖臉喘著氣說：「對不起，主人。但是如果我們去抓她，還有其他神……這樣會消耗您的力量。最好有個正確的計畫……」

賽特開始點頭，對這個點子很有興趣。「我想是用上阿摩司・凱恩的時候了。」

我全身緊繃。阿摩司在這裡？

「太好了，主人。這是個很聰明的計畫。」

「對，很高興我想到這一招。很快的，荷魯斯、艾西絲和那背叛我的妻子都要向我俯首稱臣，而阿摩司會有所幫助。我們將會有個很溫馨的家族聚會。」

賽特抬頭往上，直盯著我，彷彿知道我一直都在那裡。他對我露出那種「我會把你撕成碎片」的笑容說：「孩子，難道我說的不對嗎？」

我想張開翅膀飛走。我必須離開洞穴並警告莎蒂，但是翅膀卻動不了。我坐在那裡全身僵硬，而賽特伸出手來抓我。

23 期末測驗

我是莎蒂。抱歉晚了一點，不過我猜你大概不會在聽錄音帶時發現。因爲我那手指靈活的哥哥把麥克風掉進一個滿是……唉，算了。我們再回到故事吧。

卡特突然驚醒，膝蓋撞到了飲料架。他這樣還滿好笑的。

「睡得好嗎？」我問。

他困惑地朝我眨眨眼睛。「你變回來了。」

「你眞好，注意到我變回來了。」

我又咬了一口披薩。我從沒吃過放在瓷盤上的披薩，也沒喝過倒在玻璃杯裡的可樂（竟然還放冰塊，美國人眞的很奇怪），但我很享受坐在頭等艙的感覺。

「我一個小時前就恢復了，」我清了清喉嚨，「你說的話……呃，很有幫助，就是叫我要專心在對我很重要的事情上。」

就算說那麼多很彆扭，但我記得他在我還是一隻鳶的時候說過的每句話。有關他跟爸一起旅行的事，他是如何在倫敦的地下鐵迷路，在威尼斯生病，發現襪子裡有蠍子的時候像娃娃一樣驚聲尖叫。有了這麼多可以取笑他的材料，奇怪的是，我卻不想笑他。他是如此掏心掏肺地對我說話……或許他以為變成鳶的我聽不懂，但是他一直這麼眞誠又毫無戒心，做了這麼多都是爲了讓我冷靜下來。要是沒有他這樣讓我專心，我現在大概還在波多馬克河上抓田鼠吧。

卡特說到跟爸在一起時，彷彿他們的旅行一直是件很棒的事，話雖沒錯，但其實也很單調乏味，因爲卡特一直都很努力去取悅爸，並且要時時表現出最好的一面，可惜卻沒有件可以一起放鬆或聊天。我必須承認，爸這個人風度翩翩，想不得到他的認同很難（難怪我從他那裡遺傳到魅力非凡的性格）。我即使一年只看到他兩次，跟他見面之前還是要做好心理準備。我生平第一次開始懷疑卡特的交易是否比較划算，我會不會想和他交換我的生活？

我也決定不要告訴他眞的讓我變回人的原因。我完全沒有把注意力放在爸身上，而是想像媽媽還活著的樣子。我想像我們一起走在倫敦的牛津街上欣賞商店櫥窗，一起聊天大笑，那是我們未曾共享的日常時光。我知道這是不可能實現的願望，但力量卻大到讓我想起了自己是誰。

我什麼都沒說，卡特打量著我的臉，我感覺他有點察覺到我的想法。

我喝了一口可樂。「對了，你沒吃到午餐。」

「你沒試著叫醒我？」

在走道另一邊，巴絲特打著嗝。她剛吃完一盤鮭魚，一臉滿足的樣子。「我可以召喚更多貓食出來，」她提議：「或是起司三明治。」

「不，謝了。」卡特喃喃說著。他看起來一臉慘狀。

「老天啊，卡特，」我說：「如果午餐對你那麼重要，我這裡還剩了一點披薩……」

「不是這樣的。」他說。然後他告訴我們他的「巴」差點被賽特抓住的事。

這個消息讓我呼吸困難。我覺得好像又被困在鳶的形體裡，無法清楚思考。爸被困在一座紅色金字塔中？可憐的阿摩司叔叔被當作誘餌？我看著巴絲特，想從她身上得到某種安心的保證。「難道沒有我們能做的事嗎？」

她表情凝重。「莎蒂，我不知道。賽特的力量在他生日當天會達到巔峰，而日出對使用魔法來說是最有利的時刻。如果他能在那天的日出時分引爆一場能量強大的風暴，而且不只是用他的魔法，還藉由奴役其他神來增強自己的力量……那麼他能釋放出的混沌規模，幾乎無法想像。」她打了個寒顫。「卡特，你說是一個小惡魔給了他這個主意？」

「聽起來是這樣沒錯，」卡特說：「也或許是他自己稍微調整原來的計畫。」

她搖搖頭。「這不像是賽特的作風。」

我咳個幾聲。「這是什麼意思？這完全就是他啊。」

「不，」巴絲特堅持，「這個計畫就算對他來說也一樣恐怖駭人。賽特希望當上國王，但這樣的爆炸也會讓他根本沒東西可以統治，這幾乎就像……」她閉上嘴不說話，似乎這個想法太讓人不舒服。「我不懂，但我們馬上就要降落了。你們必須去問透特。」

「你的語氣聽起來好像沒有要跟我們一起去。」我說。

「透特和我處不好。你們存活的機會比較大……」

繫上安全帶的指示燈亮起。機長宣布我們要開始降落在曼菲斯。我從窗戶往外看，一條很寬大的棕色河流穿越地表，比我看過的任何一條河還大。它讓我不安地想起一條大蛇。

空服員走過來指著我的餐盤。「請問吃完了嗎？」

「大概吧。」我沮喪地說。

看來曼菲斯尚未接到冬天來臨的消息。這裡的天空蔚藍，樹木翠綠。

我們堅持巴絲特這次不可以「借」一輛車來開，所以她同意去租車，只要是敞篷車就好。我沒問她錢從哪裡來，但很快我們就坐在一輛罩著車篷的ＢＭＷ轎車中，穿梭在幾乎沒有人的曼菲斯大街上。

我只記得這座城市的某幾個地方。我們穿過一個看起來可能曾是電影《亂世佳人》場景的社區。白色的大屋子旁種滿柏樹，矗立在大樹蔭底下的寬闊草地上，雖然屋頂上的塑膠聖誕老人很破壞氣氛。在下一條街區，我們差點被一個從教堂停車場裡開著凱迪拉克跑車出來的老太太撞死。巴絲特迴轉並按喇叭，老太太只是笑笑揮揮手而已。我猜這就是南方人的熱情招呼吧。

又過了幾條街區，大房子變成了破敗小屋。我看到兩個穿牛仔褲和汗衫的非裔男孩正坐在前廊，一邊彈奏木吉他，一邊唱歌。他們唱得真好聽，讓我好想在這裡停車聽個夠。

到了下一個轉角，有一間用空心磚搭建的餐廳。屋子上掛了一塊手繪的招牌，上面寫著「炸雞和鬆餅」。門口大概有二十個人正在排隊。

「你們美國人的口味眞奇怪，這兩種東西居然可以放在一起吃。這裡到底是屬於哪個星球？」我問。

卡特搖搖頭。「透特到底在哪裡？」

巴絲特嗅了嗅，把車往左開進白楊街。「快接近了。以我對透特的了解，他會找一個學習中心的地方待著，或許是圖書館，也或許是某個魔法師墳墓裡的藏書間。」

「田納西州這裡沒有很多那種地方。」卡特猜測著。

然後我發現一塊招牌，開心地笑了。「說不定是在曼菲斯大學？」

「做得好，莎蒂！」巴絲特發出呼嚕聲。

卡特對我擺出臭臉。你知道的，這可憐的孩子在嫉妒我。

幾分鐘後，我們走在一間小型學校的校園裡，這裡有著紅磚的建築和寬廣的庭院。除了球掉在水泥地上發出的回音，這裡其實安靜得有點陰森詭異。

卡特一聽到球聲，立刻振奮起來。「有人在打籃球。」

「喔，拜託，」我說：「我們要去找透特。」

卡特循著球聲走，我們跟著他。他轉過一棟大樓轉角後僵住了。「我們來問問牠們。」

我不懂他在說什麼，等我走過轉角，卻大叫出聲。在籃球場上，有五名球員正在進行一場激烈比賽。牠們穿著不同的美國職籃的球隊球衣，看起來全都鬥志激昂。牠們彼此叫囂咆哮，不但偷球，還出手攻擊對方。

喔……這些球員全都是狒狒。

「這是透特的神聖動物，」巴絲特說：「我們來對了地方。」

其中一隻狒狒有著顏色最淡、充滿光澤的金毛，呃，還有屁股的顏色也最五彩繽紛。牠穿著一件看起來很眼熟的紫色球衣。

「那是……湖人隊的球衣嗎？」我問。我對於說出卡特的愚蠢嗜好有點遲疑。

他點點頭，我們兩人都笑了。

「古夫！」我們大喊。

說眞的，我們幾乎算不認識這隻狒狒，我們跟牠相處還不到一天，住在阿摩司家彷彿是好久以前的事了，但我仍然覺得像是找回了一個失聯多時的朋友。

古夫跳進我懷裡，並且對我大吼。「啊！啊！」牠挑著我的頭髮，我猜牠是想要找蟲吃【卡特，我不想聽你的意見！】，然後又跳到地上，拍打人行道表示牠的興奮。

巴絲特大笑。「牠說你們身上有紅鶴的味道。」

「你會說狒狒語？」卡特問。

女神聳聳肩。「牠也想知道你們去了哪裡。」

「我們去了哪裡？」我說：「首先，告訴牠我有大半的時間變成了鳶，才不是紅鶴，而且鳶（kite）這個字的英文結尾字母也不是O，所以不應該是牠盤裡的食物。第二是……」

「等一下。」巴絲特轉向古夫說：「啊！」然後她回頭看我。「好了，繼續說吧。」

我眨眨眼。「好……呃，第二，牠去了哪裡？」

她也是叫了一聲就把我的話轉述完畢。

古夫哼的一聲，抓起籃球，讓牠的狒狒朋友陷入瘋狂的吼叫撕咬混戰之中。

「牠潛入河裡然後又游回去，」巴絲特翻譯：「等牠回去時，房子已經被摧毀，我們也不見了。牠等阿摩司回來等了一天，但他一直都沒回去，所以古夫就來找透特。畢竟狒狒都受到他的保護。」

「為什麼？」卡特問：「我沒有惡意，但透特不是知識之神嗎？」

「狒狒是非常有智慧的動物。」巴絲特說。

「啊！」古夫摳摳鼻子，然後轉過身去把牠的七彩屁股對著我們。牠把球丟給同伴。牠們開始搶這顆球，彼此齜牙咧嘴，拍打著頭。

「有智慧？」我問。

「這個嘛，提醒你一下，牠們雖然不是貓，」巴絲特補充著：「不過沒錯，牠們是有智慧。古夫說，只要卡特遵守他的承諾，牠就會帶你們去見教授。」

我眨眨眼。「教授……喔，你是說……好的。」

「什麼承諾？」卡特問。

巴絲特的嘴角抽動了一下。「顯然你答應過牠要秀一下你的籃球技巧。」

卡特有所警覺地睜大雙眼。「我們沒時間了！」

「喔，沒關係，」巴絲特說：「我現在也該走了。」

「但是，巴絲特，你要去哪裡？」我問。我不想再和她分開。「我們要怎麼找到你？」

她的眼神變得有點罪惡感，好像她引起了一場可怕的意外。「你們出來的時候，我會找到你們。如果你們有出來的話……」

「你說『如果』是什麼意思？」卡特問，但巴絲特已經變回瑪芬跑走了。

古夫很堅持地對著卡特大吼大叫。牠緊抓著卡特的手，把他拉到球場上。狒狒們立刻分成兩隊。一半的狒狒脫掉球衣，另一半的狒狒則繼續穿著球衣。卡特很悲慘地被分到沒穿球衣那一隊，古夫幫他脫掉上衣，露出他瘦巴巴的胸膛。兩支隊伍開始比賽。

我對籃球可是一竅不通，但我很確定一個人在球場上不應該被自己的鞋子絆倒，或是用額頭接球，甚至用兩手運球（是叫「運球」沒錯吧？）卻像在拍一隻可能有狂犬病的狗一樣。但是卡特打球完全就是這樣，狒狒們把他打得無力招架。對手不斷進籃得分，而卡特卻來來回回在場上東倒西歪，在有球接近時被球打到，或是被狒狒腳絆倒，直到他暈頭轉向開始轉圈，最後倒在地上。狒狒們停了下來，不可置信地看著他。卡特躺在球場中央，滿身大汗，喘個不停。其他狒狒看著古夫，很明顯牠們心裡這麼想著：「是誰找這個人類來打球？」

古夫羞愧地摀住眼睛。

「卡特，」我竊笑著說：「你說了一大堆籃球和湖人隊的事，但你根本就是軟腳蝦啊！還被猴子打敗！」

他悲慘地呻吟著。「那是……是爸爸最喜歡的運動。」

我瞪著他看。爸爸最喜歡的運動。老天啊，我爲什麼沒想到？

他顯然把我目瞪口呆的反應誤以爲是更重的批評。「我……我可以告訴你任何你想知道的NBA球賽統計數字，」他有點焦急地說：「籃板球、助攻、罰球命中率都可以。」

其他狒狒回去繼續比賽，完全不理會卡特和古夫。古夫發出叫聲表示不恥，牠一邊張開嘴，一邊咆哮。

我了解那種感受。我走向前，把手伸向卡特。「來吧。沒關係啦！」

「要是我有一雙比較好的鞋，」他邊想邊說：「要是我沒這麼累的話……」

「卡特，」我竊笑著說：「沒關係。等我們把爸救出來之後，我一個字都不會告訴他。」

他滿懷感激地看著我。（嗯，畢竟我是一個非常善良的人啊。）然後他握住我的手，讓我拉他起來。

「拜託你幫幫忙，把衣服穿上，」我說：「古夫，現在你該帶我們去找教授了。」

古夫帶領我們走進一棟沒有人的科學大樓。走廊上的空氣瀰漫著醋的味道，空蕩蕩的實驗室看起來就像任何一間美國高中教室，不太像是神會去消磨時間的地方。我們走上樓梯，找到一排教授的辦公室。大部分的門都關著，只有一間門敞開，露出一個和掃帚間差不多大小的地方，裡面塞滿了書，還放了一張小書桌和一把椅子。我猜想這位教授是不是做了什麼很糟的事，以至於被分配到這麼小的辦公室。

「啊！」古夫停在一間有著光滑桃花心木門的辦公室前，看起來比其他間都漂亮豪華。玻璃上新打印的名字閃閃發亮，上面寫著：「透特教授」。

古夫沒有敲門就直接開門大搖大擺走進去。

「你先請，公雞人。」我對卡特說。（沒錯，我確定他很後悔告訴我這個特殊事件，畢竟我無法完全不去嘲笑他。我總是要維護一下名聲嘛。）

我本來以爲會看到另一間掃帚室，但相反的，這間辦公室大得不得了。天花板至少挑高十公尺，有一整面辦公室的窗戶可以眺望曼菲斯天際。金屬樓梯通往閣樓，裡面擺了一架大望遠鏡，從那裡傳來一陣彈得很爛的電吉他聲。其餘的辦公室牆面都是書架。工作檯上放滿各種奇怪的小東西，有化學實驗組、組裝到一半的電腦、頭上露出電線的填充動物。房間裡有股很重的煮牛肉味道，是我所聞過最濃且煙味最重的一次。

最怪的是，在我們面前有六隻長頸鳥，也就是朱鷺，像總機一樣坐在書桌前，用鳥喙在筆記型電腦上打字。

卡特和我彼此對望。我一時不知該說什麼才好。

「啊！」古夫大喊。

在閣樓上，吉他聲停止。一個大約二十歲左右的瘦高男子站了起來，手裡拿著電吉他。

他一頭金色亂髮就像古夫，身上套著一件有汙漬的實驗袍，裡面穿著一件褪色牛仔褲和黑色T恤。起先我以爲他的嘴角在流血，後來才發現那是某種肉醬。

「太迷人了。」他露出一個開懷的笑容。「古夫啊，我發現一件事。這裡並不是埃及的曼菲斯。」

古夫斜眼看了我一下，我敢發誓牠這表情代表「廢話」的意思。

「我也發現了一種新型魔法，叫做『藍調』，」男子繼續說：「還有烤肉，沒錯，你應該要試試看。」

古夫看起來似乎一點都不在乎。牠爬到書架上，抓了一盒圈圈餅，開始津津有味地吃了起來。

吉他男從樓梯扶手滑下來，完美地在我們面前落地站好。「艾西絲和荷魯斯，」他說：「我看到你們找到新的身體了。」

他的眼睛有十二種顏色，像萬花筒一樣不停轉換，有著催眠的效果。

我勉強說出幾個字：「呃，我們不是……」

「喔，我懂了，」他說：「試著分享身體是吧？艾西絲，別以爲會騙到我。我知道現在掌控的人是你。」

「她並沒有掌控我！」我抗議著：「我的名字叫莎蒂・凱恩。我猜你就是透特吧？」

他挑起一邊的眉毛。「難道你不認識我？我當然是透特，又叫賈胡提，也被叫做……」

我忍住不要笑出來。「假鬍子？」

透特看來一臉被冒犯的樣子。「這在古埃及可是很好的名字呢。希臘人叫我『透特』，後來卻把我跟他們的荷米斯搞混，甚至膽敢將我的聖城照著荷米斯的名字發音命名爲赫莫波利斯。雖然我跟他毫無共通點可言，但相信我，要是你見過荷米斯本人的話……」

「啊！」滿嘴塞滿圈圈餅的古夫大叫。

「你說得對，」透特同意，「我離題了。所以你說你是莎蒂‧凱恩，而這位是……」他的手指晃向正看著朱鷺打電腦的卡特。「我猜你不是荷魯斯。」

「我是卡特‧凱恩。」卡特說，仍分心看著朱鷺的螢幕。「那是什麼？」

透特眼睛一亮。「對，這些叫做電腦。非常驚人吧？顯然……」

「不，我是說這些鳥在打些什麼？」卡特瞇起眼睛，看著螢幕把上面的字唸出來。「〈淺論犛牛的演化〉？」

「這是我的學術論文，」透特解釋：「我試著同時進行好幾個研究計畫。比方說，你知道這所大學沒有提供天文學或是醫學的學位嗎？太令人震驚了！我想要改變這一點。我目前正在河邊改裝新的總部，曼菲斯很快就會成爲眞正的學習中心！」

「好極了，」我興趣缺缺地說：「我們需要你幫忙打敗賽特。」

正在打字的朱鷺全都停下來看著我。

透特擦掉嘴邊的醬汁。「經過上次之後，你還敢要求我幫忙？」

「上一次？」

「我有份報告擺在這裡的某個地方……」透特拍拍他的實驗外套口袋。他拉出一張皺皺的紙，大聲唸出來。「錯了，這是購物清單。」

他把紙往後面一扔。紙一碰到地上，就變成一條麵包、一壺牛奶和六罐裝的汽水。

透特檢查他的袖子。我發現他外套上的汙漬都是糊掉的字，用各種語言印成。汙漬移動改變，形成象形文、英文字母、俗體文等等。他從領子上拍掉一塊髒汙，有七個字母聚集在地板上，變成了一個字——「螯蝦」。這個字變成一種光滑的甲殼動物，就像蝦子，扭了腿一下，馬上就被一隻朱鷺吃掉了。

「啊，算了，」透特最後說：「我就告訴你簡短版的故事。爲了替父親俄塞里斯復仇，荷魯斯向賽特挑戰，想與他決鬥，獲勝的人可以成爲眾神之王。」

「荷魯斯獲勝了。」卡特說。

「你眞的記得！」

「不，我是從書上讀到的。」

「那你記得要是沒有我幫忙，艾西絲跟你都會因此喪命嗎？喔，我試著想出調停的方法來阻止你們爭鬥。你也知道，這是我的工作之一，就是在秩序與混沌之間保持平衡。但結果卻並非如此，艾西絲說服我要幫忙你這邊，因爲賽特的力量太過強大，而當時這場戰爭幾乎毀滅了全世界。」

「他抱怨太多了，」在我腦袋裡的艾西絲說：「沒這麼慘。」

「沒這麼慘嗎？」透特問，我覺得他跟我一樣聽得到艾西絲的聲音。「賽特戳瞎了荷魯斯的一隻眼睛。」

「一定很痛。」卡特眨眨眼。

「沒錯，我幫他換上一個用月光做成的眼睛，荷魯斯之眼，也就是你著名的象徵符號。那是我做的，非常謝謝你給我這個機會。後來你把艾西絲的頭砍掉時……」

「等等，」卡特瞄了我一眼，「我把她的頭砍下來？」

「我復原得好多了。」艾西絲向我保證。

「艾西絲，那是因爲我有幫你做治療！」透特說：「沒錯，卡特、荷魯斯，不管你說你叫什麼名字，你當時非常生氣，你砍下她的頭。你非常魯莽，在你仍然虛弱的時候就要衝去攻擊賽特，而艾西絲試圖阻止你，結果害你氣得拿出劍來。嗯，重點是，在你擊敗賽特之前，你們兩個幾乎摧毀了彼此。如果你要與紅帝展開另一場戰鬥，要小心，他會利用混沌來讓你們反目成仇。」

「我們會再次擊敗他，」艾西絲保證：「透特只是嫉妒。」

「閉嘴。」透特和我同時說。

他驚訝地看著我。「那麼，莎蒂……你是真的在努力維持掌控，但持續不了多久的。也許你是法老的後裔，但艾西絲容易讓人上當、渴求力量……」

「我可以控制。」我說，並且用盡所有意志力來讓艾西絲說不出一連串髒話。

透特撥弄著吉他弦。「不要這麼肯定。艾西絲可能會告訴你，她幫忙擊敗過賽特。她是否跟你說過，她就是讓賽特一開始會失控的原因？是她放逐了我們第一位眾神之王。」

「你是說拉？」卡特說：「不是因爲他年紀大了決定離開嗎？」

透特哼了一聲。「對，他是年紀大了，但他是被迫離開。艾西絲厭倦等他退位，她想讓丈夫俄塞里斯成爲國王，而且也想擁有更多力量。所以有一天，拉在午睡時，艾西絲偷偷蒐集了一點太陽神的口水。」

「好噁，」我說：「什麼時候開始口水會讓人變得有力量了？」

透特惱怒地看著我，帶點指責的意味。「你把口水跟陶土混在一起做了一條毒蛇。那天晚上，蛇溜進了拉的臥室，咬了拉的腳踝。再多的魔法，就連我，也無法治好他。他只有死路一條……」

「神會死？」卡特問。

「喔，沒錯，」透特說：「當然大多時候還是會從杜埃再次復活，但是毒液啃蝕了拉的本體。艾西絲當然表現出無辜的樣子，她哭著去看痛苦的拉，也試著用她的魔法救他。最後她告訴拉，只有一個方法能救他的命，就是拉必須把自己的祕密名字告訴她。」

「祕密名字？」我問：「就像蝙蝠俠的本名叫做布魯斯・韋恩一樣？」

「萬物都有自己的祕密名字，」透特說：「連神也一樣。知道一個人的祕密名字，就擁有控制那個人的力量。艾西絲保證有了拉的祕密名字後，就可以治好他。拉因為太過痛苦，於是答應了，而艾西絲也的確治好他了。」

「這卻給了艾西絲控制拉的力量。」卡特猜測。

「極大的力量，」透特同意，「她逼迫拉隱退到天空，替她的摯愛俄塞里斯開路，讓他成為新的眾神之王。賽特一直是拉重要的左右手，他無法忍受看見自己的哥哥俄塞里斯成為國王，這使賽特和俄塞里斯反目成仇，而我們在五千年後的現在，仍舊打著這場戰爭。這一切全因艾西絲而起。」

「但這又不是我的錯！」我說：「我永遠都不會做這種事！」

「你不會嗎？」透特問我：「你不會為你的家人做任何事嗎？即使會干預宇宙的平衡？」

他萬花筒般的眼睛和我對看，我感覺到一股反抗的衝動。為什麼我不該幫助我的家人？這個穿著實驗外套的傢伙又憑什麼告訴我什麼該做、什麼不該做？

接著我發現，不知道到底是誰在這麼想，是艾西絲還是我？我胸口升起一陣恐慌。如果我不能分辨是自己或艾西絲的想法，我還有多久時間會完全瘋掉？

「不，透特，」我聲音粗啞地說：「你一定要相信我。主導的人是我，就是我自己，莎蒂。我需要你的幫忙。賽特抓走了我們的父親。」

接著，我一股腦地把所有事情說出來，從大英博物館說到卡特看見紅色金字塔的景象。透特靜靜聽著，沒有發表意見，但我發誓在我說話的同時，他外套上出現了新的汗漬，彷彿我說的某些字被加進那堆字裡。

「替我們看一樣東西就好，」我最後說：「卡特，把那本書給他。」

卡特在他的袋子裡東翻西找，拿出一本我們在巴黎偷來的書。「這是你寫的吧？」他說：「裡面寫著擊敗賽特的方法。」

透特打開紙草書頁。「噢，老天。我討厭讀自己以前寫的東西。你看看這一句。我現在絕對不會這樣寫。」他拍了拍外套口袋。「紅筆，誰有紅筆？」

艾西絲反抗我的意志力，很堅持一定要把清晰思緒強灌進透特腦袋。「一顆火球就好，」她懇求我：「只要一顆大魔法火球就好，拜託？」

我不能說我不心動，但我繼續讓她在我的掌控之下。

「聽著，透特，」我說：「還是賈胡提，隨便啦！賽特打算至少要摧毀掉北美洲，也很可能是全世界。數以百萬的人會喪生。你說過你關心平衡。你到底要不要幫我們？」

有那麼一刻，房裡只聽得見朱鷺敲鍵盤的聲音。

「你們身陷麻煩中。」透特同意。「那麼我問你們，你認爲你們父親爲什麼要讓你們處在這種狀況？爲什麼他要釋放神？」

我差點要說：「把媽帶回人世。」但我再也不相信這個答案了。

「我媽看見了未來，」我猜測著，「即將發生不好的事。我想她跟我爸試著要阻止這件事發生。他們認爲唯一的辦法就是把神釋放出來。」

「即使用神的力量對凡人來說相當危險，」透特強調，「並且會違反生命之屋的律法。對了，這條法律是我說服伊斯坎德訂的。」

我記得那位年邁的大儀式祭司在時代廳裡告訴過我這件事，他當時曾說神擁有無敵的力量，但只有人類才有創造力。

於是我猜測說：「我想我媽說服了伊斯坎德這項規定是錯的。也許他無法公開承認，但她讓他改變心意。不論發生什麼事，就算會非常糟糕，神和凡人都將需要彼此的幫助。」

「會發生什麼事？」透特問：「賽特的興起嗎？」他的語意含糊不清，就像老師在問陷阱題一樣。

「或許吧，」我小心翼翼地說：「但我不知道。」

古夫在書架上大吼大叫。牠露出尖牙，咧嘴而笑。

「古夫，你說得有道理。」透特覺得很有意思的樣子。「她說的話聽起來不像艾西絲。艾西絲絕對不會承認有東西是她不知道的。」

我必須在心裡想像出一隻手來壓住艾西絲的嘴巴。

透特把書扔回給卡特。「我們就來看看你們是不是做的跟你們說的一樣好。我會解釋這本咒語書，前提是你們必須向我證明你們真的有控制住體內的神，你們不會只是重蹈覆轍。」

「你要考我們？」卡特說：「我們接受。」

「等一下。」我抗議。也許卡特一直都在家自學，不了解「考試」通常是件很不好的事。

「好，」透特說：「我需要一樣放在魔法師墳墓裡的能量物品。把這件東西拿來給我。」

「哪個魔法師的墳墓？」我問。

但透特從外套拿出一支粉筆，在空中寫了些東西。一扇門就在他面前打開。

「你是怎麼做到的？」我問。「巴絲特說過我們在邪靈日不能召喚通道。」

「凡人不行，」透特同意，「但會使用魔法的神就可以開啓。如果你們成功，我們就可以來烤肉了。」

這扇門把我們吸入一個黑洞，而透特的辦公室消失不見。

24 優雅園之旅

「我們在哪裡？」我問。

我們站在一片廣大私人土地的大門前，一條杳無人煙的路上。我們似乎還是在曼菲斯，至少這些樹、天氣、午後的光線仍舊相同。

這片莊園一定有好幾畝大。白色的金屬門上，以黑色的吉他手和音符剪影做成華美的裝飾。在大門後，車道在樹林間彎曲，直到一棟兩層樓高、有白柱門廊的屋子出現。

「噢，不，」卡特說：「我認得這扇大門。」

「什麼？為什麼你知道？」

「爸以前帶我來過這裡一次。一個魔法師的墳墓……透特一定是在開玩笑。」

「卡特，你在說什麼？有人葬在這裡？」

他點點頭。「這裡是優雅園，是全世界最有名的音樂人的家。」

「麥可傑克森住過這裡？」

「不是啦，笨蛋，」卡特說：「是艾維斯．普里斯萊。」

我不確定是該大笑還是咒罵。「艾維斯．普里斯萊。你是說那個穿著縫滿水鑽的白西裝、頭髮梳得油油亮亮的那個貓王嗎？外公外婆還有蒐集他的唱片呢。」

卡特緊張地四處張望。他抽出劍，雖然現在似乎只有我們兩個人而已。「這裡是他住過和死去的地方。他被葬在大房子後面。」

我抬頭注視著這棟屋子。「你是在告訴我貓王是一位魔法師？」

「我不知道，」卡特握緊他的劍，「透特的確說過音樂是某種魔法之類的話。但有點不對勁，爲什麼這裡只有我們兩個人？通常都有一大群遊客。」

「是因爲還在過聖誕假期嗎？」

「但是連警衛也沒有？」

我聳聳肩。「也許就跟姬亞在路克索做的一樣。或許透特把大家都清空了。」

「或許如此。」但我看得出來卡特還是很不安。他試著推推大門，門很容易就開了。「不對勁。」他喃喃自語。

「是不太對勁，」我同意，「但我們去向他致意吧。」

我們走在車道上，我不禁覺得貓王的家也沒有多了不起。和一些我在電視上看過的有錢豪宅相比，貓王的房子看起來小多了。這棟房子只有兩層樓高，門廊有白色柱子，還有磚牆。可笑的獅子石膏像排列在階梯兩旁。或許貓王那個年代的東西比較簡單，也或許是他把所有錢都花在縫滿水鑽的西裝上。

我們停在階梯前。

「爸以前帶你來過這裡？」我問。

「對。」卡特看著兩旁的獅子，像是它們會突然動起來攻擊我們似的。「爸很愛藍調和爵士樂。他說貓王很重要，因爲貓王用了非裔美國人的音樂，並且使這樣的音樂也受到白人的歡迎。他還幫忙發明了搖滾樂。總之，爸跟我來曼菲斯參加座談會還是什麼的，我不記得了。爸很堅持我要來參觀這裡。」

「你眞幸運。」沒錯，或許我開始了解卡特和爸在一起的生活，並非都是光鮮亮麗像在度假一樣，但我還是忍不住有點嫉妒他。不是因爲我很想來參觀優雅園，而是爸從來沒有堅持要帶我去哪裡，至少在大英博物館那次，也就是他消失之前從沒有過。我甚至不知道爸是貓王的歌迷，這實在太可怕了。

我們走上台階。前門自己打開了。

「我不喜歡這樣。」卡特說。

我轉頭一看，血液剎時結凍。我抓住我哥的手。「呃，卡特，說到不喜歡的東西……」

從車道那裡走來兩個揮舞著魔杖和魔棒的魔法師。

「進去，」卡特說：「快點！」

我沒有太多時間欣賞房子。左邊是飯廳，右邊是客廳兼音樂室，裡面有一架鋼琴，還有用孔雀羽毛裝飾的彩繪玻璃拱門。所有家具都用繩子圍起來。這間屋子有老人的味道。

「能量物品，」我說：「到底在哪裡？」

「不知道，」卡特不耐煩地說：「他們沒有把能量物品列在導覽項目裡！」

我往窗外看出去。敵人已經接近了。前面的人穿著牛仔褲、黑色無袖T恤、靴子，頭戴一頂破舊牛仔帽。他看起來比較像亡命之徒，而不是魔法師。他的朋友穿的差不多，但身材比較壯，手臂上有刺青，禿頭，鬍子稀稀疏疏。當他們離這裡剩十公尺，戴著牛仔帽那個人放下魔杖，魔杖立刻變成一把散彈槍。

「噢，拜託！」我大喊，把卡特推進客廳。

貓王的前門碰的一聲震碎了，我的耳朵嗡嗡作響。我們急忙站起來跑進屋子更裡面。我們穿過一間舊式廚房，跑進一個我所看過最古怪的動物窩，後面是爬滿藤蔓的磚牆，一旁還有瀑布流水。這裡鋪著綠色長毛地毯（提醒你一下，是地板跟天花板都鋪這種地毯），家具雕刻成詭異的動物形狀。假如這一切都不夠可怕，還有石膏做的猴子和獅子玩偶有秩序地擺在房間各處。雖然我們現在很危險，但這地方實在醜到不行，我得停下來欣賞一下。

「老天，」我說：「貓王沒有品味嗎？」

「這是『叢林室』，」卡特說：「他裝潢成這樣子是要來氣他爸的。」

「我尊敬他這點。」

又一聲槍響在屋裡響起。

「分開行動。」卡特說。

「這主意不好！」我聽得見魔法師邁著重重腳步走過每個房間，接近時還砸壞東西。

「我來引開他們，」卡特說：「你去找東西。獎座室就在那裡。」

「卡特！」

這個笨蛋爲了保護我而跑掉。眞討厭他這樣，我應該要跟著他去，或是往另一個方向跑，但我嚇得僵在那裡。

他跑過轉角舉起劍，身體開始發出金色光芒……但事情急轉直下。

「砰！」一道綠光打到卡特，害他彎下腰來。那一瞬間，我以爲他被槍打中，我必須克制自己不要叫出聲音。但卡特立刻倒下去，身體開始縮小，衣服、劍……整個人融化成一條綠色的小東西。

曾經是我哥的這條蜥蜴朝我直奔而來，爬到我腿上，然後爬進我手心裡。他焦急萬分地看著我。

在轉角那裡，一個低沉沙啞的聲音說：「我們分頭去找出那個妹妹。她一定就在附近。」

「噢，卡特，」我用氣音對這條蜥蜴說：「這件事我一定要跟你算帳。」

我把他塞進口袋，然後跑走。

兩個魔法師繼續在優雅園裡沿路又砸又摔。他們撞倒家具，把東西轟成碎片。顯然他們並不是貓王的歌迷。

我躲到一些繩子下，爬過走廊，找到了獎座室。這裡令人驚奇地放滿了獎座。牆上掛滿了金唱片。縫滿水鑽的貓王連身衣在四個玻璃櫃裡閃閃發亮。這個房間的光線昏暗，大概是爲了不要讓連身衣弄瞎了遊客的眼睛。音樂從頭上的擴音機輕柔流洩出來，是貓王在警告大家不要踩到他的藍色麂皮鞋[66]。我環視整個房間，沒找到看起來像有魔法的東西。是西裝嗎？希望透特不要期望我會穿上。金唱片嗎？眞是可愛的飛盤，但都不是。

「傑洛！」有個喊叫聲從我右邊傳來。一個魔法師從走廊過來。我想往另一邊出口跑去，但出口外的聲音大聲回應著：「我在這裡！」

我被包圍了。

「卡特，」我輕聲說：「你的蜥蜴笨腦袋眞是害死我了。」

他緊張地在我口袋裡動來動去，但一點忙也幫不上。

我在我的魔法袋裡摸索，抓住我的魔棒。我是不是該畫一個魔法圈呢？沒時間了，而且我也不想跟兩位魔法師前輩正面對決。我必須不斷移動。我拿出棍子，將它變成一根正常大小的魔杖。我可以用它來點火，或是變出獅子，但那樣有什麼用？我的手開始顫抖。眞想爬進球裡，躲在貓王的金唱片收藏下。

「由我來主導，」艾西絲說：「我可以把我們的敵人化為灰燼。」

「不要。」我告訴她。

「你的一意孤行會害死我們。」

我能感覺得到她在反抗我的意志，想要掙脫出來。我能體會她對這些魔法師的憤怒。他們怎麼敢挑戰我們？只要一個字，我們就能消滅他們。

不，我又再次思考，然後我想起姬亞說過：「用你手邊現有的東西。」這裡光線昏暗……或許我可以讓這裡變得更暗。

「黑暗。」我輕聲說。我感覺胃在抽動，然後燈光閃爍。音樂停了下來，燈光開始變暗，連陽光也不再射入窗戶，整個房間完全變黑。

在我左邊某個地方，第一個魔法師大聲嘆氣。「傑洛！」

「韋恩，不是我做的！」傑洛堅持。「你每次都怪我！」

韋恩用埃及語喃喃說了些話，仍舊朝我走過來。我需要可以引開他注意的東西。

我閉上眼睛想像我的四周。雖然這裡黑得伸手不見五指，我還是可以感覺到走廊上的傑洛在我左邊，正在黑暗中踉蹌前進。我感覺到韋恩是在右邊牆外，只離門口幾步而已。我也可以感覺到裝著貓王西裝的四個玻璃展示櫃。

「他們把你家搞得天翻地覆，」我在心裡想著：「捍衛你的家園！」

我心裡產生一股強大的拉力，彷彿抬起了一塊大石頭。接著玻璃櫃爆開了。我聽見堅硬的布料晃動的聲音，如同被風吹著的船帆，並且隱約知道四個蒼白的形體在移動，各有兩個分別朝著兩邊門口而去。

66《藍色麂皮鞋》（*Blue Suede Shoes*）為貓王歌曲的代表作品之一。這首歌融合藍調、鄉村、流行樂等多種元素，被視為奠定搖滾樂發展的歌曲之一。其中有句歌詞為：「不要踩到我的藍色麂皮靴。你要做什麼都行，但就是別踩到我的藍色麂皮靴。」

空空的貓王西裝攻擊了韋恩，因爲他第一個叫出聲來。他的槍在黑暗中開火。接著是在我左邊，傑洛驚駭大叫，重重的碰一聲告訴我他已經被打倒了。我決定往傑洛的方向走去，一個站不穩的傢伙比一個拿槍的傢伙好應付。我滑過門口進入大廳，留下韋恩在我後面繼續扭打混戰，一邊大喊：「走開！走開！」

「趁他處在下風的時候制服他，」艾西絲催促我：「把他燒成灰燼！」

我知道她說得有理，如果我讓傑洛毫髮無傷，他很快會再站起來追捕我；但傷害他似乎不對，尤其他現在正被貓王的西裝攻擊。我找到一扇門，往外跑出去，見到午後的陽光。

我人在優雅園的後院。附近有一座大型噴泉潺潺流動，旁邊有墓碑環繞。其中一塊墓碑上擺了一個裡面有火焰的玻璃櫃，旁邊擺滿了成堆的花。我大膽猜測這一定是貓王的墳墓。

魔法師的墳墓。

當然啦。我們一直在屋裡尋找，但是這樣物品也有可能在他的墳墓。但到底什麼東西才是這樣的物品？

我還來不及接近墳墓，門就被撞開了。鬍子稀疏的壯碩禿頭男跌跌撞撞走出來。一件破爛的貓王西裝袖子繞住他的脖子，像在騎賽豬一樣。

「唉呀呀。」魔法師丟開連身衣。他的聲音替我證實他就是那個叫傑洛的人。「你只是個小女孩。小姐，你替我們製造了許多麻煩。」

他放低魔杖，裡面射出一道綠光，我舉起魔棒抵擋，將這股攻擊能量偏移往上。我聽見吃了一驚的咕咕聲，是鴿子在叫，然後一隻最新形成的蜥蜴從天上掉落在我腳邊。

「抱歉。」我對牠說。

傑洛咆哮著，將魔杖往地上摔。顯然他的專長在蜥蜴，因爲魔杖變成了一隻像倫敦計程車一樣大的科莫多巨蜥。

這隻怪物以不自然的驚人速度朝我衝來。牠張開下巴，原本可能把我咬成兩半，好險我還有時間把魔杖卡進牠嘴裡。

傑洛大笑。「小妞，做得好！」

我感覺巨蜥的下巴用力壓著魔杖。魔杖斷掉只是遲早的問題，之後我會成爲科莫多巨蜥的點心。「幫一點點忙就好。」我告訴艾西絲。我非常非常小心，謹慎地借用一點她的力量。我不讓她掌控一切，感覺很像在玩衝浪時，急切地想努力站穩。我覺得有五千年的經驗、知識和力量貫穿我全身。她給我不同的選擇，而我選了最簡單的方法。我將力量傳送到魔杖上，感覺它在我手中開始發熱，發出白光。巨蜥發出嘶嘶聲和咯咯聲，我的魔杖變長，迫使怪物的下顎愈來愈開，最後發出碰的一聲！

巨蜥碎成火柴，傑洛斷掉的魔杖碎片如下雨般落在我身旁。

傑洛只楞了一下下，因爲我立刻丟出魔棒，結結實實打中他的額頭。他成了鬥雞眼，倒在人行道上。我的魔棒回到手中。

這會是個美好的快樂結局……除了我把韋恩給忘了之外。戴著牛仔帽的魔法師搖搖晃晃走出來，差點被自己的同伴絆倒，但他以光速清醒了過來。

他大喊：「風！」我手裡的魔杖飛進他手中。

他對我露出殘酷的微笑。「親愛的，你打得眞漂亮，但使用元素魔法總是最快的。」

他拿著我跟他的兩把魔杖一起在人行道上敲打。人行道上的土地出現一陣漣漪，彷彿地面變成液體般將我晃倒，我的魔棒飛了出去。我急忙用手和膝蓋往回爬，但聽得見韋恩正在誦唸的聲音，他從魔杖裡召喚出火焰。

「繩子，」艾西絲說：「每個魔法師身上都帶著繩子。」

恐慌讓我的頭腦一片空白，但我的手本能地去翻找魔法袋。我拉出一小條棉線。根本算不上是繩子，但讓我想起之前姬亞在紐約博物館裡做過的一件事。我把棉線朝韋恩丟去，大喊艾西絲建議我說的詞：「塔司！」

一個金色象形文字浮現在韋恩頭頂上方。

棉繩甩來甩去朝他接近，像一條憤怒的蛇，飛出去的時候愈變愈長，也愈來愈粗。韋恩瞪大眼睛，踉蹌後退，從兩支魔杖射出兩道火焰，但繩子的速度更快。繩子鞭打他的腳踝，使他倒在一邊，把他整個人包起來，直到他從下巴到腳趾被纏繞成一個繭。他不停掙扎，鬼吼鬼叫，還罵了我不少很難聽的稱呼。

我搖搖晃晃站起來。傑洛還是一動也不動躺在那裡。我收回掉在韋恩身旁的魔杖。他繼續在緊綑住的棉線中掙扎，並用埃及語咒罵，加上他的美國南方口音，聽起來挺怪的。

「解決他，」艾西絲警告著：「他還是能說話。他在殺了你之前絕不會善罷干休。」

「火！」韋恩大叫：「水！起司！」

就連起司這個命令都毫無作用。我了解他的憤怒使他難以專心，魔法失去了平衡，但我知道他很快就會恢復。

「安靜。」我說。

突然韋恩的聲音消失了。他繼續大吼大叫，但一點聲音都沒有。

「我不是你的敵人，」我告訴他：「但我也不能讓你殺了我。」

我口袋裡有東西扭動，想起了卡特還在我口袋裡。我把他拿出來。他看起來還好，除了是隻蜥蜴以外。

「我會試著把你變回來，」我告訴他：「希望我不會愈弄愈糟。」

他發出細微的粗啞叫聲，聽起來對我不是很有信心。

我閉上眼睛，想像卡特該有的模樣。一個高高的十四歲男孩，打扮很糟，就是個人類，而且很惹人厭。

我開始覺得卡特在我手中變重了。我把他放下，看著蜥蜴變成模糊的人形。數到三之後，我哥哥臉朝上躺著，他的劍和包包在他旁邊的草地上。

他從嘴裡把草吐出來。「你是怎麼做到的？」

「我不知道，」我承認，「你剛剛那樣看起來……很不對勁。」

「多謝了。」他站起來，檢查自己的手指是否還在，然後他看見那兩個魔法師，嘴巴張得很大。「你對他們做了什麼？」

「我把其中一個人綁起來，把另一個人打昏。都是用魔法做的。」

「不，我的意思是……」他說得結結巴巴，然後改用指的。

我看著魔法師並大叫。韋恩沒有動。他的眼睛和嘴巴都是張開的，但他沒有眨眼或是呼吸。在他旁邊的傑洛看起來像凍住了一樣。我們看著他們的嘴巴開始發光，彷彿剛吞下了火柴。有兩顆小小的黃色火球在他們的嘴唇間出現，並直接上升至天空，消失在陽光下。

「那是……那是怎麼回事？」我問：「他們死了嗎？」

卡特小心翼翼接近他們，並把手放在韋恩的脖子上。「這根本不像皮膚，比較像岩石。」

「不，他們是人類！我沒有把他們變成岩石！」

卡特用手摸一下傑洛的前額，就是我之前用魔棒打下去的地方。「出現裂縫了。」

「什麼？」

卡特拿起劍。在我還沒尖叫前，他拿著劍柄往傑洛的臉砸下去，而這位魔法師的頭卻像花瓶一樣碎掉。

「這兩個人是用陶土做的，」卡特說：「都是薩布堤。」

他踢了韋恩的手臂一腳，我聽到繩線底下喀的一聲。

「但它們剛才在施咒，」我說：「還有說話。它們很眞實。」

就在我們看著它們時，薩布堤崩裂成灰，什麼都沒留下，只剩下我的繩子、魔杖和一些破破爛爛的衣服。

「透特在測試我們，」卡特說：「不過那些火球……」他皺著眉頭，彷彿試圖回想某件重要的事。

「或許那是驅動它們的魔法，」我猜，「火球飛回它們主人那裡，像是一台攝影機。」

這聽來像是很完美的推論，卻似乎讓卡特不知所措。他指著優雅園被炸開的後門。「整間屋子都像這裡一樣嗎？」

「更糟。」我看著傑洛衣服底下那套被弄壞的貓王連身衣和散落的水鑽。或許貓王沒有品味，但我還是覺得把貓王的王宮弄壞實在很糟。如果這裡對爸這麼重要……突然間，一個想法讓我精神爲之一振。「阿摩司在修理那個碟子時說了什麼？」

卡特皺起眉頭。「莎蒂，這可是一整間屋子，不是一個碟子。」

「我知道了，」我說：「海－奈姆！」

一個金色的象形文字在我手裡閃爍。

我把這個字高高舉起，對著房子吹過去。整個優雅園的輪廓開始發光。門的碎片飛回原來的地方，自動修理完成。貓王那些破破爛爛的西裝也都恢復原狀。

「哇，」卡特說：「你覺得屋裡擺設也復原了嗎？」

「我……」我的視線很模糊，膝蓋一彎。要不是卡特抓住我，我的頭就會撞到人行道了。

「沒事的，」他說：「莎蒂，你使用了許多魔法。太了不起了。」

「但我們還沒找到透特派我們來拿的東西。」

「是啊，」卡特說：「但也許我們已經找到了。」

他指著貓王的墳墓。我清楚看見一樣某個死忠歌迷留在那裡的紀念品。是一條項鍊，上面的墜子是有圓圈的十字架圖案，就跟媽在我那張老照片裡穿的T恤圖案一樣。

「這是一個安卡，」我說：「是埃及用來代表永生的符號。」

卡特拿起來，鍊子上附著紙草卷。

「這是什麼？」他喃喃說著，把紙張攤開。他用力注視著這幅紙草卷，專心到讓我以為他想在上面燒出一個洞。

「怎樣？」我從他肩膀後面看過去。

這幅畫看起來十分古老。上面有一隻金毛帶斑點的貓正一腳拿刀砍下蛇頭。

下面有人用黑色麥克筆寫著：「繼續作戰！」

「這是蓄意破壞吧？」我問：「在一幅這麼古老的圖畫上亂寫字？留這種怪東西給貓王很奇怪吧？」

卡特似乎沒聽到我說的。「我以前看過這幅畫。這在許多墳墓裡很常見。不知道爲何我從來沒想到過……」

我更靠近仔細研究這幅畫。其中某個地方似乎很熟悉。

「你知道這是什麼意思嗎？」我問。

「這是拉的貓，正在與太陽神的主要敵人阿波非斯戰鬥。」

「就是那條蛇。」我說。

「對，阿波非斯是……」

「混沌的化身。」我說。我想起努特曾經說過的話。

卡特臉上露出佩服的表情，他是該佩服我沒錯。「完全正確。阿波非斯比賽特更可怕。埃及人認爲，當阿波非斯吃掉太陽、摧毀所有萬物，世界末日就來臨了。」

「但是……貓殺了牠。」我充滿希望地說。

「這隻貓必須永無止盡不斷殺牠。」卡特說：「就像透特所說的重複形式。問題是……我有一次問過爸這隻貓是否有名字，他說沒有人確定知道，但大多數人認爲這是兇狠的獅子女神薛克梅特。她被稱爲『拉之眼[67]』，因爲她替拉包辦了所有骯髒工作。她看到自己的敵人，就會殺掉對方。」

「很好。所以呢？」

「所以這隻貓看起來不像薛克梅特。只是我突然想到……」

我終於看懂了，而背脊發涼。「拉的貓看起來就跟瑪芬一模一樣。這是巴絲特。」

就在那時，地面晃動。紀念性噴泉開始發光，一道黑暗的門開啓了。

「快來，」我說：「我有問題要問透特，然後我要打歪他的鳥嘴。」

[67] 拉之眼（Eye of Ra）指的是太陽神拉的女兒，也是他的保護者，例如巴絲特、薛克梅特等女神都可稱為拉之眼。

25 踏上死亡之路

被變成一隻蜥蜴眞的會毀掉你美好的一天。當我們走出門口，雖然我試圖掩飾，但還是覺得很難受。

你大概正這麼想吧：「嘿，你曾經變成一隻隼，那變成蜥蜴有什麼大不了的？」話雖如此，但如果是別人逼你變成另一種形體，就完全不能相提並論。想像你自己在一台垃圾壓縮機中，整個身體被壓成一個比手掌還要小的形體。這不但很痛苦，而且是種侮辱。你的敵人想像你是一隻又笨、又不傷人的蜥蜴，將他們的意志強壓在你身上，並且壓抑你的想法，直到你變成他們想要的模樣。我想情況還有可能更糟。他大可以把我想像成一隻狐蝠，但還是很……

我當然很感激莎蒂救了我，但也同時覺得自己非常失敗。我在籃球場上和一群狒狒打球讓自己丟臉已經夠慘了，但戰鬥的時候一樣輸得一塌糊塗。也許我跟機場那隻怪物勒洛伊對打還算可以，但面對兩個魔法師（況且還是陶土做的），卻在開打後的兩秒就被變成一隻蜥蜴。這樣我跟賽特對決時哪有勝算？

我們從通道裡出來的時候，看到的景象已經讓我不再去想這件事了。因為我們現在絕對不是在透特辦公室裡。

在我們面前聳立著一座如實物大小的金字塔，是用玻璃和金屬做成，幾乎跟吉薩的金字塔一樣大。曼菲斯市中心的天際線高昇在遠處。我們的背後是密西西比河岸。

太陽西下，將河水和金字塔映照成金色。在金字塔前的階梯上，一座約六公尺高、標示著「拉美西斯大帝」的法老雕像旁，透特布置了一個野餐場地，擺滿烤好的肋骨、前胸肉、麵包、酸黃瓜等各種食物。他正在那裡彈吉他，還接上一台攜帶式擴音器。古夫站在旁邊摀住耳朵。

「喔，非常好。」透特彈了一段和弦，聽起來像一隻病懨懨驢子的死亡悲鳴。「你們活下來了。」

我驚奇地往上注視這座金字塔。「這座金字塔從哪來的？你該不會……才剛蓋好吧？」我想起我那趟參觀紅色金字塔之旅，突然間想像著所有神都在全美各地建造紀念碑的情景。

透特哈哈一笑。「我不必蓋，這是曼菲斯人自己蓋的。你知道的，人類從來不會眞正忘記埃及。每次他們在河岸邊建造城市，他們都想起自己深植在潛意識的文化遺產。這是金字塔體育館[68]，是世界第六大的金字塔。這裡以前是某種運動的體育館……古夫，你喜歡的那種運動叫什麼？」

「啊！」古夫憤慨地說。我敢發誓牠剛剛給了我一個白眼。

「對，是籃球，」透特說：「不過這座體育館遭逢困境，已經被棄置了好多年。不過，這裡馬上就有新住戶了。我要搬進去。你有拿到安卡吧？」

我一度懷疑幫透特做這件事是不是個好主意，但我們需要他幫忙。我把項鍊丟給他。

「很好，」他說：「從貓王之墓拿來的安卡，具有非常強大的魔力！」

莎蒂握緊拳頭。「我們爲了拿這件東西差點沒命。你要我們。」

「我沒有要你們，」他很堅持，「這是測驗。」

「那些東西，」莎蒂說：「那些薩布堤……」

「是的，它們是我幾世紀來最棒的作品。敲碎它們眞可惜，但我總不能讓你們去打眞正的魔法師吧？薩布堤是很棒的替身。」

「所以你從頭到尾都看到了。」我喃喃說著。

「噢，沒錯。」透特伸出手來。他的掌心有兩團火球來回舞動，是我們看到從薩布堤嘴裡逃走的魔法物質。「我想，你會說這些是……錄影裝置。我有收到完整報告。你們沒有殺人而打敗薩布堤。莎蒂，我必須坦言我非常佩服你。你控制你的魔法力量，也控制艾西絲。至於你，卡特，在變成蜥蜴這件事上也做得很好。」

我以爲他是在嘲笑我，然後我發現他眼裡有眞正的同情，彷彿失敗也是測驗項目之一。

---

68 金字塔體育館（Pyramid Arena）位於曼菲斯市中心，於一九九一年建造完成，約三十二層樓高，擁有兩萬多個座位，但近年來已閒置不用。

「卡特，在你們前面還有更厲害危險的敵人。」他警告我們。「像是此刻，生命之屋已經派出旗下菁英追殺你們。但你們也將在最出乎意料的地方找到朋友。」

不知道爲什麼，我感覺他說的人是姬亞……或者這只是我一廂情願的想法。

透特站起來，把吉他交給古夫。他將安卡往拉美西斯的雕像上一扔，項鍊就緊緊繞在法老的脖子上。

「拉美西斯，好了，」透特對雕像說：「敬我們的新生活。」

雕像發著光，像是亮了十倍的日落光暉。這道光線在漸漸消失前擴散至整座金字塔。

「喔，好，」透特意味深長地說：「我想我住在這裡會很快樂。你們兩個孩子下次要來看我時，我會有間更大的實驗室。」

眞是可怕的想法，但我試著集中注意力。

「我們找到的不止這個，」我說：「你需要解釋一下這個。」

我拿出那幅貓和蛇的畫。

「這是一隻貓和一條蛇。」透特說。

「謝謝喔，智慧之神。是你故意放在那裡讓我們找到的吧？你試著給我們某種線索。」

「誰？你說我嗎？」

「殺了他就對了。」荷魯斯說。

「閉嘴。」我說。

「至少砍了那把吉他。」

「畫裡這隻貓是巴絲特。」我說，試著忽略我心裡那隻神經兮兮的隼。「這跟我們父母釋放神的事有關嗎？」

透特指著野餐盤。「我有沒有說過我們這裡有烤肉？」

莎蒂跺腳。「我們說好的，假鬍子！」

「你知道……我喜歡這個名字，」透特覺得有趣地說：「但你說這個名字的時候，我卻沒那麼喜歡。我相信我們的約定是說，我會解釋如何使用這本咒語書。我可以解釋了嗎？」

他伸出手。我很不甘願地從袋子裡把書撈出來給他。

透特將紙草卷打開。「啊，這讓我回到過去。有這麼多公式。從前我們相信儀式。一個好咒語需要好幾週的時間來準備，使用來自世界各地的珍奇原料。」

「我們沒有好幾週的時間。」我說。

「總是趕、趕、趕的。」透特嘆口氣。

「啊！」古夫表示同意，一邊嗅著吉他。

透特闔上書，交還給我。「這個嘛，是摧毀賽特的咒語。」

「這我們已經知道了，」莎蒂說：「這本書能永遠消滅他嗎？」

「不，不會，但這會讓他從世界上消失，趕他進杜埃的深處，削弱他的力量，讓他有非常長的一段時間不能再出現。最可能的狀況是好幾個世紀都不再出現。」

「聽起來不錯，」我說：「我們要怎麼唸這個咒語？」

透特看著我的樣子似乎答案已經很明顯了。「你現在唸不了這個咒語，因爲這個咒語只能在賽特的面前說。站在他面前時，莎蒂應該把這本書打開，將咒語唸出來。等到時機來臨，她就會知道該怎麼做。」

「對，」莎蒂說：「當我誦唸咒語時，賽特會自己乖乖站在那裡。」

透特聳聳肩膀。「我沒說這件事會很容易。要讓這個咒語成功，你們還需要兩樣東西，一樣是需要說出來的，就是賽特的祕密名字……」

「什麼？」我質問著：「我們要怎麼知道他的祕密名字？」

「可以想見是非常困難的。你們不能只是從某本書裡找到他的祕密名字。名字必須要從他本人嘴裡說出來，才能給予你們征服他的力量。」

「太好了，」我說：「你是說我們只要強迫賽特告訴我們就行了。」

「或是騙他，」透特說：「或是取信於他。」

「沒有別的方法嗎？」莎蒂問。

透特抹去實驗外套上的墨水漬。一個象形字變成飛蛾，然後飛走。「我想……是的。你可以問最親近賽特心靈的人，那個最愛他的人。她也有同樣能力可以說出那個祕密名字。」

「但是沒有人愛賽特！」莎蒂說。

「他的妻子，」我猜測著說：「也就是另一位神——奈弗絲。」

透特點點頭。「她是位河神，或許你們可以在河裡找到她。」

「眞是愈來愈精采了。」我喃喃說著。

莎蒂對透特皺著眉頭。「你剛剛說還需要另一樣材料？」

「是一件有形的東西，」透特說：「眞理羽毛[69]。」

「那是什麼東西？」莎蒂問。

我知道他說的是什麼，我的心沉了下去。「你是說要從死人之境取得。」

透特露出高興的神情。「完全正確。」

「等等，」莎蒂說：「他在說什麼？」

我試著隱藏自己的恐懼。「古埃及人死亡後，必須旅行到死人之境，」我解釋著：「這是一趟非常危險的旅程。最後當你到達審判廳[70]，你的一生要被放在阿努比斯之秤[71]上接受衡量。你的心臟放在天秤的一端，而眞理羽毛放在另一端。如果你通過試驗，就會得到永生永

[69] 真理羽毛（feather of truth）是代表真理與秩序的瑪特女神頭上的一根羽毛。這根羽毛決定了接受審判的死者是否能獲得永生。

[70] 審判廳（Hall of Judgement）是在埃及傳說中，人死之後要進入接受審判的地點。

[71] 阿努比斯之秤（Scales of Anubis）是死後審判用的工具。當死者在阿努比斯帶領下來到審判廳，阿努比斯會將死者的心臟和真理羽毛放在天秤的兩端進行測量。如果死者說謊，心臟比羽毛重，就會被一旁的阿穆特（Ammit）吞噬。傳說知識之神透特會站在一旁記錄秤重結果。

世的快樂祝福。如果你失敗了，有隻怪獸會吃掉你的心臟，而你再也不存在。」

「吞噬獸阿穆特[72]，」透特說，一副很想念牠的樣子，「眞是個可愛的小傢伙。」

莎蒂眨眨眼。「所以我們應該要去審判廳拿這片羽毛。到底要怎麼拿？」

「或許阿努比斯心情好的話會給你，」透特說：「大概每千年會發生一次。」

「但我們又如何去死人之境？」我問。「我是說……沒死的話。」

透特凝視著西邊的地平線，夕陽已經轉爲血紅色。「我認爲，晚上沿著河流一直下去就是了。那是大部分人進入死人之境的方法。如果是我會搭船去。你們會在河的末端看到阿努比斯……」他往北指，然後又改變心意指向南邊。「我忘了，這裡的河流都往南流，每件事都是倒退的。」

「啊！」古夫的手指往下刷彈吉他的銅線，奏出一段具爆發力的搖滾樂和弦。然後牠大聲叫吼，彷彿什麼事都沒發生過，並放下吉他。莎蒂和我瞪著牠，但是透特點點頭，好像狒狒剛才說了某些意義深遠的話。

「古夫，你確定嗎？」透特問。

古夫咆哮。

「很好。」透特嘆口氣。「古夫說想跟你們一起去。我告訴牠可以留在這裡，替我把關於量子物理的博士論文打字整理，但是牠沒興趣。」

「眞難想像牠爲什麼沒興趣。」莎蒂說：「很高興有古夫一起去，但我們要去哪裡找船？」

「你們具有法老血統，」透特說：「法老總是有船可以坐。只要確定你們自己能夠聰明地使用船就可以了。」

他朝河流點點頭。一艘舊式的輪船朝岸邊開過來，排氣管冒出了陣陣煙霧。

「祝你們一路順風，」透特說：「期待我們下次的見面。」

「我們要坐那個出發嗎？」當我轉頭看向透特，他已經不見了，而且還把烤肉帶走。

「眞好啊。」莎蒂嘟噥著。

「啊！」古夫也表示同意。牠牽起我們的手，帶著我們走到岸邊。

72 阿穆特（Ammit）是埃及神話中的奇異動物，據說有著鱷魚頭，前腳是獅子腳，而後腳則是河馬腳。牠總是蹲在阿努比斯之秤旁邊，準備吃掉因犯下惡行而重於真理羽毛的心臟。

26 埃及女王號

就這段到死人之境的航程來看，這艘船很酷。它有多層甲板，還裝飾著漆成黑色和綠色的欄杆。船兩旁的蹼輪在河裡轉動向前，將河水打出泡泡，在蹼輪外殼旁還有閃閃發亮的金色船名——埃及女王號。

第一眼看到這艘船，會以為它只不過是用來吸引觀光客的那種海上賭場或老人搭的郵輪；但如果靠近看，會開始注意到一些奇怪的小地方。在英文的船名底下，還有用俗體文和象形文寫的船名。閃亮的煙霧從排氣管中排出，彷彿引擎的燃料是黃金。五顏六色的火球在甲板四周飛繞。在船首的地方，兩個繪製的眼睛還會看來看去，眨一眨，掃視河面有沒有麻煩出現。

「眞奇怪。」莎蒂注意到了。

我點點頭。「地中海地區仍有這樣的習慣，但通常他們畫的眼睛不會動。」

「什麼？我不是說那些笨眼睛啦！我是說那個站在最高甲板上的女人。那不是……」莎蒂笑了。「巴絲特！」

沒錯，我們最愛的貓咪正從駕駛室的窗戶探出頭來。我正要向她揮手時，注意到站在巴絲特旁邊那個掌舵的生物。他有人的身體，身穿船長的白制服，但原本應該是頭的地方，卻從領子伸出一把雙刃斧頭。我說的可不是那種拿來伐木用的小斧頭，而是戰斧，有著兩片半月形的鐵刃，一邊在他原本應該是臉的位置，另一邊則在後面，斧頭刃面邊緣有看似乾掉的斑斑血跡。

這艘船停在碼頭。火球開始迅速在四周飛繞，它們放下步橋、綁牢繩索，基本上就是做些一般船員的工作。不知道它們如何能不靠雙手且不讓東西起火就完成工作，但這還不算是我那週所看過最詭異的事。

巴絲特從船長室爬下來。我們登上船和她擁抱。她也擁抱了古夫，而古夫以替她整理毛髮、找尋虱子做為回報。

「很高興你們活下來了！」巴絲特說：「發生了什麼事？」

我們簡單地告訴她一些經過，她的頭髮再次豎起。「貓王？哈！透特年紀愈大愈殘忍。我不能說我很高興再次坐上這艘船。我討厭水，但我想……」

「你以前搭過這艘船？」我問。

巴絲特的笑容褪去。「你們跟平常一樣有幾百萬個問題要問，我們還是先吃飯吧。船長正在等我們。」

我不是很急著想去見巨斧，而且對巴絲特的烤起司和貓食組合晚餐興趣缺缺，不過我們還是跟著她走進船艙。

餐廳裝潢走的是豪華埃及風，牆壁上滿滿都是描繪眾神的五顏六色壁畫，鍍金的柱子支撐著天花板。長桌上擺滿各種讓人想吃的食物，有三明治、披薩、漢堡、墨西哥菜，要什麼有什麼。這一頓實在大大彌補了沒吃到透特那餐烤肉的遺憾。在桌子另一邊有個冰櫃、一排金酒杯和一個有二十種不同選擇的汽水飲料機。用桃花心木做的椅子刻成狒狒的模樣，害我想到優雅園裡的叢林室。不過古夫倒覺得還好，牠對著椅子吠叫，要讓對方知道誰才是眞正的狒狒老大，然後牠坐在椅子腿的地方，從水果籃裡拿出一顆酪梨開始剝皮。

在房間另一頭，有扇門打開了，斧頭男走了進來。他必須閃躲一下才能避免砍斷門框。

「凱恩少爺、小姐。」船長一邊說，一邊鞠躬敬禮。他的聲音是那種能和他前面刀刃共鳴的嗡嗡聲。我看過一段影片，有個男子用榔頭敲鋸子來演奏音樂，船長的聲音聽起來就像那樣。「有兩位來搭乘本船是我們的榮幸。」

「凱恩小姐，」莎蒂覺得很有意思，「我喜歡這個稱呼。」

「我名叫血跡刀，」船長說：「兩位有何吩咐？」

莎蒂朝著巴絲特揚起眉毛。「他聽我們的吩咐？」

「在合理範圍內，」巴絲特說：「他對你們家族有過承諾。你父親……」她清了清喉嚨，「嗯，他和你母親一起召喚了這艘船。」

斧頭鬼發出反對的聲音。「女神，你還沒有告訴他們？」

「我就快說到了。」巴絲特抱怨。

「告訴我們什麼？」我問。

「只是一些細節而已。」她匆匆說下去：「這艘船一年被召喚一次，而且只有在緊急需要的時候才能召喚。你們現在必須向船長下命令。如果我們想要，呃，安全旅行的話，他一定要得到清楚的指示才行。」

不知道是什麼事情讓巴絲特心煩，但是斧頭鬼在等我們下令，而且他斧頭上的血跡告訴我，最好不要讓他等太久。

「我們需要去審判廳一趟，」我告訴他：「帶我們到死人之境。」

血跡刀若有所思地嗡嗡說著：「凱恩少爺，我會安排一切，但這需要時間。」

「我們時間不多。」我轉向莎蒂。「現在是……二十七號晚上？」

她點頭確認。「後天黃昏，除非我們阻止賽特，否則他就會完成他的金字塔並摧毀世界。所以沒錯，超大斧頭船長，不管你叫什麼名字，我們現在的確時間有點趕。」

「我們當然會盡全力。」血跡刀說，雖然他的聲音聽起來有些……尖銳。「船員會替你們準備客艙。你們在等待的同時，要不要先用餐？」

我看著擺滿食物的桌子，才發現自己有多餓。自從在華盛頓紀念碑吃過那一餐後，到現在都還沒進食。「好的。謝謝你，血跡刀船長。」

船長再次鞠躬敬禮，這個動作讓他自己看起來像個斷頭台一樣。接著他轉身離開，讓我們享用晚餐。

起先，我忙著吃東西而沒時間講話。在我抬起頭來吸氣之前，我一共大口吞下一份烤牛肉三明治、兩塊加了冰淇淋的櫻桃派和三杯薑汁汽水。

莎蒂吃得不多，但話說回來，她在飛機上有吃午餐。她只吃了一份小黃瓜起司三明治和一種她喜歡的古怪英國飲料——黑莓汁。古夫仔細挑出那些英文字母O結尾的食物，像是多力多滋玉米片（Doritos）、奧利奧餅乾（Oreo）和幾塊肉。那幾塊肉不知道是野牛（buffalo）還是犰狳（armadrillo）？我甚至嚇得不敢去猜。

火球在餐廳裡殷勤地到處飄動，替我們加滿杯子裡的飲料，或者當我們東西一吃完就將盤子收走。

經過幾天來沒命似的逃亡生活，能坐在餐桌旁享用晚餐，並好好放鬆一下的感覺眞好。船長說無法立刻將我們送達死人之境，這是我這段時間所聽到的最好消息。

「啊！」古夫擦擦嘴，抓住一顆火球。牠將火球揉成發光籃球，並向我發出不屑的聲音。這次我很清楚牠用狒狒語在說什麼。這不是邀請，牠的意思大概是：「我現在要自己去打籃球了。我不會找你來打球，因爲你根本不會，眞讓我噁心。」

「老兄，沒問題。」我說，雖然我的臉頰因羞愧而發熱。「好好去玩。」

古夫再哼一聲，然後手臂下夾著球跳出餐廳。不知道牠在船上能不能找到球場？

在餐桌遠遠的另一頭，巴絲特推開盤子。她幾乎沒吃她的鮪魚貓食。

「你不餓嗎？」我問。

「嗯？喔……我不太餓。」她無精打采地轉動杯子，臉上有著很難和貓聯想在一起的表情，是罪惡感。

莎蒂和我互望了一會兒，並有了一小段短暫沉默的交談，內容差不多是：

「你去問她。」

「不要，你問。」

當然莎蒂比我更會瞪人，所以我輸了。

「巴絲特？」我說：「剛才船長要你告訴我們什麼事？」

她遲疑了一下。「喔，那件事啊，你不應該聽惡魔說的話。血跡刀是因爲被魔法束縛必須服務我們，如果他掙脫的話，就會把斧頭用在我們身上，相信我。」

「你在轉移話題。」我說。

巴絲特的手指劃過桌子，在杯子凝結的水霧上畫著象形文字。「要聽實話嗎？自從那晚你母親過世後，我就沒再搭過這艘船。他們一直將這艘船停靠在泰晤士河上。在那場……意外後，你父親帶我來這裡，我們就是在這裡立下約定。」

我發現她所說的「這裡」指的是這張桌子。在我母親死後，我父親絕望地坐在這裡，除了一位貓女神、斧頭鬼和一群飄動的光球，沒有人可以安慰他。

我就著昏暗的燈光仔細打量巴絲特的臉。我想到我們在優雅園裡找到的那幅畫。即使現在她以人的模樣出現，巴絲特看起來還是很像那隻千年前某個畫家所畫的貓。

「那不只是一個混沌的怪物，對吧？」我問。

巴絲特看著我。「你是什麼意思？」

「在我爸媽將你從方尖碑裡釋放出來前，你所對抗的不只是一隻混沌怪物。你決鬥的對象是阿波非斯。」

所有在客艙裡服務的火球全暗了下來。其中一顆火球摔破盤子，緊張地飄來飄去。

「不要說那隻蛇的名字，」巴絲特警告：「尤其是在進入夜晚的時候。黑夜是牠的地盤。」

「那麼，這是眞的了。」莎蒂失望地搖搖頭。「爲什麼你都不說？爲什麼你要騙我們？」

巴絲特低下頭。她坐在陰影裡，看起來消沉脆弱。她的臉上有著從前戰鬥留下的傷疤。

「我以前是『拉之眼』。」她靜靜地說：「是太陽神的護衛，要徹底執行他的旨意。你知道那是一種多麼至高無上的榮譽嗎？」

她伸出爪子，仔細看著。「一般人只要看到拉的貓戰士圖，就認定那隻貓是母獅薛克梅特。她也確實是他的第一護衛，但是她太暴力，無法控制。最後薛克梅特被迫下台，而拉選我做他的戰士——小巴絲特。」

「爲何你的語氣充滿羞愧？」莎蒂問。「你說過這是一項榮譽。」

「莎蒂，我剛開始的確引以爲傲。我與大蛇纏鬥多年，貓和蛇彼此是永遠的敵人。我表現得很好。但是拉後來退隱到天空，他用最後的咒語將我和大蛇永遠綁在一起。他把我們丟進無底洞中，我被賦予和大蛇戰鬥的任務，要永遠壓制牠。」

我豁然開朗。「所以你不只是個被囚禁的無名小卒，你被囚禁的時間比任何神都久。」

她閉上眼睛。「我還記得拉跟我說：『我忠心的貓，這是你最偉大的責任。』而我非常光榮地去執行了……好幾個世紀，就這樣過了幾千年。你能想像那是什麼生活嗎？刀子對利牙，揮砍、衝撞，在黑暗裡永無止盡的戰爭。我和我的敵人生命力都開始變弱，而我開始了解那就是拉的計畫。大蛇和我將會彼此爭鬥撕裂到什麼都不剩，而世界就會安全了。唯有如此，拉才能平靜退休，確保混沌不會超越瑪特。我原本也會完成我的責任，我別無選擇，直到你的父母……」

「給你一個逃生的選擇，」我說：「而你也接受了。」

巴絲特難過地抬起頭來。「我是貓族女王，我擁有許多力量，但老實說，卡特……貓並不勇敢。」

「那阿波……你的敵人呢？」

「牠繼續困在無底洞裡。你父親和我很確定這一點。大蛇因為跟我打鬥數萬年，力量已經大為減弱，而你的母親犧牲自己性命去關閉無底洞……她使用了非常強大的魔法。大蛇不可能打破那種封印，但隨著一年一年過去……我們愈來愈不確定這個監牢是否關得住牠。如果牠找到辦法逃了出來，並重新取得力量，我無法想像會發生什麼事。這一切都是我的錯。」

我試著想像這隻叫做阿波非斯的大蛇，這個比賽特更可怕的混沌生物。我想像拿著刀的巴絲特被迫與那隻怪物纏鬥幾萬年。或許我應該氣巴絲特沒有早一點告訴我們實情，但相反的，我替她難過。她也被迫處於和我們現在一樣的處境，被逼著去做她負荷不了的工作。

「為什麼我的父母要釋放你？」我問：「他們有說原因嗎？」

她慢慢地點頭。「我當時快要輸了。你的父親告訴我，你母親預見了……可怕的事，如果大蛇打贏我的話。因此他們必須釋放我，給我時間療癒。他們說這是讓眾神歸位的第一步。我沒有假裝自己了解他們的全盤計畫，但接受你父親的提議讓我鬆了口氣。我說服自己在替眾神做一件對的事情，這卻無法改變我是懦夫的事實。我沒有盡到我的職責。」

「那不是你的錯，」我告訴她：「拉要求你這麼做很不公平。」

「卡特說得對，」莎蒂說：「那對一個人來說……我是說對一位貓女神，不管是誰啦，都是太大的犧牲。」

「這是王的旨意，」巴絲特說：「法老可以為了國家福祉命令他的子民，即使要他們奉獻生命，他們也必須遵從法老的意旨。這一點荷魯斯知道，他當過很多次法老。」

「她說的是實話。」荷魯斯說。

「那表示你的王很笨。」我說。

這艘船晃動不已，彷彿我們將平底船停靠在沙洲上。

「卡特，小心點，」巴絲特警告我，「瑪特，象徵萬物的秩序，所仰賴的就是對正統君王的忠心。如果你有所質疑，就會被混沌影響。」

我覺得非常沮喪，很想打破些什麼。我想大叫說，如果必須為了秩序而讓自己送命，那秩序似乎也沒比混沌好到哪裡去。

「你太幼稚了，」荷魯斯罵我：「你是瑪特的僕人。這些想法很可恥。」

我的眼睛刺痛著。「那也許我這個人就是可恥。」

「卡特？」莎蒂問。

「沒事，」我說：「我要去睡了。」

我怒氣沖沖地走出去。其中一顆閃動的光球加入我，指引我上樓到我的房間。客艙大概很不錯，但我根本沒注意，一倒在床上就昏睡過去。

我眞的很需要一個加強型的魔法枕頭，因爲我的「巴」拒絕休息。【不，莎蒂，我也不認爲用強力寬膠帶把我的頭包起來會有效。】

我的靈魂往上飄到蒸氣船駕駛室，但掌舵的人不是血跡刀，而是一位穿著皮製盔甲的年輕人在操控船的航行。他有用化妝墨畫了眼線，雖然是光頭，但後腦勺有編成髮辮的一撮馬尾。這個人絕對有健身，因爲他的手臂有肌肉。他的腰帶上掛了一把劍，和我的劍很像。

「這條河很危險，」他用一種很熟的聲音對我說：「一個領航員不能分心，一定要隨時留意是否有沙洲或隱藏的沉木，所以船身才會畫上我的眼睛，你知道的，就是要看見危險。」

「你說的是荷魯斯之眼，」我說：「是你。」

隼神瞄了我一眼。他的眼睛有兩種不同顏色，一種是像太陽般鮮豔強烈的金黃色，另一種則像月光般的銀色。這兩種顏色讓人頭暈，我必須轉頭看向別的地方。當我頭一轉開，我注意到荷魯斯的影子跟他的形體不一樣，那超過駕駛室長度的影子有著巨大的隼形輪廓。

「你是在想秩序是否眞的好過混沌，」他說：「我們眞正的敵人賽特讓你分心了。應該要有人替你好好上個課。」

我正想說，眞的不用，沒關係。但我的「巴」立刻被帶走。我突然在一架飛機上，是那種我爸跟我一起坐過好幾百萬次的大型國際客機。姬亞、狄賈登和其他兩位魔法師在中間那排座位擠成一團，他們被好幾個家庭圍繞，而且都有很會尖叫的小孩。姬亞似乎不介意。她閉上眼睛，平靜地冥想，而狄賈登和其他兩個人看起來很不安，害我差點放聲大笑。

飛機開始前後搖晃。狄賈登把紅酒全灑在大腿上。安全帶的警示燈一閃一閃，從擴音機裡傳來聲音：「我是機長。當我們降落在達拉斯之前，會經歷一些小亂流，因此，我要請空服員……」

「砰！」一個爆破聲震動著窗戶，在隆隆雷聲之後，出現了閃電。

姬亞的眼睛突然張開。「紅帝。」

飛機快速墜落了幾百公尺，乘客紛紛驚聲尖叫。

「*Il commence*（開始了）！」在一片吵雜聲中，狄賈登用法語大吼：「動作快！」

飛機搖晃，乘客不斷尖叫並緊抓著椅子。狄賈登站起來，打開頭頂上的置物櫃。

「先生！」一名空服員大喊：「先生，請坐下！」

狄賈登不理這名空服員。他抓了四個看來很眼熟的袋子，都是魔法工具袋，丟給自己的同僚。

然後情況愈來愈糟。一陣可怕的震動竄過機艙，整架飛機突然往旁邊傾斜。在右手邊的窗戶外，我看見機翼被風速八百公里的強風吹斷成兩半。

整個機艙陷入一團混亂。飲料、書、鞋子四處飛散；氧氣罩全都掉出來糾纏在一起；大家都為了活命而放聲尖叫。

「保護這些無辜的人！」狄賈登下令。

飛機開始搖晃，窗戶和機艙壁開始龜裂。隨著氣壓驟降，乘客全都安靜無聲，突然失去意識。當飛機瓦解成碎片，四名魔法師舉起魔棒。

在那一刻，魔法師飄浮在一個暴風的大漩渦裡，其中有機身碎片、行李，還有仍然被綁在座位上頭昏眼花的乘客。接著出現一道白光包住他們，一個充滿力量的泡泡減緩了飛機解體的速度，讓所有碎片循著緊密的方向旋轉。狄賈登伸出手，一朵雲的邊緣朝他的方向延伸，是一束棉花般的白霧，就像安全線一樣。其他魔法師也照做，暴風全依他們的想法而移動變化。白色的氣體環繞著他們，開始送出更多一束束如漏斗雲般的白霧，白霧抓住了飛機碎片，並且開始將飛機組合回去。

有一個小孩從姬亞旁邊掉下去。她魔杖一伸，喃喃唸著咒語，一朵雲包覆著小女孩，把她往上送回。很快的，這四位魔法師將他們身旁的飛機重新組好，用雲朵將所有縫隙填塞起來，直到整個機艙被包覆在一個發亮且滿是氣體的繭中。外面的狂風閃電仍舊呼嘯肆虐，但乘客們都安穩地在各自的座位上熟睡。

「姬亞！」狄賈登大吼：「我們撐不了太久。」

姬亞從他身旁跑向機長室。飛機的前半部沒有爆裂，仍舊完好無缺。機長室的門有防衛系統並且鎖住，但姬亞的魔杖發光，門就像蠟一般融化。她走了進去，看見三名失去意識的駕駛。透過窗戶往外看見的景象真讓人不舒服。飛機穿過正在旋轉的雲，很快就要掉到地面了，速度非常快。

姬亞的魔杖打在控制儀表板上。一股紅色能量注入顯示畫面。指針開始旋轉不停，里程表閃爍，高度表不斷變動。接著機身前端抬起，降落速度變慢。我看著姬亞指揮飛機滑動，往一片牛群放牧的草地飛去，並且毫無碰撞地讓飛機安穩降落。然後她的眼珠子一翻，立刻倒下。

狄賈登找到她，將她抱在懷裡。「快點，」他對同僚說：「這些人很快就醒了。」他們把姬亞從飛行員座艙裡拖出來，而我的「巴」被掃走後，穿過了一堆模糊的畫面。我又看到了鳳凰城，或者應該說是看到一部分的鳳凰城。有一個巨大的紅色沙塵暴滾滾而來，掃過河谷，吞噬所有建築物和高山。在酷熱的風中，我聽見賽特的笑聲，他正在享受自己的力量。

接著我看到了布魯克林，在東河旁那棟阿摩司的房子已經被摧毀，上方集結著一個冬日的強勁風暴。那呼嘯的狂風夾帶著冰雹雪雨，重創紐約。

然後我看見一個看不出來是哪裡的地方。一條河蜿蜒流過一座沙漠峽谷。天空覆蓋一整片漆黑的烏雲，河水表面似乎在沸騰。水底下有東西在動，是某種巨大、邪惡又力量超強的東西，而我知道這東西正等著我。

「這只是開始而已，」荷魯斯警告我，「賽特會摧毀你所在乎的一切。相信我，我知道。」

這條河流變成長滿高高蘆葦的溼地。頭頂的太陽發出熾熱光芒，蛇和鱷魚在水中滑動。水邊蓋了一間茅草屋。屋外有名女子和一個大約十歲的小男孩正站著檢查一具破爛的石棺。我看得出來這具石棺以前曾是件藝術品，那金色石棺上還鑲嵌寶石，但現在卻凹凸不平，因沾滿泥土而發黑。

女子的雙手劃過石棺的蓋子上方。

「終於。」她的臉跟我母親一樣，有著藍色的眼睛和焦糖色的頭髮，但她散發出魔法的光芒。我知道，這名女子就是女神艾西絲。

她轉身面對著男孩。「孩子，我們找了這麼久，終於找到他了。我會用我的魔法讓他再次復活！」

「是爸爸？」男孩瞪大眼睛看著棺木。「他真的在裡面嗎？」

「沒錯，荷魯斯。現在……」

突然，他們的小屋著火。一個有著紅色肌膚和煙燻黑眼的強大戰士從烈火中走出來，是賽特。他頭上戴著埃及的雙皇冠，穿著法老的長袍，手裡的鐵杖正冒著煙。

「你找到棺木了，是吧？」他說：「做得好！」

艾西絲雙手伸向天空。她召喚閃電對抗混沌之神，但賽特的魔棍吸收了閃電的力量，並反擊在她身上。弧形的電流打中女神，將她重重地彈出去。

「媽媽！」男孩抽出刀來衝向賽特。「我會殺了你！」

賽特狂笑大吼。他輕易閃過男孩的攻擊，一腳將他踢進泥巴堆。

「姪子啊，你的精神可嘉，」賽特說：「但你不會活到可以挑戰我那一天。至於你父親，我只好想個方法將他永遠處理掉。」

賽特將鐵杖打在棺蓋上。

棺材像冰塊一樣碎裂，艾西絲放聲尖叫。

「許個願吧。」賽特用力一吹，棺材的碎片飛進空中，散落在不同方向。「可憐的俄塞里斯，他現在變成碎片，散布在全埃及了。至於你，艾西絲姊姊，快逃跑吧！這可是你的拿手項目啊！」

賽特往前撲過去。艾西絲抓住兒子的手，兩個人雙雙變成鳥，立刻飛走逃命。

景象消失了，我又回到了輪船的駕駛艙。太陽快速升起，城鎮和大型平底船從旁閃過，而密西西比河岸幻化成模糊的光影。

「他殺了我父親。」荷魯斯告訴我：「他也會對你的父親做同樣的事。」

「不。」我說。

荷魯斯用那對奇怪的眼睛注視著我，一邊發出耀眼的金色，另一邊則是滿月的銀亮。「我的母親和奈弗絲阿姨多年來不停找尋棺木碎片和父親的遺體。當她們把十四片全都蒐集到了後，我表哥阿努比斯用木乃伊的裹屍布將我父親重新接合，但母親的魔法仍舊不足以完全讓他復活。於是，俄塞里斯成為一位不死的神，是我父親半生半死的影子，只適合統治杜埃。但他的逝去帶給我憤怒，憤怒給了我擊敗賽特的力量，於是我靠自己奪回了王位。你一定也要這麼做。」

「我不要王位，」我說：「我只要我爸。」

「不要自欺欺人。賽特只是在玩弄你，他會帶給你絕望。你的哀傷只會讓你更虛弱。」

「我必須救我爸！」

「這不是你的任務。」荷魯斯責備我。「全世界正陷入危險。現在，醒過來吧！」

莎蒂搖著我的手臂。她和巴絲特站在我旁邊，看起來一臉擔憂。

「怎麼了？」我問。

「我們都在。」莎蒂緊張地說。她已經換了一套乾淨的亞麻衣，這次穿的是黑色的衣服，跟她的戰鬥靴很搭。她甚至還有辦法重新染頭髮，讓挑染的部分變成藍色。

我起身坐好，發現這是一星期來第一次好好休息。我的靈魂也許一直四處遊走，但至少身體得到一些睡眠的休養。我往客艙窗戶看出去，外面漆黑一片。

「我睡了多久？」我問。

「我們已經到了密西西比河下游，進入杜埃。」巴絲特說：「正要接近第一瀑布[73]。」

「第一瀑布？」我問。

「這是進入死人之境的入口。」巴絲特臉色凝重地說。

[73] 第一瀑布（First Cataract）實際上位於埃及的亞斯文。尼羅河從亞斯文到蘇丹喀土穆的這一段有六處水流湍急、布滿亂石且行船不易的急流處，被稱為尼羅河瀑布區。

27 死人之境

我？我睡得跟死人一樣，希望這並不表示死亡馬上降臨。

我看得出來卡特的靈魂去了某些可怕的地方，但他不願意談。

「你有看到姬亞嗎？」我問。他看起來非常驚訝，我還以為他的下巴要掉下來了。「我就知道。」我說。

我們跟著巴絲特走上駕駛室，血跡刀在那裡研究地圖，而古夫正在……嗯……掌舵。

「狒狒在開船，」我注意到了，「我應該要擔心嗎？」

「凱恩小姐，請安靜。」血跡刀的手指劃過一張長長的紙草地圖。「這是件非常精細的工作。古夫，右舷兩度。」

「啊！」古夫說。

天已經黑了，但隨著我們緩緩前進，星星都消失了。河水變成血紅色，黑暗吞噬了地平線和河岸。城鎮的燈光開始變成閃爍的火焰，閃一閃就完全熄滅。

現在我們唯一的光線是五彩繽紛的僕人火球，還有從排氣管大量冒出的發光煙霧，讓我們全身浸在一種奇怪的金屬光芒中。

「應該就在前面。」船長宣布著。在昏暗的光線下，他那滿是紅色斑點的斧頭看起來比平常可怕。

「那是什麼地圖？」我問。

「這是《白晝來臨之書》，」他說：「別擔心，這一份很完整。」

我看著卡特，等著他說明。

「大多數的人稱這是《亡靈書》，」他告訴我：「有錢的埃及人在下葬時總是會在墳墓裡放一份，這樣他們才有通過杜埃、進入死人之境的指引可供參考。這就像是一本《死後生活完全傻瓜指南》。」

船長不平地發出嗡嗡聲。「凱恩少爺，我不是傻瓜。」

「不，不，我的意思是……」卡特結結巴巴地說：「呃，那是什麼？」

在我們前面，岩石像尖牙一樣從河裡突起，將河水變成滾滾急流。

「第一瀑布到了，」血跡刀宣布：「抓穩了。」

古夫將舵轉向左邊，輪船往旁邊滑行，迅速穿過兩塊突出的岩石之間，離岩石只有幾公分而已。我其實不是很愛大叫的人，但我願意承認當時的我不斷放聲尖叫。【卡特，不要那樣看我。你也沒好到哪裡去。】

我們落在一段白色還是紅色的河上，並轉向避開一塊和柏靈頓車站一樣大的岩石。輪船在巨岩間又發生兩次自殺式轉彎，在急速的漩渦裡快轉三百六十度，被水流帶到十公尺深的瀑布，往下猛力衝撞，聲音大到像在耳朵旁開槍一樣。

我們繼續往下游航行，彷彿沒有事發生似的，急流的怒吼聲已經漸漸消失在我們身後。

「我不喜歡瀑布，」我肯定地說：「前面還有更多瀑布嗎？」

「幸好，沒這麼大的了。」巴絲特說，看來她也暈船了。「我們已經要進入……」

「死人之境。」卡特幫她把話說完。

他指向籠罩在大霧中的河岸。有奇怪的東西潛伏在黑暗裡，像是閃動的鬼火、濃霧聚成的大臉，還有似乎跟任何東西無關的超大影子。沿著河岸，古老的骨頭在泥巴裡賣力地拖著步伐，任意和其他骨頭結合在一起。

「我猜這不是密西西比河。」我說。

「這是夜之河，」血跡刀發出嗡嗡聲說：「這既是每一條河流，也不是任何一條河流。這是密西西比河、尼羅河或泰晤士河的影子。它流過整個杜埃，還有許多支流。」

外面的景象愈來愈奇怪。我們看見一群群用閃爍煙霧做成的蘆葦屋，是古代鬼魅般的村莊。我們看見許多神廟不斷傾圮又再次自行重建，像是不停重播的影片。我們所到之處，所有的鬼都將臉轉向我們。他們伸出煙霧般的手。這些陰影靜靜地呼喚我們，當我們經過後又絕望地離開。

「這些是失落困惑的鬼魂，」巴絲特說：「是永遠找不到前往審判廳之路的靈魂。」

「為什麼他們這麼悲傷？」

「他們死了啊。」卡特猜測。

「不只是這樣吧，」我說：「他們看起來像是……在等某個人來。」

「拉，」巴絲特說：「幾萬年前，拉那艘光芒閃耀的太陽船每晚都會經過這條路，與阿波非斯的勢力對抗。」她緊張地四處張望，彷彿記起從前的突襲經驗。「那樣其實非常危險，每天晚上都爲了生存而戰。但是當他經過，拉也會將陽光和溫暖帶給杜埃，而這些失落的靈魂會歡欣鼓舞，想起活人的世界。」

「但那是個傳說。」卡特說：「是地球繞著太陽轉，太陽從來沒有眞的沉入地球之下。」

「你沒有學到任何關於埃及的知識嗎？」巴絲特問卡特。「互相牴觸的故事也可以一樣眞實。沒錯，太陽是宇宙裡的一顆火球，但是當太陽橫跨天空，你所看見的景象、賜予生機的溫暖和帶給地球的光芒，都是由拉所呈現的。對拉來說，太陽是王位及力量的來源，也是他的靈體本質。但現在拉已經退隱到天空，他沉睡了，而太陽依然只是太陽。拉的船不再經由同樣的循環通過杜埃。他不再照亮黑暗，而死人對他的缺席最爲敏感。」

「的確。」血跡刀說，雖然他的語氣聽起來沒有很失望。「傳說要是拉在虛弱的狀態下厭倦活下去，這個世界便會隨之結束。阿波非斯會把太陽吞掉，黑暗將遍布大地。混沌會擊垮瑪特，而大蛇會永遠統治世界。」

有一部分的我覺得這是瞎扯。星球不會就這樣停止轉動，太陽絕對會再升起。

但另一方面，我現在正和一個惡魔和一個神搭著同一艘船通過死人之境。如果阿波非斯也是眞的，我可不想和牠碰面。

老實說，我覺得有罪惡感。如果透特告訴我的故事是眞的，也就是艾西絲用祕密名字害拉退隱到天空，那就表示，以荒謬瘋狂的角度來看，世界末日的到來會是我的錯。每次都這樣。我眞想揍我自己來報復艾西絲，但我猜這會很痛。

「拉應該要醒來聞一聞沙赫拉布的味道，」我說：「他應該要回來才對。」

巴絲特不帶幽默地笑了出來。「而全世界會再次變年輕，莎蒂。我希望會是……」

古夫咆哮起來，用手比劃著前方。牠把船舵交還給船長，跑出駕駛艙，往樓下跑去。

「狒狒說得對，」血跡刀說：「你們現在應該到船頭去。挑戰馬上就要來了。」

「什麼挑戰？」我問。

「很難說喔。」血跡刀說，我以爲我察覺到了他聲音中的滿足與竊喜。「凱恩小姐，祝你好運。」

「爲什麼是我？」我抱怨著。

巴絲特、卡特和我站在船頭，看著河流從黑暗中浮現。在我們底下，船身上彩繪的眼睛在黑漆漆中微微發光，在紅色水面上散射出絲絲光線。收起來的步橋高高豎立起來，古夫已經爬上去。牠將手指彎曲成圓筒狀放在眼睛上，像是一個坐在桅桿瞭望台上的水手。

但是所有警戒措施都沒什麼幫助。天色這麼黑，又有濃霧，我們的能見度根本是零。巨大的岩石、斷掉的柱子、坍塌的法老雕像，通通不知從哪裡隱約冒了出來。血跡刀猛拉船舵想避開這些東西，這也迫使我們必須緊緊抓住欄杆。偶爾我們會看到長長的黏滑線條劃過水面，如同觸角一般，或是水底生物的背脊。我還真不想知道那是什麼東西。

「凡人的靈魂總是會被挑戰，」巴絲特告訴我：「你一定要證明自己值得進入死人之境。」

「難不成會遇到盛情款待喔？」

我不確定自己凝視著黑暗多久，過了一會兒，遠方出現了紅紅的一點，天空彷彿變得比較亮一些。

「是我的想像，還是……」

「是我們的目的地，」巴絲特說：「奇怪了，我們應該現在就會遭遇挑戰才對……」

我們的船晃動了起來，水面開始冒泡。一個巨大的物體從河裡浮出來。我只看得見他的腰部以上，比我們的船還高出幾公尺。他的身體是人形，打著赤膊，長滿胸毛，有著紫色的肌膚。有一條繩索綁在他腰上，上面掛著小皮包、幾個惡魔頭顱，和幾樣神祕的小東西。他的頭是人與獅子的怪異組合，有著金色的眼睛和一條條黑色的髮辮。他那張獅子嘴沾滿血跡，嘴旁有粗短的鬍髭，另外還有一嘴尖牙。他發出怒吼，嚇得古夫從步橋上掉下來。可憐的狒狒飛躍進卡特的懷裡，害他們兩個雙雙倒在甲板上。

「你應該說些話吧，」我無力地對巴絲特說：「我希望這位是你的親戚？」

巴絲特搖搖頭。「莎蒂，這件事我無法幫你。你們是凡人，一定要自己應付挑戰。」

「噢，謝了。」

「我是薛司穆74！」討人厭的獅男說。

我很想說：「是啦，你一定是。」但我決定閉上嘴巴。

他的金色眼睛望向卡特，頭歪了一下，鼻孔顫動著。「我聞到法老的血。非常好吃……還是你敢說出我的名字？」

「說……說出你的名字？」卡特結結巴巴地說：「你是說你的祕密名字？」

惡魔大笑。他抓住離他最近的錐形岩石，那岩石立刻像舊石膏般粉碎在他手中。

我焦慮地看著卡特。「你不會剛好就有他的祕密名字吧？」

「《亡靈書》裡一定有寫，」卡特說：「我忘記檢查了。」

「所以呢？」我說。

「想辦法讓他有事做。」卡特回答，然後匆匆跑進駕駛艙。

「想辦法讓他有事做，」我心想：「最好是。搞不好他會想玩桌上遊戲呢。」

「你放棄了嗎？」薛司穆低吼著說。

「不！」我大喊：「不，我們不放棄。我們會說出你的名字。只是……老天，你身上都是肌肉呢，可不是嗎？你有在健身嗎？」

---

74 薛司穆（Shezmu）在埃及神話裡，同時被視為惡魔及神，掌管油和製葡萄酒機。他會懲罰惡人，將惡人的頭砍下並丟入榨汁機中釀成酒。

我瞄了一眼巴絲特，她點點頭表示贊同。

薛司穆驕傲地發出低吼聲，並且伸展他強而有力的手臂。這招用在男人身上永遠管用，對吧？即使是兩百公分高的獅頭人也一樣。

「我是薛司穆！」他吼叫著。

「對，你說過了，」我說：「我在想……呃，你這些年來有過哪些頭銜？某某之王嗎？」

「我是俄塞里斯的專任行刑者！」他大喊著，一拳打在水裡，使我們的船搖搖晃晃。「我是血與酒之王！」

「太好了。」我說，試著不要表現出不舒服的樣子。「呃，爲什麼血和酒會有關連呢？」

「啊！」他傾身向前，露出近看也沒有比較好看的尖牙。他的長髮和許多髒兮兮的死魚碎塊及河裡的青苔糾結在一起。「俄塞里斯王讓我砍下壞人的頭！我用我的紅酒榨汁機將他們壓扁，替死人釀酒！」

我在心裡提醒自己千萬不要喝死人的酒。

「你做得很好。」艾西絲的聲音嚇了我一跳。她安靜了這麼久，我幾乎都快忘記她了。

「問他其他的工作。」

「請問你其他的工作呢……喔，萬能強大的酒魔先生？」

「我是……」他動了動肌肉擺出最好的姿勢。「香水之王！」

他對著我笑，顯然是在等待這句話所產生令人害怕的效果。

「噢，老天！」我說：「那一定會讓你的敵人嚇得發抖。」

「哈哈哈！沒錯！你要不要試試免費的試用品啊？」他扯下腰帶上一個光滑的小皮包，拿出一個陶鍋，裡面裝滿了甜甜味道的黃色粉末。「我稱這款是……『永恆』！」

「眞好。」我快吐了。我往身後瞄一眼，不知道卡特到底跑去哪裡，完全沒看到他。

「繼續讓他說話。」艾西絲催促。

「呃……香水是你工作的一部分，因爲……等一下，我懂了，你是從植物中壓榨出來，就像你把酒擠出來……」

「或是血！」薛司穆補充。

「那當然，」我說：「血就不用說了。」

「血！」他說。

古夫大叫，遮住自己的眼睛。

「所以你替俄塞里斯工作？」我問惡魔。

「對！至少……」他猶豫了一下，又疑惑地吼了起來。「我以前是替他工作。現在俄塞里斯的王座是空的，但是他會回來。他一定會回來！」

「當然，」我說：「你的朋友都怎麼叫你……是叫你『小薛』？還是『血跡皮』？」

「我沒有朋友！但如果我有朋友的話，他們會叫我『靈魂屠殺手』或『恐怖臉』之類的！但是我沒有任何朋友，所以我的名字是安全的。哈哈哈！」

我看著巴絲特，猜想我是否跟自己所想的一樣幸運。巴絲特對我微笑。

卡特急忙跑下樓梯，手裡拿著《亡靈書》。「我找到了！就在書裡。我看不懂這部分，但是……」

「說出我的名字，否則就等著被我吃掉吧！」薛司穆低吼。

「我就說出你的名字！」我對著他吼回去：「薛司穆！靈魂屠殺手！恐怖臉！」

「啊──！」他痛苦地扭動身體。「他們怎麼每次都知道？」

「讓我們通過！」我命令著：「噢，還有一件事……我哥想要一份免費試用品。」

我只來得及往旁邊站，而卡特才剛露出不明白的表情，惡魔就把所有黃色粉末吹到他身上，然後沉入浪花之下。

「眞是個不錯的傢伙。」我說。

「噗！」卡特把香粉吐出來。他看起來像一條沾滿麵包粉的魚。

「你身上的味道很好聞。」我向他保證。「接下來呢？」

我很爲自己高興，直到我們的船彎過這條河的彎道。突然間，地平線上出現的微微紅光變成一道耀眼強光。船長在上面的駕駛室裡搖動警鈴。

在我們前面，這條河已經著火，我們急速通過不斷冒出蒸氣的急流，朝著看起來像在冒泡的火山口流去。

「這是火焰湖，」巴絲特說：「事情從這裡開始會很有趣。」

28 墓園裡的約會

巴絲特對「有趣」的定義很妙：一個有好幾公里寬正滾燙沸騰的湖，而且還有一種汽油燃燒和肉壞掉的味道。我們的輪船很快就停在河流與湖泊的交界處，因爲一扇巨大的鐵門擋住了我們的去路。這是一面像盾牌的巨大青銅圓板，就跟我們的船一樣寬，一半的門在水上，另一半在水面下。我不確定這扇門如何才不會被高溫熔化，但它讓我們完全無法前進。在河岸兩邊，各立有一座高舉手臂的巨大狒狒青銅像面對著大門。

「這是什麼？」我問。

「這是西方大門，」巴絲特說：「拉的太陽船會通過這裡，並且藉由火焰湖裡的火重生，然後再通到另一邊，從東方大門升起，展開全新的一天。」

我抬頭看著巨大的狒狒像，不知道古夫是否有某種祕密的狒狒暗號可以幫助我們進到裡面。不過牠卻對這兩座雕像吼叫，然後又很英勇地縮到我的腿後面。

「我們要怎麼過去？」我很好奇。

「或許，」傳來一個新的聲音說：「你應該要問我。」

空氣發光。卡特迅速後退，巴絲特則齜牙咧嘴。

在我面前出現了一個發光的鳥靈，是一個「巴」。它有著很不尋常的組合，一個人頭加上殺手火雞的身體，翅膀收在背後，整個形體都在發光。這個「巴」有個地方很不一樣，我知道這個靈魂的臉是誰，是個禿頭老人，有著棕色的薄透肌膚、混濁的眼睛及和藹的笑容。

「伊斯坎德？」我好不容易說出口。

「哈囉，親愛的。」老魔法師的聲音迴盪著，彷彿是從井底傳來的一樣。

「但是……」我發現自己熱淚盈眶。「所以你是眞的死了？」

他呵呵笑著。「我最後一次確認過，是這樣沒錯。」

「但是爲什麼？我沒有逼你……」

「不，親愛的，不是你的錯。只不過是時機對了。」

「這個時機根本就不對！」我的驚訝和悲傷立即轉爲憤怒。「在我們可以接受訓練之前，你拋下我們，而現在狄賈登在追殺我們……」

「親愛的，看看你們這一路來走了多遠；看看你們的表現多麼優異。你們不需要我，再多的訓練也不會幫助你們。我的同僚很快就會發現你們的能耐，但恐怕他們很擅長嗅出小神的氣息，而且他們無法理解。」

「你都知道，對不對？你知道我們被神附身。」

「是神的宿主。」

「隨便啦！你之前就知道了。」

「是的，在我們第二次見面後。我唯一的遺憾是沒有早一點發現。我無法像那樣保護你和你哥哥……」

「像哪樣？」

伊斯坎德的眼睛變得哀傷空洞。「莎蒂，我做了選擇。有些選擇在當時看起來似乎是睿智的決定，但有些在事後看來……」

「你是說你禁止眾神出現的決定。我媽說服你這個主意不好，是嗎？」

他那幽靈似的翅膀拍動了幾下。「莎蒂，你必須了解，當埃及落入羅馬人的手裡，我的靈魂就被摧毀了。埃及幾千年來的力量和傳統都被那愚蠢的克麗奧佩特拉女王推翻，而她自以爲能成爲女神的宿主。法老的血似乎變弱且沖散了……永遠失傳。當時我曾怪罪每一個人。那些神都利用人類來表現他們之間微不足道的爭執，而那些將埃及文化趕到地底下的托勒密王朝統治者，以及我在生命之屋的同僚，都變得軟弱、貪婪又腐敗。我和透特商量討論，並達成了共識：眾神必須被驅趕放逐。魔法師必須不依靠神而找到自己的路。這新的規定使生命之屋又完好存在了兩千年。當時，這是正確的決定。」

「現在呢？」我問。

伊斯坎德的光稍微暗了下來。「你母親預見會出現極嚴重的不平衡。她預見有一天瑪特會被摧毀，混沌會重新統治天地萬物，而這天很快就到。她堅持唯有眾神和生命之屋一起合作，才能興盛繁榮下去。從前的方法，也就是眾神之道，必須重新建立。我是個愚蠢的老人，我心裡知道她是對的，但拒絕相信……於是你的父母決定自己行動。因爲我太固執而不肯改變，他們只好犧牲自己要讓事情回歸正途。對於這一點，我眞的非常抱歉。」

雖然我試著要繼續生氣，但我發現很難對這隻老火雞發火。而且很少看到大人會對小孩承認自己錯了，尤其他又是個充滿智慧的兩千歲大人。你可能會想好好珍惜這個時刻。

「伊斯坎德，我原諒你。」我說：「眞的。但是賽特要用一座巨大的紅色金字塔摧毀北美洲，我該怎麼辦？」

「親愛的，這個問題我無法回答你。你的選擇……」他歪頭回看著湖，像是聽到了某個聲音。「我們的時間已經到了。我必須執行我身爲守門人的工作，並且決定是否准許你們通過火焰湖。」

「但我還有好多問題想問！」

「我也希望我們還有更多時間，」伊斯坎德說：「莎蒂．凱恩，你有一個堅強的靈魂。將來你會成爲一個優秀的守護『巴』。」

「謝了，」我喃喃說著：「等不及要永遠當一隻鳥了。」

「我只能告訴你，你要做出決定的時候快到了。不要像我一樣，被感覺矇蔽了，並影響你做出最好的判斷。」

「什麼決定？對誰最好？」

「這就是關鍵，不是嗎？你的父親、你的家人、眾神，還有全世界。瑪特和伊斯非特[75]，就是秩序和混沌，將產生比過去億萬年來更激烈的碰撞衝擊。你和你哥哥將會協助平衡這兩種力量，或者是摧毀一切。這也是你母親所預見的事。」

「等一下。你剛說……」

「莎蒂，等我們下次見面再說。或許有一天，我們有機會可以更深入談一談，但現在，你們通過吧！我的工作就是要評估你的勇氣，而你擁有非常多的勇氣。」

我想辯駁說沒有，我根本就沒有勇氣。我想要伊斯坎德留下來，把我媽所預見到我的未來完整告訴我。但他的靈魂消失了，剛剛他所在的位置只有空空的甲板。就在此時，我才發現船上沒有其他人說話。

我轉向卡特。「你把所有事都留給我一個人做，是吧？」

他凝視前方，眼睛一眨也不眨。古夫仍舊抓著我的腿，完全呆住。巴絲特整個僵掉，嘶嘶叫的嘴才張開一半。

「呃，各位還好嗎？」我手指一彈，他們全都再次動了起來。

「『巴』！」巴絲特發出嘶嘶聲，然後環顧四周皺起眉頭。「等等，我以爲我剛看到了……剛才發生什麼事？」

❼❺伊斯非特（Isfet）是古埃及文化中無序與混沌的象徵，也就是與秩序和平衡相對的概念。雖然是瑪特的反義，卻不像瑪特另外還有神化的形象。

不知道一個魔法師要使時間暫停，甚至讓一個女神全身僵硬不動，需要多強的力量。將來有一天，不論我是死是活，我都要伊斯坎德教我這招。

「對，」我說：「我知道剛才有『巴』出現。現在已經走了。」

狒狒雕像將手放下時開始晃動，並發出刺耳的噪音。在河中央的青銅太陽圓門也沉入水面，進入湖泊的路淨空了。我們的船直直向前航進火焰和沸騰的紅色浪中。透過發光的熱氣，我只看得出湖的中央有座小島。小島上聳立著一間看來一點也不友善的黑色神廟。

「這是審判廳吧。」我猜測著。

巴絲特點點頭。「每當這種時候，我都很高興自己沒有凡人的靈魂。」

當我們停靠在小島的岸邊，血跡刀走下來道別。

「凱恩少爺、凱恩小姐，希望能再見到兩位，」他嗡嗡地說：「埃及女王號會準備好兩位的房間，等候你們再度大駕光臨。當然，除非你們覺得已經可以解除我的服務了。」

巴絲特在他背後拚命搖頭。

「呃，我們還是會繼續請你服務，」我告訴船長：「非常感謝你所做的一切。」

「如你所願。」船長說。如果斧頭也會皺眉頭的話，我相信此刻的他正是這種表情。

「要保持鋒利喔。」卡特對他說。我們與巴絲特和古夫一起走下步橋。這艘船沒有駛離岸邊，反而直接沉入滾燙的熔岩中消失不見。

我對卡特皺起眉頭。「保持鋒利?」

「我覺得那很好笑嘛。」

「你沒救了。」

我們走上黑色神廟的階梯。一大群石柱支撐著天花板，每一根石柱上都刻著象形文字和圖案，但沒有顏色，就只是在黑色石柱上用黑色繪製。來自湖上的霧氣飄進神廟，儘管每根柱子上都燃起蘆葦火炬，但要在昏暗中也不可能看到非常遠的地方。

「保持警覺，」巴絲特警告著，一邊嗅著空氣，「他接近了。」

「誰?」我問。

「那隻狗。」巴絲特不屑地說。

一陣咆哮聲響起，接著一大塊黑色形體從霧裡跳出來。牠攻擊巴絲特，而巴絲特滾過去，發出母貓生氣的嚎叫聲，然後一溜煙跑開，留下我們單獨與這隻野獸在一起。我想她曾經警告過我們她並不勇敢。

這隻新的動物全身黝黑瘦長，和我們在華盛頓特區看到的賽特之獸很像，但牠看起來更像隻狗，其實還挺優雅可愛的。接著我發現牠是一隻胡狼，脖子上還掛了一個金色項圈。

牠化身為一個年輕人，害我的心跳差點停止。事實上，他就是我夢中那個男孩，在我變成「巴」的時候看過兩次的那個黑衣男孩。

阿努比斯本人眞是帥斃了。【喔……哈哈，我沒注意到這個雙關語，但還是謝謝你了，卡

特。「死人之神」和「帥斃了」是很搭。對，很好笑。好了，我可以繼續說下去嗎？】

他的臉色蒼白，有著一頭亂糟糟的黑髮，而那雙深棕色的眼睛很像融化的巧克力。他穿著黑色牛仔褲、戰鬥靴（跟我一樣！）、破T恤，還有一件很適合他的黑色皮夾克。他就像胡狼一樣又高又瘦，耳朵也和胡狼一樣露出一點尖尖的部分（我個人是覺得很可愛啦），脖子上則戴了一條金項鍊。

我想請你一定要了解，我不是一個瘋狂迷戀男生的人。我不是！我整學期大多時候都在取笑麗茲和艾瑪，因爲她們瘋狂地迷戀男生，而我很高興她們這個時候不在我身邊，否則她們一定會沒完沒了地拚命取笑我。

穿黑衣的男生站在那裡，拍了拍他的夾克。「我不是一隻狗。」他抱怨著說。

「對，」我同意，「你……」

毫無疑問，我差點說出「眞可口」或其他一樣丟臉的話，但卡特救了我。

「你是阿努比斯？」他問。「我們是來這裡請求取得眞理羽毛。」

阿努比斯皺起眉頭。他漂亮的雙眼與我對望。

「你們沒死。」

「沒錯，」我說：「不過我們正非常努力不要讓自己送命。」

「我不和活人打交道。」他堅決地說，接著看向古夫和卡特。「不過，你們帶了一隻狒狒同行，表示你們很有品味。在你們有機會解釋之前，我不會殺了你們。爲什麼巴絲特要帶你們來這裡？」

「其實，」卡特說：「是透特要我們來這裡的。」

卡特開始要把故事告訴他，但古夫不耐煩地插嘴。「啊！啊！」

狒狒語一定相當有效率，因爲阿努比斯點點頭，彷彿他已經知道了整個來龍去脈。「我懂了。」

他皺眉看著卡特。「所以你是荷魯斯，而你是……」他的手指向我。

「我是……我是……呃……」我結結巴巴說不出話。我承認，舌頭打結的確很不像我，但看著阿努比斯，我覺得自己像被牙醫打了一針劑量很高的麻醉劑。卡特看著我，好像覺得我變笨了。

「我不是艾西絲。」我終於把話說出來。「我是說，艾西絲在我體內打轉，但我不是她。她只是來……拜訪而已。」

阿努比斯歪著頭。「而你們兩個打算挑戰賽特？」

「差不多就是這樣，」卡特同意，「你願意幫忙嗎？」

阿努比斯臉一沉。我記得透特說過，阿努比斯億萬年來只有一次心情好的時候。我感覺現在不是他少數心情好的日子。

「不，」他斷然回答：「我告訴你爲什麼。」

他變回一隻胡狼的樣子，加速跑回他來的地方。卡特和我互望一眼，不知道該怎麼辦。

我們跟在阿努比斯身後，往昏暗深處跑去。

在神廟中央是一間圓形的大房間，似乎同時是兩個地方。一方面來說，這是一個非常巨大的大廳，裡面有個火盆燒著熊熊烈火，遠遠的另一端有個空蕩蕩的王座。房間的中央佔據著一組天秤，是黑鐵做成的T字造型，兩邊的繩子各連結兩個金色碟子，每個碟子都大得可以容納一個人，但是天秤已經壞了。其中一個金色碟子被凹成V字型，像是有某個很重的東西在碟子裡跳上跳下過；另一個碟子只有一根繩子吊著。

有個怪物蜷曲在天秤下，很快就睡著了，牠是我所見過最奇怪的怪物。牠有著鱷魚頭和獅子鬃毛，身體前半部是獅子，後半部卻是光滑肥胖的棕色身體。我確定牠就像一隻河馬。奇怪的是，這隻動物很嬌小，我是說，比一隻普通的貴賓犬還小，我想應該可以叫牠「河馬貴賓犬」吧。

這就是大廳的樣子，至少有一層是這樣。但同時，我似乎站在一個幽靈似的墓園裡，就像有三D畫面投射在房間裡一樣。在某些地方，大理石地板變成覆蓋著泥巴和青苔的鋪路石。一排排地上的墳墓，宛如一棟棟緊連在一起的迷你連棟房屋，在大廳中央以舵輪把柄的形狀呈放射狀投影出來。許多墳墓都已經裂開。有些用磚圍住，有些用鐵絲網圍起來。在房間邊緣，黑色的柱子變換形體，有時還變成古代的柏樹。我覺得自己像踩進了兩個不同的世界，不知道哪一個才是眞的。

古夫大步跑到天秤那裡往上爬，把這裡當自己家一樣。牠絲毫沒注意那隻河馬貴賓犬。胡狼踱步到王座旁的階梯，變回阿努比斯。

「歡迎，」他說：「來到你們以後將看到的最後一間房間。」

卡特讚嘆地看著四周。「這是審判廳。」他專心看著那隻河馬貴賓犬，皺起了眉頭。「那是……」

「吞噬獸阿穆特，」阿努比斯說：「要尊敬並敬畏牠。」

阿穆特顯然在睡覺時聽見有人叫牠的名字。牠吠了幾聲，然後臉朝上翻過來躺著。牠那獅子河馬腿不停抽動。不知道這隻冥界的怪物是不是夢到自己在追兔子。

「我總是想像牠……會再大一點。」卡特承認。

阿努比斯嚴厲地看了卡特一眼。「阿穆特只有在吃壞人的心臟時，才會變成適當大小。相信我，牠把自己的工作做得很好。或者……該說牠以前做得很好。」

在天秤上，古夫發出咆哮聲，牠差點在中間的橫木上失去平衡，有缺口的碟子匡啷一聲掉在地板上。

「為何天秤壞掉了？」我問。

阿努比斯皺著眉。「瑪特的力量在衰落。我一直試著要修復天秤，但是……」他無助地兩手一攤。

我指著一排排鬼魅般的墳墓。「嗯，所以墓園才會插進來？」

卡特一臉奇怪地看著我。「什麼墓園？」

「裡面有墳墓，」我說：「還有樹。」

「你在說什麼啊？」

「他看不見那些東西，」阿努比斯說：「但是你，莎蒂，你具有敏銳的洞察力。你有聽見什麼聲音？」

起先我不明白他的意思。我只聽見耳朵裡血液急速流動的聲音，和火焰湖遠遠傳來的咕嚕劈啪聲。（還有古夫抓自己身體和吼叫的聲音，但這已經不新鮮了。）

然後我閉上眼睛，聽見了另一種來自遠方的聲音。這段樂聲勾起我最初的回憶，我父親面帶微笑，和我一起在我們洛杉磯的家裡跳舞。

「爵士樂。」我說。

我睜開眼睛，審判廳不見了。或許不是不見，但消失了。我還是看得見壞掉的天秤和空的王座，但沒有黑色柱子，沒有烈火熊熊燃燒。就連卡特、古夫和阿穆特都消失了。

這座墓園現在非常真實。破裂的鋪路石在我腳下搖晃。潮溼的晚風聞起來有股香料、燉魚和老舊發霉的地方混雜在一起的味道。我可能已經回到了英國，或許是在某個倫敦角落的教堂墓園，但墓碑上的字卻是法文，而空氣也不像英國的冬天那麼冷冽。周遭的樹木低垂，枝葉茂密，被松蘿鳳梨所覆蓋。

這裡還有音樂。就在墓園圍牆外面，一個爵士樂團沿著街道走下去，團員們個個身穿黑西裝，頭戴顏色明亮的派對帽。吹奏薩克斯風的樂手上下來回擺動。短號和單簧管縱情鳴放。鼓手面露笑容，擺動身體，閃動著鼓棒。在他們身後，穿著葬禮服裝的狂歡人群，手拿鮮花和火炬，跟在一輛老式靈車旁跳舞前進。

「我們現在在哪裡？」我說，感到十分驚奇。

阿努比斯從一座墳墓上跳下來，站到我旁邊。他吸了一口墓園的空氣，表情放鬆了下來。我發現自己正盯著他的嘴巴，他下唇的弧線。

「紐奧良。」他說。

「什麼？」

「被淹沒的城市，」他說：「我們現在在法國區，在河的西邊，也就是死人之岸。我喜歡這裡，所以審判廳常常與這一塊凡人世界連在一起。」

演奏爵士樂的隊伍繼續在這條街走下去，吸引了更多駐足圍觀的人加入狂歡的行列。

「他們在慶祝什麼？」

「葬禮，」阿努比斯說：「他們剛剛才將死者下葬安放在墳墓裡。他們現在是在『切斷與身體的連結』。哀悼的人陪著空的靈車駛離墓園時，以歌聲和舞蹈來慶祝讚頌死者的生活。這個儀式非常的埃及。」

「你怎麼懂這麼多？」

「我是葬禮之神。我知道世界上所有的死亡風俗，包括要如何死得恰當、如何為死後生活準備好遺體和靈魂。我爲死亡而活。」

「你在派對上一定很好玩，」我說：「爲什麼要帶我來這裡？」

「來談一談。」他打開手掌，最近的一座墳墓開始晃動。一條長長的白絲帶從牆壁縫隙射出來。絲帶不斷出現，在阿努比斯旁邊編成了某種形狀，我腦中浮出的第一個念頭是：「老天啊，他有一捲魔法衛生紙。」

後來我發現這些白絲帶是白色亞麻包裹布，它的長度可以用來包木乃伊。這條布自動纏繞成一張長椅，阿努比斯坐了下來。

「我不喜歡荷魯斯。」他示意我坐在他旁邊。「他講話大聲又很傲慢，自以爲比我厲害。不過艾西絲總是把我當兒子一樣看待。」

我交叉雙臂。「你不是我兒子。我說過我不是艾西絲。」

阿努比斯側著頭。「對，你的舉動也不像小神。你讓我想起你的母親。」

我就像是被一桶冷水潑到一樣（令我難過的是，我完全知道這是什麼樣的感覺，感謝姬亞）。「你見過我母親？」

阿努比斯眨眨眼，像是發現自己做錯了什麼。「我……我認識所有死人，但每個靈魂所走的路都是祕密。我不應該說的。」

「你不能說了這種話之後就什麼也不講！她現在活在埃及死後的世界嗎？她有沒有通過你那間小審判廳？」

阿努比斯不安地瞄著金色天秤，天秤正在發光，有如墓園裡的幻景一般。「這不是我的大廳。在俄塞里斯國王回來之前，我只負責監督而已。很抱歉讓你失望，但我不能再多說了。我不知道我爲什麼會說出來。只是……你的靈魂有同樣的光芒，非常強烈的光。」

「還眞令人開心呢，」我嘟噥著說：「我的靈魂會發光。」

「很抱歉。」他又說了一次。「請坐吧。」

我不想讓話題停止，或是跟他一起坐在木乃伊裹屍布椅子上，但我直接切入重點蒐集資料的方法似乎不管用。我重重坐在椅子上，盡可能擺出一副臭臉。

「那麼，」我繃著臉問他：「你的形體又是什麼？你是小神嗎？」

他皺著眉，將手放在胸口上。「你是說，我是不是住在一個人類體內？不，我可以住在任何一個墓園裡，任何一個死亡或哀悼的地方。這是我自然的樣貌。」

「喔。」有一部分的我希望有個眞正的男孩坐在我身邊，一個剛好也是神的宿主的人。但我應該知道這不可能是眞的。我感到失望，然後又氣自己竟然感到失望。

「莎蒂，這樣就沒有什麼後續發展的潛力了，」我暗罵我自己：「他是個討厭的葬禮之神。他大概有五千歲了。」

「那麼，」我說：「如果你不能告訴我任何有用的事，至少幫我一個忙。我們需要拿到眞理羽毛。」

他搖搖頭。「你不知道自己要求的是什麼。眞理羽毛太危險了。把它交給任何一個凡人都違背了俄塞里斯的規定。」

「但俄塞里斯現在不在這裡。」我指著空蕩蕩的王座。「這是他的椅子，對吧？你有看到俄塞里斯嗎？」

阿努比斯看著王座。他的手指摸著脖子上的金項鍊，彷彿鍊子愈來愈緊。「我的確是在這裡等了他很久，並且固守我的職位。我不像其他神一樣遭到監禁。不知道爲什麼……但我盡可能全力以赴。當我聽說有五位神被釋放，我希望俄塞里斯王會回來，但是……」他沮喪地搖搖頭：「爲什麼他會怠忽職守？」

「大概是因爲他被困在我爸的身體裡。」

阿努比斯瞪著我。「狒狒沒有解釋這件事。」

「嗯，我沒有辦法像狒狒解釋得一樣好。但基本上我爸想釋放某些神，基於某些我不太懂的原因……也許他本來是這樣想：『我只要去大英博物館把羅塞塔石碑炸掉就好了！』然後他釋放了俄塞里斯，同時釋放了賽特和其他被關在裡面的神。」

「所以賽特囚禁你父親，是因爲俄塞里斯寄宿在他體內，」阿努比斯說：「這表示俄塞里斯也被我的……」他住口不說：「被賽特控制。」

「有意思。」我心想。

「那你現在懂了，」我說：「你一定要幫我們。」

阿努比斯猶豫了一下，然後搖搖頭。「我不能。我會惹禍上身。」

我瞪著他，然後大笑。我實在忍不住，因爲他說的話聽起來太可笑了。「你會惹禍上身？你幾歲了？十六歲嗎？你是神耶！」

在黑暗中很難看得出來，但我敢發誓他臉紅了。「你不懂。這根羽毛連最小的謊言都不肯接受。如果我把羽毛給你，而你拿著羽毛的時候說了任何一句謊話，或是做出不誠實的行爲，你會被燒成灰燼。」

「你覺得我是個騙子。」

他眨眨眼。「不，我只不過是……」

「你從來沒說謊過嗎？你剛剛本來要說什麼……有關賽特的事？我猜，他是你的父親吧。是嗎？」

阿努比斯閉上嘴巴，然後再次打開。他看起來像要發脾氣，但又不記得怎麼發怒。「你總是這麼讓人生氣嗎？」

「通常會讓人更火大。」我承認。

「爲什麼你們家的人還沒有把你嫁到很遠的地方去？」

他問的很像這是個需要誠實回答的問題，現在輪到我目瞪口呆了。「抱歉，死男生！我現在才十二歲耶！好吧……快十三歲了，而且是一個快十三歲、思想很成熟的人，但這不是重點。在我們家，沒有人會隨隨便便『把女孩嫁掉』。你或許知道很多葬禮的事，但顯然你的求愛儀式早就落伍了！」

阿努比斯一臉困惑的樣子。他說：「顯然如此。」

「沒錯！等一下……我們在談什麼？喔，你以為你會讓我分心吧？我想起來了。賽特是你父親，對吧？告訴我實話。」

阿努比斯凝視著墓園另一頭。爵士葬禮的聲音已經漸漸消失在法國區的街道上。

「是的，」他說：「至少，傳說是這樣說的。我從來沒見過他。我母親奈弗絲在我還是小孩的時候，就把我給了俄塞里斯。」

「她……把你送走？」

「她說她不想讓我認識我的父親。但事實上，我不確定她是不是不知道該拿我怎麼辦。我不像我表哥荷魯斯。我不是戰士。我是個……很不一樣的孩子。」

他的口氣聽起來充滿苦澀，我不知道該說什麼。我是說，是我自己想要聽到實話，但通常你不會眞的聽到實話，尤其是在問男生的時候。我也知道當一個不一樣的小孩是什麼感覺，還有那種被父母送走的感受。

「也許你媽是在保護你，」我說：「畢竟你爸是邪惡之王。」

「或許吧，」他興趣缺缺地說：「俄塞里斯接納我。他讓我成為葬禮之神和死亡方式的管理者。這是一份很好的工作，但是……你剛才問我年紀，事實上我不知道，死人之境的時間不會流動。我還是覺得很年輕，但我周遭的世界變老了，而俄塞里斯又離開這麼久……他是我僅有的家人。」

在墓園昏暗的燈光下看著阿努比斯，我看見了一個寂寞的青少年。我試著提醒自己他是一個神，有幾千歲了，可能也很擅長操控衛生紙以外的魔法，但我還是替他感到難過。

「幫助我們拯救我爸，」我說：「我們會將賽特送回杜埃，俄塞里斯會被釋放。這樣我們都能過得幸福快樂。」

阿努比斯再次搖頭。「我告訴過你……」

「你的天秤壞了，」我注意到，「我猜，那是因爲俄塞里斯不在這裡的緣故。所有來這裡要求審判的靈魂會發生什麼事？」

我知道我戳到他的痛處了。阿努比斯不安地在椅子上動了動。「這會增強混沌的力量，靈魂會變得困惑。有些靈魂無法進入死後生活；有些雖然可以，但他們必須找到其他方法。我試著幫忙，但是……審判廳也稱爲眞理廳，表示這裡是秩序的中心、穩定的基礎。沒有俄塞里斯，審判廳開始毀損瓦解。」

「那你還在等什麼？把羽毛給我們。除非你怕被你爸禁足。」

他的眼睛閃過一絲惱怒的神情。我一度以爲他正在籌備我的葬禮，但他只是忿忿地嘆了口氣。「我通常會執行一個稱爲『開口』的儀式，命令死者的靈魂前來。至於你，莎蒂・凱恩，我要發明一個新的儀式，叫做『閉嘴』。」

「哈，哈。你到底要不要把羽毛給我？」

他攤開手掌，冒出了一陣光，然後一根發光羽毛飄浮在他的掌心，就像鵝毛筆一般的雪白羽毛。「這是為了俄塞里斯。但我必須堅持幾點原則。第一，只有你才能拿著這根羽毛。」

「那當然。你該不會以為我會讓卡特……」

「還有，你一定要聽我母親奈弗絲的話。古夫說你在找她。如果你能找得到她，要照她的話去做。」

「這簡單。」我說，雖然這個要求讓我有種奇怪的不安。為什麼阿努比斯會要求這種事？

「在你離開前，」阿努比斯繼續說：「你必須握著這根羽毛回答我三個問題，好證明你是一個誠實的人。」

我的嘴巴突然覺得好乾。「呃……哪種問題？」

「任何我想問的問題。記住，最細微的謊言都會讓你喪命。」

「把那根討厭的羽毛給我。」

他一把羽毛交給我，羽毛就不再發光，但出現了一般羽毛不該有的溫暖和重量。

「這根羽毛來自一種叫做『貝努』的動物，是牠尾巴上的羽毛，」阿努比斯解釋著：「貝努就是你們說的鳳凰。這個羽毛的重量就和一個人類的靈魂一樣。準備好了嗎？」

「沒有。」我說，這一定是實話沒錯，因為我沒有燒起來。「那算一個問題嗎？」

阿努比斯真的笑了，他笑起來真迷人。「我想算吧。莎蒂．凱恩，你就跟腓尼基商人一樣會討價還價。那麼，第二個問題：你是否會為了你的哥哥犧牲生命？」

「會。」我立刻回答。

（我知道。我自己也嚇了一跳。但握著這根羽毛逼著我要說實話，顯然羽毛沒有讓我變得比較聰明。）

阿努比斯點點頭，看起來一點也不驚訝。「最後一個問題：如果這表示要拯救世界，你準備好要失去你的父親了嗎？」

「這個問題不公平！」

「誠實地回答問題。」

我要怎麼回答這種問題？這又不是簡單的是非題。

我當然知道「正確的」答案。女英雄應該要拒絕犧牲她的父親，然後她就會出發去拯救她父親和全世界，對吧？但要是眞的只能二選一呢？全世界可是一個很大的地方，有外公、外婆、卡特、阿摩司叔叔、巴絲特、古夫、麗茲和艾瑪，還有每一個我認識的人。如果我選擇要救我爸，我爸會怎麼說？

「要是……要是眞的沒有別的方法，」我說：「一點辦法都沒有的話……噢，拜託，這問題太可笑了。」

羽毛開始發光。

「好吧，」我很不情願地說：「如果一定要選一個，那我想……我想我會拯救世界。」

可怕的罪惡感湧上我的心頭。我算是哪種女兒？我緊抓著項鍊上的切特護身符，這是爸唯一留給我的紀念品。我知道你們有些人會這麼想：「你幾乎沒看過你爸，你根本不認識他，你為什麼這麼在乎他？」

但那並不會改變他是我爸的事實，不是嗎？那也不會讓永遠失去他的想法比較不可怕。一旦想到我會讓他失望，或是選擇讓他死去才能拯救世界……我是哪種可怕的人啊？

我幾乎無法看著阿努比斯的眼睛，但我看著他時，他的表情變得柔和。

「莎蒂，我相信你。」

「喔，眞的。我握著這根該死的眞理羽毛，而你相信我。好吧，謝了。」

「事實很殘酷，」阿努比斯說：「總是有靈魂來到審判廳，他們無法放棄自己的謊言。他們否認自己的過錯、眞實的情感、犯過的錯誤……直到阿穆特將他們的靈魂永遠吞噬。承認事實需要力量及勇氣。」

「對。我覺得既有力量又充滿勇氣。謝了。」

阿努比斯站起來。「我該讓你走了。你快沒時間了。再過二十四小時，太陽就會在賽特生日當天升起，而他會完成金字塔，除非你能阻止他。或許下次我們再見面的時候……」

「你還是會一樣討人厭嗎？」我說。

他用他那溫暖的棕色雙眼看著我。「或許你可以幫助我更新現代人的求愛儀式。」

我坐在那裡呆若木雞，直到他對我露出一抹微笑，而那笑容足以讓我知道他在取笑我。然後他消失不見。

「好，很好笑！」我大喊。天秤和王座也消失不見。用亞麻布捲成的長椅也自動解開，讓我一屁股跌坐在墓園中央。卡特和古夫出現在我旁邊，但我只是對著阿努比斯之前站著的地方吼叫，用一堆精挑細選過的話罵他。

「怎麼回事？」卡特問我：「我們現在在哪裡？」

「他眞壞！」我怒吼著：「自以爲了不起，挖苦諷刺別人，又帥得不得了，眞是令人難以忍受……」

「啊！」古夫抱怨著。

「沒錯。」卡特贊同地說。「你有沒有拿到眞理羽毛？」

我伸出手，羽毛就在那裡。一根發光的白色羽毛飄浮在我的指尖上方。我將手緊閉，羽毛再次消失。

「哇，」卡特說：「但阿努比斯呢？你是怎麼……」

「我們去找巴絲特，然後離開這裡。」我打斷他的話。「我們還有事要做。」

在他問我更多問題前，我大步走出墓園，因爲我沒有心情跟他說實話。

29 祕密會晤

【莎蒂，對，多謝你了。你搶到可以說死人之境那段經歷，而我只能說從州際十號公路到德州的故事。】

長話短說。這段路程簡直永無止盡且無聊至極，除非你覺得看牛吃草是件很好玩的事。

我們大約在十二月二十八日凌晨一點左右離開紐奧良，也就是賽特計畫摧毀世界的前一天。巴絲特去「借」了一輛露營車，這是卡崔娜颶風肆虐後，聯邦救難總署留下來的東西。起先巴絲特提議搭飛機去，但在我告訴她我夢見魔法師搭乘的飛機爆炸之後，我們都贊同搭飛機可能不是個好主意。天空女神努特說她最遠只能保證我們平安到達曼菲斯，我可不想在我們愈來愈接近賽特之時，還測試我們的運氣。

「賽特不是唯一的問題，」巴絲特說：「如果你所預見的事正確，這表示魔法師也在接近我們，而且不是一般的魔法師，是狄賈登本人。」

「還有姬亞。」莎蒂插嘴說。她這麼做只是爲了鬧我。

結論是，我們決定就算開車比較慢，卻是比較安全的方法。幸運的話，我們會及時到達鳳凰城挑戰賽特。至於生命之屋，我們只能希望在對抗賽特時，可以避開他們。也許等我們解決了賽特，魔法師就會認爲我們很讚。也許……

我一直想著狄賈登，猜想他是否眞是賽特的宿主。一天前，這麼想完全說得通。狄賈登想要打擊凱恩家族。他討厭我們爸爸，也討厭我們。他大概一直等了幾十年，甚至是幾世紀，因爲要等伊斯坎德死後，他才能成爲大儀式祭司。權力、憤怒、驕傲與野心，這些狄賈登通通都有。如果賽特想找個心靈伴侶，眞的，狄賈登是個再好不過的人選。如果賽特藉由操控大儀式祭司挑起神和人類之間的戰爭，唯一的贏家會是混沌力量。此外，要討厭狄賈登很容易。或許就是某人蓄意破壞了阿摩司的家，並且警告賽特說阿摩司會過去。

可是，狄賈登救了飛機上所有的人，這並不像邪惡之王會做的事。

巴絲特和古夫輪流開車，而我跟莎蒂一路上都在打瞌睡。我不知道狒狒會駕駛這種露營車，但古夫的技術不錯。我大約在清晨醒來時，牠正在勘查休斯頓一早尖峰時段的車流量，並露出尖牙吼叫，似乎沒有任何駕駛發現不尋常的地方。

吃早餐的時候，莎蒂、巴絲特和我坐在車上的廚房，櫃子的門被撞開，盤子匡啷碰在一起，綿延好幾公里的路上空空如也。在我們動身出發前，巴絲特從紐奧良一家二十四小時便利商店替我們偷來一些點心飲料（當然也包括貓食在內），但似乎沒人有胃口。我看得出來巴絲特坐立不安。她已經差不多把整輛露營車的椅墊撕成一條條，現在又把廚房裡的桌子拿來磨爪子。

至於莎蒂，她不斷反覆地打開又握緊手心，專注看著那根眞理羽毛，彷彿那是一支她期待會鈴聲響起的電話。自從她在審判廳消失那段時間之後，她一直對我們既疏離又安靜。不是我要抱怨，但這不像她。

「你跟阿努比斯之間發生了什麼事？」這個問題我大概問她一百萬遍了。

她兇巴巴地瞪我，準備咬掉我的頭，後來顯然是決定我不值得她大費周章。她凝視著那根飄浮在她掌心上的發光羽毛。

「我們談了一會兒，」她謹愼地說：「他問了我一些問題。」

「什麼樣的問題？」

「卡特，別問了。拜託。」

拜託？看吧，這眞的不像莎蒂，她不會跟我說拜託。

我看著巴絲特，但她幫不上忙。她正一爪一爪將木地板挖出洞來。

「怎麼了？」

她繼續看著桌子。「我在死人之境拋棄你們。又一次。」

「阿努比斯嚇到你了，」我說：「那沒什麼。」

巴絲特用她大大的黃眼睛看著我，我感覺我只不過把事情弄得更糟。

「卡特，我向你父親保證過。他給我一項甚至比對抗賽特更重要的工作，做爲讓我自由的交換條件，那就是保護莎蒂。必要的時候，你們兩個人我都要保護。」

莎蒂臉紅了。「巴絲特，那眞是……我的意思是，非常謝謝你，但我們沒那麼重要，比起要對抗那個……你知道就是那個『他』。」

「你不懂，」巴絲特說：「你們兩個不只具有法老血統，你們是幾世紀以來力量最強大的皇室子孫。你們不僅有機會讓眾神和生命之屋達成和解，也是讓我們在一切都太遲之前重新學習古老方法的唯一機會。如果你們能學習眾神之道，就能找到其他有著皇室血統的人，並且教導他們。你們可以使生命之屋復興。你們父母所做的，每一件他們所做的事，都是在替你們鋪路。」

莎蒂和我沉默不語。我是說，聽到這種話，你要說什麼才好？我總覺得爸媽很愛我，但他們會爲了我而犧牲自己的生命嗎？我和莎蒂必須先相信有這件事，才能做出拯救世界這樣了不起的事嗎？我可沒有要求要這樣做。

「他們不想拋下你們，讓你們孤伶伶的，」巴絲特一邊細讀我的神情一邊說：「他們沒有計畫要這麼做，但他們知道釋放眾神很危險。相信我，他們知道你們有多麼特別。起先我保護你們兩個，是因爲我發過誓，但現在就算我沒發誓，我也會保護你們。你們兩個就像是我的小貓咪一樣，我不會再讓你們失望。」

我承認我覺得有東西哽住喉嚨。我以前從來沒被叫過是某人的小貓咪。

莎蒂吸著鼻子，擦拭著眼睛下的東西。「你不會想把我們舔乾淨吧？」

看到巴絲特再次露出笑容眞好。「我會努力克制自己。對了，莎蒂，我很以你爲榮。你竟然可以自己一個人應付阿努比斯。那些死神都很難搞。」

莎蒂聳聳肩，看起來很奇怪不安。「嗯，我不會說他很難搞。我是說，他看起來大概都還不到青少年的年紀。」

「你在說什麼？」我說：「他有胡狼的頭呢。」

「不，我是說他變回人的時候。」

「莎蒂……」我現在開始擔心她了。「阿努比斯變成人形的時候，他的頭仍然是胡狼的頭。他很巨大、駭人，而且沒錯，他是個難搞的人。爲什麼你會這樣說？他在你眼裡到底是什麼樣子？」

她的臉頰變紅。「他看起來……就像一般的男生。」

「大概是幻影。」巴絲特說。

「不是，」莎蒂很堅持，「不可能。」

「反正也不重要，」我說：「我們拿到羽毛了。」

莎蒂很煩躁，彷彿這件事非常重要一樣。之後她闔上手掌，眞理羽毛就消失了。「沒有賽特的祕密名字，我們拿到羽毛也沒用。」

「我正在想辦法。」巴絲特的視線在房間內游移，她似乎很怕我們講話被別人聽到。「我有個計畫，但十分危險。」

我往前坐。「什麼計畫？」

「我們必須停車。在我們接近之前，我寧可不要替我們自己帶來厄運。應該不會讓我們晚到太久。」

我試著計算時間。「今天是邪靈日第二天的早上嗎？」

巴絲特點點頭。「這天是荷魯斯的誕生日。」

「賽特的生日就在明天，也就是邪靈日的第三天。這表示在他摧毀北美洲之前，我們還有二十四個小時。」

「如果他先抓到我們，」莎蒂加入談話，「會更增加他的力量。」

「會有足夠的時間，」巴絲特說：「從紐奧良開車到鳳凰城大約二十四小時，而且我們已經開了五個鐘頭以上。如果我們沒有再遇上更多討人厭的驚喜……」

「就像我們每天碰到的驚喜？」

「對，」巴絲特承認，「就像那些。」

我倒抽了一口氣。再過二十四小時，不管是哪種結局，一切就結束了。我們會把爸救出來並且阻止賽特，或者一切努力都會白費；不只是莎蒂跟我所做的事，而是所有我們父母的犧牲都付諸流水。突然間，我覺得又像再次來到地底下第一行省的某條隧道，百萬噸石頭就在我頭頂上方，只要地底來個小小的晃動，一切通通都被壓碎。

「那麼，」我說：「如果你們要找我的話，我人會在外面，把玩尖銳的東西。」

我拿了劍，走到露營車後面。

我以前從來沒見過有走廊的露營拖車。後門上有塊警告牌子，寫著如果車子在移動時，不可使用這扇門。但我還是把門打開。

這裡不是世界上最適合練習擊劍的地方。這裡太小，整個空間被放在這裡的兩張椅子給佔去大半。冷風在我四周強勁吹打，路上顛簸的地方都讓我東倒西歪。但這裡是我唯一能獨處的地方，我需要釐清思緒。

我練習將我的劍從杜埃召喚出來，並且再把劍放回去。只要我專心，我幾乎可以每次都成功。然後我練習一些招式，擋、刺、揮砍，直到荷魯斯再也忍不住提出建議。

「把劍舉高一點，」他指導我，「卡特，弧度再大一點。這把劍是設計用來勾住敵人的武器。」

「閉嘴啦，」我抱怨著，「我在籃球場上需要你幫忙的時候，你又在哪裡？」但我試著用他的方法來拿劍，結果發現他說得對。

公路蜿蜒通過連綿不絕的灌叢林地。我們偶爾會經過牧場主人的卡車或是某一家人的運動休旅車，駕駛看到我的時候眼睛都瞪得好大，他們看到一個黑人小孩在一輛露營車上舞劍。我只是笑一笑，揮揮手，而古夫的駕駛速度很快就把他們拋在後頭。

練了一個小時後，我的衣服沾滿冰冷的汗水，黏在我胸膛上。我大口大口喘氣，最後決定坐下來休息一下。

「接近了。」荷魯斯跟我說。他的聲音聽起來很實在，不是在我腦海裡。我往自己身旁看，發現他現在是個金色的發光氣體，正穿著皮製盔甲坐進另一張擺在走廊上的椅子，穿著涼鞋的腳蹺在欄杆上。他的劍可以說是我那把劍的鬼魂版，就放在他旁邊。

「什麼接近了？」我問：「跟賽特的戰爭嗎？」

「當然是這件事，」荷魯斯說：「但在那之前還有另一項挑戰，卡特。你要做好準備。」

「太好了。好像我的挑戰還不夠似的。」

荷魯斯那對金銀色的眼珠發光閃爍。「在我長大的階段中，賽特有好幾次想殺我。我和母親四處逃命，一直躲著他，持續到我年紀大到可以面對他的時候。紅帝會派出同樣的力量對付你。接下來會是……」

「在河邊。」我猜測說，想起我最後一趟靈魂旅行的情景。「有某件不好的事會在河邊發生。但那是什麼挑戰？」

「你一定要注意……」荷魯斯的影像開始消散，而且他皺著眉頭。「這是怎麼回事？有人試著要……一種不同力量……」

他的影像被姬亞・拉席德發光的影像所取代。

「姬亞！」我站起來，突然意識到我全身是汗、又臭又髒，看起來像剛從死人之境被拖出來一樣。

「卡特？」她的影像開始晃動。她緊緊抓著魔杖，穿著一件灰外套蓋住她的袍子，彷彿她在某個很冷的地方。她一頭烏黑短髮在臉頰四周飛舞飄逸。「感謝透特，我終於找到你了。」

「你怎麼到這裡來的？」

「沒時間解釋了！聽著，我們正在追捕你們，狄賈登、我和另外兩個魔法師。我們不是很清楚你在哪裡。狄賈登的追蹤符咒不太能找到你，但他知道我們已經靠近了。而且他知道你們要去……鳳凰城。」

我的腦袋開始加速轉動。「所以他最後相信賽特被釋放了？你要來幫我們嗎？」

姬亞搖搖頭。「他要來阻止你們。」

「阻止我們？姬亞，賽特就要把一半的大陸炸掉！我爸……」我的聲音哽咽著。我討厭自己聽起來有多麼害怕無力。「我爸有麻煩。」

姬亞伸出一隻發光的手，但那只是一個影像。我們的手指無法碰觸在一起。「卡特，我很抱歉。你必須理解狄賈登的觀點。生命之屋一直都試著把神關起來，長達好幾世紀，就是爲了防止這樣的事情發生。而現在你釋放了他們……」

「那不是我的主意！」

「我知道，但你試著用神聖魔法對抗賽特。神無法受到控制。你可能最後會造成更大的傷害。如果你讓生命之屋來處理這件事……」

「賽特太強大了，」我說：「而且我可以控制荷魯斯，這點我做得到。」

姬亞搖搖頭。「你愈接近賽特，就愈難控制。你不知道事情會變成什麼樣子。」

「那你知道嗎？」

姬亞緊張地望向左邊。她的影像開始模糊，像收訊不良的電視。「我們時間不多了。梅爾快從洗手間出來了。」

「梅爾也是你們的魔法師？」

「聽我說話就好。狄賈登將我們分成兩隊，計畫從兩邊攔截你們。如果我那一隊先找到你們，我想我可以攔住梅爾，讓大家有時間好好談一下。之後也許我們就能想出如何接近狄賈登，並說服他我們一定要合作。」

「希望你的計畫是對的，但我憑什麼相信你？」

她咬著唇，看起來很像心裡很受傷。我一方面覺得有罪惡感，另一方面則擔心這是某種詭計。

「卡特……我有事要告訴你。這件事可能幫得上你，但我只能親口告訴你。」

「現在就告訴我。」

「你就像透特的喙一樣，固執得可以！」

「對，這是我的天賦。」

我們彼此對望。她的影像正在消失，但我不想她離開，我想再跟她多說些話。

「如果你不能相信我，我就必須信任你，」姬亞說：「我會想辦法安排今晚到新墨西哥州的拉斯克魯塞斯。如果你選擇跟我碰面，或許我們可以說服梅爾，然後我們再一起說服狄賈登。你會來嗎？」

我想要向她保證我會去見她，但我想像自己去說服莎蒂或巴絲特這是個好點子的情景。

「姬亞，我不知道。」

「你好好想一想。」她懇求著。「還有，卡特，不要信任阿摩司。如果你看到他……」她的眼睛睜大。「梅爾來了！」她小聲說。

姬亞用魔杖在眼前劃了一下，她的影像消失了。

30 信守承諾

幾個鐘頭後，我在露營車裡的椅子上醒來，看到巴絲特搖著我的手臂。

「我們到了。」她大聲宣布。

不知道我睡了多久。在某個時間點，平坦的景色和極端的無聊讓我昏昏欲睡。我開始作惡夢，夢到迷你魔法師在我頭髮裡飛來飛去，想把我頭髮剃光。在夢境中，我也作了關於阿摩司的惡夢，但是印象太模糊了。我還是不懂爲什麼姬亞要提起他。

我眨眨眼想讓自己清醒，後來發現自己的頭枕在古夫大腿上。狒狒翻動我的頭想找小東西來吃。

「老兄。」我迷迷糊糊坐起來。「這一點也不酷。」

「但牠替你弄了一個很棒的髮型。」莎蒂說。

「啊——啊！」古夫表示同意。

巴絲特打開拖車的門。「來吧，」她說：「我們從這裡開始得用走的。」

我走到門邊差點心臟病發。我們停在一條很窄的山路上，要是打錯一個噴嚏，這輛車子一定會翻覆。

有那麼一瞬間，我很怕我們已經到了鳳凰城，因爲這裡的風景看起來很眼熟。太陽剛剛降至海平面下。崎嶇不平的山巒從兩邊延伸，之間的沙漠似乎綿延漫長沒有盡頭。我們左邊的山谷是一座沒有顏色的城市，幾乎沒有樹或草，只有沙子、石礫和建築物。這座城比鳳凰城小得多，但有條很大的河流經城市的南緣，在夕陽中發出紅色光芒。這條河彎彎流過我們底下的群山山腳，之後往北蜿蜒而去。

「我們在月球上。」莎蒂喃喃說著。

「這裡是德州的帕索。」巴絲特糾正她。「而這是里約格蘭河。」她深呼吸了一口乾冷的空氣。「這是在沙漠裡的河流文明，其實跟埃及很像！呃，除了墨西哥就在隔壁以外。我認爲這裡是召喚奈弗絲最好的地點。」

「你眞的認爲她會告訴我們賽特的祕密名字嗎？」莎蒂問。

巴絲特思考了一會兒。「很難猜到奈弗絲要做什麼，但她以前曾經站在反對她丈夫那一邊。我們只能希望她這次也會這麼做。」

聽起來希望不大的樣子。我凝視著底下遠處的河流。「你爲什麼要把車停在山上？爲什麼不選近一點的地方？」

巴絲特聳聳肩，彷彿從來沒想過這一點。「貓喜歡爬到高處，盡可能愈高愈好，假如我們必須撲向某個東西的話。」

「太好了，」我說：「如果我們得撲向前去，我們都準備妥當了。」

「沒這麼慘，」巴絲特說：「我們只要往下爬到河邊，經過幾公里的沙子、仙人掌、響尾蛇，還要小心邊界巡邏員、人口販子、魔法師和惡魔。還有我們要召喚奈弗絲。」

莎蒂吹了聲口哨。「我眞期待！」

「啊！」古夫難過地同意。牠嗅了嗅空氣，並大聲咆哮。

「牠聞到有哪裡不對勁，」巴絲特翻譯：「某件不好的事要發生了。」

「連我都發現了。」我嘟囔著，然後我們隨著巴絲特下山。

「對，」荷魯斯說：「我記得這個地方。」

「這裡是帕索，」我告訴他：「除非你有出去吃過墨西哥菜，否則你根本沒來過這裡。」

「我記得很清楚，」他很堅持，「這裡的沼澤、沙漠。」

我停下腳步看著四周。突然間，我也想起了這個地方。大約就在我們前面的四十幾公尺處，這條河往外延伸進入沼澤區域。錯綜盤結的緩慢支流截斷通過沙漠的平淺窪地。這裡因爲是國家邊界一定有被監視，卻沒看到任何監視器之類的東西。

我以前曾經以「巴」的形體來過這裡。我可以想見一間就在溼地這裡的茅草屋，艾西絲和幼年的荷魯斯正躲著賽特的追捕。就在下游那裡，我感覺到水裡有某種黑暗的東西在移動，在等我前去。

在巴絲特還有幾步就走到河岸時，我抓住她的手臂。「離水遠一點。」

她皺起眉頭。「卡特，我是一隻貓。我沒有要游泳。但如果你想召喚河水女神，你得在河岸邊進行。」

她說得如此有道理，害我覺得自己真蠢，但我就是忍不住要說。有不好的事要發生了。

「是什麼事？」我問荷魯斯：「會有什麼挑戰？」

但這位搭我順風車的神卻安靜得不得了，像在等待著什麼。

莎蒂將一塊石頭丟進暗棕色的水裡。石頭噗通一聲沉了下去。

「我覺得似乎很安全。」她說，然後拖著腳步往河岸走下去。

古夫有所遲疑地跟在後面。等牠到了水邊，嗅一嗅河水，又開始吼叫。

「看到沒？」我說：「連古夫也不喜歡。」

「大概是遠古祖先的回憶，」巴絲特說：「河流在埃及是危險的地方。有蛇、河馬等各種問題。」

「河馬？」

「不要小看河馬，」巴絲特警告，「河馬可是會要人命的。」

「就是河馬攻擊了荷魯斯嗎？」我問：「我是說從前賽特在找他那時候？」

「我沒聽過那個故事，」巴絲特說：「你通常聽到的是賽特先用蠍子，然後是鱷魚。」

「鱷魚。」我說，背上起了一股涼意。

「就是鱷魚嗎？」我問荷魯斯。但他這次又沒回答我。「巴絲特，里約格蘭河有鱷魚嗎？」

「我想這裡有。」她跪在水邊。「莎蒂，有這個榮幸請你來進行嗎？」

「怎麼做？」

「請求奈弗絲現身。她是艾西絲的妹妹。如果她在杜埃這一邊，應該會聽見你的聲音。」

莎蒂一臉狐疑，但還是跪在巴絲特旁邊，觸碰水面。她的指尖引起陣陣漣漪，而這些漣漪似乎太大了，整條河面散發出一波波的力量。

「哈囉，奈弗絲嗎？」她說：「有人在家嗎？」

我聽到下游傳來水花潑濺的聲音，轉身看見一個移民家庭正橫越中游。我聽說過每年有成千上萬的人非法從墨西哥穿越邊界進入美國，想要尋求工作和更好的生活，但看到他們活生生在我眼前出現，還是令我非常吃驚。有一名男子和一名女子匆匆加快腳步，兩個人中間夾著一個小女孩。他們穿著破舊的衣服，看起來比埃及最窮的佃農還要窮困。我盯著他們看了幾秒，但他們似乎並非任何超自然的威脅。那名男子警覺地看了我一眼，而我們似乎彼此達成某種沉默的了解。我們不用打擾對方，各自有煩惱要處理。

同時巴絲特和莎蒂繼續對著河水專心召喚，看著水紋從莎蒂的指頭往外延伸。

巴絲特歪著頭，全神貫注地聆聽。「她在說什麼？」

「我聽不出來，」莎蒂輕聲說：「非常微弱。」

「你真的聽見有人說話嗎？」我問。

「噓。」她們兩個同時說。

「『被關著』……」莎蒂說：「不是，那個字用英語怎麼說？」

「被保護，」巴絲特建議，「她在遙遠的地方受到保護。『一個沉睡的宿主。』那是什麼意思？」

不知道她們在說什麼。我什麼都沒聽到。

古夫緊緊拉著我的手，指著河岸。「啊！」

那個移民家庭已經不見了。他們應該不可能這麼快就過河到對岸。我往兩邊河岸掃視，沒有他們的蹤跡。但是在他們先前所站的地方，河水波動得更大，彷彿有人用超大湯匙在河裡攪拌。我的喉嚨一緊。

「呃，巴絲特……」

「卡特，我們幾乎聽不見奈弗絲的聲音，」她說：「拜託你別吵。」

我咬咬牙。「好吧。古夫跟我要去查一查……」

「噓！」莎蒂又說了一次。

我向古夫點點頭，我們開始沿著河岸走下去。古夫躲在我的腿後面，對著河流嘶吼。

我回頭看，巴絲特和莎蒂似乎沒事。她們還在盯著河水，好像河水是段令人驚奇的網路影片。

我們最後走到我看見那家人的地方，但是那裡的水波已經緩和下來。古夫拍打著地上，並且用手倒立，這表示牠要不是在跳霹靂舞，就是真的非常緊張。

「怎麼了？」我問，心臟噗通噗通跳得好快。

「啊，啊，啊！」牠發出抱怨聲。這句狒狒語的內容大概有一整堂課那麼多，但我完全不知道牠到底在說什麼。

「嗯，我沒看到其他路，」我說：「如果那家人被捲進河裡還是……我必須要找到他們。我要下水。」

「啊！」牠往後退離河邊。

「古夫，他們還帶了小女孩。如果他們需要幫忙，我不能就這樣走掉。你留在這裡，幫我注意一下。」

當我走進水裡，古夫大聲咆哮，拍打自己的臉來抗議。這條河比我想像中的更冰冷、更湍急。我全神貫注，將我的劍和魔棒從杜埃召喚出來。也許是我的想像，但這似乎使河水的流速更快。

我到河中央時，古夫嘶吼得更加急切。牠在岸邊跳來跳去，瘋狂指著附近一團蘆葦。那家人緊緊相擁躲在裡面，害怕得全身發抖，眼睛都睜得好大。我的第一個想法是：「他們爲什麼要躲我？」

「我不會傷害你們。」我向他們保證。他們毫無反應地看著我，眞希望我會說西班牙語。

接著河水開始在我身邊打轉，我這時才了解他們不是在怕我。我下一個想法是：「慘了，我眞笨。」

荷魯斯的聲音大喊說：「快跳！」

我從水裡一躍而起，像是從大砲裡發射出來，飛進空中約五、六公尺高的地方。我絕不可能做到這樣，但能跳這麼高是件好事，因爲有個怪物在我底下從河裡冒出來。

起先我看到的是上百顆牙齒，一個大概比我大三倍的粉紅色大嘴。我不知道怎麼有辦法翻轉之後，還用腳在淺灘處著地。我面前有一隻大概跟我們的露營車一樣長的鱷魚，而那只是牠從水裡冒出來的部分而已。牠綠灰相間的表皮上，有一塊塊隆起的厚厚鎧甲，如同一副迷彩盔甲，而牠的眼睛是混濁的乳白色。

那一家人驚聲尖叫，匆忙爬上岸邊，結果引起鱷魚的注意。牠本能地轉向聲音更大、更有趣的獵物。我總以爲鱷魚是種緩慢的動物，但當這隻怪物衝向那幾個移民時，我從沒見過如此快速移動的動物。

「聲東擊西，」荷魯斯催促著，「躲到牠後面再出擊。」

相反地，我卻大喊：「莎蒂、巴絲特，救命！」我丟出魔棒。

丟得很爛。魔棒打到鱷魚前方的水面上，像顆石頭一樣跳過水面，打中鱷魚兩眼間的地方，然後又咻的回到我手上。

我懷疑是否有傷到鱷魚，但這隻鱷魚看向我，一臉惱怒。

「或者你可以用棍子打牠。」荷魯斯喃喃說著。

我往前衝過去，大喊大叫要讓鱷魚的注意力集中在我身上。我從眼角餘光瞄到那家人已經爬到安全的地方。古夫跟在他們後面跑過去，揮舞雙臂，不斷吼叫，好將他們帶離危險。我不確定他們想逃離的是鱷魚還是發瘋的猴子，但只要他們繼續跑的話，我就不在乎了。

我看不見巴絲特和莎蒂那裡的情況，只聽到身後有喊叫聲和水花濺起的聲音。在我轉頭之前，鱷魚朝我撲來。

我閃到左邊，揮出我的劍。劍刃從鱷魚皮上彈開。這隻怪物往旁邊撞，牠的嘴巴原本應該會將我的頭打扁，但我本能地舉起魔棒，這隻鱷魚狠狠撞上魔杖的能量防護牆而彈開，彷佛我被一個巨大的隱形能量泡泡所保護著。

我試著召喚隼戰士，但旁邊有一隻想要把我咬成兩半的六噸重大鱷魚，實在很難專心。然後我聽到巴絲特尖叫：「不！」不用回頭就知道是莎蒂出事了。

焦急和憤怒增強了我的勇氣。我把魔棒往外推，能量防護牆就衝了出去，猛力撞上鱷魚，使牠飛過空中跌進河裡，然後彈到墨西哥邊岸。牠臉朝上躺在岸邊，四肢揮舞，失去平衡。我縱身一躍，高舉手中正發光的劍，然後狠狠刺進怪物肚子裡。鱷魚躺在那裡掙扎的時候，我仍握著劍不放。這隻怪物漸漸從嘴一路裂到尾巴，直到我最後站在一大堆溼溼的沙子中間。

我轉身看到巴絲特正在跟一隻和我一樣高的鱷魚打鬥。鱷魚向前撲，而巴絲特落在牠下方，用刀子刮過牠的喉嚨。鱷魚融化在水裡，變成一朵煙雲，但傷害已經造成了。莎蒂縮成一團躺在岸邊。

等我趕過去時，古夫和巴絲特已經陪在她的身邊。莎蒂的頭上不斷流著血，臉色也變得死黃。

「發生什麼事？」我問。

「牠不知道是從哪裡跑出來的，」巴絲特難過地說：「牠的尾巴打到莎蒂，讓她整個飛出去。她根本沒機會逃。難道她……」

古夫把手放在莎蒂額頭上，嘴裡發出爆破聲。

巴絲特鬆了口氣。「古夫說她會活下來，但我們必須先帶她離開這裡。出現這些鱷魚就表示……」

她的聲音逐漸減弱。在河的中央，河水開始翻騰滾動。從水裡冒出一個看起來超可怕的怪物，我知道我們死定了。

「就表示那個。」巴絲特一臉凝重地說。

首先，這傢伙大概有六公尺高。我說的可不是那種發光化身，他光這副有血有肉的身軀就這麼高了。他有著人的胸膛和手臂，但皮膚是淺綠色，腰上纏了一件綠色鱷魚皮的盔甲短裙。他有個鱷魚頭，一張大嘴裡滿是潔白的鱷魚牙，雙眼閃著綠色黏液（對，我知道……真是好吸引人）。他的黑髮編成辮子，長及肩膀，頭上還長著牛角。如果這都還不奇怪的話，他流汗的速度真是不可思議，油油的水從他身上奔瀉而下，全都注入河裡。

他舉起魔杖，這根綠木頭就跟電線桿一樣巨大。

巴絲特大喊：「快走！」她一手把我拉回來，此時鱷魚男在我剛才所站位置撞出一條大約一公尺深的壕溝。

他大叫：「荷魯斯！」

我最不想說的話就是：「我在這裡！」但荷魯斯急切地在我腦海裡說：「把他打倒在地。索貝克76只懂力量。不要被他抓住，否則他會把你拖到河裡，將你淹死。」

我吞下恐懼，並且高喊：「索貝克！你，呃，這個沒用的傢伙！你最近好不好呀？」

索貝克露出牙齒。也許這是他表現友善的樣子，也或許不是。

「這個形體不符合你，隼神，」他說：「我會把你扭成兩半。」

巴絲特在我旁邊從袖子裡亮出刀來。「不要讓他抓到你。」她警告。

「我已經提醒自己要注意了。」我對她說。我意識到古夫在我右邊，慢慢將莎蒂拖往山丘上。我必須讓這個綠傢伙分心，至少到他們都安全爲止。「索貝克，你是……什麼神啊？我猜是鱷魚！安靜離開我們，否則我們就要消滅你！」

「很好，」荷魯斯說：「『消滅』很好。」

索貝克狂笑。「荷魯斯，你的幽默感有進步喔。你跟你的小貓要消滅我？」他那雙覆蓋黏液的眼睛轉向巴絲特。「貓女神，是什麼風把你吹來我的地盤上？我以爲你很討厭水呢！」

---

76 索貝克（Sobek）是埃及神話裡的鱷魚神，傳說是拉和賽特的護衛。

說到最後一個字時，他將魔杖瞄準，發出一波強勁的綠色水流。巴絲特動作很快。她跳起來，以全身武裝的化身造型站在索貝克背後，一個巨大發光的貓頭戰士。「叛徒！」巴絲特大喊：「你爲何站在混沌那邊？對國王效忠是你的責任！」

「什麼國王？」索貝克怒吼：「你說拉嗎？拉已經走了。俄塞里斯也死了，那個軟弱的傢伙，而這個小男孩還無法重建帝國。沒錯，我曾經一度支持過荷魯斯，但他在這個形體裡沒有力量，沒有人追隨他。賽特提供我力量。賽特提供新鮮的肉。我想，我就從這新鮮可口的小神開始吃起吧！」

他轉身面對我，揮舞魔杖。我從他的攻擊中滾向一旁逃開，但他另一隻空空的手向外一伸，把我抓到他的腰旁，我的速度還不夠快。巴絲特非常緊張，準備自己撲向敵人，但她還來不及往前撲，索貝克就甩掉魔杖，用兩隻大手抓住我，把我拖進水裡。接下來，我知道我沉入冰冷的綠色幽暗中。我既看不見也無法呼吸。我往深處下沉，索貝克的大手把我肺裡的空氣都擠了出來。

「錯過現在就沒機會了！」荷魯斯說：「讓我掌控你。」

「不要，」我回答：「我先死了再說。」

我發現這個想法讓我出奇地平靜。要是我已經死了，就沒必要怕了。我可以光榮戰死。

我專注在我的力量上，感覺有股力氣貫穿我全身。我伸展手臂，發現索貝克已經握得沒那麼緊了。我召喚隼戰士化身，立刻被一個跟索貝克一樣巨大的發光金色形體包覆。在黑暗的水中，我只看得到索貝克因訝異而瞪大的黏糊糊雙眼。

我掙脫出他的手，並且用頭搥他，打斷他幾顆牙齒。然後我從水裡衝出來，降落在巴絲特旁邊，而她因為太過吃驚，差點用刀砍我。

「感謝拉！」她大聲說。

「是啊，我還活著。」

「不，我差點要跟在你後面跳下去。可是我討厭水！」

然後索貝克從水裡爆發騰出，憤怒狂吼。綠色血液從他的鼻孔冒出來。

「你不可能打敗我！」他伸出手臂，簡直是汗如雨下。「我是水神！我的汗水創造了世界上的河流！」

噁心死了。我決定以後再也不要在河裡游泳。我往後瞄了一眼，找尋古夫和莎蒂，卻看不到他們。希望古夫已經把莎蒂帶到安全的地方，或至少找到一個可以躲藏的好地點。

索貝克夾帶河水一起衝過來。一陣巨大浪潮打中了我，使我倒在地上，但巴絲特以全副化身形體跳起，落在索貝克背上。她的重量幾乎對他不造成影響；他試著抓她也毫無斬獲。她不斷揮砍他的手臂、背部和脖子，但只要她砍到的地方，他的綠皮膚馬上就癒合了。

我掙扎著以化身形體站起來，感覺像是在胸前綁了一個床墊一樣。索貝克最後抓到巴絲特，把她丟出去。她踉蹌止步但沒有受傷，可是她藍色的發光形體已經開始閃爍。她的力量在減弱中。

我們輪流和鱷魚神作戰。我們又刺又砍，但是愈在他身上弄出傷口，他似乎變得愈憤怒、愈有力量。

「我更多的手下！」他大喊：「到我這裡來！」

這不是件好事。再來一輪巨大鱷魚，我們就沒命了。

「為什麼我們沒有手下可以使喚？」我向荷魯斯抱怨，他沒回答。我感覺得到他努力將自己的力量傳輸給我，試圖保持我們的戰鬥魔法。

索貝克一拳打在巴絲特身上，她再次飛了出去。這次她撞到地上時，化身完全不亮了。

我衝向前去，試圖引開索貝克的注意，但不幸的是，這招很管用。索貝克轉過身來，用水噴炸我。當我完全看不見時，他對我猛力揮拳，害我飛到河的對岸，跌進蘆葦叢中。

我的化身整個瓦解。我昏沉沉坐起身，發現古夫和莎蒂就在我旁邊。莎蒂仍然昏迷不醒，而且還在流血。古夫焦急地以狒狒語喃喃自語，並且撫摸她的前額。

索貝克從水裡走出來對我微笑。在下游遠處，就著晚上的昏暗光線，我看到大約在十五公里外的河中，有兩條正在移動的隊伍快速朝我們游過來。是索貝克的援軍。

從河的另一端，巴絲特大喊：「卡特，快點！快把莎蒂帶離這裡！」

她的臉因爲虛脫而發白，而她的貓戰士化身再一次出現。不過化身的力量很微弱，幾乎看不出來。

「不要這樣！」我大叫：「你會死的！」

我試著召喚隼戰士化身，卻讓我體內痛得難受。我已經失去力量，荷魯斯的靈魂靜止不動，筋疲力盡。

「快走！」巴絲特大喊：「告訴你的父親我有遵守諾言。」

「不！」

她跳向索貝克，兩個神扭打在一起。巴絲特狂亂地在他臉上亂砍，而索貝克痛苦嚎叫。兩個神一起掉進水裡，沉了下去。

我跑到河邊。河水滾動起泡，一陣綠色的爆炸火花點亮整條里約格蘭河，一個嬌小、黑金色相間的生物，像被拋擲似的從水裡衝出，最後落在我腳邊的草地上——是一隻溼漉漉、毫無意識、半死的貓。

「巴絲特？」我小心翼翼抱起這隻貓。牠戴著巴絲特的項圈，但在我注視的同時，女神的護身符碎裂成灰。這隻貓不再是巴絲特，只是以前那隻瑪芬。

淚水刺痛了我的眼睛。索貝克被打敗了，被迫回到杜埃之類的地方，但是河裡還有兩支隊伍朝我們而來，現在已經逼近我們了，而我看得見怪物綠色的背和豆大的小眼睛。

我將貓抱在懷裡，貼近胸膛，然後轉身面向古夫。「來吧，我們得……」

我全身僵硬，因爲站在古夫和我妹妹後面的，是一隻對我怒目而視的全白鱷魚。

「我們必死無疑了。」我心想。然後，等等……白色的鱷魚？

牠張開大嘴撲過來，直接越過我身上衝向前去。我轉身一看，牠正猛力撞擊另外兩隻鱷魚，是兩隻準備要殺死我的綠色鱷魚。

當鱷魚彼此互相猛烈攻擊，我驚訝地說：「菲利普？」

「沒錯。」一個男人說。

我又再次轉身，看見不可能的事。阿摩司叔叔跪在莎蒂身邊，一邊皺眉，一邊檢查她頭上的傷勢。他急切地抬起頭來看我。「菲利普會讓索貝克的手下忙一陣子，但撐不了太久。現在快跟我來，我們存活的機會渺茫！」

31 會見大地之神

很高興剛才那一段故事由卡特來說。部分原因是事情發生的時候，我失去了意識；另一部分的原因則是一提到巴絲特，我就難過得要崩潰了。

啊，之後再來談這件事吧。

我醒來的時候，感覺有人幫我的頭打氣打太多了。我的兩隻眼睛看到的東西不一樣。從我左眼看出去，看見了一個狒狒屁股；從我右眼看出去，我看見那消失多時的阿摩司叔叔。

我很自然就決定把注意力放在右邊。

「阿摩司？」

他將一塊冷冰冰的布放在我額頭上。「孩子，好好休息。你的腦震盪挺嚴重的。」

至少我能相信這件事是真的。

當我的眼睛開始聚焦，我看到我們在戶外，夜空布滿了星星。我躺在一條感覺像是柔軟細沙的毯子上。古夫站在我旁邊，牠那七彩屁股也太靠近我的臉了。牠正攪拌一鍋放在小小火堆上的東西。不管牠在煮什麼，那鍋東西有股燒焦的柏油味。卡特坐在一個沙丘上，看起來很沮喪，懷裡抱著……咦？在他大腿上的是瑪芬嗎？

阿摩司的樣子就跟我們最後一次看到他時差不多，而那感覺上是很久以前的事了。他身穿藍西裝，穿戴相配的外套和帽子。他的長髮編成整齊的辮子，圓框眼鏡在太陽下發光。他看起來神清氣爽，經過充分的休息，完全不像一個遭賽特囚禁過的人。

「你是怎麼……」

「從賽特那裡逃走的嗎？」他臉色一沉。「莎蒂，我跑去找他眞是個笨蛋。我不知道他的力量變得如此強大。他的靈魂試圖與紅色金字塔連結在一起。」

「那麼……他沒有凡人宿主？」

阿摩司搖搖頭。「只要他有那座金字塔，他就不需要宿主。隨著金字塔即將完工，他的力量也逐漸增強。我溜進他位於山下的巢穴，直接走進陷阱。我必須很羞愧地承認他根本不花半點力氣就抓到我。」

他指指自己的西裝，表示自己的狀況有多好。「連個抓痕都沒有。就只是碰的一聲，我就像雕像一樣被石化。賽特把我當獎盃一樣立在他的金字塔外面，讓他的惡魔從我旁邊走過時譏笑嘲弄我。」

「你有看到我爸嗎？」我問。

他的肩膀無力癱軟下來。「我聽見惡魔在聊天，他們說棺材在金字塔裡面。他們計畫要用俄塞里斯的力量來擴大風暴。當賽特在日出時釋放風暴，將會造成巨大的爆炸，而俄塞里斯和你們的父親也會隨之灰飛煙滅。俄塞里斯會被放逐到杜埃的深處，永遠無法復活。」

我的頭開始痛了起來。不敢相信我們只有這麼一點點時間，如果連阿摩司都無法救爸，卡特和我又怎麼能把他救出來？

「但你逃出來了，」我說，緊抓有任何好消息的機會，「他的防護一定有漏洞或……」

「將我凍結起來的魔法開始減弱。我專心集中在自己的能量，想辦法慢慢掙脫束縛。我花了好幾個鐘頭，最後終於成功掙脫。我在大白天偷溜出來，惡魔那時在睡覺。這很容易。」

「聽起來一點都不容易。」我說。

阿摩司搖搖頭，顯然很苦惱。「賽特讓我逃走，我不知道爲什麼，但我不應該活著。這是某一種詭計。恐怕……」不管他接下來要說什麼，最後還是改變了心意。「不論如何，我第一個想法就是找到你們，所以我召喚了我的船。」

他指著身後。我努力抬起頭，看見我們正在一處有許多白色沙丘的沙漠裡，這些沙丘一直延伸至星光下，超過我視線所及。我指尖下的沙子又細又白，可能根本就是砂糖。阿摩司的船，就是那艘把我們從泰晤士河載到布魯克林的船，正擱淺在旁邊一處沙丘上。船身傾斜的角度很奇怪，像是被人丟在那裡一樣。

「如果你們想換乾淨的衣物，」阿摩司提議，「船上有個櫃子裝了補給品。」

「但我們現在是在哪裡？」

「白沙國家保護區，」卡特告訴我：「位於新墨西哥州。這是政府用來測試飛彈的試射場。阿摩司說沒有人會在這裡找到我們，這樣才能讓你有時間復原。現在大概是晚上七點，還是二十八日。再過十二個小時就是賽特……你知道的。」

「但是……」有太多問題在我腦袋裡旋轉。我最後記得的一件事，就是我一直在河邊跟奈弗絲說話。她的聲音聽起來像是從世界的另一邊傳來。她的微弱聲音透過水流傳出……她的話很不好懂，卻又持續著。她告訴我，她被遠遠藏在一個沉睡的宿主體內，這讓我一點頭緒也沒有。她說她沒辦法現身，但是會傳口信來。接著河水就開始翻騰。

「我們遭到攻擊。」卡特搔搔瑪芬的頭，我終於注意到護身符，那個巴絲特的護身符，不見了。「莎蒂，我有壞消息要告訴你。」

他告訴我事情經過，我閉上眼睛，開始哭泣。沒錯，是很難爲情，但我就是忍不住要哭。過去幾天以來，我失去了一切，我的家、平凡生活、父親。我有六次差點就沒命的經驗，而我母親的死，我可是從一開始就從未釋懷過，就像一個重新被撕開的傷口刺痛著我。

而現在連巴絲特也走了？

阿努比斯在冥界質問我的時候，他想知道我會犧牲什麼來拯救世界。

「有什麼東西是我還沒有犧牲的？」我眞想大叫。「我還剩下什麼？」

卡特走過來，把瑪芬交給我，牠在我懷裡喵喵叫，但不一樣，這不是巴絲特。

「她會回來的，對吧？」我哀求地看著阿摩司，「我是說，她不是長生不死嗎？」

阿摩司拉著他的帽緣。「莎蒂……我不知道。看起來她似乎犧牲自己去打敗索貝克。巴絲特用自己的性命逼他返回杜埃。她甚至讓她的宿主瑪芬活下來，這大概是用盡最後一點力量完成的。如果那些都是眞的，要巴絲特回來就很困難。或許將來有天，在幾百年內……」

「不，不能是百年！我不能……」我泣不成聲。

卡特把手放在我肩上，我知道他懂。我們再也不能失去任何人，就是不能。

「現在先休息吧，」阿摩司說：「我們還有一個小時，之後就一定要動身了。」

古夫拿給我一碗牠調製的東西。碗裡有一塊塊液狀物，看起來像很久以前就乾掉的湯。我瞄了一眼阿摩司，希望他同意我不要喝，但他卻鼓勵我似的點點頭。

眞是太幸運了，竟然還要喝狒狒準備的藥。

我喝了一口，嘗起來就跟聞到的一樣糟，而且立刻覺得眼皮沉重。我閉上眼睛睡覺。

就在我以爲已經解決了靈魂離開身體的問題時，我的靈魂卻決定犯規。嗯，這畢竟是我的靈魂，所以我想會發生這種事也不是沒有道理。

我的「巴」離開我的身體時，仍舊維持人的形體，比起那種有翅膀的鳥模鳥樣好多了。但我的「巴」卻一直長高，直到我高高聳立在白沙國家保護區之上。別人常常說我精力旺盛（通常不是在讚美我），但現在這樣也太荒謬了。我的「巴」竟然和華盛頓紀念碑一樣高。

在南邊，距離沙漠很多公里外的里約格蘭河正冒著蒸氣，那就是巴絲特和索貝克葬身之處。就算我現在變得這麼高，也不應該從這裡就看得到德州，尤其是在晚上。但不知爲何，我就是能一路看過去。在北邊，甚至更遠的地方，我看見一道紅光，我知道那是賽特的靈氣。他的力量隨著金字塔接近完工而不斷增強。

我往下看。在我腳邊有一群小小的點，是我們的營地。迷你版的卡特、阿摩司和古夫在煮飯的火堆旁講話。阿摩司的船比我的小腳趾還小。我自己那正在睡覺的形體蜷縮在毯子裡，因爲實在太小了，要是我一失足沒踩好，可能會把自己踩扁。

我非常巨大，而世界好小。

「神看世界的方式就是這樣子。」有個聲音對我說。

我環視四周，但什麼都沒有，只見廣闊無垠、白沙滾滾的沙丘。然後，在我面前，沙丘開始變換移動。我以爲是因爲風，直到整個沙丘如海浪般往旁邊滾，我才知道沙丘是眞的在動，而且是一個接著一個移動。我發現自己正低頭看著一個人類形體，有一個巨人以致命倒地的姿勢躺在地上。接著他站起來，將身上的白沙抖得到處都是。我跪下來，拱起雙手蓋在我的同伴上方，避免他們被活埋。奇怪的是，他們似乎沒注意到，彷彿這場騷動只不過是一陣毛毛雨而已。

男人完全站直了身體，至少比我這個大巨人高出一顆頭。他的身體用沙子做成，沙子如同砂糖做成的瀑布，從他手臂和胸前嘩啦啦流下。沙子在他臉上移動，直到變成一抹淺淺的微笑。

「莎蒂・凱恩，」他說：「我一直在等你來。」

「你是蓋伯。」別問我是怎麼知道的，但我立刻明白這位就是大地之神。或許是用沙做的身體洩漏了他的身分吧。「我有東西要給你。」

我的「巴」會有那個信封，眞是一點道理也沒有，但我還是把手伸進微亮發光的口袋，拿出一封努特寫的信。

「你太太很想你。」

蓋伯小心翼翼接過這封信。他將信靠近臉上，似乎在聞味道。然後他打開信封，裡面裝的不是信，而是會爆炸的煙火。一顆新的星星在我們頭頂上方的夜空閃耀，是以一千顆星星拼湊而成的努特的臉。很快就起了風，吹散這幅景象，但蓋伯心滿意足地嘆口氣。他收起信封，塞進他用沙子做的胸膛裡，彷彿在應該是他心臟的位置有一個口袋。

「莎蒂‧凱恩，我欠你一份情，」蓋伯說：「我已經有好幾千年沒有看見我摯愛的面容。你可以向大地之神提出一個請求，只要我做得到，就能幫你實現。」

「救我父親。」我立刻脫口而出。

蓋伯露出驚訝的表情。「嗯，眞是個孝順的女兒！艾西絲可以從你身上學點東西。唉，但是我做不到。你父親和俄塞里斯的路糾纏在一起，神與神之間的事無法由大地來擺平。」

「那麼我想你也不能讓賽特的山崩塌，並摧毀他的金字塔吧？」我問。

蓋伯的笑聲彷彿是全球最大的砂篩機。「我無法直接干預我孩子們的作爲。賽特也是我的兒子。」

我幾乎就要沮喪地跺腳。然後我想起自己是巨人，這樣可能會將整個營地踩爛。「巴」可以做到這種事嗎？不要知道比較好。「那麼，你的好意就不太有用處了。」

蓋伯聳聳肩，從肩上卸下幾噸重的沙子。「或許我可以給你一些建議，幫助你達到夢想。去十字架的地方吧。」

「在哪裡？」

「很接近了。」他保證。「還有，莎蒂・凱恩，你是對的。你已經失去太多。你的家人正飽受苦難。我知道那是什麼感覺。只要記住，父母會做任何事情來救自己的孩子。我放棄了我的快樂、我的妻子，我承擔了拉的詛咒，才讓我的子女得以出生。」他渴望似地抬頭看著天空。「每一千年，我對妻子的思念又更加深，我知道我們兩個都不會改變當初的決定。我深愛我的五個孩子。」

「連賽特也是嗎？」我狐疑地問他。

「賽特其實跟他的外表不同，」蓋伯說：「他是我們的骨肉。」

「不是我的。」

「不是嗎？」蓋伯動了動，壓低身體。我以爲他要蹲下來，直到我發現他正融化在沙丘裡。「莎蒂・凱恩，好好想一想，然後小心進行。在十字架的地方有危險正等著你，但你也會找到最需要的東西。」

「你最好說得更模糊一點啦。」我抱怨著。

但蓋伯消失了，只留下一個比平常還高的沙丘，而我的「巴」往下飛回身體。

32 十字架之地

我醒來的時候，瑪芬正依偎在我頭上，一邊發出咕嚕聲，一邊嚼我的頭髮。我一度以為自己在家裡。以前我睡醒的時候，瑪芬總是在我頭上，然後我想起我已經沒有家了，巴絲特也走了。我又開始熱淚盈眶。

「不可以，」艾西絲的聲音責備我：「我們必須專心。」

這位女神這次說得沒錯。我坐起身，拍掉臉上的白沙。瑪芬喵喵叫表示抗議，然後搖搖晃晃走了兩步，最後還是決定留在我毯子上的暖和位置。

「很好，你起來了，」阿摩司說：「我們正要叫醒你。」

天還是黑的。卡特站在船上的甲板，穿上一件從阿摩司的儲藏櫃拿出來的新亞麻外套。

古夫大步朝我走過來，對貓發出咕嚕聲。讓我驚訝的是，瑪芬竟跳進牠的懷裡。

「我請古夫將貓帶回布魯克林，」阿摩司說：「這裡不適合牠。」

古夫咕嚕抱怨著，顯然很不滿意自己被分派的工作。

「我知道，我的老友。」阿摩司說。他的語氣強硬，似乎在宣稱自己是狒狒王。「這是最好的安排。」

「啊！」古夫說著，轉頭不看阿摩司的眼睛。

一種不安的感覺在我體內流竄。我記得阿摩司說過，他被賽特釋放一定是某種詭計；而卡特則預見到賽特希望阿摩司將我們帶去山裡，這樣就能抓到我們。會不會賽特眞的能影響阿摩司？我不喜歡他把古夫送走。

另一方面，除了接受阿摩司的方法，也沒什麼別的選擇。看見古夫在那裡抱著瑪芬，想到要讓牠們任何一個再冒生命危險，我就受不了。也許阿摩司的安排是對的。

「牠能一路平安嗎？」我問：「就靠牠自己獨自旅行？」

「喔，沒問題。」阿摩司保證。「古夫和所有狒狒，牠們都有自己的魔法。牠會沒事的。不過爲了以防萬一……」

他拿出一個鱷魚蠟像。「有需要的時候，這可以派上用場。」

我咳了幾聲。「鱷魚？就在我們剛……」

「這是馬其頓的菲利普。」阿摩司解釋。

「菲利普是用蠟做的？」

「當然，」阿摩司說：「眞正的鱷魚太難養了。而且我跟你說過它是魔法。」

阿摩司把雕像丟給古夫。古夫聞一聞，把蠟像塞進放烹飪材料的包包裡。古夫緊張地看了我最後一眼，又害怕地瞥向阿摩司，然後一手拿著袋子，一手抱著瑪芬，緩緩走過沙丘。

不管有沒有魔法，我都不知道牠們在這裡要如何生存。我等著古夫出現在下一個沙丘頂端，但牠一直沒出現，就這樣消失不見。

「好了，現在聽我說，」阿摩司說：「從卡特告訴我的情況來看，賽特想在明天日出的時候釋放他的毀滅力量，我們所剩時間不多。不過卡特並沒有說明你們要如何消滅賽特。」

我瞄向卡特，看見他眼裡的警告。我馬上就了解他的意思，內心也湧起一陣感激。好險這個男生沒有呆到不行。他跟我對阿摩司都有所顧忌。

「計畫內容最好只有我們自己知道，」我淡淡地說：「你自己也這麼說過。要是賽特在你身上裝了魔法竊聽器之類的東西怎麼辦？」

阿摩司表情緊繃。「你說得對，」他不情願地說：「我也無法信任自己。這真是……令人沮喪。」

他聽起來真的很難過，這讓我有罪惡感。我真想改變心意把計畫告訴他，但我看了卡特一眼就決定維持不變。

「我們應該朝鳳凰城前進，」我說：「或許在路上……」

我把手伸進口袋。努特的信不見了。我想把我和大地之神蓋伯的對話告訴卡特，但不知道在阿摩司面前這麼做是否安全。卡特已經和我搭檔了這麼多天，我發現我有點討厭阿摩司出現。我不想對其他人吐露祕密。天啊，真不敢相信我會這麼說。

卡特開口說：「我們應該在拉斯克魯塞斯停一下。」

我不確定到底是阿摩司還是我比較驚訝。

「那地方離這裡很近，」阿摩司緩緩地說：「但是……」他拿起一把沙子，喃喃唸了個咒語，將沙子拋向天空。沙子沒有四處飄散，而是一點一滴飄浮形成一支擺動的箭，指向西南方一排崎嶇不平的山，那座山脈像是地平線上緊貼著一道深黑影子。「跟我想的一樣。」阿摩司說，沙子全掉進土裡。「拉斯克魯塞斯離我們要走的路線有六十幾公里，就在越過那些山之後，而鳳凰城在西北方。」

「六十幾公里還不算糟，」我說：「拉斯克魯塞斯……」這名字對我來說有種奇異的熟悉感，但我無法斷定是什麼原因。「卡特，為什麼要去那裡？」

「我只是……」他看起很不安，我知道一定跟姬亞有關。「我遇見了一個景象。」

「看見可愛的小姐嗎？」我大膽地追問。

他看起來一副像是要努力吞下一顆高爾夫球的樣子，這也證實了我的懷疑。「我只是認為我們應該去那裡，」他說：「我們可能會發現重要的線索。」

「太冒險了，」阿摩司說：「我不能讓你們冒著被生命之屋追捕的風險。我們應該繼續從野外前進，避開城市。」

突然間，喀啦一聲。我的腦袋出現正確運作的神奇時刻。

「不，卡特是對的，」我說：「我們必須去那裡一趟。」

現在輪到我哥一臉驚訝。「我是對的？我們要去？」

「對。」我決定冒險一試，把我跟蓋伯的談話告訴他們。

阿摩司拍掉他外套上的一些沙子。「莎蒂，眞有趣。但我想不出來爲什麼和拉斯克魯塞斯有關係。」

「『拉斯克魯塞斯』是西班牙話，對吧？」我說：「這個字的意思就是『十字架』，跟蓋伯告訴我的一樣。」

阿摩司猶豫了一下，然後不情願地點點頭。「上船吧。」

「我們現在的水位應該還低得沒辦法划船吧？」我問。

但我還是跟他上了船。阿摩司脫下外套，喃喃唸了一個魔法咒語，這件外套立刻有了生命，飄到船尾，握著船舵。

阿摩司對我微笑，眼裡再次出現從前那種光采。「誰需要水呢？」

這艘船晃了一下，往空中上升。

如果阿摩司以後厭倦當魔法師，他可以改行經營飛行船導遊。越過山頭的遠景美得令人目瞪口呆。

首先，對我來說，這裡的沙漠荒蕪一片，與英國茂密的綠地相比，眞是醜死了。但我漸漸開始能欣賞沙漠獨有的荒涼美景，尤其是晚上，群山如同在一片光海中矗立的黑暗島嶼。我從來沒見過頭上有這麼多星星，而且乾燥的空氣中有股鼠尾草和松木的味道。拉斯克魯塞斯就在底下的河谷開展延伸，像一塊由街道和社區交織而成的透光拼布作品。

隨著我們愈接近，我愈發現城裡大多數地方都不太令人驚豔。眞的，要說這裡是英國的曼徹斯特或斯文敦也不是沒有可能，但阿摩司執意將船開往城市的南邊，到了一個看起來非常老舊的地方。那裡有用土磚蓋成的建築物，還有兩邊種滿路樹的街道。

降落時，我開始覺得緊張。

「難道他們不會注意到我們坐在飛船裡嗎？」我問。「我是說，我知道一般人不容易看見魔法，但是…」

「這裡是新墨西哥州，」阿摩司說：「這裡的人時常看到飛碟。」

就這樣，我們降落在一間小教堂的屋頂上。

感覺好像回到過去，或是掉進一個拍攝西部片的場景。這個城市的廣場兩旁聳立著灰泥建築，像是印地安人聚落。街上燈火通明，而且滿滿都是人，看起來像在舉辦慶典一樣，有一排排的攤子販售辣椒、印地安地毯和其他各式古玩。一輛舊式馬車停在一叢仙人掌旁。在廣場上的音樂台，拿著大吉他、聲音嘹亮的男人們正在彈奏墨西哥傳統音樂。

「這裡是歷史區，」阿摩司說：「我相信他們稱這裡爲『梅西拉』。」

「他們這裡有很多埃及的東西嗎？」我不確定地問。

「喔，古代的墨西哥文化和埃及文化有許多共同處。」阿摩司說，一邊將他的外套從船舵上拿回來。「但這要等改天再說了。」

「感謝老天。」我嘟噥著。接著，我聞到空氣中有一種奇怪但很香的味道，像是烤麵包加上融化的奶油，只不過更辣、更好吃。「我……嗯……餓了。」

走在廣場上，不用花太多時間就找到了手工做的玉米餅。老天，眞是好吃。我猜倫敦也有墨西哥餐廳。我們那裡有各式各樣的餐廳，但我從來沒去過任何一間，而且我也懷疑那裡的玉米餅是否會像這裡賣的一樣好吃。一位穿著白洋裝的壯碩女子正用沾滿麵粉的雙手將麵糰擀平，然後用燒熱的長柄平底鍋去烤，再用紙巾將玉米餅包好拿給我。這樣的美味在我嘴裡化開。我要阿摩司再買十二人份給我一個人吃。

卡特正在大快朵頤之際，卻在另一攤吃到嗆辣的玉米粉蒸肉。我以爲他的臉會被辣到炸開。「好辣！」他大聲說：「我要喝的！」

「再多吃一點玉米餅，」阿摩司建議，並忍著笑，「麵包比水更能解辣。」

我自己也試吃了玉米粉蒸肉，眞的很好吃，而且沒有咖哩那麼辣，看來卡特跟平常一樣沒用。

我們很快就把自己的份吃完，開始在街上亂逛，找尋……嗯，其實我不確定要找什麼。時間一分一秒流逝，太陽會落下，而我知道除非我們成功阻止賽特，否則現在是我們團聚的最後一晚。

不知道爲什麼蓋伯要把我送到這裡。他說我會找到最需要的東西，這到底是什麼意思？

我掃視人群，發現一個身材高挑、一頭黑髮的年輕人。我全身像觸電一樣。是阿努比斯嗎？難道他在跟蹤我，確保我沒有危險？會不會他就是我最需要的人呢？

這想法不錯，除了那個人不是阿努比斯以外。我暗罵自己竟然自以爲有那樣的好運。況且，卡特看到的阿努比斯一直都是個有著胡狼頭的怪物。或許阿努比斯在我面前現身，只是要讓我腦袋糊塗罷了，但這招未免也太有效了點。

當我正在作白日夢，猜想死人之境是否也有玉米餅的時候，我和一個廣場對面的女生眼神相會。

「卡特。」我抓住他的手臂，並且朝姬亞的方向點了點頭。「有人來這裡見你。」

姬亞穿著寬鬆的黑色亞麻衣，手裡拿著魔杖和魔棒，一副準備好要戰鬥的樣子。她一頭參差不齊的黑髮通通被吹到一旁，彷彿是被一陣強勁狂風吹到這裡來。她那琥珀色的眼睛看起來就跟美洲豹一樣友善。

在她身後的攤子上擺滿賣給觀光客的紀念品，還掛著一張海報，上面寫著：「新墨西哥州：魔幻之境」。我懷疑這個攤子的老闆知不知道有多少魔法在他所賣的商品前面。

「你來了。」姬亞說，這也太明顯了。不知道是不是我的想像，她看起來正一臉擔憂地看著阿摩司，甚至是恐懼？

「對，」卡特緊張地說：「你，呃，還記得莎蒂吧。這位是……」

「阿摩司。」姬亞不安地說。

阿摩司向她鞠個躬。「姬亞·拉席德，我們有好幾年沒見了。看來伊斯坎德派出了他最優秀的徒弟。」

姬亞看起來像是被打了一巴掌，而我發現阿摩司還不知道那個消息。

「呃，阿摩司，」我說：「伊斯坎德過世了。」

我們把事情經過告訴他，他不可置信地看著我們。

「我了解了。」他最後終於開口。「那麼，新任大儀式祭司是……」

「狄賈登。」我說。

「啊，眞是壞消息。」

姬亞皺著眉。她沒有向阿摩司說話，而是轉過來面對我。

「不要小看狄賈登，他具有強大的力量。要挑戰賽特的話，你們會需要他的幫忙……我們的幫忙。」

「你有沒有想過，」我說：「狄賈登有可能在幫助賽特？」

姬亞怒視著我。「從來沒有。其他人有可能，但絕不會是狄賈登。」

顯然她指的是阿摩司。我想那原本應該會加深我對阿摩司的懷疑，但我反而生起氣來。

「你只是盲從，」我告訴姬亞：「狄賈登當上大儀式祭司後所下的第一道命令，就是要殺我們。即使他知道賽特要摧毀美洲大陸，還是試圖阻撓我們。狄賈登那天晚上也在大英博物館裡。如果賽特需要一個人類的身體……」

姬亞的魔杖頂端冒出火焰。

卡特趕快走到我們兩人中間。「喂，你們兩人都冷靜一點，我們是來這裡談事情的。」

「我是在談，」姬亞說：「你們需要生命之屋站在你們這邊。你們必須說服狄賈登你們不是眞正的威脅。」

「要我們投降才能說服他嗎？」我問。「不，謝了。我還寧可被他變成蟲，然後壓碎。」

阿摩司清了清喉嚨。「恐怕莎蒂說得對。除非狄賈登從我最後一次看到他之後有所改變，否則他不會聽人解釋。」

姬亞發火了。「卡特，我們能不能私下談談？」

卡特挪動了一下身體重心。「聽著，姬亞，我……我同意我們需要合作。但如果你要說服我向生命之屋投降……」

「有件事我一定要告訴你，」她很堅持，「是一件你需要知道的事情。」

她說這句話的樣子讓我全身起了雞皮疙瘩。難道這就是蓋伯所指的事？有沒有可能是姬亞握有打敗賽特的關鍵？

阿摩司突然全身緊繃。他從空中拿出魔杖，並且說：「這是陷阱。」

姬亞看起來很震驚。「什麼？不！」

然後我們都看到阿摩司感應到的事。從廣場東邊朝我們大步走來的，就是狄賈登本人。

他穿著乳白色袍子，肩上斜綁著一件大儀式祭司的豹皮披風。他的魔杖冒出紫色的光芒。觀光客和行人都避開他，既茫然又緊張；雖然他們不確定到底發生什麼事，但都清楚知道遠遠避開才是上策。

「走另一邊。」我催促大家。

我轉身看見另外兩個黑袍魔法師從西邊走過來。

我拿出魔棒指著姬亞。「你設計我們！」

「不！我發誓……」她的臉垮了下來。「梅爾。一定是梅爾告訴他的。」

「對，」我抱怨說：「全都怪梅爾好了。」

「沒時間解釋了。」阿摩司說。他射出一記閃電打中姬亞。她整個人倒在紀念品攤位上。

「喂！」卡特抗議。

「她是敵人，」阿摩司說：「我們的敵人已經夠多了。」

卡特急忙衝到姬亞身邊（很自然的），更多的行人倉皇失措，嚇得逃到廣場角落。

「莎蒂、卡特，」阿摩司說：「如果情況不對，你們就趕快上船逃走。」

「阿摩司，我們沒有你是不會走的。」我說。

「你們比較重要，」他很堅持，「我可以擋住狄賈登……小心！」

阿摩司將魔杖揮向那兩名黑袍魔法師。他們一直喃喃唸著咒語，但阿摩司使出強風讓他們無法站立。他們在沙暴中央失控打轉，沿著街道翻滾，夾帶起垃圾、樹葉、玉米粉蒸肉。最後小龍捲風將兩個不斷大叫的魔法師拋向大樓頂端，讓他們消失不見。

在廣場的另一邊，狄賈登憤怒大吼：「阿摩司．凱恩！」

大儀式祭司將魔杖往地上一敲，人行道立刻出現一條裂縫，並開始蜿蜒向我們而來。裂縫愈來愈寬。大樓開始搖晃。石灰牆上的灰泥開始成片剝落。這道裂縫原本會吞噬我們，但艾西絲的聲音在我腦中響起，告訴我一個我需要用的字。

我舉起魔棒。「安靜。黑—里。」

幾個象形文字在我們面前發光。

這道裂縫在我腳邊停住。地震也停了。

阿摩司倒抽一口氣。「莎蒂，你是怎麼……」

「凱恩，這是神聖文字！」狄賈登走向前，滿臉憤怒。「這個孩子竟敢說出神聖文字，艾西絲讓她腐化了，而你協助眾神成了他們的幫兇。」

「讓開，米歇爾。」阿摩司警告。

一部分的我發現狄賈登的姓是米歇爾時，覺得很新鮮，但是我太害怕了，沒辦法好好享受這個樂趣。

阿摩司伸出魔棒，準備保護我們。「我們一定要阻止賽特。如果你有智慧……」

「你想我會怎麼做？」狄賈登說：「加入你？一起合作？眾神只會帶來毀滅。」

「不！」這是姬亞的聲音。在卡特的幫忙下，她勉強掙扎站起來。「大師，我們不能彼此爭鬥，這不是伊斯坎德希望看到的事。」

「伊斯坎德死了！」狄賈登大喊。「姬亞，你要不離開他們，否則就跟他們一起死。」

姬亞看著卡特，然後她咬咬牙，面對狄賈登。「不，我們必須合作。」

我對姬亞燃起全新的尊敬。「你眞的沒有帶他來這裡？」

「我不說謊。」她說。

狄賈登舉起魔杖，他四周的大樓都出現寬大的裂縫。一塊塊水泥和土磚朝我們飛來，但阿摩司召喚風，將這些東西都反彈回去。

「孩子們，快點離開這裡！」阿摩司大喊：「其他魔法師還會再來。」

「他這次說得對，」姬亞警告，「但我們無法開啓通道……」

「我們有艘飛船。」卡特建議。

姬亞感激地點點頭。「在哪裡？」

我們指著教堂，但很不幸的，狄賈登就擋在我們中間。

狄賈登又發射另一批石頭。阿摩司以風和閃電化解。

「風暴魔法！」狄賈登冷笑著。「阿摩司從什麼時候開始成了混沌力量的專家？孩子們，你們看見了嗎？他怎麼能成爲你們的保護者？」

「閉嘴！」阿摩司怒吼一聲。他將魔杖一揮，立刻捲起一股巨大沙塵暴，覆蓋整個廣場。

「現在快走。」姬亞說。我們遠遠繞開狄賈登，胡亂地朝教堂狂奔。沙塵暴刺痛我的皮膚和眼睛，但我們找到樓梯，爬上屋頂。風漸漸退去，在廣場對面，我看見狄賈登和阿摩司面對面，兩人都各自有防護盾包圍。阿摩司有點搖搖晃晃，顯然這花了他太多氣力。

「我必須去幫忙，」姬亞不情願地說：「否則狄賈登會殺了阿摩司。」

「我以爲你不信任阿摩司。」卡特說。

「我是不信任他，」她說：「但要是狄賈登贏了，我們全都會沒命。我們永遠都逃不掉。」

她咬著牙，彷彿準備進行一件非常痛苦的事。

她伸出魔杖，喃喃誦唸咒語。空氣變得溫暖，魔杖開始發光。她放開魔杖，魔杖燃燒起來，變成一道一公尺寬、四公尺高的火柱。

「獵捕狄賈登。」她緩緩說著。

這道火柱立刻飄離屋頂，開始緩慢從容地往大儀式祭司那裡移動。

姬亞倒了下來。卡特和我趕緊抓住她的手，免得她臉朝下摔到地上。

狄賈登抬起頭來。當他看見那道火柱，因爲恐懼而睜大眼睛。「姬亞！」他咒罵著。「你竟敢攻擊我？」

這道火柱漸漸下降，穿過茂密的樹枝，直接從中間燒出一個洞往下掉落。火柱掉在街上，就在距離人行道幾公分的上方盤旋。熱度高，燒焦了水泥牆角也熔化了柏油碎石路面。這道火柱來到附近的一輛車旁，並直接燒穿金屬車身，將車子切成兩半。

「很好！」阿摩司從對街大喊：「做得好，姬亞！」

狄賈登匆匆往左邊跑走，火柱跟著改變方向。他用水攻擊火柱，但水卻蒸發變成蒸氣。他召喚巨石出現，但石頭也只是穿過火柱，掉進對面已經熔化還冒煙的一堆廢物中。

「那是什麼東西？」我問。

姬亞仍舊昏迷，卡特也大感訝異地搖頭表示不知道。但艾西絲在我腦袋裡開口說話。「這是火柱，」她讚嘆地說：「這是掌控火的魔法師所能召喚出的最強咒語。不可能抵擋，也無法逃走。這個咒語可以引領召喚者達成目標，也可以追捕任何敵人，迫使對方逃離。如果狄賈登想專心在其他事情上，這道火柱會壓迫他、耗盡他的精力。在消散之前不會放過他。」

「這能維持多久？」我問。

「要看施法者的力量。可以維持在六到十二個小時之間。」

我大笑出來。太棒了！雖然姬亞因爲變出這道火柱昏倒，但這方法還是太了不起了。

「這種咒語會耗盡她的精力，」艾西絲說：「在火柱消失之前，她將無法再使用任何魔法。為了幫助你們，她讓自己失去力量。」

「她會沒事的。」我告訴卡特。然後我往下朝廣場大叫：「阿摩司，快來！我們要走了！」

狄賈登不斷後退。我看得出來他很怕火，但他仍舊繼續對付我們。「你們會爲此感到後悔！你們想要扮演神嗎？那麼你們讓我別無選擇。」

他從杜埃拉出一大捆棍子。不對，那些是箭，差不多有七支。

阿摩司驚恐地看著那些箭。「你不會這麼做的！沒有一個大儀式祭司曾經……」

「我召喚薛克梅特！」狄賈登大喊。他將箭扔向空中，這些箭接著開始繞著阿摩司旋轉。狄賈登露出滿意的笑容，他直視著我。「你選擇相信神？」他大喊：「那麼，就死在神的手裡吧。」

他轉身跑走，火柱隨之加速跟在他後面。

「孩子們，快離開這裡！」阿摩司大喊，那些箭仍舊圍繞著他。「我會想辦法引開她！」

「誰？」我問他。我知道我之前聽過「薛克梅特」這個名字，但我已經聽過好多埃及名字。「誰是薛克梅特？」

卡特轉身看著我，儘管過去這一週來，我們經歷過這麼多事，但我從沒看過他這麼害怕的表情。「我們必須離開，」他說：「就是現在。」

33 魔法莎莎醬

「你忘了一件事。」荷魯斯對我說。

「我現在有點忙！」我在腦海裡回話。

你可能認為在天空操控一艘魔法船很簡單。你錯了。我沒有阿摩司那件會動的外套，所以我站在船尾，試著自己轉動船舵，但感覺像在攪動水泥一樣。我看不出來我們要往哪裡飛。我們一下往前傾，一下往後倒，而莎蒂則盡力讓昏迷的姬亞不要撞到船身。

「今天是我生日，」荷魯斯很堅持地說：「祝我生日快樂！」

「生日快樂！」我大喊：「好了，你現在給我閉嘴！」

船往旁邊傾斜。「卡特，你在做什麼？」莎蒂尖叫，一手抓住欄杆，一手抓住姬亞。「你瘋了嗎？」

「不，我是在跟……噢，算了。」

我往後瞄了一眼。有東西正在接近中，一個發光的影像照亮了夜空。這東西有著模糊的人形，這絕對是壞消息。我催促飛船飛快一點。

「你有沒有要送我禮物？」荷魯斯催促著。

「你能不能做點有用的事？」我問他：「跟在我們後面那東西……就是我想的那個嗎？」

「喔。」荷魯斯聽起來覺得很無聊。「那是薛克梅特。也稱為拉之眼、邪惡之人殲滅者、偉大的女獵人、火焰女神等等。」

「太好了，」我心想：「她跟著我們是因為……」

「大儀式祭司一生中可以召喚她出現一次，」荷魯斯解釋：「這是一份非常古老的禮物，可以追溯到拉第一次用魔法祝福人類的那個時代。」

「一生中只有一次，」我心想：「而狄貫登竟選在這個時候？」

「他從來就不是一個有耐心的人。」

「我以為魔法師不喜歡神！」

「他們是不喜歡，」荷魯斯同意，「只是要讓你知道他有多虛偽。但我想，他認為殺了你比維持原則還重要。我欣賞他這一點。」

我又回頭看，這個形體眞的快接近了。是一個身穿紅色發光盔甲的金色女巨人，她一手拿著弓，斜背著一個箭筒，如同一支點燃火焰的箭朝我們衝來。

「我們要怎麼打敗她？」我問。

「你們贏不了她，」荷魯斯說：「她是太陽神憤怒的化身。從前拉還很活躍的時候，她比現在更教人驚嘆，不過她現在仍是……無懈可擊。天生的殺手。殺人機器……」

「好的，我懂了！」我大喊。

「什麼？」莎蒂問我。我的聲音大到吵醒了姬亞。

「什……什麼？」她眼睛眨一眨，睜了開來。

「沒事，」我喊著：「我們被一個殺人機器追趕。繼續睡吧。」

姬亞虛弱地坐起來。「殺人機器？你該不是指……」

「卡特，往右轉！」莎蒂大喊。

我照著做，一支燃著火焰的箭從我們的舷孔掠過，大小和掠食者飛機差不多。火箭在我們頭頂爆炸，害我們的船屋屋頂著火。

我讓船往下俯衝，薛克梅特跟著衝過頭，但又馬上以令人討厭的敏捷速度在空中迴轉，繼續緊跟在我們後面。

「我們失火了。」莎蒂很有幫助地指出這點。

「我注意到了！」我大喊回去。

我環視底下的地貌，只有工業園區和辦公大樓，並沒有可以讓我們安全降落的地方。

「拉的敵人，納命來！」薛克梅特大喊：「痛苦死去吧！」

「她幾乎跟你一樣討人厭。」我告訴荷魯斯。

「不可能，」荷魯斯說：「沒有人能贏過荷魯斯。」

我又再次避開轉向。姬亞大喊：「那裡！」

她指向一間燈火通明的工廠作業區，裡面有卡車、倉庫和貯藏塔。在最大間的倉庫外面漆著一根大辣椒，泛光照明的招牌寫著：「魔法莎莎醬公司」。

「噢，拜託，」莎蒂說：「那又不是眞正的魔法！那只是一個名字。」

「不，」姬亞很堅持，「我有個主意。」

「是那個七絲帶的魔法嗎？」我猜。「就是你用在瑟克特身上那招？」

姬亞搖搖頭。「七絲帶一年只能召喚一次。但我的計畫是……」

另一支燃著火焰的箭從我們旁邊飛過，只離我們的右舷幾公分而已。

「抓緊了！」我在那支箭爆炸之前，猛拉船舵將整艘船來個一百八十度大翻轉。船身保護我們不被爆炸燙傷，但整艘船的底部現在都著火了，我們朝地面墜落。

我用盡最後一點力氣控制，將船開往倉庫屋頂。我們整個撞爛，衝進一堆巨大的……鬆脆的東西裡。

我從船底下爬出來，迷迷糊糊坐起身。幸好我們撞上的東西很軟，但不幸的是，這是一堆大概有六公尺高的乾辣椒，而這艘船使乾辣椒起火燃燒。我的眼睛開始痛得不得了，但我知道最好不要去揉，因爲我的手上現在沾滿辣椒油。

「莎蒂？」我大叫：「姬亞？」

「救命啊！」莎蒂大喊。她在船的另一側，搶救在著火船身底下的姬亞。我們努力將她拉出來，然後從另一堆乾辣椒滑到地上。

這間倉庫似乎是用來烘乾辣椒的巨大設備，裡面有三、四十堆像山一樣高的辣椒和成排的木製曬乾架。我們的飛船殘骸使空氣裡充滿嗆辣的煙霧，從我們在屋頂上弄出的破洞往外看，可以看見薛克梅特降落的火影。

我們開始跑，奮力在另一堆辣椒裡前進。【不，我沒有順手抓一把，莎蒂。你閉嘴啦！】我們躲在一個曬乾架後面。架子上的辣椒使空氣如鹽酸般燃燒。

薛克梅特降落在地上，倉庫地板隨之震動。近距離看她甚至更可怕，她的皮膚像液態黃金一樣發光，胸前盔甲和裙子似乎是用熔岩編織而成。她的頭髮就像粗粗的獅子鬃毛，眼睛像貓科動物，但卻不像巴絲特的眼睛會發亮，或流露出任何仁慈或幽默的性格。薛克梅特的眼睛和她的箭一樣燃燒著火焰，是專門尋找和消滅目標用的。她很漂亮，卻是像原子彈爆炸般的漂亮。

「我聞到血的味道！」她大吼：「我會好好享用拉的敵人，直到我的胃撐飽為止！」

「真吸引人，」莎蒂輕聲說：「那麼，姬亞……你的計畫是？」

姬亞看起來狀況很差。她全身顫抖，臉色發白，似乎無法看著我們。「從前……拉第一次因為人類反抗他，而下令叫薛克梅特懲罰人類……那時她完全失控。」

「真難想像。」我輕聲說。薛克梅特正把我們著火的飛船殘骸撕成碎片。

「她開始殺死每一個人，」姬亞說：「不只邪惡的人。沒有一個神能阻止她。她會一整天殺人，殺到能大口猛灌人血為止。之後她會離開，直到隔天再出現。所以人們請求魔法師想辦法……」

「你們竟敢躲起來？」火焰熊熊燃燒，而薛克梅特的箭燒毀了一堆一堆的乾辣椒。「我會把你們活活烤熟！」

「現在快跑，」我決定了，「等一下再說。」

莎蒂和我把姬亞架在中間拖著走。整間倉庫因爲裡面的熱氣而往內爆炸，冒出一朵香菇狀的火辣雲朵，冉冉升向天空，我們奮力跑出倉庫。我們跑過停滿貨櫃車的停車場，並躲在一輛十六輪卡車後面。

我望外偷看，希望看到薛克梅特穿過倉庫的火焰，但相反的，她以巨大的獅子形體跳出來。她的眼睛冒火，飄在頭上的是一塊像迷你版太陽的火盤。

「那是拉的象徵。」姬亞輕聲說。

薛克梅特大吼：「我美味可口的小吃，你們在哪裡？」她張開血盆大口，吐出一口熱風穿越停車場。被她吐出熱氣碰到的地方，都像柏油般熔化了，車子解體變成一堆沙，整個停車場變成荒蕪的沙漠。

「她是怎麼做到的？」莎蒂小小聲說。

「她吐出的氣創造沙漠，」姬亞說：「傳說是這麼說的。」

「眞是愈來愈精采了。」恐懼湧上我的喉頭，但我知道我們藏不了多久。我召喚出我的劍。「我來引開她。你們兩個趕快跑……」

「不，」姬亞堅持，「還有別的方法。」她指著工廠另一邊一整排的貯藏塔。每一個貯藏塔有三層樓高，直徑大概是六公尺，貯藏塔外還漆著大辣椒的圖案。

「這是石油槽？」莎蒂問。

「不，」我說：「裡面一定是莎莎，對吧？」

莎蒂一臉茫然地看著我。「那不是一種音樂的名稱嗎？」

「這是一種辣醬的名稱，」我說：「這間工廠就是在製造莎莎醬。」

薛克梅特往我們的方向吐氣，在我們旁邊的三輛拖車全都變成沙子。我們匆匆往旁邊逃走，跳到一排空心煤渣磚牆後面。

「聽著，」姬亞喘著氣說，她滿臉是汗，「古時候的人需要阻止薛克梅特繼續殺人時，他們拿出巨大的桶子，裡面裝滿啤酒，並用石榴汁染成明亮的紅色。」

「對，我現在想起來了，」我打斷姬亞的話，「他們告訴薛克梅特那是血，而她就一直喝個不停，直到醉倒不省人事，然後拉才得以將她召喚回天上。他們將她變成某種比較溫柔的動物，好像是母牛女神還是什麼之類的。」

「哈托爾，」姬亞說：「那是薛克梅特的另一個形體。現在則是她性格中火爆的一面。」

莎蒂不可置信地搖搖頭。「你是說我們買幾瓶酒給薛克梅特喝，她就會變成母牛？」

「不全然如此，」姬亞說：「但莎莎醬是紅色的，對吧？」

薛克梅特把卡車嚼爛，還讓一大片停車場爆炸成沙，這時我們沿著工廠地面邊緣走。

「我討厭這個計畫。」莎蒂抱怨。

「只要能找事情給她忙個幾秒鐘就好，」我說：「不會死的。」

「對，難就難在這裡吧？」

「一……」我開始數秒，「二……三！」

莎蒂衝進空地，使用她最愛的一個咒語：「哈—迪！」

象形文字耀眼地出現在薛克梅特頭上。

她周遭的一切通通爆炸了。卡車炸成碎片。空氣因爲能量而閃爍發光。地面被往上抬起，形成一個十五公尺深的坑洞，讓這隻母獅子跌落進去。

這場面令人歎爲觀止，但我沒時間欣賞莎蒂的作品。我變身成一隻隼，立刻往莎莎醬貯藏塔飛去。

「啊——！」薛克梅特從大坑洞裡跳出來，往莎蒂的方向吐出沙漠的風，但莎蒂早就不見了。她往旁邊跑，躲在拖車後面，並且一邊逃，一邊放出幾段魔法繩。繩索在空中揮來揮去，試圖想要繞住母獅的嘴巴。它們的努力當然失敗了，不過的確惹惱這位破壞大師。

「快給我出來！」薛克梅特大叫：「我會生吞活剝吃掉你！」

我停棲在一個貯藏塔上，集中注意力，並直接從隼變身爲戰士化身。我發光的形體非常沉重，化身的腳都沉到管槽裡面。

「薛克梅特！」我大喊。

母獅子轉身，然後大聲咆哮，試圖想鎖定我的所在位置。

「小貓咪，我在這裡！」我大喊。

她發現我，耳朵往後擺。「荷魯斯？」

「除非你還認識另一個隼頭的傢伙。」

她不是很確定地來回踱步，然後發出挑戰的怒吼。「你爲什麼要在我以憤怒形體出現時對我說話？你知道我非摧毀路上遇的東西不可，就連你也一樣！」

「如果你一定要這麼做，那也沒辦法，」我說：「不過，首先你可能會想大口享用你敵人的鮮血。」

我將劍插進貯藏塔，莎莎醬噴出來，流瀉成一條裡面有塊狀物的紅色瀑布。我跳到下一個貯藏塔，將它切開；一次又一次重複同樣的動作，直到莎莎醬從六個滿滿的貯藏塔裡噴進停車場。

「哈，哈！」薛克梅特喜歡這樣。她跳進紅色醬汁的激流中打滾，然後大口大口暢快地喝。「血！美味可口的血！」

是啊，顯然獅子要不是太聰明，就是味蕾發展不成熟。因爲薛克梅特一直喝個不停，直到她的肚子都膨脹起來，嘴巴也真的開始冒煙。

「真濃稠。」她說，身體搖搖擺擺，一直眨眼睛。「但是我的眼睛好痛。這是什麼人的血？努比亞人？波斯人？」

「是墨西哥辣椒，」我說：「再多試一些，味道會愈來愈好。」

當她試著再多喝一些的時候，她連耳朵也在冒煙。她的眼睛充滿淚水，走路也開始搖搖晃晃。

「我……」她的嘴角有蒸氣盤繞。「辣……嘴巴好辣……」

「用牛奶來解還蠻有效的，」我建議，「也許你以前是一頭母牛。」

「詭計，」薛克梅特呻吟著說：「你……你們欺騙……」

但她眼皮太沉重了。她繞了一圈，然後癱倒在地上，縮成一團。她的形體抽搐並發光，紅色盔甲融化成金色皮膚上的斑點。她不斷變化，直到我往下看著的是一頭正在睡覺的巨大母牛。

我跳下貯藏塔，小心翼翼踩在沉睡女神旁邊。她發出母牛打呼的聲音，像是「哞茲，哞茲」。我在她的面前揮揮手，等確定她已經全身冰冷時，我解除化身。莎蒂和姬亞從一輛推車後走出來。

「嗯，」莎蒂說：「和剛剛很不一樣。」

「我再也不想吃莎莎醬了。」我決定了。

「你們兩個都表現得很好，」姬亞說：「但你們的船已經燒毀了。我們要怎麼去鳳凰城？」

「我們？」莎蒂說：「我不記得有邀請你一起來。」

姬亞的臉變得跟莎莎醬一樣紅。「你該不會還認爲是我把你們引入陷阱的吧？」

「我可不知道，」莎蒂說：「你知道嗎？」

我不敢相信我聽到這句話。

「莎蒂。」我的聲音充滿危險憤怒，連我自己聽起來都覺得這樣。「夠了。姬亞之前召喚了火柱。她犧牲自己的魔法來救我們，而且還告訴我們如何打敗這隻母獅。我們需要她。」

莎蒂瞪著我。她在我跟姬亞之間來回看著，大概是想估算她可以得寸進尺到什麼地步。

「好。」她雙手交叉，翹起嘴巴。「但我們得先找到阿摩司才行。」

「不，」姬亞說：「那不是一個好主意。」

「喔，所以我們可以信任你，卻不能相信阿摩司？」

姬亞猶豫了一下。我感覺那就是她的意思，但她決定採取完全不同的方式。「阿摩司不會希望你們在等他。他說過要繼續走下去，對吧？如果他躲過薛克梅特的攻擊而活下來，會在路上找到我們。如果沒有……」

莎蒂氣呼呼地說：「那我們要怎麼去鳳凰城？用走的嗎？」

我凝視著停車場，有一輛十六輪的卡車還好端端停在那裡，沒有半點損傷。「也許我們不必用走的。」我脫下從阿摩司補給品櫃子裡借來的亞麻外套。「姬亞，阿摩司有種方法能讓他的外套去駕駛這艘船。你知道這個咒語嗎？」

她點點頭。「有正確的配方，這個咒語相當簡單。如果我有魔法的話，我就會用。」

「你可以教我嗎？」

她咬咬唇。「最難的部分是在小雕像。你第一次要在一件衣物上施法時，需要敲碎一尊薩布提，然後把它塞進布料裡，並且施以綑綁咒將這兩樣東西結合在一起。這需要一塊已經被灌入靈的陶土或是蠟像。」

莎蒂跟我彼此對望，異口同聲說：「糰小子！」

34 薩布堤司機

我將爸的魔法箱從杜埃裡召喚出來，並且抓起了我們那無腿的小朋友。「糰小子，我們需要談談。」

糰小子睜開它那蠟做的眼睛。「你總算來找我了！你知道這裡面有多擠嗎？至少你還記得你需要我聰明睿智的指引。」

「其實我們是需要請你變成一件外套。只要一下子就好了。」

它的小嘴張得好大。「我看起來像塊布嗎？我可是知識之王！偉大的……」

我把它丟進外套裡壓扁，然後揉成一團，丟到人行道上，再踩個幾腳。「姬亞，現在要說什麼咒語？」

她告訴我咒語，我接著覆誦。這件外套充氣膨脹，在我前面盤旋飛動。它拍拍自己身上的灰塵，並且整理衣領。如果外套也會有火大的表情，它現在就眞的是這樣。

莎蒂狐疑地看著這件外套。「它又沒有腳能踩煞車這些踏板，眞的能夠開卡車嗎？」

「應該不成問題，」姬亞說：「這是一件很好的長外套。」

我放心地呼了口氣。我一度想像著讓自己褲子也動起來的情景，那就眞的很尷尬了。

「載我們到鳳凰城。」我吩咐外套。

外套對我比了一個很粗魯的手勢。或者可以說，要是外套有手的話，那就是一個很粗魯的手勢。然後外套飄進了駕駛座上。

車子的駕駛座比我想像中還大。座椅後面是一塊有布簾遮住的區域，裡面有一張大床，莎蒂立刻就說那裡歸她。

「我會讓你和姬亞有時間培養感情，」她對我說：「就你們兩個人跟你那件外套。」

我還來不及揍她，她就溜到布簾後躲了起來。

外套載著我們在州際十號公路上往西奔馳，天空黑雲密布，遮蔽住所有星星。空氣中有下過雨的味道。

過了好長一段時間，姬亞清了清喉嚨。「卡特，我很抱歉，就是關於……我是說，我希望情況能比現在好一點。」

「是啊，」我說：「我猜你也惹上生命之屋這個大麻煩了。」

「大家會迴避我，」她說：「我的魔杖斷了。他們會將我的名字從書冊上抹去。假設他們沒有殺了我的話，我將遭到流放。」

我想到姬亞那個在第一行省裡的小祭壇，那些所有她不記得的村子和家人的照片。當她說到被放逐的時候，臉上出現和當時一樣的表情，既不是後悔也不是哀傷，反倒像是困惑，無法理解為何自己會反叛，或是第一行省對她有何意義。她說過伊斯坎德就像她唯一的家人。她現在一個家人都沒有了。

「你可以跟我們一起走。」我說。

她匆匆看了我一眼，我們坐得很近，我很清楚感覺到她的肩膀和我的靠在一起。即使我們兩個人身上都有一股燒焦辣椒的臭味，我還是聞得到她身上的埃及香水味。她的頭髮裡插著一根乾辣椒，不知道爲什麼，這使她看起來更加可愛。

莎蒂說我腦袋爛掉了。【莎蒂，說眞的，你在說故事的時候，我都沒像你一樣常常打岔。】

總之，姬亞悲傷地看著我。「卡特，我們要去哪裡呢？就算你打敗了賽特，拯救了美洲大陸，你又要做什麼？就算你跑到天涯海角，生命之屋都不會善罷干休。眾神會讓你的日子不好過。」

「我們會想出辦法的。」我向她保證。「我很習慣到處旅行。我擅長就地取材、隨機應變，莎蒂在這方面也不差。」

「我聽到你說的話了！」莎蒂悶悶的聲音從布簾後傳過來。

「而且還有你，」我繼續說：「我是說，你知道的，加上你的魔法，一切都會更容易。」

姬亞緊握我的手，一道電流竄上我的手臂。「卡特，你人眞好，但是你不知道我，不是眞的了解我。我猜伊斯坎德早就預見這種事發生。」

「你是什麼意思？」

姬亞抽開她的手，讓我有點洩氣難過。「當狄賈登跟我從大英博物館回去後，伊斯坎德找我私下談話。他說我身陷危險，還說會帶我到一個安全的地方……」她緊皺眉頭。「真奇怪，我不記得了。」

一種冰冷的感覺開始讓我不安。「等等，他帶你去了一個安全的地方？」

「我……我想是吧。」她搖搖頭。「不，他顯然沒這麼做，我人還是在這裡。或許他沒時間帶我去。他幾乎立刻就派我去紐約找你們。」

我完全不懂姬亞剛才告訴我的事。或許伊斯坎德察覺到狄賈登出現變化，而他試圖保護自己的愛徒。但這故事就是有個地方讓我困惑不已，我說不出來到底是哪裡不對勁。

姬亞凝視著外頭的雨，她好像看見黑夜中出現了不好的東西。

「我們快沒時間了，」她說：「他要回來了。」

「誰要回來了？」

她急切地看著我。「有件事我需要告訴你，是一樣你需要的東西。就是賽特的祕密名字。」

車外狂風暴雨，雷聲大作，卡車在強風中不停晃動。

「等……等一下，」我結結巴巴地說：「你怎麼會知道賽特的名字？你又是怎麼知道我們需要？」

「你們偷了狄賈登的書，而他告訴我們這件事。他說不要緊，因爲你們沒有賽特的祕密名字，就用不了那個咒語，而且要知道賽特的名字是不可能的事。」

「那你又怎麼會知道？透特說只有從賽特本人得知，或是從另一個人……」突然間，我有了一個可怕的想法，我的聲音愈來愈小。「或是從他最親近的人身上得知。」

姬亞閉上眼睛彷彿陷入痛苦中。「卡特，我……我無法解釋。我只有聽見一個聲音把名字告訴我……」

「第五位女神，」我說：「奈弗絲。事情發生時，你人也在大英博物館。」

姬亞臉上大爲震驚。「不，不可能。」

「伊斯坎德說過你身陷危險，他想帶你到安全的地方，就是這個意思。你是個小神。」

她固執地不斷搖頭。「但他沒有把我帶走，我還是在這裡。如果我是某個神的宿主，其他生命之屋的魔法師幾天前就會想到了。他們非常了解我，如果我的魔法出現變化，他們一定會注意到。狄賈登早就殺了我。」

她說得有道理，但我又突然有了另一個可怕的想法。「除非賽特正在控制他。」我說。

「卡特，你眞的如此看不清事實嗎？狄賈登不是賽特。」

「因爲你認爲被控制的人是阿摩司，」我說：「阿摩司冒著自己的生命危險來救我們，他叫我們不要管他繼續往前走。而且，賽特不需要人形，他要用金字塔來完成計畫。」

「你知道這件事是因爲……」

我猶豫了一下。「是阿摩司告訴我們的。」

「我們這樣談不出結果，」姬亞說：「我知道賽特的祕密名字，我可以告訴你，但你必須保證不會告訴阿摩司。」

「喔，拜託。而且，如果你知道他的祕密名字，你爲什麼不自己用來對付他？」

她搖搖頭，看起來幾乎就跟我一樣沮喪。「我不知道爲什麼……我只是知道這個角色不是由我來扮演，一定要是你或莎蒂才行，也就是流著法老血液的子孫。如果你不做的話……」

卡車突然減速。從車前擋風玻璃看出去，大約在前面十幾公尺的地方，一個穿著藍外套的男人就站在我們的車頭燈前。是阿摩司。他的衣服破爛不堪，像是被散彈槍掃射過一樣，不過除此之外，他看起來還好。在卡車還沒完全停下來之前，我就從駕駛座跳出去，跑到他身邊。

「阿摩司！」我大喊：「發生了什麼事？」

「我引開薛克梅特。」他說，一邊用手指穿過他外套上的一個洞。「大概有十一秒之久。很高興看到你們還活著。」

「剛才碰上一間莎莎醬工廠。」我正要解釋前面發生的事，但阿摩司舉起手要我別說話。

「之後有時間再解釋吧。」他說：「我們現在要趕快前進了。」

他指著西北方，我看見了他所指的意思。在我們前面的風暴更加強烈，情況愈來愈糟。一道黑牆遮住了夜晚的天空、群山、公路等等，像是吞噬了全世界。

「賽特的風暴持續增強。」阿摩司說，眼裡閃著亮光。「我們要不要直接開進去？」

35 世界末日的前兆

我不知道有卡特和姬亞在一旁抱怨，我怎麼能辦得到，但我在卡車後面的確睡了一下。即使剛剛因爲看見阿摩司還活著而興奮，等我們重新上路，我就回到臥鋪開始神遊。我想「哈—迪」這個咒語的確讓人元氣大傷。

我的「巴」很自然就抓住這個旅行的機會。但願老天保佑我能好好休息一下。

我發現自己回到了倫敦，站在泰晤士河岸。克麗奧佩特拉之針高高聳立在我面前。天空灰濛濛的，天氣涼爽無風，就連低潮時的淤泥味都讓我很想家。

艾西絲穿著像雲一樣潔白的衣裙站在我旁邊，她的一頭黑髮用鑽石綁成辮子。在她身後有一對彩色的翅膀，翅膀的顏色一下強一下弱，像極光一樣。

「你父母的想法是對的，」她說：「巴絲特快撐不住了。」

「她是我朋友。」我說。

「對。也是一位優秀忠心的僕人，但混沌無法被永遠壓制。它會壯大，會滲透文明的縫隙、打破邊界。它無法被壓制在平衡狀態。這是混沌的天性。」

方尖碑開始晃動，微微發光。

「今天被毀的是美洲大陸，」艾西絲若有所思地說：「但除非眾神聯合起來，除非我們擁有各自完全的力量，否則混沌很快就會摧毀整個人類世界。」

「我們正在盡力阻止，」我堅持著，「我們會打敗賽特。」

艾西絲憂傷地看著我。「你知道那不是我的意思。賽特只是個開始。」

眼前的景象變了，我看見倫敦成爲一片廢墟。我看過那些有關二次大戰期間閃電戰[77]的可怕照片，但跟眼前的景象比起來都不算什麼。整座城市被碾平，瓦礫沙塵延綿不絕，各種漂浮殘骸使泰晤士河淤塞。只有方尖碑仍屹立不搖，但我看著它時，卻開始崩裂。它的四個面漸漸剝落，像花苞般恐怖地打開了。

「不要讓我看到這種景象。」我懇求著。

「這一切很快就會發生，」艾西絲說：「如同你母親預見的一樣。你如果無法面對……」

景象再次改變。我們站在王宮的王座廳裡，和我之前看到的一樣，賽特就是在那裡活埋俄塞里斯。眾神開始聚集，他們先以射進王座廳的光束出現，繞過柱子，然後現出人形。其中一道光變成身穿髒汙實驗袍的透特，他戴著金屬框眼鏡，頭髮全都豎立起來。另一道光變成荷魯斯，是一個雙眼分別是金色、銀色的驕傲年輕戰士。鱷魚神索貝克緊握自己溼答答的魔杖，還對我咆哮。一大群蠍子四散在柱子後面，再次出現時，變成穿著褐色衣服的女神瑟克特。然後我的心跳加速，因爲我注意到在王座後面的陰影中，站著一個身穿黑衣的男孩。是阿努比斯，他的深黑色眼睛懊悔地打量著我。

他指著王座，我看見那裡是空的。整個王宮失去了自己的心臟。房間裡又冷又黑，很難相信這裡曾經是一個舉行歡慶活動的地方。

艾西絲轉向我。「我們需要一位統治者。荷魯斯必須成爲法老。他一定要將眾神和生命之屋團結起來。這是唯一的方法。」

「你指的不會是卡特吧，」我說：「我那笨蛋哥哥……是法老？你在開玩笑嗎？」

「我們必須幫助他。你跟我要一起合作。」

要不是女神如此眼神凝重地看著我，這麼荒謬的想法眞的會讓我瘋狂大笑。

「幫助他？」我說：「爲什麼不是他來幫助我變法老？」

「歷史上也有過力量強大的女法老，」艾西絲承認，「像哈姬蘇女王就成功統治了埃及許多年。娜芙蒂蒂78的力量也和她丈夫旗鼓相當。但是，莎蒂，你有一條不同的路要走。你的力量不是爲了要坐在那張王座上，我想你自己也很清楚。」

我看著王座，發現艾西絲說得有道理。想到我頭戴王冠坐在那裡，試圖統治這一大群脾氣欠佳的神，還眞是一點都不吸引我。話雖如此……但卡特？

77 閃電戰（Blitz）指二次大戰期間，德國納粹軍隊對倫敦和其他英國城市進行的轟炸空襲。空襲行動時間長達一年，當時有許多家長將孩子送往鄉下避難。

78 娜芙蒂蒂（Nefertiti）是埃及新王國時期的王后，約生於西元前十四世紀。她與丈夫展開宗教革命，由他們開始一神信仰。她也被喻為世界上最美的女人。

「莎蒂，你的力量已經增強了，」艾西絲說：「我不認為你知道自己有多強，不過很快我們就要一起面臨考驗。如果你維持住你的勇氣和信心，我們就能獲勝。」

「勇氣和信心，」我說：「兩個都不是我的強項。」

「你的時刻已經來臨，」艾西絲說：「我們都靠你了。」

眾神開始聚攏，有所期待地看著我。他們開始愈靠愈近，緊緊地壓迫著我，讓我無法呼吸，他們甚至還抓我、搖晃我……

我醒來時發現姬亞正戳著我的肩膀。

「莎蒂，車子停了。」

我本能地想要去拿魔棒。「什麼？在哪裡？」

姬亞將臥鋪的布簾拉開，從前座傾身過來，整個人就在我上方，像禿鷹一樣令人緊張。

「阿摩司和卡特在加油站。你需要做好移動的準備了。」

「為什麼？」我坐了起來。從擋風玻璃看出去，沙塵暴正劇烈吹擊。天是黑的，所以很難看得出來現在是白天還晚上。在一陣強風和飛沙之後，我看見我們停在一間燈火通明的加油站前。

「我們已經到了鳳凰城，」姬亞說：「但城裡大部分地方都關著。人群正在撤退。」

「現在幾點？」

「清晨四點半，」姬亞說：「魔法不太管用。我們愈接近那座山，情況就愈糟。卡車的衛星導航系統也壞了。阿摩司和卡特走去加油站問路。」

聽起來一點希望也沒有。如果兩個男魔法師焦急地停車問路，表示我們現在的處境十分危險。

卡車駕駛座在呼嘯的狂風中搖晃。在我們經歷這一切事情之後，我覺得會害怕風暴實在很傻，但我還是爬到前面的座椅，才能坐在姬亞旁邊互相作伴。

「他們進去多久了？」我問。

「一下子而已，」姬亞說：「我想趁他們回來前跟你談談。」

我抬起眉毛。「是有關卡特的事嗎？嗯，如果你在猜他是不是喜歡你，那麼他說話結巴的樣子可能就是種徵兆。」

姬亞皺起眉頭。「不，我是……」

「想問我會不會介意嗎？你眞體貼。我得說我一開始是有些懷疑，因爲你曾威脅過要殺了我們，再加上其他一些事，但我認定你不是個壞人，而卡特對你很著迷，所以……」

「這件事和卡特無關。」

我動了動鼻子。「糟糕。你能不能忘記我剛才所說過的話？」

「是有關賽特的事。」

「老天，」我嘆口氣，「不要又是這件事。你還在懷疑阿摩司嗎？」

「你因爲盲目而沒看見，」姬亞說：「賽特喜歡欺騙和陷阱，這是他最愛的殺戮方式。」

有部分的我知道她說得有理，你絕對會認爲我不聽她的話實在很蠢。但你有沒有過坐在某人旁邊時，聽到他說你家人壞話的經驗？即使他們說的人不是你最喜歡的親戚，但很自然的就是想替他們辯護。至少對我來說是這樣，可能是因爲我一開始就沒什麼親戚。「聽著，姬亞，我不敢相信阿摩司會……」

「阿摩司不會，」姬亞同意，「但賽特可以扭曲人的心靈，並且控制他的身體。我不是附身這方面的專家，但在古時候這卻是常見的問題。小惡魔就夠難除掉了，而大神……」

「他沒有被附身。他不會被附身。」我皺起眉頭。

一陣尖銳的疼痛在我手中燃起，就在我最後一次握著眞理羽毛的位置。但我沒有說謊！我的確相信阿摩司是無辜的……不是嗎？

姬亞仔細觀察我的表情。「你需要阿摩司平安無事。他是你的叔叔。你已經失去太多家人。這點我懂。」

我想回嗆說她什麼都不懂，但她的語氣使我懷疑她很了解這種哀傷，甚至比我還懂。

「我們沒得選擇，」我說：「是怎樣，離日出還有三小時嗎？阿摩司知道溜進山裡的最好方法，不管是不是陷阱，我們都必須去那裡阻止賽特。」

當她找尋某種方法來說服我時，我幾乎能看見她的腦袋在快速運轉。

「好吧，」她最後終於開口：「我想告訴卡特一些事，但是一直沒機會說，那我就告訴你好了。你所需要阻止賽特的最後一樣東西是……」

「你不可能知道賽特的祕密名字。」

姬亞凝視著我。或許是眞理羽毛的緣故，我很確定她不是在唬我。她的確知道賽特的祕密名字，或至少以爲自己知道。

老實說，我坐在車廂後面時，有聽到她跟卡特的對話。我不是有意要偷聽，但實在很難不去聽他們在說什麼。我看著姬亞，試著相信她是奈弗絲的宿主，但這沒什麼道理。我跟奈弗絲說過話，她告訴我，她在遠處一個沉睡的宿主體內，而姬亞現在就站在我面前。

「這個方法會管用，」姬亞堅持，「但我做不到，必須要由你來做才行。」

「你爲什麼不自己用？」我問：「是因爲你的魔法用光了嗎？」

她不理會我的問題。「只要答應我，你會在我們抵達那座山之前，用在阿摩司身上。這可能是你唯一的機會。」

「如果你錯了，我們就浪費掉僅有的一次機會。一旦用過，這本書就會消失不見吧？」

姬亞很不情願地點點頭。「一旦唸過之後，這本書會消失，並再次出現在世界的某個地方。但如果你等得太久，我們全都完了。如果賽特引誘你進入他的力量基地，你就再也沒有力量去對抗他。莎蒂，拜託……」

「把名字告訴我，」我說：「我保證會在正確的時候使用。」

「現在就是正確的時候。」

我猶豫了一下，希望艾西絲會送我一些有智慧的話，但這位女神沉默著。我不知道我是否會寬容。如果我同意進行姬亞的計畫，或許事情會變得不一樣。在我還來不及做出決定時，卡車的門開了，阿摩司和卡特帶著一陣飛沙爬進車裡。

「我們接近了。」阿摩司面露微笑，彷彿這是個好消息。「非常非常接近。」

36 原形畢露

距離駝背山不到一公里的地方，我們進入一個沒有任何狂風的圓圈之內。

「這是暴風眼。」卡特猜測。

實在是很詭異。圓柱狀的烏雲盤旋環繞這座山的四周。從駝背山峰到如同船舵一般的大漩渦邊緣，煙霧在此留下來回飄盪的蹤跡，但就在我們正上方，清澈且布滿星光的天空，漸漸開始灰白。不久就要日出了。

街道空無一人，聚集在山腳下的大房子和旅館也都一片漆黑，但這座山卻在發光。你有沒有試過用手蓋住手電筒，然後觀察皮膚如何變紅？那就是這座山的顏色，有種又亮又燙的東西試著想燒穿岩石。

「街上沒有任何東西在動，」姬亞說：「如果我們試著直接開進山裡……」

「我們會被看到。」我說。

「那用咒語呢？」卡特看著姬亞。「你知道……就像你曾經在第一行省用過的那招。」

「什麼咒語？」我問。

姬亞搖搖頭。「卡特說的是隱形咒，但我現在沒有任何魔法。除非你有適合的材料，否則不可能想變就變。」

「阿摩司呢？」我問。

他思考這個問題。「恐怕也無法隱形。但我有別的主意。」

我本來以爲變成鳥很爛，直到阿摩司把我們變成了暴風雲，我才知道變成鳥其實不賴。

他先解釋了他要做的事，卻沒有讓我比較不緊張。

「沒有人會注意到在風暴中出現的幾朵烏雲。」他分析說。

「但是不可能，」姬亞說：「這種暴風魔法是混沌的魔法。我們不該……」

阿摩司舉起魔棒，而姬亞就消散不見了。

「不！」卡特大喊，但他也接著消失，取而代之的是一圈黑煙。

阿摩司轉向我。

「噢，不，」我說：「謝了，但是……」

碰的一聲，我成了一朵暴風雲。雖然你聽起來可能覺得很了不起，但想像你的手腳都消失不見，變成了風；想像你的身體變成煙霧，甚至沒有了胃卻還是覺得胃不舒服；想像你必須聚精會神才能不讓自己完全消散。

我實在太生氣了，體內出現閃電。

「不要這樣，」阿摩司責備我，「只要幾分鐘就好。跟我來。」

他化為更大、更黑的風暴，急速朝那座山飛去。跟在他後面不是件簡單的事。起先我只能用飄的，每一陣風都強行想拉走一部分的我。我試著不停旋轉，發現這樣很難把我所有粒子聚在一起。然後我想像體內充滿氦氣，突然間就飛了起來。

我不能確定卡特和姬亞到底有沒有跟來。當你變成一陣風暴，你的視線就和人類不一樣。我只能隱約感覺自己四周有什麼東西圍繞，但我「看到」的只有稀稀落落、模模糊糊的東西，彷彿通過強大的靜電一樣。

我朝這座山前進。對我這個風暴團來說，這座山幾乎是一個無法抗拒的烽火臺。它在發光，而且帶著熱度、氣壓和亂流，一切都是我這個飛塵小鬼所嚮往的。

我跟著阿摩司到了山另一邊的一處山脊上，但我變回人形的速度似乎有點太快。我從空中摔落，將卡特撞倒在地。

「好痛。」他呻吟著。

「抱歉。」我說，雖然我大部分注意的是想不想吐。我的胃仍舊感覺自己是個風暴。

姬亞和阿摩司站在我們旁邊，從兩塊砂岩巨石間的縫隙往裡面窺看。紅色的光從內透出，使裡面惡魔的臉看起來更加猙獰。

姬亞轉向我們。從她的表情看來，她所看見的一點也不好。「只剩下頂角錐了。」

「剩下什麼？」我從縫隙往裡面看，景象幾乎就跟變成一朵風暴雲一樣令人茫然。整座山都被挖空了，就跟卡特之前描述的一樣。洞穴裡的地底大約離我們有六百公尺左右，到處都是熊熊燃燒的火焰，整個岩壁都沐浴在血紅色的光線下。一座赤紅色的金字塔佔據整個洞穴。一大群惡魔像在參加搖滾演唱會的群眾等待表演開始一樣，繞著金字塔底部打轉。在他們上方和我們視線等高的地方，兩艘由惡魔船員操控的魔法平底船正緩緩地、儀式性地朝金字塔飄過去。兩艘船的中間用繩索網吊掛著唯一一塊金字塔尚未裝上的東西，就是用來當最後裝飾的金色壓頂石。

「他們知道自己已經贏了，」卡特猜測，「所以現在把這當作表演一樣。」

「沒錯。」阿摩司說。

「我們來把船炸掉好了！」我說。

阿摩司看著我。「那眞的就是你的策略嗎？」

他說話的口氣讓我覺得自己完全是個笨蛋。我往下看著惡魔大軍、巨大的金字塔……我到底在想什麼？我不可能贏得了這場戰爭，我才十二歲耶。

「我們一定要試試看，」卡特說：「爸就在那裡面。」

這讓我不再自怨自艾了。如果我們要死，至少我們要努力把爸爸救出來（喔，對了，我想，要救的還有北美洲）。

「你說得對，」我說：「我們飛到那些船上。我們要阻止他們把壓頂石放上……」

「是頂角錐。」姬亞糾正我。

「隨便啦。然後我們要飛進金字塔找到爸。」

「賽特試圖阻止你們的時候呢？」阿摩司問。

我瞥向姬亞，而她靜靜地警告我不要再多說話。

「事情按先後次序來，」我說：「首先，我們要怎麼樣飛到船上？」

「變成風暴飛過去。」阿摩司建議。

「不！」我們異口同聲地說。

「我再也不要變成混沌魔法的一部分，」姬亞堅持，「這不自然。」

阿摩司朝我們底下的景象揮揮手。「難道這狀況很自然嗎？你有別的計畫嗎？」

「鳥。」我說，真討厭我竟然考慮這種方式。「我會變成一隻鳶。卡特能變成隼。」

「莎蒂，」卡特警告我：「萬一你……」

「我必須試試看。」在失去決心前，我把頭轉開。「姬亞，自從你用了那道火柱，到現在已經快十個小時了吧？你現在還是沒有魔法嗎？」

姬亞伸出手，集中精神。起先，什麼事都沒發生，接著紅色的光在她指尖閃爍，魔杖出現在她的掌心裡，還在冒煙。

「來得正是時候。」卡特說。

「也來得不是時候。」阿摩司提出看法。「這表示狄賈登不再被火柱追著跑。他很快就會到這裡，我確定他會帶後援過來。帶給我們更多敵人。」

「我的魔法仍舊微弱，」姬亞警告著，「我在戰鬥上幫不了太多，但或許可以召喚坐騎。」

她拿出那個在路克索用過的禿鷹護身符。

「現在就剩下我了，」阿摩司說：「不用擔心。我們在左邊的船上會合。我們會攻下那艘船，然後再來對付右邊的船。給他們來個出其不意吧。」

我沒心情讓阿摩司來決定我們的計畫，但找不出他的邏輯有任何破綻。「對。我們得先快速把這兩艘船解決掉，然後再針對金字塔。或許我們可以用關閉入口這類的方法。」

卡特點點頭。「準備好了。」

一開始，這個計畫似乎很順利。變成鳶不是問題，讓我意外的是，一旦我飛到船頭，我第一次嘗試就變回人形，手上也準備了魔杖和魔棒。最吃驚的是站在我面前的惡魔，他的彈簧刀頭立刻警覺地彈跳起來。

在他把我切成兩半甚至大叫之前，我用魔杖召喚了風，把他吹到船下。他的兩名同伴向前衝來，但卡特出現在他們後面，抽出劍，將他們砍成一堆沙子。

可惜，姬亞沒這麼隱密。一隻腳上掛著女孩的大禿鷹很容易引起注意。她一往船飛去，底下的惡魔就指指點點，還大喊大叫。有些惡魔擲出長矛，但都沒有射中目標。

姬亞盛大的出場的確吸引了我們船上最後兩個怪物的注意，這也讓阿摩司有機會出現在他們後面。他這次採用狐蝠的形體，又讓我想起不好的回憶；但他很快就變回人形，用身體衝撞惡魔，讓他們搖搖晃晃從空中掉落。

「抓好了！」他告訴我們。姬亞及時降落抓住了舵柄。卡特跟我抓住船邊。我不知道阿摩司計畫要做什麼，但在我上次坐過飛船後，我一點也不想冒險。阿摩司開始誦唸，將魔杖指著另一艘船。那裡的惡魔開始吼叫，並指著我們。

其中一個惡魔長得高高瘦瘦，有一雙黑眼和猙獰可怕的臉，肌肉和皮膚像被剝掉一樣。

「那是賽特的左右手，」卡特警告，「叫做恐怖臉。」

「你！」惡魔大叫：「抓住他們！」

阿摩司說完咒語。「煙。」他誦唸著。

第二艘船立刻化爲一陣灰色的霧。惡魔們往下掉，一邊大叫。金色的壓頂石往下墜，直到綁在石頭上的繩子在我們這端被拉緊，我們的船差點翻過來，還被拉得歪向一邊，我們開始朝洞穴地表沉下去。

「卡特，把繩子割斷！」我尖叫著說。

他用劍切斷繩子，這艘船拉高，立刻上升幾公尺，讓我嚇出一身冷汗。

頂角錐撞到地上，發出巨大聲響。我感覺我們剛剛做好了一大疊惡魔煎餅。

「到目前爲止還不錯。」卡特注意到，但如同往常，他話說得太快了點。

姬亞指著我們底下。「你們看。」

很多惡魔都有翅膀，差不多有百分之四、五十的比例。他們全都朝我們飛來，空中像是布滿了一大群憤怒的黃蜂。

「飛到金字塔去，」阿摩司說：「我來引開這些惡魔。」

金字塔的入口是在建築結構基底兩根柱子間所設立的簡單大門，距離我們不遠。那裡有幾名惡魔在看守，但大多數賽特的軍力都跑向我們的船，紛紛大喊大叫，丟擲石頭（通常石頭都往下掉，然後砸到他們自己，但沒人說過惡魔很聰明）。

「他們數量太多了。」我抗議著。「阿摩司，他們會殺了你。」

「別擔心我，」他神色凝重地說：「你們進去後把入口封起來。」

他把我推到一邊，讓我別無選擇只能變成鳶。變成隼的卡特已經盤旋飛往入口，而我也聽見姬亞的禿鷹在我們身後拍打著大翅膀。

我聽到阿摩司高喊：「爲了布魯克林而戰！」

眞是一句奇怪的戰吼。我回頭看，那艘船已經起火燃燒。它開始飄離金字塔，並往下朝怪物大軍飛去。當船殼一片片剝落掉下，火球從船上各個方向射出。我沒時間欣賞阿摩司的魔法，或者擔心他發生了什麼事。他用他的煙火引開許多惡魔，但還是有惡魔注意到我們。

卡特和我降落在金字塔入口內，我們變回人形。姬亞跟著我們踉蹌進入，並將她的禿鷹變回護身符。惡魔只差我們幾步，有十二個大傢伙，分別有著昆蟲頭、龍頭和各種類型的瑞士小刀頭。

卡特伸出手來。一個巨大的發光拳頭出現，並且模仿他的動作，直接從姬亞和我的中間推出去，把門關上。卡特閉上眼睛集中精神，一個燃燒的金色符號如同封印一般蝕刻在門上，是荷魯斯之眼。當惡魔敲打屏障試圖闖進來時，符號的線條微微發光。

「這抵擋不了太久。」卡特說。

我非常佩服，雖然我沒說出來。看著被封起來的門，我只想到阿摩司一個人在外面，坐在燃燒的船上，被邪惡軍隊團團包圍。

「阿摩司知道自己在做什麼。」卡特說，雖然他的語氣聽起來不太相信自己的話。「他大概會沒事。」

「來吧，」姬亞催促我們，「沒時間東猜西猜了。」

隧道很窄、很紅又很溼，我感覺自己像是在某個大野獸的血管裡爬動。隧道大約傾斜四十度，所以我們排成一列爬進去。這看起來會是一條很好玩的滑水道，卻不適合小心走路。牆壁都以複雜精細的雕刻作裝飾，就像大多數我們看過的埃及牆壁，但卡特顯然不喜歡這些。他不斷停下來，皺眉看著這些圖畫。

「怎麼啦？」在第五還第六次發生同樣情況時，我開口問他。

「這些不是一般的墳墓壁畫，」他說：「沒有死後生活的圖畫，也沒有描繪眾神。」

姬亞點點頭。「這座金字塔不是墳墓。這是一個平台，一個用來容納賽特力量的身體。所有這些壁畫都是要增強混沌的力量，使混沌能永遠統治世界。」

我們繼續走，我更注意到這些雕刻，也才了解剛才姬亞所說的話。這些畫展示了可怕的怪物、戰爭場面，例如巴黎、倫敦等城市陷入火海之中，全彩的畫像描繪賽特與賽特之獸撕裂屠殺現代軍隊，畫面非常恐怖，沒有埃及人會眞的把這種東西刻在石頭上。我們愈往裡面走，圖畫就變得愈來愈奇怪也愈生動，而我也覺得愈來愈噁心。

我們終於抵達金字塔的中心。

在這座金字塔中原本應該是墓室的地方，賽特替自己打造了一間王座廳。這裡大概有一座網球場那麼大，但四周的地板卻陷進如同護城河般的深長壕溝。深深的溝底有紅色的液體在冒泡。是血？還是熔岩？邪惡番茄醬？任何一種可能聽起來都很糟。

壕溝看起來很容易一躍而過，但我不急著跳過去，因爲在房間裡，整個地板刻有紅色的象形文字，所有咒語都是要喚醒伊斯非特，也就是混沌。在遠遠上方天花板的中央，血紅色的光從一個單一的方形洞口射入。除此之外，這裡似乎沒有別的出口。沿著牆邊，有四個用黑曜岩雕刻成的賽特之獸雕像蹲踞在旁，它們的臉都轉向我們，露出珍珠白的牙齒，還有翡翠綠的眼睛在發光。

最糟的地方是王座本身。那是一個可怕的畸形物，像是紅色的石筍歷經幾世紀來的沉積而隨意亂長。它的形狀是因爲圍繞著一個金色的石棺，也就是爸的石棺，而石棺埋在王座底部，剛好露出的一小部分成了用來擱腳的腳踏。

「我們要怎麼救他出來？」我說，聲音在顫抖。

卡特在我旁邊倒吸一口氣。「阿摩司？」

我隨著他的視線往上看到天花板中央發光的紅色通風口。一雙腳在開口處擺盪。然後阿摩司掉下來，打開他的斗篷當作降落傘，慢慢飄到地上。他的衣服還在冒煙，頭髮也布滿灰塵。他用魔杖指著天花板，說了一句命令。他進來這裡的通風井開始晃動，噴出灰塵和碎石，光線突然被截斷。

阿摩司抖掉衣服上的灰塵，對我們微笑。「那應該可以擋住他們一下。」

「你是怎麼做到的？」

他比手勢要我們跟他走到房間。

卡特毫不猶豫地跳過壕溝。我不喜歡這樣，但我不要讓他拋下我一個人走掉，所以我也跳過去。很快的，我就覺得比之前更不舒服、更噁心，彷彿房間傾斜，讓我失去平衡感。

姬亞是最後一個過來的，她仔細看著阿摩司。

「你不應該還活著。」她說。

阿摩司噗哧笑了出來。「喔，我以前也聽過這句話。現在該做正事了。」

「對。」我看著王座。「我們要怎麼把棺材弄出來？」

「用砍的？」卡特抽出劍，但阿摩司舉起雙手。

「不，孩子們，這不是我所說的正事。我確定沒有人會干擾我們。現在該是我們好好談一談的時候了。」

我的背脊一陣冰冷刺痛。「談一談？」

突然，阿摩司跪在地上，身體開始抽動。我往他那裡跑過去，但他抬起頭來看我，一臉痛苦萬分。他的雙眼火紅。

「快跑！」他呻吟著。

他癱在地上，身體冒出紅色的蒸氣。

「我們一定要離開！」姬亞抓住我的手臂。「就是現在！」

但我看著這一切，嚇得全身僵住，而從阿摩司失去意識的身體中所冒出來的蒸氣正飄向王座，慢慢變成一個坐在上面的男人。是一個穿著火紅盔甲的紅色戰士，手裡拿著鐵杖，有著一個像狗的怪物頭。

「噢，親愛的，」賽特大笑，「我想，姬亞可以說這句話：『我早就跟你說過了。』」

37 勒洛伊的復仇

也許我這個人就是學什麼都很慢，怎樣？

因爲一直到了這個時候，就在賽特的王座廳中央，也就是這個邪惡金字塔的中心與他面對面時，我才在想：「來這裡眞是一個很爛的主意。」

賽特從王座上站起來。他的皮膚通紅，滿身肌肉，穿著火焰般的盔甲，手裡拿著黑色鐵杖。他的頭從野獸變成人。前一刻，那野獸的頭就像我那出現在華盛頓特區機場裡的怪物老友勒洛伊一樣虎視眈眈，下顎口水流個不停；但下一刻就換成人頭，有著淺棕色頭髮、帥氣卻嚴峻的臉龐、帶點幽默感的慧黠雙眼，還露出一抹殘酷邪惡的微笑。他把我們的叔叔一腳踢開。阿摩司發出呻吟，這至少表示他還活著。

我緊握住劍，劍身因爲我太用力而抖動著。

「姬亞是對的，」我說：「你附在阿摩司身上。」

賽特雙手一攤，試著擺出一副誠懇的樣子。「你知道……這不完全是附身。卡特，神能同時存在許多地方。荷魯斯如果夠誠實的話，他可以告訴你這點。我很確定荷魯斯一直在找一個很棒的戰爭紀念碑，或是蹲踞在某個軍事學校，而不是你這副軟弱無力的軀殼。我大部分的元神已經傳送到這個偉大的建築裡。」

他驕傲地伸手比著整間王座廳。「光是我一丁點元神就足以控制阿摩司・凱恩。」他伸出小指，一縷紅煙蜿蜒飄向阿摩司，沉入他衣服裡。阿摩司拱起背脊，像被閃電擊中一樣。

「住手！」我大喊。

我跑向阿摩司，但那道紅霧已經消散。我們叔叔的身體整個癱軟下來。

賽特把手放下，彷彿對剛剛的攻擊感到無聊。「恐怕已經沒剩什麼了。阿摩司頑強抵抗。他非常好玩，比我預期中還花了更多力氣對付。而那個混沌魔法其實是他的主意，他想盡辦法要警告你們，故意顯現出是我在控制他。好玩的是，我逼他使用他自己的魔法儲量來解開那些咒語。他光是試著傳送那些警告火焰，就差點耗盡自己的靈魂了。把你們變成風暴？拜託，現在還有誰會這麼做啊？」

「你是個禽獸！」莎蒂大叫。

賽特裝出驚訝的表情，倒抽一口氣。「真的？你說我嗎？」

莎蒂努力把阿摩司拖到一旁，賽特狂笑不停。

「阿摩司那晚在倫敦，」我說，希望讓他把注意力都放在我身上，「他一定是跟著我們到了大英博物館，而你從那時候開始就在控制他。狄賈登從來就不是你的宿主。」

「喔，你說那個平凡人啊？拜託。」賽特冷笑。「我們都比較喜歡身上流著法老血液的子嗣，相信你也聽說了。但我的確很喜歡玩弄你。我覺得用法語說『晚安』那招尤其巧妙。」

「你知道我的『巴』在那裡看著。你逼迫阿摩司破壞自己的家，好讓你的怪物能進到屋裡。你逼他走進陷阱被突襲。你爲什麼不乾脆讓他綁架我們？」

賽特雙手一攤。「就如我剛才所說，阿摩司奮力抵抗，有些事情我得完全摧毀他才能命令他做，而我不想太快就弄壞我的新玩具。」

我體內的憤怒燃燒著。阿摩司奇怪的舉止終於有了解答。沒錯，他是一直受到賽特的控制，但他也一直在反抗。我在他身上所感覺到的衝突，其實是他在警告我們。他不斷試圖拯救我們而幾乎喪命，賽特卻把他當成壞掉的玩具丟到一邊。

「讓我來控制，」荷魯斯催促著，「我們要替他復仇。」

「我自己來。」我說。

「不！」荷魯斯說：「一定要讓我來。你還沒準備好。」

賽特大笑著，彷彿能察覺到我們的爭鬥。「噢，可憐的荷魯斯。你的宿主還需要輔助輪才能騎車呢。你眞的要用這副身體來挑戰我嗎？」

荷魯斯和我第一次同時出現相同的感覺：憤怒。

想都沒想，我們舉起手，將能量射向賽特。一個發光的拳頭擊中他，紅帝猛地往後飛。他撞斷了一根柱子，倒下來的柱子壓在他身上。

有那麼一下子，房間裡只有沙塵和碎石掉落的聲音。接著瓦礫堆中傳出一陣深沉的狂笑聲。賽特從斷柱亂石中站起來，把一大塊石頭丟到一旁。

「漂亮！」他大吼。「一點用也沒有，但打得漂亮！荷魯斯，把你切成一塊一塊會很好玩，就跟我以前把你爸大卸八塊一樣。我會把你埋在這間房間，增強我的風暴力量，總共有四個珍貴的兄弟姊妹，這個風暴將會大得足以覆蓋全世界！」

我眨眨眼睛，短暫失去注意力。「四個？」

「喔，沒錯。」賽特的眼神飄向姬亞，她安靜地退到房間的一角。「親愛的，我可沒忘了你喔。」

姬亞急切地瞄向我。「卡特，別擔心我。他在試圖讓你分心。」

「可愛的女神，」賽特不懷好意地說：「這個形體實在貶低了你，但你當時也沒什麼選擇，對吧？」

賽特朝她走去，他的魔杖開始發光。

「不！」我大喊。我往前跑去，但賽特就跟我一樣善於用魔法推人。他一指著我，我就撞到了牆，像是被整支美式足球隊壓住似的，牢牢地釘在牆上。

「卡特！」莎蒂大喊：「她是奈弗絲。她可以照顧自己！」

「不對。」我所有直覺都告訴我姬亞不可能是奈弗絲。起先我也這麼認爲，但我愈想就愈覺得不對勁。我感覺她沒有任何神聖魔法，而且我覺得要是她眞的是女神的宿主，我一定會有感覺。

除非我出手幫忙，否則賽特會將她捏碎。但如果賽特試圖要讓我分心的話，他的確成功了。他一步步接近姬亞，而我掙扎反抗他的魔法，卻無法脫身。我愈是想將我跟荷魯斯的力量結合在一起，就像我之前做的那樣，我的恐懼和驚慌就愈是擋在前面。

「你一定要向我屈服！」荷魯斯很堅持，而我們兩個彼此角力爭奪我的心靈控制權，讓我頭痛欲裂。

賽特又朝姬亞走進一步。

「啊，奈弗絲，」他柔聲地說：「在創世之際，你是背叛我的妹妹。在另一個輪迴，另一個時代裡，你是背叛我的妻子。現在，我認爲你會是一道可口的開胃菜。的確，你是我們當中最弱的，但你仍是我們五個當中的一份子，全部五個聚在一起才有一股力量。」

他停了一下，然後露出笑容。「這樣才是完整的！好啦，現在要來消耗你的能量，並埋葬你的靈魂了嗎？」

姬亞伸出魔棒。紅色的半圓形防禦能量在她四周發光，但連我都看得出來這股力量很微弱。賽特從魔杖裡射出一把沙子，整個半圓形防護罩隨之瓦解。姬亞往後倒，沙子猛烈攻擊，撕裂她的頭髮和衣服。我掙扎著想要移動，但姬亞大喊：「卡特，我不重要！專心！不要抵抗！」

她舉起魔杖大叫：「生命之屋！」

她朝賽特擊出一顆火球，而這次的攻擊一定耗盡她剩餘的能量。賽特將火焰拍到一旁對著莎蒂而去，而莎蒂迅速高舉魔棒，保護自己和阿摩司不被炸傷。賽特朝空中緊抓一把，彷佛在拉一條看不見的繩子，而姬亞像個布娃娃朝他飛去，直接落在他手裡。

「不要抵抗。」姬亞怎麼能那麼說？我瘋了似的抵抗，卻沒有任何幫助。我只能無助地在一旁看著賽特低下頭接近姬亞的臉，仔細打量她。

起先賽特露出勝利的表情，一臉高興，但他的表情很快轉爲疑惑。他開始生氣，眼中燃燒著怒火。

「這是什麼詭計？」他咆哮怒吼：「你們把她藏在哪裡？」

「你無法擁有她。」姬亞勉強說出這句話，她因爲被掐住脖子而呼吸不順。

「她在哪裡？」他把姬亞扔到一邊。

她撞到牆壁，原本會滑進壕溝，但莎蒂大喊：「風！」立刻就吹來一陣風，抬起姬亞的身體，讓她滾到地板上。

莎蒂跑過去，把她從發光的壕溝旁拖開。

賽特大吼著：「艾西絲，這是你的詭計嗎？」他又對著她們射出一道沙塵暴，但莎蒂舉起魔棒。沙塵暴碰上了一個防護盾，其中的風被反彈回去，沙子卻讓莎蒂身後牆壁出現凹洞，在岩石上形成一個光環形狀的痕跡。

我不懂賽特有什麼好發飆的，但我不能讓他傷害莎蒂。

看到她孤軍奮戰，獨自保護姬亞不被一個發怒的神傷害，我體內有某種感應開始作用，就像引擎換上了升級裝備。我的思考突然間變得更快更清晰。我的憤怒和恐懼並未消失，但我發現這都不重要。這幫不了我救我妹妹。

「不要抵抗。」姬亞曾經告訴過我。

她說的不是抵抗賽特，而是荷魯斯。這位隼神試著想控制我的身體，幾天來我們一直在角力抗爭。

但我們兩個都不受控制。這就是答案。我們必須一起行動，完全信任彼此，否則我們兩個都別想活了。

「沒錯。」荷魯斯想，他也不再逼我。我停止抵抗，讓我們的思想彼此交會流通。我了解他的力量、回憶和恐懼。我看見在這數千年來成爲他宿主的人，而他也看到我的心靈，所有的一切，甚至是連我自己都不會感到光榮的事。

這種感覺很難描述。我從荷魯斯的回憶得知這種結合非常罕見，就像丟銅板有時會出現既不是人頭也不是字的結果，而是垂直立著，達到完美的平衡。他沒有控制我，我不是爲了力量而利用他。我們結合成一體行動。

我們的聲音和諧地一起說：「現在。」

把我們綁在一起的魔法束縛解開了。

我的戰鬥化身立刻在身旁成形，將我從地板抬起，並用一股金色能量包圍著我。我走向前去，舉起我的劍。隼戰士模仿相同的動作，完美地與我的願望協調。

賽特轉過身來，冷冷地打量我。

「那麼，荷魯斯，」他說：「你終於找到你那輛小腳踏車的踏板啦？但這並不表示你能騎得動啊。」

「我是卡特・凱恩，」我說：「我是法老的子孫、荷魯斯之眼。而現在，賽特，我的哥哥、叔叔、叛徒，我要把你像蟲子一樣捏碎。」

38 決鬥

這是場生死一線間的戰鬥，而我覺得非常痛快。

每個招式都很完美，每次出擊都好玩得讓我想大笑出聲。賽特的身體漸漸變大，還大過了我，而他的鐵杖變得跟船桅一樣粗。他的臉會閃動，一下是人，一下是賽特之獸。我們彼此的劍和魔杖敲擊在一起，火花四起。他推倒我，讓我撞上他的動物雕像，而雕像被撞到地上碎掉。我重新站穩，再次出擊，我的劍插進賽特肩膀護甲的縫隙。他發出咆哮聲，黑色的血從傷口滲透出來。

他揮舞魔杖。在他的揮擊把我的頭敲開前，我立刻滾到旁邊。結果他的魔杖反而打裂了地板。我們來回出擊，撞壞了柱子和牆壁，四周有天花板碎塊紛紛落下，直到我發現莎蒂正大聲喊叫要引我注意。

我從眼角餘光看見她正努力保護阿摩司和姬亞不受傷害。她匆匆在地上畫了一個防護圈，而她的防護盾將掉下來的斷垣殘壁通通反彈回去。但我了解爲什麼她會擔心，因爲現在這種狀況持續下去，整座王座廳會倒塌，把我們所有人都壓死。我懷疑這樣是否可以讓賽特重傷。他大概也這麼想，因爲他想把我們都埋在這裡。

我必須把他引到外面空曠的地方。假如我替莎蒂爭取些時間，她就可以將爸的棺材從王座下帶出來。我想起了巴絲特如何描述她與阿波非斯的打鬥，就是要一輩子抓著敵人不放。

「對。」荷魯斯同意。

我舉起拳頭，將一道能量朝我們頭頂上的通風孔射去，把通風孔炸開，直到紅光再次流洩進來。然後我把劍丟掉，整個人撲向賽特。我赤手空拳抓住他的肩膀，試圖以摔角選手的方式抓住他。他想打我，但他的魔杖在近距離發揮不了作用。他咆哮大吼，丟下武器，抓住我的手臂。他比我更強壯，但荷魯斯知道幾招不錯的招式。我扭轉身體，到了賽特背後，我的前臂滑到他腋下，以箝制的方式勾住他的脖子。我們重心不穩，踉蹌向前，差點就踩到莎蒂的防護盾。

「我們現在抓住他了，」我心想：「現在該拿他怎麼辦？」

諷刺的是，告訴我答案的人是阿摩司。我想起他是如何將我變成風暴，光是憑藉內在的力量就壓制了我的個人意識。我們彼此的心靈曾有過短暫的衝突，但他以絕對的信心將自己的意志強行加在我身上，把我想像成一朵風暴雲，然後我就變成那樣。

「你是一隻狐蝠。」我對賽特說。

「不是！」他在內心叫喊著，但我讓他吃了一驚。我可以感覺到他的困惑，而我正利用這點來對付他。把他想像成一隻蝙蝠很簡單，因爲當阿摩司被賽特附身的時候，我曾看過他變成一隻蝙蝠。我想像自己的敵人愈來愈小，背上長出皮翅膀，和一張醜不拉嘰的臉。我也開始縮小，直到自己變成一隻隼，爪子裡緊抓著一隻狐蝠。沒有時間了，我立刻朝通風口飛去，在通風井內旋轉而上的時候，我跟狐蝠彼此纏鬥扭打，又抓又咬。最後我們衝到外面，重新返回我們原來的戰士形體，站在紅色金字塔的外側。

我不安地站在斜坡上。我的戰士化身隨著右臂受傷而開始閃爍，而我自己的手臂也在同一個位置被割傷，開始流血。賽特站起來，擦掉他嘴裡冒出的黑血。

他對我笑，發出掠食者的猙獰嘶吼。「荷魯斯，你可以知道自己是光榮戰死的，但現在已經太遲了。你看。」

我從洞穴往外看，感到非常緊張。惡魔大軍已經和一支新的軍隊激烈交鋒。數十位魔法師在金字塔旁以一個寬鬆的圓形排列前進，想從中殺出一條路。生命之屋一定是集結了所有可運用的力量，但他們與賽特的軍團相比之下，人數少得可憐。每一位魔法師都在一個移動的防護盾內，他們如同聚光燈打出光線般，揮舞著發光的魔杖和魔棒，並費力穿過敵軍軍陣。火焰、閃電、龍捲風穿透撕裂惡魔的宿主。我看到各種被召喚而來的野獸，有獅子、蟒蛇、斯芬克斯，甚至還有些河馬，如坦克車般衝過敵軍隊伍，將他們輾平。象形文字到處在空中發光，引發足以消滅賽特勢力的爆炸和地震。但有愈來愈多惡魔加入戰鬥，一圈又一圈團團圍住魔法師。我看到一個魔法師完全無法抵擋攻勢，他的防護圈閃了一下，綠光就破了，並在如海浪般襲來的惡魔大軍攻勢下，倒下身亡。

「這是生命之屋的末日，」賽特滿意地說：「只要我的金字塔屹立不搖，他們就沒有興盛的一天。」

魔法師似乎也知道這點。隨著他們接近，他們不斷射出火流星和閃電球；但每一次的爆炸碰到石坡就煙消雲散，被賽特力量的紅霧所吞滅，對金字塔完全起不了作用。

然後我注意到一塊金色的壓頂石。四個蛇頭巨人拿起這塊石頭，緩慢但穩定地抬著它穿過混戰。賽特的左右手恐怖臉正扯著嗓子命令他們繼續前進，還不停鞭打他們。他們往前推進，直到抵達金字塔底部，開始往上爬。

我朝他們衝去，但賽特立刻阻撓干預，擋在我前面。

「荷魯斯，我可不這麼認為，」他大笑著，「你不可以毀了這個派對。」

我們兩個召喚武器到手上，並以全新的狠勁交戰，又砍又躲。我用劍往下揮出致命一擊，但賽特閃到一邊，劍打在石頭上，一股震動傳入我體內。我還來不及反應，賽特就說了一個字：「哈—威！」

是「攻擊」的意思。

這個象形文字在我面前炸開，使我踉蹌從金字塔的一側掉下去。

當我恢復視線，我看到恐怖臉和蛇頭巨人遠遠在我上方，吃力地拖著金色石塊在金字塔斜坡往上爬。他們只差幾步就要到頂端了。

「不。」我喃喃說著，試著要站起來，但我的化身非常緩慢。

不知道從哪裡冒出一名魔法師，彈射進惡魔之中，並且釋放出一陣大風。惡魔被吹得四散，丟下了壓頂石，而魔法師用魔杖攻擊石頭，阻止它滑下去。這個魔法師就是狄賈登。他分叉的鬍子、袍子和豹紋皮做的披風都燒焦了。他眼裡充滿了憤怒。他將魔杖壓在壓頂石上，金色石頭開始發光。就在狄賈登得以摧毀這塊石頭前，賽特在他身後出現，把他的魔杖當棒球棍一樣揮舞。

狄賈登身體搖晃，受了傷，失去意識，一路從金字塔上摔落，消失在一大群惡魔中。我的心糾結在一起。我從來就沒喜歡過狄賈登這個人，但沒有人應該碰上這種命運。

「眞煩，」賽特說：「但是沒用。荷魯斯，生命之屋就是淪落到這種程度，是吧？」

我衝上斜坡，彼此的武器再次碰撞在一起。我們來回打鬥，而灰白的亮光開始從我們上面的山頂縫隙透射進來。

荷魯斯敏銳的知覺告訴我還有兩分鐘就日出了，或許不到兩分鐘。

荷魯斯的能量不斷流通我全身。我的化身只有些許損傷，攻擊仍舊敏捷有力，卻不足以打敗賽特，而賽特也知道這點。他不疾不徐地慢慢來。每一分鐘都有魔法師戰死，而混沌快要接近勝利。

「耐心，」荷魯斯想說服我，「我第一次跟他作戰的時候打了七年。」

但我知道，我們現在連七分鐘都沒有，更別說是七年了。真希望莎蒂在這裡，但我更希望她有辦法把爸救出來，然後保護姬亞和阿摩司不受傷害。

想到這裡使我分心。賽特將魔杖揮在我腳邊，我沒有跳起來，反而試著後退。這一擊打中我右邊的腳踝，害我失去平衡，整個人從金字塔上滾落。

賽特大笑。「一路順風！」然後他撿起壓頂石。

我站起來，發出痛苦的呻吟，但我的腳重得像鉛塊一樣。我搖搖晃晃爬上斜坡，但連一半的地方都還沒爬到，賽特就把壓頂石放上去，完成了這個建築。紅光流向金字塔各邊，發出一種有如全世界最大低音吉他的聲音，不但撼動整座山，也使我全身麻痺。

「離日出還有三十秒！」賽特開心大叫。「這塊土地永遠屬於我了。荷魯斯，你一個人阻止不了我，尤其是在沙漠裡，在我的力量來源之地！」

「你說得沒錯。」附近傳來一個聲音說。

我朝聲音的方向望去，看見莎蒂從通風井飛出來，散發著多彩光芒。她的魔杖和魔棒也都在發光。

「並不是只有荷魯斯在作戰，」她說：「而且我們也不想在這個沙漠裡和你一決高下。」

她將魔杖打在金字塔上，並且大喊一個名字。我完全沒想到，她會把這個名字拿來當作戰吼。

39 姬亞的祕密

卡特，替你歡呼，感謝你讓我有這麼戲劇化的出場。

但事實上沒有這麼光鮮亮麗。

我們先倒帶一下吧。我的哥哥，也就是那個瘋狂雞戰士，變成了一隻隼，跟他的新朋友狐蝠一起往金字塔的煙囪飛出去。他留下我一個人和兩個受重傷的人玩護士照顧病人的遊戲。我不喜歡這樣，而且我也很不會照顧病人。

可憐的阿摩司，他的傷口似乎是因爲魔法而非外力造成的。他身上沒有傷痕，但眼珠往上翻，而且幾乎沒有呼吸。當我摸著他的額頭，蒸氣從他的皮膚冒出來，所以我決定最好先別管他。

姬亞的情形又不一樣。她的臉色死白，腿上好幾個嚴重的傷口都在流血。她有一隻手臂扭曲變形，呼吸急促還帶有沙沙聲。

「撐著點。」我從我的褲子邊撕下一條布，試著綁住她的腿。「或許有某種治癒魔法……」

「莎蒂。」她虛弱地抓住我的手腕。「沒時間了。聽我說。」

「如果我們可以止血的話……」

「他的名字。你需要知道他的名字。」

「但你不是奈弗絲！賽特這麼說過。」

她搖搖頭。「一個口信……我用她的聲音說話。那個名字是——惡日。賽特出生的那一天就是『惡日』。」

的確，我心想。難道那真的是賽特的祕密名字？姬亞在說什麼啊，說她不是奈弗絲，卻用她的聲音說話……真讓人搞不懂。然後我想起在河邊聽到的聲音。奈弗絲說過她會送口信來。阿努比斯也要我保證會聽奈弗絲說的話。

我不安地動了動身體。「聽著，姬亞……」

接著，事實讓我恍然大悟。有些伊斯坎德說過的事、透特說過的事，現在全都拼湊在一起了。伊斯坎德想保護姬亞，他告訴我如果他早點發現我和卡特都是小神，他也會保護我們，就像他保護……姬亞一樣。我現在了解他是如何努力保護姬亞了。

「喔，我的天啊，」我瞪著她看，「就是這樣，對吧？」

她似乎明白我在說什麼，她點點頭。她的臉因疼痛而扭曲，但眼睛還是和之前一樣剛強堅毅。「用那個名字，讓賽特屈服於你的意志，要他幫忙。」

「幫忙？他剛才想殺掉你啊，姬亞。他不是那種會幫助別人的人。」

「快去。」她試著推開我。她的手指冒出微弱的火焰。「卡特需要你。」

大概就是她說的這句話激勵到我。卡特有麻煩了。

「我會回來的，」我保證，「你不要……呃，走到別的地方去。」

我站著凝視天花板上的洞，想到又要變成鳶，讓我很討厭。然後我的視線集中在爸那具埋在紅色王座裡的棺材。石棺發出光芒，像是某種具放射性的東西快要熔毀一樣。要是我打破王座……

「一定要先解決賽特。」艾西絲警告我。

「但是如果我能先救爸出來……」我向前走近棺木。

「不行，」艾西絲警告，「你將看到的東西太危險了。」

「你在說什麼？」我不耐煩地想。我把手放在金色石棺上，整個人立刻就從王座廳被拉進某個景象中。

我回到了死人之境，重新回到審判廳。一處紐奧良墓園裡崩裂坍塌的紀念碑在我四周閃耀。死人的靈魂在大霧中不安地騷動。在破裂的天秤底端，一個小怪物正在睡覺，是吞噬獸阿穆特。他睜開一隻發亮的黃眼睛打量我，然後又回去繼續睡覺。

阿努比斯從陰影中走出來。他穿著黑色的絲質西裝，脖子上的領帶鬆開，宛如剛剛參加過喪禮或是英俊的禮儀師大會。「莎蒂，你不應該出現在這裡。」

「那還用你說嗎？」我說，但我很高興看到他，我很想因為放心而哭泣。

他牽起我的手，帶我走到空蕩蕩的黑色王座。「我們失去了一切平衡。這張王座不能是空的。必須要在審判廳這裡重新開始恢復瑪特，重建秩序。」

他的語氣聽起來很悲傷，彷彿在求我接受一件可怕的事。我不懂，但是一種很深的失落感襲上我心頭。

「不公平。」我說。

「對，是不公平。」他緊緊抓住我的手。「我會在這裡等。抱歉，莎蒂，我眞的很……」

「等一下！」我試著想要握住他的手，他卻跟著墓園一起化成了霧。

我發現自己回到眾神聚集的王座廳，不過這次王座廳看起來像被遺棄了好幾世紀。這裡的火爐不但冰冷而且生鏽，美麗的大理石地板就跟乾涸的湖床一樣出現裂紋。

巴絲特獨自站在俄塞里斯空蕩蕩的王座旁。她對我露出淘氣的微笑，但再次看到她幾乎讓我心痛得無法忍受。

「噢，別難過，」她責備我，「貓不會後悔遺憾。」

「但你不是……你不是死了嗎？」

「那要看情況，」她指指周遭，「杜埃現在亂成一團，太久沒有國王統治眾神。如果賽特不接手，一定要有人接管。敵人已經來了。不要讓我的死白白浪費。」

「但你會回來吧？」我問，聲音顫抖著。「拜託，我甚至沒機會跟你道別。我不能……」

「莎蒂，祝你好運。要保持利爪喔。」巴絲特消失了，景象又再次變換。

我站在第一行省的時代廳，那裡也有一個空的王座，而伊斯坎德坐在王座底下，等待一個已經兩千年沒有存在過的法老。

「領袖，親愛的，」他說：「瑪特需要領袖。」

「責任太大了，」我說：「有太多王座。你不能指望卡特……」

「不是只有他一個人來做，」伊斯坎德同意，「但這是你的家族需要承擔的任務，你們開啓了這個過程。光是凱恩家族就能治療或毀滅我們。」

「我不懂你的意思！」

伊斯坎德張開手，一陣閃光，景象又變了。

我回到泰晤士河。現在一定是深夜，大概是凌晨三點，因爲泰晤士河的河堤空空蕩蕩。濃霧遮蔽了城裡的燈光，空氣冷颼颼的。

有兩個人，一男一女，站在那裡。他們身上穿著厚重的衣物抵擋寒冷，兩個人手牽手站在克麗奧佩特拉之針前。起初我以爲他們只是一對在約會的情侶，後來才驚覺我正在看著我爸媽。

我爸抬起頭，繃著臉看方尖碑。在昏暗的街燈下，他的五官看起來就像雕刻的大理石像，很像他喜愛研究的法老。我認爲他的確有國王的長相，非常自豪，也很英俊。

「你確定嗎？」他問我的母親：「非常確定？」

我媽撥開她臉上的金髮。她本人比照片還漂亮，但看起來一臉憂慮。她皺著眉頭，雙唇緊閉，就跟我難過時看著鏡子裡的自己、試著說服自己一切沒這麼糟的表情一模一樣。我想要叫她，讓她知道我在那裡，卻發不出聲音。

「她告訴我就是在這裡開始。」我媽說。她把身上那件黑色外套拉緊一些，我瞄到她的項鍊，是艾西絲結，就是我現在戴的護身符。我盯著項鍊看，覺得非常震驚，但她隨後拉緊領子就看不到了。「如果我們想打敗敵人，一定要從方尖碑開始。一定要找出眞相。」

我爸不安地皺起眉頭。他已經在他們旁邊畫了一個保護圈，用藍色粉筆畫在人行道上。當他碰到方尖碑底部，圓圈開始發光。

「我不喜歡這樣，」他說：「你不要請求她幫忙嗎？」

「不，」我媽很堅持，「朱利斯，我知道自己的極限。如果我再試一次……」

我的心跳得好快。伊斯坎德的話又在我腦海裡迴盪，他說我媽看見了一些事，使她從不尋常的地方尋求建議。我認得我媽眼裡的神情，而且我知道，她一直在跟艾西絲商量。

「你為什麼不告訴我？」我想要大叫。

我爸召喚自己的魔杖和魔棒。「露比，要是我們失敗……」

「我們不能失敗，」她很堅持，「這是世界存亡的關鍵。」

他們最後一次接吻，感覺是在道別。然後，他們舉起各自的魔杖和魔棒，開始誦唸咒語。克麗奧佩特拉之針因力量而發光。

我將手從石棺上拿開。我的眼睛因淚水而刺痛。

「你認識我母親，」我對艾西絲大吼：「你鼓勵她開啟方尖碑。你害她死掉！」

我等她回答。相反的，一個鬼魅般的影像出現在我面前，是我父親的投影，在金色石棺的光芒下閃耀。

「莎蒂。」他微笑說。他的聲音聽起來好小聲又好空洞，就跟他以前從很遠的地方打電話給我時一樣，像是從埃及、澳洲或天曉得什麼鬼地方打過來的。「不要把你母親的命運歸咎到艾西絲身上。我們沒有人知道到底會發生什麼事。就連你母親也只能感覺到未來的一丁點情形。但是當時機來臨，你母親接受了她的角色。這是她的決定。」

「決定去死嗎？」我提出質問。「艾西絲應該幫她才對。你應該要幫她。我恨你！」

話一出口，我感覺內心有東西破碎了。我開始哭泣。我發現自己想對爸爸說那句話已經好多年了。我把媽的死怪在他身上，也怪他離開我。但現在我把話說出來之後，我心裡的憤怒全都發洩完畢，只留下了罪惡感。

「對不起，」我匆忙地說：「我不是要……」

「我勇敢的女兒，不需要道歉，你有權這麼想。你必須發洩出來。你必須相信你即將去做的事情，是有正確的理由，而不是因爲你討厭我。」

「我不懂你的意思。」

他伸出手想拭去我臉上的淚水，但他的手只是一道光。「你母親是許多世紀以來第一個和艾西絲交談的人。這個舉動很危險，也違反生命之屋的教誨，但你母親是占卜師，她有預感混沌正在興起。生命之屋已經在衰退，我們需要眾神。艾西絲不能穿越杜埃，她幾乎只能輕聲細語，但她告訴我們她對於眾神被監禁的狀況能做些什麼。她建議露比必須做的事。她說眾神可以再次興起，但將需要許多艱困的犧牲。我們以爲方尖碑會釋放所有的神，但那只是個開始而已。」

「艾西絲可以給媽更多力量，或者巴絲特也可以！巴絲特提供……」

「不，莎蒂。你母親知道自己的極限。如果她試圖當神的宿主，完全使用神聖的力量，她會被消耗殆盡或發生更糟的狀況。她釋放了巴絲特，並且使用自己的力量將缺口封印。她犧牲生命，替你換取一些時間。」

「我？但是……」

「你跟你哥哥是凱恩家族這三千年來，擁有最強大力量的子孫。你的母親研究法老的族譜，她知道這是眞的。你們擁有最好的機會可以重新學習古代的方法，癒合魔法師和眾神之間的裂痕。你母親開始了這一切騷動，而我將眾神從羅塞塔石碑中釋放出來，但是要恢復瑪特的和諧，將是你們的任務。」

「你可以幫忙，」我很堅持，「一旦我們救你出來之後。」

「莎蒂，」他難過地說：「當你爲人父母，就必須了解這一點。我身爲父親最艱難的工作之一，也是我最大的責任之一，就是了解我自己的夢想、目標和願望都擺在我孩子們的夢想和目標之後。你的母親和我搭好了舞台，但這是你們的舞台。這座金字塔用來餵養混沌，它消耗了其他眾神的力量，使賽特更加壯大。」

「我知道。如果我打破王座，也許打開石棺……」

「你可能會救了我，」爸爸同意，「但俄塞里斯，那股在我體內的力量會被金字塔吸收。這只會加速毀滅並增強賽特的力量。這座金字塔一定要完全摧毀，而你知道要如何進行。」

我正要抗議說我不知道時，眞理羽毛卻讓我保持誠實。方法就在我腦中，我在艾西絲的想法裡看過。自從阿努比斯問了我那個不可能的問題：「如果爲了拯救世界，你會犧牲你父親嗎？」我一直都知道會發生什麼事。

「我不想要這麼做，」我說：「拜託。」

「俄塞里斯必須登上他的王座，」我爸說：「透過死亡、生命，重新登基。願瑪特指引你，莎蒂。我愛你。」

他話說完，影像就消失了。

有人在叫我的名字。

我回頭一看，發現姬亞試著坐起來，虛弱地緊抓著魔棒。「莎蒂，你在做什麼？」

整個房間開始搖晃。裂縫使牆壁斷裂，像是有個巨人拿金字塔當沙包來打。

我陷入出神狀態多久了？我不確定，但時間不多了。

我緊閉雙眼，全神貫注。艾西絲的聲音幾乎立刻出現：「你現在懂了嗎？你現在了解為何我不能再多說什麼？」

我內心出現憤怒，但我壓抑下來。「我們晚點再談。現在我們還有個神要去打敗。」

我想像自己往前走，與女神的靈魂合爲一體。

我以前分享過艾西絲的力量，但這次不同。我的決心、憤怒，甚至悲傷都給予我信心。我直視著艾西絲的眼睛（這是內在心靈的說法），我們彼此了解。

我看見她完整的歷史。她早期追求掌握權力、使用計謀找出拉的名字。我看見她與俄塞里斯的婚禮，她對新帝國的希望和夢想。然後我看見賽特粉碎了這些夢想。我感受到她的憤怒和苦楚，還有對於小兒子荷魯斯的強烈驕傲和保護。我看見她的生命形式透過上千個不同宿主，在許多時代不斷重複上演。

「神擁有極大的力量，」伊斯坎德說過：「但只有人類才具有創造能力，也就是這種能力才得以改變歷史。」

我也感覺到我母親的想法，就像是女神記憶中的印記，是露比臨終前的最後時刻以及她所做的決定。她犧牲了生命，啓動一連串事件，而下一步則由我來進行。

「莎蒂！」姬亞再次呼喊我，她的聲音虛弱。

「我很好，」我說：「我現在就要去了。」

姬亞打量著我的臉，顯然不喜歡她看見的樣子。「你一點都不好。你發抖得很厲害。以你的狀況去跟賽特戰鬥，根本是自尋死路。」

「別擔心，」我說：「我們有計畫。」

說完，我變成一隻鳶，從通風井往上飛向金字塔頂端。

40 功敗垂成？

我發現樓上的事情進展得並不順利。

卡特成了一個癱倒在金字塔斜坡上的雞戰士。賽特剛剛放好了壓頂石，並大喊：「離日出還有三十秒！」在底下的洞穴裡，眾多來自生命之屋的魔法師奮力穿過惡魔大軍，打一場毫無希望可言的戰爭。

這個場面一定很嚇人，但現在我看到的景象就跟艾西絲看到的一樣。如同鱷魚的眼睛能同時看見水面上和水面下的一切，我也看到杜埃與一般世界交雜纏繞的情形。這些惡魔的靈魂在杜埃裡燒得火紅，使他們看起來很像生日蠟燭大軍。卡特在凡人世界所站的位置，也就是隼戰士在杜埃所站的位置。那不是化身，而是真實存在，有羽毛頭、尖銳沾血的喙和發亮的黑眼睛。他的劍散發出金色光芒。至於賽特，想像一堆如同山一般高的沙堆，把汽油澆在上面放火燃燒，在全世界最大的攪拌機中旋轉；他在杜埃中看起來就是這副模樣。他是一道威力驚人的毀滅力量，力道之大，連腳邊的石頭都沸騰冒泡。

我不確定自己看起來像什麼樣子，但我感覺力量無窮。瑪特的力量貫穿我全身，神聖文字聽我使喚。我是莎蒂・凱恩，身上流著法老的血液。我也是艾西絲，既是魔法女神，也握有祕密名字。

卡特奮力想走上金字塔。賽特洋洋得意地說：「荷魯斯，光憑你一個人是阻止不了我的，尤其在沙漠裡，在我的力量來源之地！」

「你說得沒錯！」我大喊。

賽特轉身，他臉上的表情眞是無價之寶。我舉起魔杖和魔棒，集結我的魔法。

「並不是只有荷魯斯在作戰，」我說：「而且我們也不想在這個沙漠裡和你一決高下。」

我將魔杖打在石頭上，並且大喊：「華盛頓特區！」

金字塔開始晃動。一開始什麼事都沒發生。

賽特似乎知道我在做什麼，他發出緊張的笑聲。「莎蒂．凱恩，這在魔法入門課有教。你在邪靈日的時候無法開啓通道！」

「凡人的確開不了通道，」我同意，「但是魔法女神卻可以。」

就在我們頭頂上，天空出現了閃電。洞穴上方變成一個和金字塔一樣大、滿是沙子、不停旋轉的大漩渦。

惡魔們停止打鬥，驚恐地抬頭往上看。魔法師咒語唸到一半，因爲敬畏而面露呆滯。大漩渦力量之大，削掉了幾塊金字塔的石塊，並將石塊吸入沙子裡。然後通道如同一個巨大的蓋子，開始變小關閉。

「不！」賽特怒吼。他射出火焰轟炸通道，然後轉而對我投擲石頭和閃電，但已經太遲了，通道將我們全都一口吞下。

世界似乎上下顛倒翻了過來。我一度以為自己算錯，犯了一個要命的錯誤：如果賽特的金字塔在通道內爆炸，我將變成十億粒小小的莎蒂細沙，永遠在杜埃裡飄盪。接著，一聲巨響後，我們出現在空中。早上的空氣冷冽，頭上是晴朗藍天，在我們底下延伸的是華盛頓特區裡覆滿白雪的國家廣場。

紅色金字塔仍舊完好無缺，但表面已經出現裂縫。金色的壓頂石發光，試圖維持自身的魔法，但我們人已經不在鳳凰城了。金字塔已經從沙漠，也就是它的力量來源所在被抽離開來。在我們前方矗立的是北美洲的預設大門通道，這高大的白色方尖碑，是瑪特在這塊大陸上最有力量的焦點——華盛頓紀念碑。

賽特用古埃及話對我大吼，我很確定他不是在讚美我。

「我會把你的手腳從關節拔掉！」他大叫：「我會……」

「死！」卡特建議。他從賽特背後站起來，揮舞他的劍。劍刺穿賽特的盔甲，砍到了肋骨。這不是致命一擊，卻足以讓紅帝失去平衡，使他走路搖晃，滾到金字塔底下。卡特跟在他後面跳過去，我可以看見在杜埃裡白色的能量形成一道拱形，從華盛頓紀念碑那裡震動到荷魯斯的化身，為他注入新的力量。

「莎蒂，那本書！」卡特一邊跑，一邊大喊：「現在就做！」

我一定是因為召喚通道而昏頭轉向，因為賽特比我更快聽懂卡特在說什麼。

「不！」紅帝大喊！他朝我衝過來，但卡特在斜坡半路上攔截他。

他緊抓著賽特，壓制住他。因爲受到他們的神體重量壓迫，金字塔的石頭出現裂縫。所有原本在金字塔底端的人事物也都被拉進通道，曾經被打昏而失去意識的惡魔和魔法師，紛紛重新甦醒，動了起來。

「莎蒂，那本書……」有時，有人住在你腦袋裡也很管用，因爲能甩另一人的耳光來提醒對方。「喂，就是那本書呀！」

我伸出手，並且召喚一卷我們從巴黎偷來的藍色小紙草書，用來打倒賽特的書。我攤開紙草卷，象形文字就跟幼稚園的入門書一樣清晰。我召喚出眞理羽毛。這根羽毛立刻出現，在書頁上方發光。

我開始唸咒語，說著神聖文字，而我的身體上升，盤旋在金字塔上方幾公分高的地方。我誦唸開天闢地的創世故事：第一座山從混沌之海上升成形；幾位天神的出生，包含拉、蓋伯、努特及瑪特的興起，還有人類的第一個偉大帝國——埃及。

當象形文字在華盛頓紀念碑周圍出現，紀念碑開始發光。壓頂石現在發出銀色光芒。賽特想對我發飆，但卡特順利攔截他。紅色金字塔開始四分五裂。

我想到阿摩司和姬亞，他們兩人還被困在幾噸重的石頭底下，差點就讓我畏縮猶豫。但我母親的聲音在我腦海裡說：「我最親愛的，要全神貫注。小心你的敵人。」

「是的，」艾西絲說：「消滅他！」

不知爲何，我知道這不是我媽的意思。她告訴我要小心，某件重要的事要發生了。經由杜埃，我看見在我周圍形成的魔法，交織出覆蓋在世界之上的白色光輝，加強了瑪特的力量，並且驅趕混沌。當金字塔的巨大石塊崩塌時，卡特和賽特來回交纏。眞理羽毛發光，像一個聚光燈般，將光線投射在紅帝身上。我已經快唸到咒語的結尾，我所說的話開始撕碎賽特的形體。

在杜埃裡，他的灼熱旋風已經被拉開，露出一個黑皮膚、黏滑的東西，如同一隻消瘦的賽特之獸，這也就是神的邪惡本質。但在凡人世界裡，站在同樣位置的是一個身穿紅色盔甲的驕傲戰士。他燃起全身力量，決心要戰死爲止。

「我將你命名爲賽特，」我誦唸著：「我將你命名爲惡日。」

此時傳出如雷般的轟隆巨響，金字塔從裡面爆炸。賽特摔進廢墟裡。他試著想站起來，但卡特揮劍猛砍。賽特幾乎沒時間高舉他的魔杖。他們的武器交會碰撞，荷魯斯漸漸逼得賽特跪下一腳。

「莎蒂，就是現在！」卡特大喊。

「你一直都是我的敵人，」我誦唸：「是大地的詛咒。」

一道細長的白光射向華盛頓紀念碑。白光變寬成了一道縫隙，這是介於這個世界和神奇的白色無底洞間的大門。而這個將要監禁賽特的白色無底洞，會困住他的生命力量。也許不是永遠困住他，卻會把他關上很長一段時間。

要完成這個咒語，我只需要再說一句話就行了。「瑪特的敵人不值得憐憫，你被流放到地球以外的地方。」

一定要保持絕對的信任去唸這句話才行。眞理羽毛需要這句話。但爲何我不該相信呢？這就是事實。賽特不值得憐憫。他是瑪特的敵人。

但我猶豫了。

「小心你的敵人。」我媽曾經說過。

我往上看著那個紀念碑頂端。在杜埃裡，我看到金字塔一塊塊的石塊飛進空中，而惡魔的靈魂像煙火般發射出去。當賽特的混沌魔法消散，所有曾經準備好要摧毀這塊大陸的力量，都被吸入雲裡。就在我看著的同時，混沌試圖成形，如同波多馬克河上的紅色倒影。這條赤色大河至少有一公里長、一百多公尺寬。混沌的形狀在空中扭動，試圖變成固體，我感覺到這塊形狀的憤怒和苦楚。這不是它想要的。沒有足夠的力量或混沌使它達成目的。它需要百萬人死亡，消耗一整塊大陸，才能成就合適的形狀。

這不是河。這是一條蛇。

「莎蒂！」卡特大喊：「你在等什麼？」

我發現他看不到這幅景象。除了我以外，沒有人看得見。

賽特跪在地上，當白色能量圍繞著他，將他拉向裂縫時，他全身扭動並高聲咒罵。「女巫，你失去胃口了嗎？」他大叫，然後惡狠狠地瞪著卡特。「荷魯斯，你知道嗎？艾西絲永遠都是膽小鬼。她從來沒有完成過任何一件事！」

卡特看著我，有那麼一刻，我看到他臉上的懷疑。荷魯斯一定會催促他要趁現在好好復仇。我在猶豫，這就是以前讓艾西絲和荷魯斯反目的原因。我不能讓這種事重新上演。

但遠遠超過這一切的想法是，在卡特謹慎的表情裡，我看到他以前每次在我們見面日時看我的樣子。當時我們兩個還是陌生人，被迫花時間聚在一起，只因爲爸對我們的期望，必須假裝我們是快樂的一家人。我不想再回到從前那個樣子，我不要再假裝了。我們是一家人，我們必須一起合作。

「卡特，你看。」我將眞理羽毛拋向天空，打破了咒語。

「不！」卡特大叫！

羽毛爆炸變成了銀色粉塵，附著在這條蛇的形體上面，迫使牠短暫現身。

當大蛇在華盛頓特區上方的天空扭動，漸漸失去力量之際，卡特的嘴張得好大。

有個尖叫聲從我旁邊傳來：「討厭的神！」

我轉身看見賽特的手下恐怖臉。他露出利牙，那張醜陋難看的臉只離我幾公分而已。他手裡拿著一把有缺口的刀，高舉在我頭上。我只有時間去想：「我死定了！」然後，一陣金屬揮動的閃光在我眼角閃過，發出一聲令人害怕的巨響，怪物就僵住不動。

卡特以一刀斃命的精準度將劍丟出。惡魔丟下自己的刀，跪在地上，然後看著自己插在腰上的刀鞘。

他臉朝上倒地，發出憤怒的嘶吼聲。他的黑眼睛目不轉睛看著我，以一種完全不同的聲音說話，是一種粗糙乾啞的聲音，如同蛇的腹部在沙地上摩擦一般。「小神，事情還沒結束。我只用了一點我的聲音說話，是從我殘破的軀殼所奮力掙出的一點點本質而已。想像一下要是我完全成形之後，會做出什麼事來。」

他對我露出慘澹的微笑，臉垮了下來。一條細小的紅霧從他的嘴裡吐出，盤繞上升，就像一隻蟲，或是剛孵出來的蛇一樣蠕動著往天上飛去，加入源頭所在。惡魔的身體化為一堆沙子。

我再次抬頭看著大紅蛇緩緩消失在天空裡。然後我召喚一陣大風，將剩下的殘餘煙霧完全吹散。

華盛頓紀念碑不再發光。裂縫已經閉合，小小的咒語書也從我手中消失。

我走向還被白色能量繩綁著的賽特。我已經說出他的眞正名字，他暫時哪裡也去不了。

「你們兩個都看見在雲裡的那條蛇，」我說：「那是阿波非斯。」

卡特點點頭，仍舊十分震驚。「他想闖進凡人世界，利用紅色金字塔當作他的大門。如果金字塔的力量已經被釋放……」他低頭厭惡地看著那曾是一個惡魔的沙堆。「賽特的左右手恐怖臉，一直都被阿波非斯附身，利用賽特去達成他想做的事。」

「太可笑了！」賽特兇狠地瞪著我，並且掙扎著想掙開繩索。「艾西絲，雲裡的蛇只是你眾多把戲之一。那是幻影。」

「你很清楚那不是幻影，」我說：「賽特，我大可以把你送進無底洞裡，但你看到了真正的敵人。阿波非斯想要從他在杜埃的監獄逃脫。他的聲音附在恐怖臉身上。他在利用你。」

「沒有人利用我！」

卡特讓自己的戰士化身消散退去。他飄到地上，召喚自己的劍回到手裡。「賽特，阿波非斯想用你的爆炸來增強他的力量。一旦他從杜埃過來，發現我們都死了，我敢打賭他會先吃了你。混沌會贏得勝利。」

「我就是混沌！」賽特很堅持。

「一部分是，」我說：「但你仍是眾神之一。的確，你既邪惡又不忠貞、殘忍卑鄙……」

「姊姊，你說得我臉紅了。」

「但你也是力量最強大的神。在遠古時候，你是拉忠心不二的左右手，保護他的船對抗阿波非斯。拉不可能沒有你而打敗阿波非斯。」

「我是很厲害，」賽特承認，「但由於你的關係，拉已經永遠消失了。」

「也許不是永遠，」我說：「我們必須找到他。阿波非斯正在壯大興起，這表示我們將會需要結合眾神之力與他決鬥。就連你也要幫忙。」

賽特試試綁住他的白色能量結。當他發現弄不斷的時候，對我露出不懷好意的笑容。「你建議合作聯盟？你信任我？」

卡特大笑。「你一定是在開玩笑。但我們現在可是握有你的密碼，就是你的祕密名字，對吧，莎蒂？」

我握緊手指，繞在賽特身上的繩結又更緊了。他痛得大叫。這麼做花了我不少精力，我知道自己不可能像這樣綁住他更久，但我沒必要告訴賽特。

「生命之屋試圖驅趕眾神，」我說：「這沒有用。如果我們把你關起來，我們也沒有比他們好到哪裡去。這不會解決任何問題。」

「我完全同意你的看法，」賽特呻吟說：「那麼，如果你能鬆開這些繩子……」

「你還是一個惡人廢物，」我說：「但你有自己的角色要扮演，而你需要受到控制。我會同意釋放你，如果你發誓乖乖聽話不搗蛋，回到杜埃，並且在我們呼叫你之前不准惹麻煩。你只能替我們對抗阿波非斯，只能找牠的麻煩。」

「或是我可以把你的頭砍掉，」卡特建議：「那樣大概可以讓你流放好長一段時間。」

賽特來回看著我們兩個。「替你們製造麻煩，是嗎？這可是我的專長。」

「用你的名字和拉的王位發誓，」我說：「你現在離開，在你被呼叫前不能再出現。」

「喔，我發誓。」他說著，速度也太快了些。「以我的名字、拉的王位和我們母親的星辰臂彎發誓。」

「如果你背叛我們，」我警告他：「我有你的名字，下一次絕對不會對你手下留情。」

「你永遠都是我最愛的姊姊。」

我給了他最後一次電擊，只是要提醒他我的力量，然後就讓繩結消失。

賽特站起來，伸展手臂。他出現的造型是穿著紅盔甲、一身肌膚紅通通的戰士，黑色分叉的鬍子閃閃發光，眼神殘酷；但在杜埃裡，我看到他的另一面，就像一把熾烈燃燒的熊熊火焰裝著所有不滿，等待被釋放出來，將路上的東西通通燒掉。他對荷魯斯眨眨眼，然後用手指比成一把手槍，假裝開槍對我射擊。「喔，這一定會很精采。我們會有許多樂趣。」

「惡日，離開。」我說。

他變成鹽柱，然後消失不見。

國家廣場上的積雪已經融化成完美的長方形，完全就是賽特金字塔的底座大小。在那四周，還是有十二名魔法師躺在那裡不省人事。當我們的通道關閉，這些可憐的人開始動了動身子，但是金字塔的爆炸威力又使他們再度昏迷過去。在這裡的其他凡人也都受到影響。早起慢跑的人倒在人行道上。在附近的街上，車子空轉，而駕駛紛紛靠在方向盤上打盹。

不過也不是每個人都在睡覺。警車鳴笛聲從遠處傳來，看到我們是如何突然現身在總統的後院，我知道我們很快就得應付一大群武裝戒備的警察。

卡特和我跑到融化的方形中央，阿摩司和姬亞癱倒在草地上。沒看見賽特的王座或金色石棺，但我試著讓自己不要再想這些事。

阿摩司發出呻吟。「什麼……」他的眼神出現恐懼。「賽特……他……他……」

「休息吧。」我將手放在他的額頭上。他正在發高燒。他心裡的傷痛非常劇烈，也如同雷射一般割痛著我。我想起艾西絲在新墨西哥州教我的一個咒語。

「安靜，」我輕聲說：「黑—里。」

象形文在他臉的上方發出微光。

阿摩司再度睡著，但我知道這只是暫時緩解。

姬亞的狀況更差。卡特抱著她的頭安撫她，並且說些她會沒事之類的話，但她看起來很糟。她的皮膚變成奇怪的紅色，又乾又出現碎屑，很像嚴重曬傷。在她周圍的草地，象形文漸漸消失，那是防護圈剩餘的力量。我想我了解發生了什麼事。當金字塔爆炸時，她用盡自己最後一點能量形成防護盾，保護自己和阿摩司不受傷害。

「賽特呢？」她虛弱地問：「他已經消失了嗎？」

「對。」卡特瞄了我一眼，我知道我們不會把細節告訴其他人。「由於你的關係，一切都沒事了。那個祕密名字發揮了作用。」

她點點頭，看起來很滿意的樣子，開始閉上眼睛。

「喂！」卡特的聲音開始顫抖。「保持清醒，你不會丟下我一個人跟莎蒂在一起，對吧？她這個同伴很糟耶。」

姬亞試著微笑，但她的努力卻讓她的臉抽搐著。「我從來……都不在這裡，卡特。我只是一個口信……只是一個佔位符號。」

「好了啦。話不能這麼說。」

「去找到她，好嗎？」姬亞說著，一滴淚珠流到她鼻子上。「她會……喜歡……去購物中心約會。」她的眼神從他身上飄離，空洞地凝視天空。

「姬亞！」卡特緊抓住她的手。「不要這樣。你不能……你就是不能……」

我蹲在他旁邊，撫摸姬亞的臉。她的臉跟石頭一樣冰冷。雖然我了解發生什麼事，卻想不出任何話好說，也想不到方法去安慰我哥。他緊緊閉上雙眼，低下頭。

然後事情就發生了。隨著姬亞眼淚的路徑，從她眼角到鼻子尾端出現一條裂縫，姬亞的臉裂了開來。先是小小的細縫出現在皮膚上，接著裂開散成網狀。她的血肉乾枯變硬……變成了陶土。

「卡特。」我說。

「什麼事？」他難過地說。

他抬起頭來，此時正好有小小的藍光從姬亞嘴裡飄出，飛進空中。卡特嚇得往後退。「什麼……你做了什麼事？」

「我什麼都沒做。」我說：「她是一個薩布堤。她說過自己不算眞的在這裡，只是一個佔位符號。」

卡特看起來很困惑。但他的眼裡開始出現一點光芒，是小小的希望。「那麼……真正的姬亞還活著？」

「伊斯坎德在保護她，」我說：「當奈弗絲的靈魂在倫敦進入真正的姬亞體內，伊斯坎德知道姬亞有危險。伊斯坎德將她藏起來，並且做了一個薩布提來代替她。記得透特說過的話嗎？他說：『薩布提是很優秀的替身。』這就是姬亞的替身。而奈弗絲告訴過我，她被安置在某個地方，在一個沉睡的宿主體內。」

「但她在哪……」

「我不知道。」我說。而且以卡特目前的狀況，我不敢提起真正的問題。如果姬亞一直都是薩布提，那我們真的認識她嗎？真正的姬亞從來沒接近過我們。她從來沒發現我是一個多麼好的人。她也有可能根本不喜歡卡特，唉，但願這種事不會發生才好。

卡特摸了她的臉，馬上就碎裂成灰。他撿起她的魔棒，而魔棒仍舊是堅硬的象牙，但他小心翼翼地拿著，彷彿害怕這也會融化不見。「那道藍光，」他開始漫無目的地說：「我也在第一行省看過姬亞釋放出相同的光。就跟在曼菲斯的薩布提一樣，它們將所見所聞傳回給透特。姬亞一定一直跟她的薩布提有聯絡，那就是那道光的作用。她們一定是在分享記憶之類的，對吧？她一定知道她的薩布提所經歷的事。如果真正的姬亞還在某個地方活著，她可能被關起來或是陷入某種魔法睡眠，或是……我們一定要找到她才行！」

我不確定這是不是件簡單的事，但我不想跟他爭執。我看得出他臉上的焦急。

然後，出現一個熟悉的聲音，讓我背脊發涼。「你們做了什麼好事？」

狄賈登眞的怒氣沖沖。他因爲打仗而破爛的袍子仍舊在冒煙。【卡特說我不應該提到他的粉紅色四角褲很招搖，但穿那件褲子眞的很愛現啊！】他的魔杖在發光，鬍鬚也有些被燒焦了。在他後面站著三名衣服一樣破爛的魔法師，他們看起來像才剛剛恢復意識。

「喔，很好，」我喃喃說著：「你還活著。」

「你跟賽特談條件？」狄賈登質問：「你讓他走了？」

「我們不回答你的問題。」卡特怒吼。他走向前，手放在劍上，但我伸手把他拉回來。

「狄賈登，」我盡可能冷靜地說：「假如你剛才沒聽到的話，我再說一次。阿波非斯的力量正在壯大，我們需要眾神一起幫忙。生命之屋必須重新學習古代的作法。」

「古代的作法毀了我們！」他大吼。

一週前，他的眼神會讓我嚇得發抖。他因爲憤怒而全身發光，象形文字也在空中繞著他發亮。他是大儀式祭司，而我，剛才一下子就把生命之屋從埃及沒落後所辛苦建立的一切給毀了。狄賈登差點把我變成一隻昆蟲。想到這裡，我應該要很害怕才對。

但相反的，我直視他的眼睛。現在，我的力量比他還大，而我要讓他知道這一點。

「驕傲毀了你，」我說：「貪婪、自私，以及這一切都毀了你。眾神之道的確很難遵循，但這也是魔法的一部分。你不能就這樣封閉自己什麼都不管。」

「你陶醉在權力的誘惑中，」他咆哮說：「神已經在你身上附身，就跟他們每次做的一樣。很快的，你甚至連自己是人都會忘記。我們會和你們對抗，並且摧毀你們。」然後他對卡特怒目而視。「而你……我知道荷魯斯會要求什麼。你永遠不能重新登上王位。我會用我最後的一口氣……」

「省省吧。」我說，然後我看著我哥。「你知道我們必須做什麼事？」

我們之間傳遞著了解。我很訝異我這麼容易就碰觸到他的心靈，我想這可能是因為有神的影響，但我也明白這是因為我們兩個是凱恩家的人，我們是兄妹。雖然不太願意承認，但還是得說，卡特也是我的朋友。

「你確定嗎？」他問。「我們這樣是讓自己兩手空空毫無防禦。」他瞪了一眼狄賈登。「還是再用劍來打一場？」

「卡特，我很確定。」

我閉上眼睛，專注精神。

「要謹慎考慮，」艾西絲說：「我們目前所做的，只不過是一同支配力量的開始。」

「問題就出在這裡，」我說：「我還沒有準備好。我必須靠自己的力量走到那一步，儘管會比較困難。」

「對一個凡人而言，你非常具有智慧，」艾西絲說：「很好。」

想像一下你放棄全是現金的財富；想像一下你丟棄了世界上最漂亮的鑽石。要將我自己與艾西絲分開比那還要難，而且是難上加難。

但也不是做不到。「我知道自己的極限。」我母親曾經這樣說過。現在我才知道她多麼有智慧。

我感覺女神的元神離開了我。有一部分的她飄進我的項鍊，但大部分流進了華盛頓紀念碑，回到她會去的杜埃……或其他地方。可能是另一個宿主？我不確定。

當我睜開眼，卡特站在我旁邊，看起來痛苦難過，手裡拿著他的荷魯斯之眼護身符。

狄賈登十分震驚，他一下子忘了不知道該怎麼說英語。他用法語說：「這是不可能的。我們不能……」

「沒錯，但我們能做到，」我說：「我們的自由意志放棄了神。你必須要學會知道事情總是有可能發生。」

卡特丟下他的劍。「狄賈登，我並沒有追逐王位，除非這是靠我自己獲得的，但那需要時間。我們要學習眾神之道，我們要教其他人。你可以試著花時間來消滅我們，或者是可以幫我們的忙。」

警笛聲愈來愈近。我可以看見緊急支援的車輛燈光從四面八方照過來，慢慢包圍並封鎖了國家廣場。在我們被團團圍住前，只剩下幾分鐘的時間。

狄賈登看著他身後的魔法師，大概是在估計他能集合到多少支持的力量。他的同伴滿臉敬畏，有人甚至準備向我鞠躬，然後一發現自己的動作又趕快停止。

光是狄賈登一個人就有可能殺死我們。我們現在只是一般的魔法師，而且還是很疲累的魔法師，幾乎沒受過任何訓練。

狄賈登氣得鼻孔張大，然後他放下了魔杖，害我吃了一驚。「今天發生的毀滅已經太多，但眾神的通道還是必須維持緊閉。如果你們再度與生命之屋遇上……」

他話沒說完，威脅的話還懸在半空。他重重將魔杖往地上一敲，爆發出最後的能量，四位魔法師消失在風中。

突然間，我覺得筋疲力盡。我開始理解到目前爲止的恐怖經歷。我們活了下來，但那不算什麼安慰。我想念我爸媽，想他們想得不得了。我再也不是女神了。我只是一個平凡的女孩，跟我哥哥兩個人孤伶伶在一起。

阿摩司呻吟著，開始坐起來。警車和看起來很邪惡的黑色廂型車擋住我們四周的路口。一架直昇機劃過波多馬克河上空，漸漸飛近。只有老天才知道凡人是怎麼認爲華盛頓紀念碑發生了什麼事，但我可不想讓我的臉出現在晚間新聞裡。

「卡特，我們必須離開這裡，」我說：「你能不能召喚足夠的魔法把阿摩司變成一個小東西，也許是一隻老鼠之類的？我們可以帶著他飛離這裡。」

他點點頭，仍舊處於恍惚狀態。「但是爸……我們沒有……」

他無助地張望四周。我知道他的感受。金字塔、王座、金色石棺，這一切都消失了。我們這一路努力地要拯救父親，卻還是失去他。卡特的第一個女朋友躺在他腳邊變成了一堆陶土，那對他來說大概也沒有比較好。【卡特抗議說那不是他眞正的第一個女朋友。噢，拜託，

少來了！】

但我不能老是想著這些。我必須爲了我們兩個堅強起來，否則我們最後都要去坐牢。

「事情要按先後次序來，」我說：「我們必須把阿摩司送到安全的地方。」

「哪裡？」卡特問。

我能想到的地方，就是那裡。

41 尾聲

我不敢相信莎蒂要把最後一段故事留給我說。我們在一起的這段經歷一定教會她一些道理。噢，她剛才打我一下。算了，別管我剛才說的。

總之，我很高興之前那段故事由她來講。我想她比我了解得多。這整件姬亞不是姬亞、沒有把爸救回來的事情……實在很難去面對。

如果說還有誰比我更不好受，那個人就是阿摩司。我只有足夠的魔法把自己變成隼、把他變成倉鼠（喂，我可是在趕時間耶！），但是才過了國家廣場幾公里，他就開始掙扎著要變回人。莎蒂和我因此被迫停在火車站外面，阿摩司在那裡變回來，他整個人瑟縮成一團，拚命發抖。我們試著跟他說話，但他幾乎連一句話都說不完整。

我們最後把他帶進車站，讓他睡在長椅上，而莎蒂跟我試著讓他身體暖和一點，並且看著電視新聞。

根據第五頻道的報導，整個華盛頓特區全面封鎖管制。也有報導是針對在華盛頓紀念碑所發生的爆炸和奇怪亮光。但所有攝影機拍到的畫面，只是國家廣場上有一大塊融雪，看起來有點像是特地做出來的墊檔畫面。專家在電視節目上侃侃而談恐怖主義，但最後顯然這起事件沒有造成永久性的損害，只不過是一些可怕的閃光罷了。過了一會兒，媒體開始猜測這是因爲出現了詭異的暴風或是南方出現的罕見極光。在一個小時內，政府當局宣布整個華盛頓特區重新開放。

眞希望巴絲特此時在我們身邊，因爲阿摩司現在的狀況根本當不了我們的保護人，但我們還是想出辦法替「生病」的叔叔和我們自己買到前往紐約的車票。

我一路上都在睡覺，手裡緊緊抓著荷魯斯的護身符。

我們在傍晚回到布魯克林。

原來的大房子已經被燒得一乾二淨，這也是意料中的事，但我們沒有別的地方可去。當我們帶著阿摩司穿過門口，聽到了一個熟悉的叫聲：「啊！啊！」我就知道我們回來這裡是正確的決定。

「古夫！」莎蒂大叫。

這隻狒狒猛地抱住她，爬到她肩膀上。牠翻找著她的頭髮，看她是不是替牠帶來些好吃的蟲子。然後牠跳下來，抓了一顆已經融化一半的籃球，不斷對我吼叫，並指著他用一些燒斷樑柱和洗衣籃做成的臨時籃球架。我發現這是表示原諒的舉動。牠已經原諒我搞砸牠最愛的運動，並且還要好好教我幾招。我環顧四周，發現牠也用狒狒的方式將這裡清理乾淨。牠撢掉一張倖存沙發上的灰塵，把圈圈餅的盒子堆在壁爐裡，甚至還擺了一個裝滿水和貓食的碟子給瑪芬，而瑪芬此時正蜷臥在一個小小的枕頭上睡覺。整個客廳最乾淨的地方，就在那一塊完好無缺的屋頂底下，古夫清出了三塊區域，分別擺著枕頭和床單——這裡就是我們睡覺的地方。

我喉嚨中有東西梗住。看到牠替我們打點好的一切，我想不出還有什麼比這更適合歡迎我們回家。

「古夫，」我說：「你眞是一隻了不起的狒狒。」

「啊！」牠說，一邊指著籃球。

「你想教我打球？」我說：「是啊，我是該學學。先給我一秒鐘去……」

我看到阿摩司的時候，收起了笑容。

他晃蕩到已經毀壞的透特雕像前。這尊神像破裂的朱鷺頭就掉在腳邊。神像的手也斷了，石板和筆散落一地。阿摩司凝視著無頭的神像，這個魔法師的守護神。我可以猜到他心裡在想什麼：「這是回家來的一個惡兆。」

「沒關係的，」我對他說：「我們要讓事情回歸正途。」

阿摩司不知道有沒有在聽我說，但他一點表示都沒有。他又晃啊晃的走到沙發，整個人癱坐下去，用手抱著頭。

莎蒂不安地看了我一眼，然後她看著四周變黑的牆壁、崩塌的天花板，還有殘存下來的燒焦家具。

「嗯，」她說，試著讓自己的聲音聽起來很樂觀，「我來跟古夫打籃球，你來打掃房子怎麼樣？」

就算有魔法，我們還是花了好幾個星期的時間重整屋子，而且也只能說是整理到可以住人的程度。沒有艾西絲和荷魯斯的幫忙實在很難，但我們還是可以自己施展一些魔法，只是需要更專心和更多時間而已。每天我去睡覺的時候，都覺得自己像是做了十二個鐘頭的苦工，不過我們最後修好了牆壁和天花板，並且把所有剩餘殘破的東西清乾淨，直到這間屋子不再有煙味。我們甚至也修好了露台和游泳池。我們帶阿摩司走到屋外，把鱷魚蠟像放入水中，馬其頓的菲利普立刻活了過來。

阿摩司看到這幅景象幾乎笑了出來，然後他又坐在露台的椅子上，哀傷地望著曼哈頓的天際。

我開始在想他會不會恢復成以前的樣子。他變得太瘦，整張臉看來形容枯槁。他大多時候都穿著浴袍，甚至連頭髮都懶得梳。

有天早上，我提到自己非常擔心他，莎蒂說：「他的身體之前被賽特佔據。你知道那對一個人是多麼嚴重的侵犯嗎？他的意志也被控制了。他會懷疑自己……唉，也許需要很長一段時間……」

我們試著藉由工作讓自己不要想東想西。我們修好了透特的雕像，也補好了放在圖書室裡已經碎裂的薩布堤。我比較擅長做一些普通的工作，像是搬石磚或是抬高安放天花板的樑柱。莎蒂則對小細節比較在行，例如修復門上的象形文封印。有一次我眞的非常佩服她，她想像著自己的臥房如同從前的模樣，並且唸著表示結合的咒語「海—奈姆」，一件件家具就從廢棄堆裡飛出來，然後碰的一聲，修復工作馬上完成。當然啦，她之後昏睡了整整十二個小時，不過還是……酷斃了！雖然整理的速度緩慢，卻穩定進行著，整間大房子開始感覺像是一個家。

晚上我還是睡在有施魔法的枕頭上，大多時候能防止我的「巴」飛來飛去，但有時還是會出現奇怪的景象，像是紅色的金字塔、天上的大蛇或是我爸被關在賽特棺材裡的臉。有一次我聽見姬亞的聲音，她試圖從遙遠的地方要告訴我些什麼，但我聽不出來。

莎蒂和我把我們的護身符鎖在圖書室的盒子裡。每天早上我都會偷溜下去，確定護身符還好好擺在那裡。我發現它們會發光，摸起來很溫暖，我會受到誘惑好想去戴上荷魯斯之眼，非常想，但我知道不能這麼做，這種力量太容易讓人上癮，也太危險。我曾經在極端的狀況下與荷魯斯達成平衡；我也知道假使我再試一次，很容易會被沖昏頭。在我準備好輕碰那股巨大的力量前，我必須先經過一番訓練，成爲一個更有力量的魔法師才行。

有一天，在晚餐時間，我們來了一位訪客。

阿摩司跟往常一樣，很早就去睡了。古夫坐在屋裡看ESPN體育頻道，瑪芬坐在牠腿上。筋疲力盡的莎蒂和我坐在外面露台，眺望著河水。馬其頓的菲利普安靜地漂浮在水池裡。除了城市的聲響之外，這是個寧靜的夜晚。

我不確定是怎麼發生的，但前一分鐘這裡只有我們兩人，下一分鐘就有個人站在欄杆旁。他高高瘦瘦，有著一頭亂髮和蒼白的肌膚，穿了一身黑，像是他偷了神父的衣服來穿似的。他大概十六歲左右，雖然我以前沒看過他的臉，卻有種認識他的古怪感覺。

莎蒂一下子就站起來，弄倒了她的豌豆湯。那種湯放在碗裡已經夠噁心了，還流得滿桌都是，噁心死了！

「阿努比斯！」她脫口而出。

阿努比斯？我以爲她在開玩笑，因爲跟那個我在死人之境所看到流著口水的胡狼頭的神比起來，眼前這個人長得完全不一樣。他往前走一步，我的手放在魔棒上。

「莎蒂，」他說：「還有卡特。能不能請你們跟我走一趟？」

「當然好。」莎蒂說，她的聲音聽起來有點悶悶的。

「等等，」我說：「我們要去哪裡？」

阿努比斯指著他身後，一道門在空中打開，是一個漆黑的長方形。「有人想見你們。」

莎蒂接過他伸出的手，踏進黑暗之中。我別無選擇，只得一起跟去。

審判廳經過一番大改造。金色的天秤仍舊佔據整間房間，不過已經修好了。房間四周仍舊昏暗，並排著一根根黑色柱子。但我現在可以看見投影，這是真實世界的奇異全景畫面，不再是莎蒂所說的墓園，而是一間有挑高的天花板和巨大彩繪玻璃的白色客廳。通往露台的落地門朝外可以遠眺海洋。

我訝異得說不出話來。我看著莎蒂，從她臉上的驚訝表情看來，我猜她也認出了這個地方，是我們在洛杉磯的家，位在山丘上，眺望著太平洋。這裡是我們全家人最後住在一起的地方。

「審判廳具有感應能力，」一個熟悉的聲音說：「對深刻的回憶有所反應。」

就在那時，我才注意到王座不再是空的。那位坐在王座上、腳邊蜷伏著吞噬獸阿穆特的人，是我們的父親。

我幾乎要向他跑過去，但某種東西把我拉住。他在許多方面看起來還是沒變，身穿褐色的外套、皺皺的西裝和沾滿灰塵的靴子。他剛理過頭髮，鬍子也才剛修剪過。他的眼睛閃著光芒，就像我以前每次讓他感到驕傲時一樣。

他的形體閃耀著一種奇異的光輝。我了解，就像這間房間一樣，他存在於兩個世界。我努力專心，張開眼睛看見了更深一層的杜埃。

爸還是坐在那裡，但他變得更高大也更奇怪，穿戴著埃及法老的袍子和珠寶。他的皮膚有著像大海一般的深藍色。

阿努比斯走過去站在他旁邊，但莎蒂和我都比較小心一點。

「來吧，」爸說：「我不會咬人。」我們走近的時候，吞噬獸阿穆特對我們咆哮，但爸摸摸牠的鱷魚頭，要牠安靜。「阿穆特，他們是我的孩子。要乖一點。」

「爸……爸？」我結結巴巴地說。

我現在想說清楚的是，雖然賽特之戰已經過了好幾個星期，雖然我一直忙著重新修復房子，但我無時無刻不想念我爸。每次我看到圖書室裡的畫，就會想到他以前告訴我的故事。我把衣服收在一個行李箱，放在臥室的衣櫃裡，因為我受不了我們一起旅行的生活已經結束了。我非常想念他，甚至有時會忘了他已經不在人世，還轉身想告訴他一些事。因此，儘管我內心情緒澎湃不已，但我所能想到的話是：「你是藍色的。」

我爸的笑聲就跟平常一樣，那就是他，也打破了緊張的氣氛。他的笑聲迴盪在大廳裡，連阿努比斯都露出微笑。

「跟這塊領土很搭，」爸說：「很抱歉我沒有早點帶你們來，但事情一直有點……」他看著阿努比斯想要找出正確的字眼。

「複雜。」阿努比斯建議。

「複雜。我一直要告訴你們，我有多麼以你們為傲，眾神有多麼虧欠你們……」

「等一下。」莎蒂說完，重重踱步到王座台階上。阿穆特對她吼叫，但莎蒂卻對牠吼回去。這舉動使這隻怪物困惑不已而安靜了下來。

「你到底是誰？」她大聲質問：「是我爸？還是俄塞里斯？你還活著嗎？」

爸看著阿努比斯。「我是怎麼跟你說她的？我說她比阿穆特還兇。」

「你不用告訴我。」阿努比斯板著臉說：「我學會了要敬畏這張鋒利的嘴。」

莎蒂看起來怒氣沖沖。「你說什麼？」

「先回答你的問題，」爸說：「我既是俄塞里斯，也是朱利斯・凱恩。我既是活人，也是死人，雖然用『回收者』這個詞更接近事實。俄塞里斯是死者之神，也是新生之神。要將他送回他的王座……」

「你就會死，」我說：「你早就知道事情會變成這樣。你有意成為俄塞里斯的宿主，你知道會因此而死。」

我憤怒地顫抖著。我不知道自己對此感覺有多強烈，我不敢相信我爸會這麼做。「這就是你說的『要讓事情回歸正途』？」

我爸的表情沒有改變。他仍舊充滿驕傲、滿心歡喜地看著我，彷彿我做的每件事都讓他高興，即使我大吼大叫。眞令人生氣。

「卡特，我想念你們，」他說：「我無法告訴你我有多想你們，但我們做了正確的選擇。我們全都一樣。如果你們在上面的世界拯救了我，我們就會失去一切。這是千年來第一次，我們因爲你們兩個而有機會重生，有機會阻止混沌。」

「一定還有別的方法，」我說：「你可以用凡人的身分作戰，而不用……不用去……」

「卡特，俄塞里斯生前是位偉大的國王，但他死後……」

「他的力量增強了數千倍。」我說，想起爸以前告訴過我的故事。

我的父親點點頭。「杜埃是眞實世界的基礎。要是混沌在這裡，會迴盪在上層的世界裡。幫助俄塞里斯回到他的王座是第一步，比起任何我在上面世界所做的事情都重要一千倍，除了當你們的父親以外，而我仍舊是你們的父親。」

我的眼睛好痛。我猜我聽懂了他所說的話，但我還是不喜歡。莎蒂看起來比我更生氣，但她狠狠地看著阿努比斯。

「鋒利的嘴？」她質問。

我爸清一清喉嚨。「孩子們，我還有另一個原因才會做出這個決定，我想你們大概也猜到了。」他伸出手，一位穿著黑衣的女子出現在他身旁。她有著一頭金髮，慧黠的藍眼睛和一張看起來很熟悉的臉孔。她看起來就像莎蒂。

「媽！」我說。

她訝異地來來回回看著我和莎蒂，可能以爲我們兩個也是鬼。「朱利斯告訴我你們兩個已經長很大了，但我還是無法相信。卡特，我猜你現在開始刮鬍子……」

「媽！」

「還有跟女生約會……」

「媽！」你有沒有注意過爸媽是如何在三秒內從全世界最棒的人，變得最讓人難堪？

她對我微微笑，我必須立刻同時與二十種不同的感覺對抗。我好多年來夢想與我的父母團聚，一起回到洛杉磯的家。但不是像現在這樣，不是在一間殘影的房子裡，而我媽是個靈魂，爸爸是個……回收者。我感覺全世界在我腳下天搖地動，變成一堆沙子。

「卡特，我們無法回到過去。」媽說，彷彿能讀到我內心的想法。「但即使是在死後也沒有東西失去。你記得質量守恆定律嗎？」

我們上次一起坐在客廳已經過了六年，就是在這間客廳，就像大多數父母唸床邊故事給孩子聽一樣，她唸著物理學定律給我聽。我還記得她說的內容。「能量和物質既不能被創造，也不能被毀滅。」

「只能被改變，」我媽同意說：「有時是爲了讓世界更好而改變。」

她牽著爸的手。我必須承認，不管他們是否是藍色又像鬼魅一樣，至少看起來很快樂。

「媽。」莎蒂吞了一下口水說。這一次，她的注意力沒有放在阿努比斯身上。「你以前眞的……那是不是……」

「是的，我勇敢的女兒。我的想法與你的想法融合在一起。我非常以你爲傲。由於艾西絲的關係，我感覺自己很了解你。」她傾身向前，露出密謀似的微笑。「我也喜歡巧克力焦糖，雖然你外婆從來都不准我在屋子裡擺糖果。」

莎蒂露出放鬆的笑容。「我知道！眞是受不了她！」

我覺得她們兩個正要開始聊天聊上個把鐘頭，但審判廳開始搖晃起來。爸看了看手錶，這使我很好奇，不知道死人之境的時區在哪裡。

「我們需要把事情做個結束，」他說：「其他神在等你們。」

「其他神？」我問。

「在你們離開之前，我要給你們一樣禮物。」爸向媽點點頭。

她往前走一步，交給我一個手掌大小、用黑色亞麻布包起來的東西。莎蒂幫我把這包東西打開，布包裡面是一個新的護身符，看起來有點像是柱子或是樹幹之類的東西……

「這是脊椎嗎？」莎蒂問。

「這稱爲『結德』，」爸說：「是我的符號，也就是俄塞里斯的脊椎。」

「好噁心。」莎蒂喃喃說著。

媽笑了。「是有點噁心，但說眞的，這是力量強大的符號。代表穩定、力量……」

「和背脊？」我問。

「字面上這樣解釋沒錯。」媽給了我一個嘉許的表情，我再次出現那種超現實的不安感。我不敢相信我站在這裡，跟我算是已經死去的雙親說話。

媽把護身符放在我的手心，將我的手闔上。她的觸摸很溫暖，如同活人一般。「結德也代表俄塞里斯的力量，從死亡的灰燼中重生。如果你要喚醒其他法老後裔體內的力量，並且重建生命之屋，這會是你需要的力量。」

「生命之屋可不喜歡這樣。」莎蒂插嘴說。

「沒錯，」媽開心地說：「他們當然不喜歡。」

審判廳又開始搖動。

「時候到了，」爸說：「孩子們，我們還會再見面，但在那之前，你們要好好保重。」

「要小心你們的敵人。」媽補充說。

「還有告訴阿摩司……」爸的音量若有所思地減弱，「提醒我弟弟，埃及人相信日出的力量。他們相信每天早上不只是新的一天開始，同時也是新世界的開始。」

在我想通他這句話的意義前，審判廳消失了，而我們和阿努比斯站在黑暗中。

「我會帶你們過去，」阿努比斯說：「這是我的工作。」

他帶領我們走到一個跟其他地方一樣烏漆抹黑的地方，但他用手一推，一扇門就打開了。門口閃耀著明亮的日光。

阿努比斯正式向我鞠躬。然後他看著莎蒂，眼裡閃過一絲促狹的神情。「實在是……深具啓發性。」

莎蒂臉紅了，有所責難地指著他。「先生，我跟你的事情還沒完呢！我希望你會好好照顧我爸媽。下次我去死人之境的時候，你要跟我好好聊一聊。」

他的嘴角掛著微笑。「我很期待。」

我們走過門口，進入眾神的王宮。

看起來就跟莎蒂所預見的景象一樣：有著高聳的石柱、燃燒著熊熊火焰的火盆、抛光的大理石地板；在房間中央，有一個金紅相間的王座。眾神聚集在我們四周。許多神只是一閃即逝的光和火，有些則是從動物幻化爲人形的朦朧影像。我認得其中幾位神：閃入畫面的透特在變爲一團綠色的氣體前，是個穿著實驗室外套、頂著一頭亂髮的男子；牛首人身的女神哈托爾，狐疑地看著我，彷彿她認得我是神奇莎莎醬事件裡的人。我找尋著巴絲特，但我的心沉了下來。她似乎不在這一大群神裡面。事實上，這裡大多數的神我都不認得。

「我們到底是開啓了什麼樣的世界？」莎蒂輕聲說。

我了解她的意思。整個王座廳裡充滿上百位神，不論位階高低，全都湧入王宮，以新的形體出現，散發力量的光芒。一整支超自然的軍隊……而且他們似乎全都瞪著我們。

幸好，還有兩位老朋友站在王座旁邊。荷魯斯身穿全套戰鬥盔甲，腰上配著一把卡佩許劍。他用化妝墨描繪的雙眼，一眼金色，另一眼銀色，如同往常一樣銳利。站在他旁邊的是身穿發光白色禮服、背上有副閃亮翅膀的艾西絲。

「歡迎兩位。」荷魯斯說。

「呃，你好。」我說。

「他很會說話。」艾西絲喃喃說著，這使得莎蒂發出哼的一聲。

荷魯斯用手比著王座。「卡特，我知道你的想法，所以我想我知道你會說什麼，但我還是必須再問你一次。你願意加入嗎？我們可以一同統治人間和天上。瑪特需要一位領袖。」

「是啊，我聽說了。」

「有你作爲我的宿主，我會增強更多力量。你到目前爲止只不過是接觸到戰鬥魔法的表面而已。我們可以一起完成了不起的事業，而且你的命運就是要領導生命之屋。你可以成爲兩個王位的國王。」

我瞄向莎蒂，但她只是肩膀一聳。「別看我，我覺得這種想法太可怕了。」

荷魯斯生氣地看著她，但事實上，我同意莎蒂的看法。所有等待指令的眾神，還有所有討厭我們的魔法師，想到要帶領他們，就讓我的膝蓋無力。

「也許將來再說吧，」我說：「非常遙遠的未來。」

荷魯斯嘆口氣。「過了五千年，我還是不懂凡人的想法。但是……好吧。」

他走向王座，環顧聚在一起的眾神。

「我，荷魯斯，俄塞里斯之子，宣稱我生來具有神之王位的權力！」他大喊。「曾經屬於我的東西將再次歸我所有。有誰想挑戰我？」

眾神閃爍不停，全身發光。有幾位神憤怒地看著荷魯斯。有個神喃喃說著類似「起司」之類的話，雖然這句話也有可能是我的想像。我看到索貝克，不過那也可能是另一位鱷魚神，在陰影中咆哮。沒有任何神提出挑戰。

荷魯斯坐在王位上。艾西絲將曲柄權杖和連枷拿給他，這是法老王權的雙重象徵。他將這兩樣東西在胸前交叉，眾神便在他面前鞠躬敬禮。

當他們再次站直身體，艾西絲走到我們面前。「卡特·凱恩和莎蒂·凱恩，你們做了許多努力讓瑪特恢復。眾神必須將他們的力量結合在一起，而你們替我們爭取了時間，雖然我們不知道時間有多少。阿波非斯不會永遠都被關著。」

「有幾百年的話我可以接受。」莎蒂說。

艾西絲露出微笑。「不論如何，你們今天是大家的英雄。所有神都欠你們，而我們很認眞看待這份人情。」

荷魯斯從王座上站起來。他才向我眨眨眼，一下子就跪在我們面前。其他的神不安地動了動身體，但都仿照他的作法。就連以火的樣子現身的神也都將火變暗示意。

我大概看起來十分震驚，因爲當荷魯斯再次站直身體，他笑了出來。「你的表情就像那次姬亞告訴你……」

「是的沒錯，我們可不可以跳過這段？」我趕緊說。讓一個神住在你的腦袋裡，也有嚴重的缺點。

「卡特和莎蒂，平靜地離開吧，」荷魯斯說：「你們會在早上看見我們的禮物。」

「禮物？」我緊張地問，因爲要是我再多拿到一個魔法護身符，就要冷汗直流了。

「你會知道是什麼的，」艾西絲保證，「我們會看顧你們，並且等待。」

「讓我害怕的就是這樣。」莎蒂說。

艾西絲揮揮手，突然間我們就回到了大屋的露台上，彷彿什麼事都沒發生過。

莎蒂愁眉苦臉地轉頭看我。「眞刺激。」

我伸出手。叫做「結德」的護身符在黑色亞麻布裡發光，而且很暖和。「你知道這玩意兒要怎麼用嗎？」

她眨眨眼。「什麼？喔，我不在意。你覺得你看到的阿努比斯是什麼樣子？」

「什麼樣子……他看起來就像一般的男生。有怎麼樣嗎？」

「是帥哥，還是會流口水的狗頭男？」

「我猜……不是狗頭男。」

「我就知道！」莎蒂指著我，有如她贏得辯論比賽。「帥哥。我就知道！」

她臉上帶著滑稽的笑容，轉了一圈，蹦蹦跳跳進了屋裡。

我妹妹，就跟我之前的形容一樣，有點怪怪的。

隔天，我們收到了眾神的禮物。

我們醒來發現整間大房子已經從頭到尾連最小的地方都完全整修好了。每件我們沒有完成的事，大概還需要再做一個月的工，全都做完了。

其實我發現的第一件禮物是我衣櫃裡的衣服。遲疑了一下之後，我穿上它們。我走到樓下，發現古夫和莎蒂正在整修好的大廳房跳舞。古夫有一件新的湖人隊球衣，和一顆全新的籃球。魔法掃帚和拖把忙著進行例行的掃除工作。莎蒂抬頭看我，露出笑容，然後她的表情轉變為震驚。

「卡特，那是……你穿了什麼衣服？」

我走到樓下，自我意識甚至更為強烈。今天早上衣櫃給了我幾個穿衣選擇，不是只有亞麻袍的選擇而已。我的舊衣服一直都在那裡，全都剛洗過：一件從頭扣到底的襯衫、漿過的卡其長褲、平底鞋。但是還有第三項選擇，而我也決定採用，就是銳跑運動鞋、藍色牛仔褲、T恤和一件連帽衣。

「這是，呃，全都是棉做的，」我說：「用來施展魔法還好。爸大概會認為我看起來像混幫派的……」

我心想莎蒂一定會因為這身行頭而嘲弄我，而我也試著搶先她一步行動。她仔細打量我衣著的每個細節。

然後她開懷大笑。「卡特，這太好了。你看起來就跟一般的青少年沒什麼兩樣！而且爸會認為……」她把我的連帽衣拉起來蓋住頭。「爸會認為你看起來像個法力高強的魔法師，因為你確實就是一位厲害的魔法師。好了，來吧。早餐放在露台上等我們去吃呢。」

我們正忙著吃東西時，阿摩司來到外面，他穿著上的改變比我還更讓人吃驚。他穿著筆挺的新巧克力色西裝，搭配合適的外套和紳士帽。他的鞋子擦亮了，圓框眼鏡也都擦亮，頭髮也用琥珀珠子重新編好。莎蒂和我瞪著他看。

「什麼事？」他問說。

「沒事。」我們異口同聲說。莎蒂看著我，用嘴形說著：「我的天。」然後又繼續回去吃她的香腸和蛋。我狼吞虎嚥吃著我的煎餅。馬其頓的菲利普開心地在游泳池裡游來游去、拍打水花。

阿摩司加入我們，坐在餐桌旁。他手指一彈，咖啡就神奇的在他的杯子裡面倒滿了。我揚起眉毛。他自從邪靈日以來就再也沒用過魔法。

「我想，我要離開這裡一陣子，」他宣布說：「我要到第一行省去。」

莎蒂和我互望了一眼。

「你確定這是個好主意嗎？」我問。

阿摩司喝了一口咖啡。他仔細凝視著東河，彷彿他能從此一路看見華盛頓特區。「他們那裡有最好的魔法治療師。他們不會拒絕任何請求幫助的人，就連我也是。我想……我想，我應該去試試看。」

他的聲音聽起來很脆弱，就像隨時會四分五裂一樣。不過，這仍舊是他幾星期來說最多話的一次。

「我覺得這主意很好，」莎蒂說：「我們會好好照料這個地方，對吧，卡特？」

「對，」我說：「當然沒問題。」

「我也許會離開一陣子，」阿摩司說：「把這裡當作自己家一樣。這裡就是你們的家。」

他遲疑一會兒，彷彿仔細愼選接下來要說的話。「而且我想，你們或許應該開始招募新成員。世界上有許多孩子身上都流著法老的血液，大多數的人都不知道自己是法老的後裔。你們兩個在華盛頓特區所說的話，有關重新發現眾神之道的事，或許是我們唯一的機會了。」

莎蒂站起來，親吻阿摩司的額頭。「叔叔，交給我們來做吧。我有個計畫。」

「那個，」我說：「聽起來就是個非常糟的壞消息。」

阿摩司勉強擠出一絲笑容。他緊握了莎蒂的手，然後站起來搔弄我的頭髮，往屋裡走。

我咬了另一口煎餅，猜想爲何在今天這麼美好的清晨，我仍舊感覺悲傷，還有一點不完整。我猜有這麼多事情突然一下子就變好，仍舊下落不明的人事物就更讓人痛苦難過。

莎蒂無精打采地吃了一小口炒蛋。「我想，如果要求更多的話就太自私了。」

我瞪著她看，並且發現我們想著同一件事。當眾神說有禮物要給我們……嗯，你可以希望會有什麼禮物，卻不表示你就一定會收到，但就像莎蒂說的，人不能太貪心。

「如果我們需要去招募新人的話，我們很難四處旅行，」我小心翼翼地說：「因爲我們是兩個沒有大人作陪的未成年孩童。」

莎蒂點點頭。「沒有阿摩司。沒有能負責的大人。我想古夫不算在內。」

眾神就在此時送來最後一份禮物。

門口傳來一個聲音說：「聽起來你們有缺人吧。」

我轉過身去，感覺肩上幾千斤重的哀傷擔子全都放下了。靠在門邊、穿著豹紋連身衣的人是一名黑髮女子，有著金色的雙眼，手裡拿了兩把大刀。

「巴絲特！」莎蒂大喊。

貓女神對我們頑皮地笑了笑，彷彿她腦袋裡已經想好各種惡作劇。「有人在找已成年的監護人嗎？」

幾天後，莎蒂跟住在倫敦的外公外婆講了好久的電話。他們沒有要求跟我說話，而我也沒有偷聽。當莎蒂走到樓下大廳房裡，眼裡有種飄渺的神情。我害怕，非常害怕，她是在想念倫敦。

「怎麼樣？」我不情願地問。

「我跟他們說我們沒事，」她說：「他們告訴我，警方已經停止打擾他們，不再詢問發生在大英博物館裡的爆炸事件。顯然羅塞塔石碑又恢復毫無損傷的狀態。」

「如同魔法。」我說。

莎蒂得意地笑。「警方認定這是瓦斯氣爆，算是某種意外。爸不用負責，我們也是。他們說我可以回去倫敦的家裡。春天這學期馬上就要開始了。我的朋友麗茲和艾瑪一直在問我的消息。」

此時唯一的聲音，是來自壁爐裡的火所發出的劈哩啪啦聲。大廳房突然間在我看來似乎變得更大、更空曠。

終於我開口說：「那你告訴他們什麼？」

莎蒂揚起一邊的眉毛。「老天，你有時眞的很笨耶。你想呢？」

「喔。」我的胃感覺像張沙紙。「我猜，可以見到你的朋友，並回到你以前的房間是件好事，而且……」

莎蒂打了我手臂一下。「卡特！我告訴他們我沒有回家的理由，因爲我已經在家了。這就是我所屬的地方。因爲有杜埃，只要我想，我就能立刻見到我的朋友。而且你沒有我的話一定會迷失方向。」

我一定笑得像個傻瓜，因爲莎蒂叫我臉上不要有那種蠢樣，但她的語氣聽起來卻很高興。我猜有這麼一次，她知道自己是對的，我沒有她一定會迷失方向。【對，莎蒂，我自己也不相信我剛才講了那句話。】

就在事情漸漸塵埃落定，變成輕鬆安全的例行事務之際，莎蒂跟我一起展開新的任務。我不會告訴你是哪間學校，但巴絲特開了很久的車才把我們送到那裡。我們在路上錄製了這捲錄音帶。途中有幾次混沌的力量想要阻撓我們；有幾次還聽到謠傳說我們的敵人開始追殺其他法老的後代子孫，試圖破壞我們的計畫。

我們在春天開學前夕到了那所學校。走廊上空空如也，而且很容易就能偷溜進去。莎蒂跟我隨機挑選了一個置物櫃，她叫我設定一組密碼。我召喚魔法，在號碼鎖上隨意混搭數字：13—32—33。嘿，既然已經有個很棒的公式，何必隨便亂弄呢？

莎蒂說了一句咒語，置物櫃開始發光。然後她把一包東西放進裡面，將門關上。

「你確定要這麼做嗎？」我問。

她點點頭。「這個置物櫃有一部分是在杜埃裡。它會好好守著護身符，直到出現正確的人打開為止。」

「但要是結德落入了不對的人手裡……」

「不會的，」她保證，「法老的血具有強大力量。正確的孩子會找到這只護身符。如果他們弄懂如何使用，他們的力量就會甦醒。我們必須信任眾神會引領他們前來布魯克林。」

「我們不知道要怎麼訓練他們，」我提出看法，「已經兩千年沒有人研究過眾神之道了。」

「我們會想到該怎麼做的，」莎蒂說：「我們一定要想出辦法。」

「除非阿波非斯先抓到我們，」我說：「或是狄賈登跟生命之屋的人；或者賽特沒有遵守諾言；或是有其他一千件事情出了差錯。」

「說得對，」莎蒂面露微笑地說：「要好好玩喔，好嗎？」

我們鎖上置物櫃，轉身離開。

我們現在回到了位在布魯克林的第二十一行省。

我們要把這捲錄音帶寄出給幾個仔細挑選過的人，看看是否可以讓這捲錄音帶的內容出版。莎蒂相信命運。如果這個故事落到你的手上，這大概是有原因的。找找看你附近有沒有結德。不需花費太多工夫就能喚醒你沉睡中的力量，其中的技巧就是要學會如何使用自己的力量而不讓自己喪命。

如同我在一開始說的：這個故事還沒結束。我們的父母答應會再見到我們，所以我知道我們最終會回到死人之境。我想，對莎蒂來說這不成問題，只要阿努比斯還在那裡的話。

姬亞還在某個地方，我是說眞正的姬亞。我想要找到她。

最重要的是，混沌的勢力正在興起，阿波非斯的力量逐漸壯大，這表示我們也必須增強力量。眾神與人類要像在古代一樣團結起來，這是不讓世界毀滅的唯一方法。

所以凱恩家族有很多工作要做。你也一樣。

或許你會想追隨荷魯斯、艾西絲、透特、阿努比斯甚至巴絲特的神之道，我不知道，但無論你最後的決定是什麼，如果我們想繼續生存下去，生命之屋需要新血加入。

卡特・凱恩與莎蒂・凱恩要在這裡道別了。

來布魯克林吧。我們等著你。

作者的話

這個故事大多有事實根據，讓我覺得要不是莎蒂和卡特這兩位敘述者做了很多研究，就是他們所說的都是眞正發生過的事。

生命之屋的確存在，也是幾千年來埃及社會重要的一環。姑且不論生命之屋是否仍舊存在於今天的世界（這點我無法回答），但不可否認的是，埃及的魔法師在古時候聲名遠播，許多他們當時所用的咒語，就跟故事裡所提到的一模一樣。

故事裡敘述到施用埃及魔法的方式，也獲得了考古研究的佐證。薩布堤、彎曲的魔棒以及魔法師的箱子都流傳至今，可以在許多博物館裡見到。所有莎蒂和卡特所提到的物品和紀念碑也的確存在，紅色金字塔是唯一可能的例外。的確有一座紅色金字塔位於埃及的吉薩，但這座金字塔會有這個名字，是因爲原有的白色石塊變得斑駁，露出了底下的粉紅色花崗岩磚。事實上，這座金字塔的主人，也就是史那夫魯王[79]，他要是知道自己的金字塔變成賽特代表的紅色，大概會驚恐萬分。至於故事裡所提到的魔法紅色金字塔，我們只能希望它已經被徹底摧毀了。

倘若未來再收到更多錄音資料，我會轉述其中的內容。在此之前，我們只能希望卡特和莎蒂對於混沌興起的預言是錯的……

❼❾ 史那夫魯王（Senefru）為埃及第四王朝（約西元前二六一三至二四九四年）的第一位國王，他採取積極軍事行動，並展開與地中海地區往來貿易。他在位當時所建立的金字塔，至少有三座仍留存至今。

埃及守護神 1

紅色金字塔

文 / 雷克・萊爾頓　譯 / 沈曉鈺

執行編輯 / 林孜懃　編輯協力 / 余式恕
美術設計 / 唐壽南　行銷企劃 / 陳佳美
出版一部總監 / 王明雪

發行人 / 王榮文
出版發行 / 遠流出版事業股份有限公司　104005台北市中山北路一段11號13樓
電話：(02)2571-0297 傳真：(02)2571-0197 郵撥：0189456-1
著作權顧問 / 蕭雄淋律師
輸出印刷 / 中原造像股份有限公司
□ 2011年2月1日 初版一刷　□ 2024年2月5日 初版二十八刷

定價 / 新台幣360元 (缺頁或破損的書，請寄回更換)

ISBN 978-957-32-6747-8
ylib 遠流博識網 http://www.ylib.com　E-mail:ylib@ylib.com
遠流雷克萊爾頓奇幻欄 http://www.facebook.com/thekanefans
埃及守護神官網 http://www.ylib.com/hotsale/thekane

THE KANE CHRONICLES: THE RED PYRAMID

國家圖書館出版品預行編目資料

紅色金字塔 / 雷克・萊爾頓（Rick Riordan）著；
沈曉鈺譯. -- 初版. --臺北市：遠流, 2011.02
面； 公分. --（埃及守護神；1）

譯自：The Kane Chronicles: The Red Pyramid
ISBN 978-957-32-6747-8（平裝）

874.57 100000330

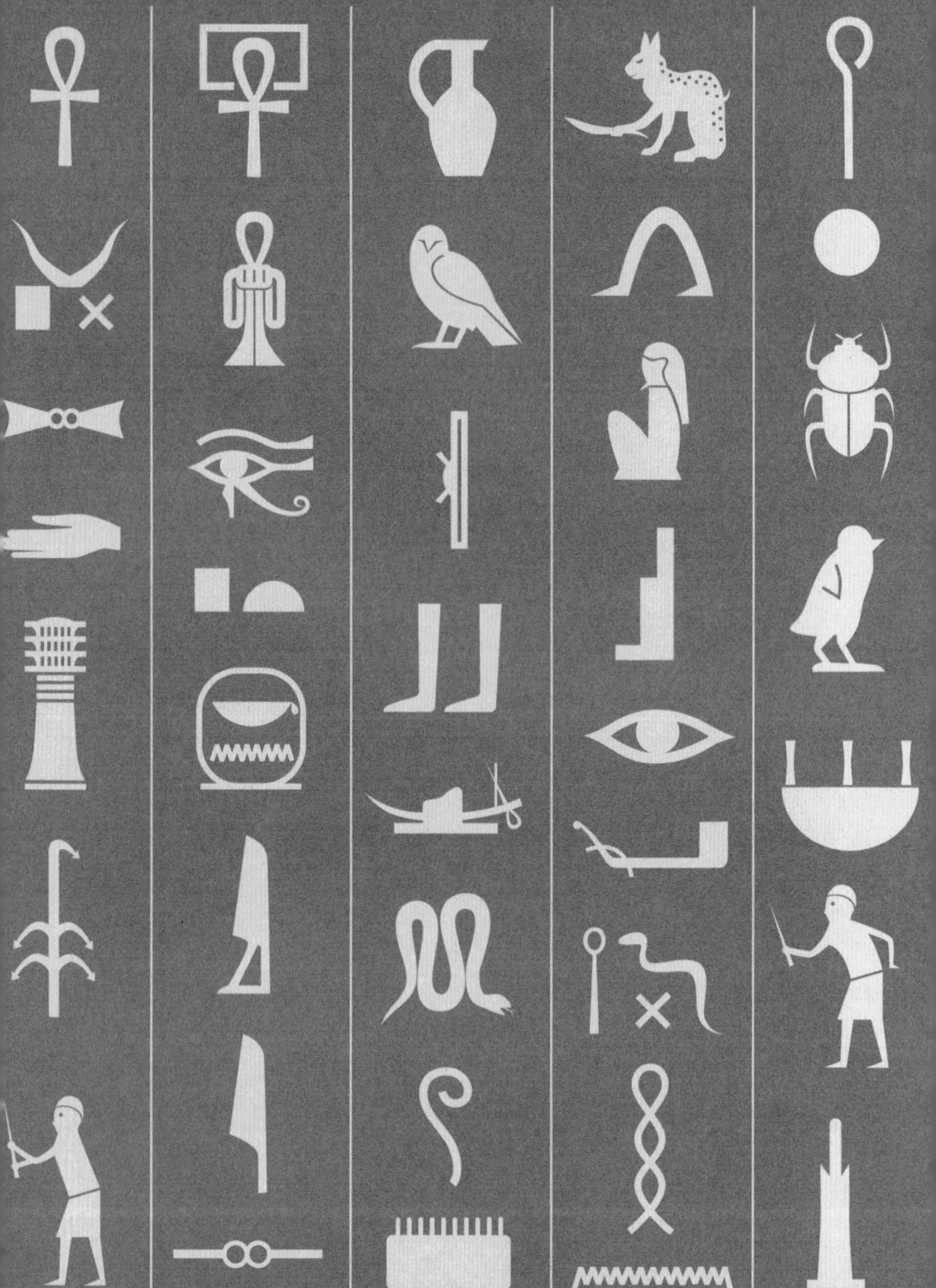

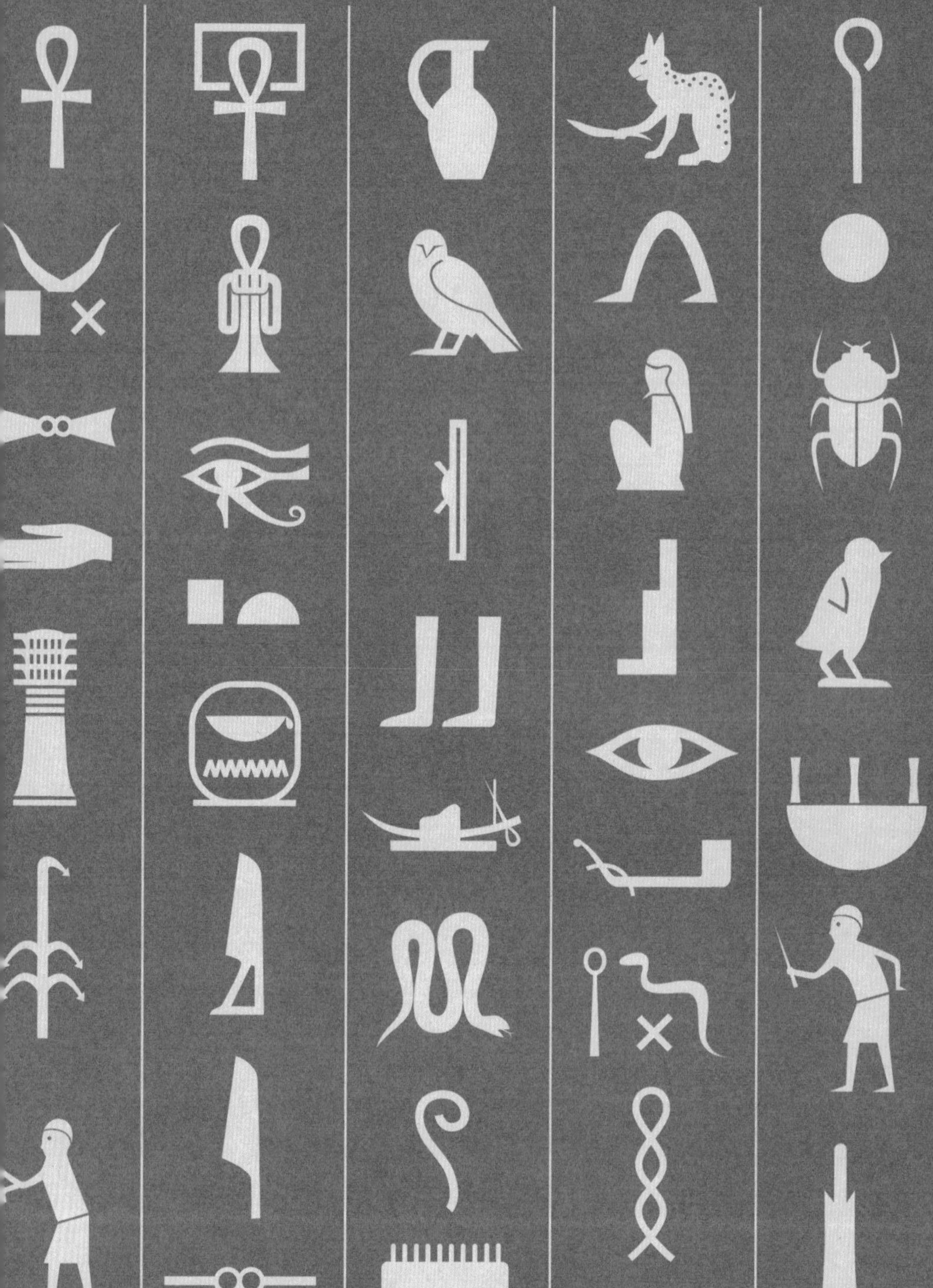